Quattrocento

Susana Fortes

Quattrocento

rayo | Planeta
www.harpercollins.com

Este libro fue publicado originalmente en España en el año 2007
por Editorial Planeta, S.A.

PRIMERA EDICÍON RAYO, 2008

ISBN: 978-0-06-156548-9

08   09   10   11   12   OFF/RRD   10   9   8   7   6   5   4   3   2   1

¡Tam multae scelerum facies!
¡Son tantas las formas del crimen!

VIRGILIO

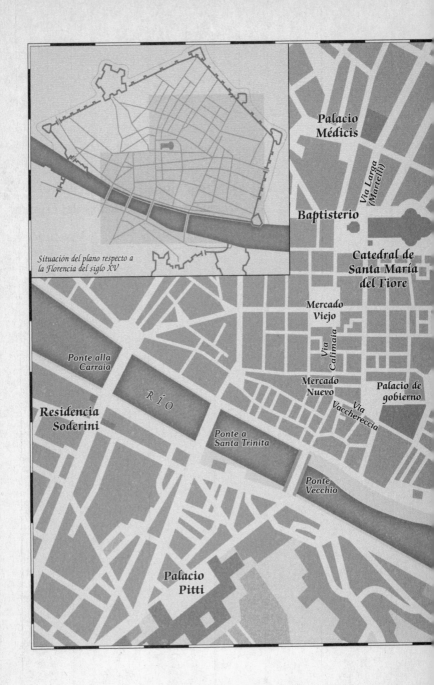

Palacio
Médicis

Via Larga
(Martelli)

Baptisterio

Catedral de
Santa María
del Fiore

Mercado
Viejo

Via
Calimaia

Mercado
Nuevo

Via
Vacchereccia

Palacio de
gobierno

Ponte alla
Carraia

R Í O

Residencia
Soderini

Ponte a
Santa Trinita

Ponte
Vecchio

Palacio
Pitti

*Situación del plano respecto a
la Florencia del siglo XV*

CENTRO HISTÓRICO
DE FLORENCIA

0   100   200 m

Via dei Servi

Enclave
Pazzi (palacio)
Borgo di San Pier Maggiore

Via dei Pandolfini

Bargello (Podestà)

Porta
della Croce

Borgo dei Greci   Piazza
Santa Croce

Iglesia de
Santa Croce

Via dei Malcontenti

Ponte
delle
Grazie

A R N O

Puerta de
la Justicia

El 26 de abril de 1478, quinto domingo después de Pascua, la Historia del Renacimiento italiano y quizá también la de toda Europa estuvo a punto de dar un vuelco. El altar mayor de la catedral de Florencia acogía aquella mañana a la brillante y turbulenta nobleza local, encabezada por el indiscutible hombre fuerte de la República, Lorenzo de Médicis, llamado el Magnífico. *En el momento culminante de la misa, cuando el sacerdote elevaba el cáliz con el vino consagrado, los conjurados sacaron las dagas que ocultaban bajo sus capas y se abalanzaron sobre la familia del mecenas.*

Estos hechos, conocidos como La conjura de los Pazzi, *marcaron durante generaciones la memoria de los florentinos por su naturaleza violentamente escabrosa. Su recuerdo pasó al imaginario popular con el signo inconfundible de las grandes convulsiones colectivas en medio de un inmenso clamor de* Dies Irae...

Varios ilustres artistas del Renacimiento como Botticelli, Verrocchio y Leonardo da Vinci, dejaron constancia de los hechos en sus cuadros cargados de recónditas referencias simbólicas. Pero ninguno de ellos consiguió acercarse tanto a la verdadera índole de lo sucedido aquel domingo sangriento como el pintor Pierpaolo Masoni.

I

Contar con el retrato robot del asesino es un asunto prioritario en cualquier investigación policial, pero si el crimen se cometió hace cinco siglos, la cosa se complica.

Una pintura del Renacimiento no se debe considerar exactamente una prueba pericial, pero, aun así, puede decirnos mucho sobre la vida y las circunstancias que rodearon al artista. No me refiero sólo a los mensajes del cuadro en cuanto obra de arte, sino a esa otra dimensión de la superficie pictórica, con sus sucesivas capas de pigmentos que nos cuentan la historia de una obra determinada del mismo modo que los aros en la corteza del árbol nos hablan de su edad biológica. A veces la psicología del pintor queda registrada en cada pincelada, al alisar o difuminar, y en ocasiones incluso en forma de huella digital. Según algunos científicos, las pinturas podrían encerrar el código de su ADN, presente microscópicamente en rastros de saliva o de sangre. Pero hasta el momento y teniendo en cuenta la precariedad de medios con que suele trabajar una historiadora del arte, será mejor no contar con esa posibilidad.

Llegué a Florencia con una beca de la Fundación Rucellai para escribir mi tesis doctoral sobre el pintor Pierpaolo Masoni, conocido como *el Lupetto*, uno de los artistas más enigmáticos y prometedores del Quattrocento, que, a causa de un accidente, se quedó ciego en 1478 cuando contaba apenas treinta y tres años. Afortunadamente antes tuvo tiempo de llevar a cabo algunos encargos importantes para la familia Médicis, como la polémica *Madonna de Nievole* y además dejó constancia de sus reflexiones en una serie de manuscritos valiosísimos para cualquier amante del arte. Sin embargo desde el mismo momento en que empecé a sumergirme en aquellos textos depositados en un anaquel del primer piso del Archivio di Stato de Florencia, mis obsesiones se fueron volviendo más propias de un detective que de una estudiosa del Renacimiento.

Al principio de mi estancia en la ciudad experimenté una profunda decepción. Florencia me pareció una ciudad abandonada a su suerte, con los basureros desbordados y un fragor de bocinas y sirenas que rompían el reflejo de su pasado renacentista. Pero poco a poco fui acostumbrándome a aquella respiración de búfalo cansado. Aprendí a caminar por las calles sin tropezar con las hordas de turistas que invadían a todas horas las estrechas aceras del casco viejo. Según el momento del día reinaba un batiburrillo humano de diferente calado: ejecutivos que salían de casa temprano con una cartera de trabajo dejando en el aire una nube irrespirable de loción *after-shave*, niños camino del colegio con sus gorros y bufandas de Benetton, funcionarios estatales, frailes, japoneses que se retrataban sentados en las mismísimas rodillas del *Holofernes* de Donatello, parejas de recién casados besándose en el Ponte Vecchio, motocicletas que iban saltando ruidosamente entre las terrazas de los restaurantes, y cientos de jóvenes de piel oscura que al atardecer vendían brazaletes y relojes a seis euros en la plaza de la República, golpeando los pies contra las losas de piedra para sacudirse el frío. Gentes de paso.

Entre aquellas manadas de transeúntes que cada mañana tomaban las calles por asalto, yo era una más. Una transeúnte bastante desorientada, eso sí, con una beca de la Fundación Rucellai en mi poder, un contrato de alquiler para seis meses que me habían conseguido desde la oficina del rectorado de Santiago de Compostela, una maleta llena de libros y un par de asuntos personales que necesitaba olvidar.

El camuflaje es la primera táctica de supervivencia que una debe aprender para adaptarse a cualquier mundo cuyo código desconoce. Pero cuando la sensación de extrañeza se volvía demasiado intolerable, entonces tenía un recurso infalible para transformar la realidad a mi antojo. Mientras esperaba en la parada del 22 para dirigirme al Archivo o mientras tomaba un capuchino en el café Rivoire, en la piazza della Signoria, me ponía a mirar por la ventana y sin esforzarme mucho, en cuestión de segundos, irrumpía el pasado y se abría ante mí el hervidero de la Florencia del siglo xv. Por mi mente iban desfilando cortesanos y capellanes, notarios, barberos, tallistas y mercaderes como si me encontrase en el rodaje de una película de época.

Si poner distancia por medio supone siempre un bálsamo para cualquier enfermedad del espíritu, viajar en el tiempo todavía lo es más. Así que decidí atrincherarme dentro de mi fortaleza renacentista donde no estaba dispuesta a dejar entrar mensajes de móviles, ni cartas procedentes de otro mundo, ni ausencias de ningún tipo. Allí me sentía segura con una simple taza de café y el relente del invierno florentino que me llenaba la cabeza de sueños.

Aunque había aterrizado en Florencia casi sin haberlo decidido, enseguida tuve la sensación de estar asistiendo a una cita establecida con mucha anterioridad, sin que yo lo supiera. Llegué a la ciudad un día de invierno con la capucha de la trenca calada hasta las cejas y trescientos euros en el bolsillo bajo un aguacero del fin del mundo. El limpia-parabrisas del taxi que me llevó desde el aeropuerto hasta mi apartamento en la vía della Scalla no daba abasto para despejar la cortina de agua que velaba los cristales y apenas me dejaba entrever el aire que rezumaba aquel barrio que se extendía detrás de Santa Maria Novella, repleto de fachadas desconchadas con patios ahogados y capillitas de vírgenes en las paredes. Toda la ciudad parecía sumergida y a merced de la corriente. Pero en ese primer momento no se me ocurrió pensar que había llegado a un lugar lleno de pasadizos secretos que comunicaban peligrosamente el pasado con el presente. Eso fue algo que descubrí después, cuando la fuerza de la corriente me había arrastrado ya demasiado lejos de la orilla para volverme atrás.

Estaba tan vampirizada por aquel mundo que en ocasiones el simple paso de una calesa de turistas me hacía percibir el olor inconfundible de las boñigas de los caballos pisoteadas en las calles medievales donde se agrupaban los gremios. Muy cerca, en la vía Ghibelina se encontraban las *bottegas* o estudios de los artistas con techo abovedado y portales en forma de arco. Desde allí llegaba hasta mí el ruido de los martillazos seculares, el polvo, el olor del trabajo físico mezclado con los aromas penetrantes de barnices y disolventes hasta que el reflejo azul, intensísimo, de la llamarada de un soplete me sacaba de mis ensoñaciones y me devolvía a la realidad.

Al otro lado de la ventana del Archivo, los plátanos de la avenida de la Giovane Italia se iluminaban de vez en cuando con el resplandor de los semáforos. Todos mis resortes sentimentales estaban implicados en la investigación que llevaba entre manos. Pensaba que mientras la versión de los hechos fuera incompleta, la interpretación dependía exclusivamente de mí y por lo tanto me comprometía por entero. Así que me entregué a la historia con esa clase de entusiasmo que sólo se puede dedicar a una pasión, sabiendo que saldría de ella con la sensación de haber estado inmersa en las vidas de otros, en tramas que se remontaban cinco siglos atrás. Pero jamás hubiera podido imaginar que, dentro de aquella utopía festiva que hizo estallar la atmósfera del Renacimiento, iba a encontrarme con personajes que muy bien podrían estar en la sala de los horrores del museo de cera de Madame Tussand.

En el cambio de orientación que fue experimentando mi trabajo jugó un papel importante, como he dicho, el descubrimiento de una fuente con la que no había contado en un principio. Me refiero a los manuscritos en los que Pierpaolo Masoni tomaba apuntes de todo lo que veía y realizaba bocetos de sus dibujos. Se trataba de una colección de nueve cuadernos que durante años habían permanecido ignorados en el sótano del Archivo y a los que, después de muchos esfuerzos, había conseguido acceder gracias a las gestiones de mi director de tesis con la Secretaría Nacional del Patrimonio Artístico.

No eran grandes legajos, sino una especie de libretitas de bolsillo de formato rectangular (*quadernini*), algunos poco mayores que una baraja de naipes, encuadernados en vitela y cerrados por una presilla y un cuerno de madera, un sistema exactamente igual al de mi trenca irlandesa que colgaba ahora de una percha en el guardarropa, a la entrada de la sala. Cada mañana el pintor se ataba la libreta al cinto y salía al mundo preparado para registrar atentamente todo lo que sucedía a su alrededor, como cualquier reportero de los que se pueden ver hoy en día con una cámara al hombro y las botas cubiertas de barro entre los escombros de una ciudad bombardeada tomando notas en un bloc sudado que luego guardan en el bolsillo de atrás del pantalón.

Imaginaba al *Lupetto* recorriendo los zaguanes empedrados, tan silencioso como el perro que siempre lo acompañaba, echándose sobre el hombro izquierdo un pliegue de la capa con ademán emboscado, pasando junto a las puertas cerradas, parándose a veces bajo un portalón para dibujar las gárgolas que se asomaban a los aleros con una mueca de voracidad y terror, o mirando la ciudad desde lo alto de las murallas, absorto, con la atención de un entomólogo que estuviera estudiando un hormiguero.

Precisamente en ese interés por la observación exhaustiva del mundo radicaba la gran lección de sus manuscritos y con ella contagió a algunos pintores de su generación y a otros más jóvenes como el propio Leonardo da Vinci, que era sólo un aprendiz de catorce años cuando ambos se conocieron en la *bottega* de Andrea *Verrocchio* y no tardaría en convertirse en uno de sus más fervientes admiradores: «captar el movimiento de un estornudo, el espesor de una gota de sangre, indagar en los rostros de la gente hasta ser capaz de adivinar su fatiga, la ambición o la lujuria... describir las estrías del paladar de un perro». Ésa debía ser la verdadera naturaleza del artista —pensé— un hombre capaz, si es necesario, de meter su mano investigadora entre las fauces de una fiera.

Además de estas reflexiones, los cuadernos también incluían recetas de cocina, cuentas domésticas, listas de la compra, direcciones y hasta fragmentos de poesías que le servían para dar rienda suelta a los demonios que lo torturaban por dentro. Pero otras veces sus anotaciones adquirían toda la fuerza de la actualidad con la contundencia de un mazazo, como ocurrió el día 26 de abril del año 1478, pocas horas antes de que el pintor ingresara para siempre en el reino de las tinieblas.

Era el último domingo de abril y el aura religiosa de la Pascua de resurrección todavía flotaba en el ambiente.

Imaginaba la reverberación que dejaría el sol en el aire quieto de la plaza y sentía el mismo vértigo al sumergirme en aquellos legajos que si me hubiera asomado a un mirador de la muralla: el azul absoluto del cielo, la cúpula de Santa Maria del Fiore resplandeciendo bajo el sol con una majestad imponente, las voces que empezaban a congregarse hacia el mediodía en la vía Martelli para acudir al oficio religioso. Nada hacía suponer que apenas unos minutos después, en el momento culminante de la misa, cuando el sacerdote se disponía a elevar el cáliz en el altar mayor de Santa María del Fiore, iban a producirse allí unos hechos que convertirían aquel sacramento en una monstruosa carnicería que dejaría las naves del templo inundadas de sangre y vísceras palpitantes.

A pesar de que los márgenes de los cuadernos eran muy estrechos, en algunas hojas podían leerse frases sueltas escritas apretadamente con tinta más oscura. Repasaba las páginas una y otra vez, tratando de captar hasta el menor detalle que aportara alguna luz a mi investigación: un ligero temblor en la caligrafía, la tendencia descendente de un renglón, una frase truncada, cualquier alteración por mínima que fuese. Las descripciones del *Lupetto* parecían más vivas cuanto más se ceñían a la muerte real. En la penumbra cavernosa de la catedral las cosas debían de percibirse fragmentariamente, desenfocadas, como reflejadas en las esquirlas de un espejo roto y así las advertía yo mientras iba leyendo con la mente en vilo aquellos pergaminos envejecidos: la luz blanca de los cirios, el rostro de un hombre en una nave lateral con los ojos alucinados como si la mirada se le hubiera quedado desorbitada por algún espanto antes de que la vitrificara la muerte, respiraciones agónicas, taconeos despavoridos... En el fragor del desconcierto un fraile con el rostro embozado por un pañuelo amarillo que se adhería a su nariz y a sus sienes a modo de antifaz, salió de detrás de un confesionario con el habito de sarga negro remangado hasta los codos y los brazos empapados de sangre como un matarife.

Para entonces toda la catedral era ya un infierno. Se oyeron gritos y una atropellada confusión de carreras en desbandada comenzó a sacudir los cimientos del templo. Fue tal el caos que algunos testigos temieron que la cúpula de Brunelleschi fuera a desplomarse sobre sus cabezas. Todos huían, políticos, canónigos catedralicios recogiéndose las togas por encima de la cintura, embajadores, feligreses, hombres, mujeres y niños dominados por el pánico. Alguien dijo entonces que la sangre de los florentinos no era roja, sino negra y que un hombre justo debería arrancarse los ojos antes de ver ciertas cosas.

Cuanto más me adentraba en la lectura, más crecía dentro de mí un sentimiento opaco que excedía el interés puramente académico por mi tesis, una mezcla extraña de morbo y aprensión que azuzaba mi curiosidad con regustos de animalidad, como si hubiera metido la mano en una sopa demasiado demasiado espesa. Tal vez Italia era eso, tanta dosis de arte no puede digerirse sin cierto apego por los bajos instintos. Según *el Lupetto*, la noticia del atentado contra la familia de Lorenzo de Médicis envenenó el aire con el azufre de una tormenta que en poco tiempo se llevaría los toldos y estandartes por el aire, alborotaría los callejones con alaridos de aquelarre y caería sobre la ciudad como una condena. Aquellos hechos, bautizados con el nombre de la conjura de los Pazzi por el papel que esta familia desempeñó en la conspiración, no eran desconocidos para mí ni para ningún historiador especializado en el Renacimiento, pero he de reconocer que la profusión de detalles escabrosos había conseguido revolverme el estómago.

Al parecer algunos de los conjurados habían llegado al extremo de desgarrar la carne de los muertos con los propios dientes, un hecho que no sabía si atribuir a la venganza o a alguna clase de ritual macabro. Por un momento pensé que quizá respondiera a una motivación religiosa. Eso no significaba que aquella clase de actos tuviese que implicar necesariamente algún tipo de canibalismo, real o simbólico, como el representado en la eucaristía con la comunión del cuerpo y la sangre de Cristo, pero quizá ayudaban a explicarlo. Cómo entender si no que alguien metiese la mano dentro de un cadáver descuartizado y escarbara en su interior como relataba uno de los testimonios recogidos por Masoni: «*le arrancó el corazón, lo partió (...), se lo llevó a la boca, le dio un mordisco y yo, al ver esto, huí...*»

Las ideas se me agolpaban en la mente al tratar de imaginar el posible significado de todo aquello, pero lo que leí a continuación todavía me dejó más estupefacta, provocándome una náusea que me obligó a taparme instintivamente la boca con la mano.

Levanté la cabeza y miré hacia el fondo de la sala como si necesitara cerciorarme de que estaba a salvo, protegida dentro de aquel templo del saber. Apenas había cuatro o cinco personas trabajando en sus mesas y durante un segundo pensé en la bestialidad íntima que podía ocultar cada uno de aquellos educados investigadores debajo de su ropa ¿qué clase de animalidad escondía yo también para que me electrizara semejante carnicería?

Baje la mirada y volví a leer de nuevo el párrafo sin acabar de dar crédito a lo que allí estaba escrito, mientras de un modo inconsciente y nervioso acariciaba con la yema de los dedos el borde gastado de las hojas de pergamino que tenía sobre el atril del escritorio. Sentía una punzada de alacrán a la altura del diafragma. Era un miedo raro, como el que provocan algunas películas de David Lynch. Algo me decía que debía cerrar inmediatamente aquel cuaderno y no continuar leyendo una sola palabra más, pero esa era la parte de mi conciencia a la que nunca le hacía caso.

El naturalismo de las descripciones me asqueaba, pero al mismo tiempo se metía en los resquicios de mi imaginación como el zumbido incesante de una mosca detrás de la oreja. Sabía perfectamente que cuando se aborda una investigación o cualquier estudio científico es conveniente aplicar un método riguroso y un distanciamiento racional de los hechos, pero por más que lo intentaba, no podía apartar de mi cabeza aquellas imágenes que se prolongaron a lo largo de toda la jornada y en los días sucesivos por las calles de Florencia: el sonido de los cascos de los caballos contra el empedrado, los cuerpos atados a las crines, los lamentos de los heridos demasiado destrozados para levantarse, el temblor de un farol en uno de los callejones próximos a la plaza de gobierno ya bien entrada la noche, unos ojos desorbitados por el espanto entre mechones negros apelmazados, aquellos jirones obscenos de carne flácida y blancuzca clavados a punta de lanza en los portones y el olor. Sobre todo el olor... Tan enfrascada estaba en mis pensamientos que no oí los pasos del señor Torriani, el conserje del Archivo, que avanzaba por el pasillo central de la sala entre la hilera de mesas hacia la esquina en la que yo me encontraba. Tampoco oí el chasquido que hizo con los dedos para llamar mi atención sin molestar a los otros usuarios del Archivo. En realidad no me percaté de su presencia hasta que noté el peso de una mano como una zarpa sobre mi hombro izquierdo, y di tal respingo hacia atrás que poco faltó para que me cayera de la silla.

—Señorita Sotomayor —musitó Torriani, todavía perplejo por la brusquedad de mi reacción— ¿Se encuentra usted bien?

—Perfectamente —le respondí mientras recogía el lápiz de mina regulable que se me había caído al suelo con el sobresalto—. Al levantar de nuevo los ojos, pude comprobar en el rostro del ordenanza el gesto de preocupación que le inspiraba mi semblante, que al juzgar por el modo en que me estaba mirando, debía de estar tan blanco como un sudario. Torriani era un calabrés de baja estatura pero con una complexión recia y fornida que incluso podía apreciarse a través de la bata gris de su uniforme de bedel. Poseía una calva de solemnidad que lucía a la manera antigua, con los cuatro cabellos largos de la crencha derecha cruzándole el cráneo, y a pesar de llevar varios años en Florencia, todavía conservaba intacto el rostro sonrosado y la franca hospitalidad montañesa—. Sólo ha sido el susto, balbucí sonriendo para tranquilizarlo.

—Se pasa usted demasiadas horas aquí encerrada. A su edad las jóvenes deben andar al aire libre, y no entre estas cuatro paredes que sólo guardan papeles viejos y antiguallas.

Me acordé con nostalgia de las reconvenciones de mi madre cuando pasaba una temporada en casa. En el fondo no era tan malo que, de vez en cuando, alguien se preocupara por mí. Lo miré con agradecimiento antes de preguntarle por el motivo de su inesperada irrupción en la sala de códices.

—Afuera hay un caballero que desea verla —me contestó.

Algo cruzó mi mente con la rapidez de una liebre y me llevé instintivamente la mano a la muñeca para consultar el reloj. Las 13.30. A punto estuve de darme una palmada en la frente como reproche por el despiste. Se me había olvidado por completo que mi director de tesis, el profesor Giulio Rossi, había quedado en pasar por el Archivo a recogerme para comer juntos y charlar sobre la marcha de mi trabajo.

Ordené mis cosas tan rápido como pude, guardé los lápices y la lupa en la funda de cremallera, metí los folios en la carpeta con el bloc de gusanillo y lo introduje todo en mi mochila. Antes de apagar el interruptor de la lámpara de mesa, todavía eché un último vistazo al cuaderno de Masoni. En la página impar, al lado de un estudio anatómico de vísceras, se veía un boceto preparatorio de la cabeza de un perro lobo a sanguina con un estudio de proporciones, y en el margen derecho el pintor había garabateado uno de sus aforismos que consistían esencialmente en frases enigmáticas o de doble sentido a las que era tan aficionado: «*Aparecerán figuras colosales de aspecto humano, igual que gigantes, pero cuanto más te aproximes a ellas más menguará su enorme estatura.*» Me quedé un segundo pensando en su posible significado, pero no tenía más tiempo que perder, así que cerré el manuscrito, pasé la presilla por el cazonete de madera y se lo entregué al señor Torriani para que lo devolviera a su lugar entre los miles de registros y legajos relativos a la historia de Florencia que se conservaban en aquel edificio.

II
—

El muchacho se llevó la mano a la frente a modo de visera, como si lo cegara la luz y levantó los ojos con asombro hacia lo alto de la catedral. ¡La cúpula más grande del mundo!, jamás había visto nada igual. El sol del mediodía encendía al rojo vivo los ladrillos nuevos con la intensidad del crepúsculo. Un espectáculo extraordinario para cualquiera, pero mucho más para un montañés de quince años que nunca había visto más horizonte que los peñascos escarpados del cerro de Monsummano.

Tan embelesado estaba en la contemplación que no reparó en la carreta de mulas que en aquel momento atravesaba la calle cargada de grava.

—¡Por las muelas de *Sancti Benedicti*! Me cago en la Virgen Santísima *y nella puttana bava del diavolo!* —tronó una voz desde lo alto de la carreta—. ¡Mira por donde vas, *facchino*!

El muchacho sintió temblar la tierra y se echó a un lado mientras parte de la carga de grava quedaba desparramada en medio de una nube de polvo que le obligó a toser hasta echar los hígados. En el otro extremo de la calle una aglomeración de mirones contemplaba cómo los peones iban depositando la creta y la grava en una zanja que al parecer albergaba los cimientos de un futuro palacio, mientras una polea levantaba por el aire un bloque de piedra rústica del tamaño de un obelisco.

Se hallaba tan perdido en aquella algarabía que por primera vez se sintió realmente huérfano aunque hacía ya algunos años que a su padre lo había matado el disparo de una espingarda mientras luchaba como tropa de a pie contra los ejércitos de Pisa. El corazón del muchacho daba tumbos azorados, caminaba sin rumbo, aturdido por la impresión de estar asistiendo al nacimiento de una vida nueva. Su frente alta y enmarcada por una cascada de bucles soltaba un rocío lívido con un recóndito olor a cebollas hervidas que era la única comida caliente que había tomado en aquella jornada. Con el ánimo alterado, hundió las manos en el faldón de la camisa gris parda y descolorida que llevaba por encima de las calzas y rebuscó en el saco que colgaba de su cintura hasta que sacó una piedra de cuarzo del tamaño de una habichuela. La acarició entre los dedos con los ojos cerrados como quien toca un talismán y la echó a la zanja para invocar la suerte en su andadura por la gran urbe. Vista desde dentro Florencia se le mostraba tan llena de peligros como de promesas. No era una ciudad, era el mundo.

La capital de la Toscana contaba en aquel momento con más de cuarenta mil almas y pasaba por ser la ciudad más vibrante de Europa. Estaba partida en dos por el río Arno. Todo el perímetro urbano se hallaba rodeado de inmensas murallas, custodiadas por doce puertas iluminadas con grandes hachones que el viento zarandeaba, alargando las sombras de los campesinos que volvían de los huertos al atardecer con la cabeza cubierta por un capuchón de lana y la barbilla hundida, arrastrando los carros de leña. Intramuros había veintitrés grandes palacios, más de treinta bancos, centenares de talleres y decenas de iglesias parroquiales, abadías y monasterios sobre los que destacaba el impresionante *campanille* del palacio de gobierno. El muchacho contempló admirado los estandartes de las distintas cofradías que ondeaban en las plazas y los toldos dorados y escarlata que adornaban algunos edificios.

Además de una muda y calderilla para sobrevivir una semana, su hatillo incluía un pergamino enrollado con un lazo rojo que era la carta redactada por un escribano en la que su madre viuda lo encomendaba al maestro *Verrocchio*, con quien la unían lejanos lazos de parentesco y cuya *bottega* tenía fama de ser una de las que más encargos recibía en toda Florencia. La mujer solicitaba que accediese a instruir en el oficio al huérfano que a cambio podía realizar todo clase de trabajos que el maestro creyese menester: desde cortar leña para el horno, hasta acarrear agua, limpiar los suelos o ejecutar recados pues en eso, como rezaba la misiva, *lo que al muchacho le faltaba por edad, le sobraba con creces en diligencia y fortaleza.*

El chico atravesó la ciudad con el sol de frente, tratando de aparentar un dominio que no tenía. De norte a sur y de oeste a este, cruzando el río era imposible abarcarla en menos de veinte minutos. Él, que presumía de no perderse en los bosques más intrincados, no conseguía orientarse en aquel laberinto de calles. Convencido de que por sus propios medios nunca llegaría a su destino, se decidió a preguntarle por la *bottega* del maestro *Verrocchio* a un menestral que se cruzó con él en una gran plaza, frente a un palacio almenado que, a juzgar por el friso de la puerta flanqueado por dos leones y la altura de su *campanille*, debía de albergar sin duda al gobierno de la República.

El hombre lo observó con extrañeza. Era un tipo rechoncho con una capucha de cuero viejo. Sacó un brazo por la abertura de la capa de color gamuza muy gastada y le indicó la dirección que debía seguir con una letanía tan enrevesada que el muchacho apenas consiguió entender una palabra.

Su confusión se vio incrementada por el repentino revuelo que se organizó en la plaza ante la irrupción de un séquito de caballeros precedido por un tintineo de campanillas que lo dejó completamente obnubilado. Aquella era la primera vez que veía con sus propios ojos a Lorenzo de Médicis de quien tanto había oído hablar desde niño. Nadie más que el *Magnífico* podía contar con una comitiva semejante. Lo vio caracolear con su caballo en el centro de la plaza, elegante y diestro, con un dominio que provocó entre el gentío que lo observaba una ovación cerrada. Tenía el cabello negro y lo llevaba cortado en diagonal por debajo de la mejilla como el ala de un cormorán. Sin ser un hombre guapo, poseía una presencia tan poderosa que era imposible no admirarlo, el torso recto y fibroso, el mentón prominente con una altivez de imperio, la nariz afilada y los ojos de carbón endemoniado, pero con unas pestañas de soñador que hacían suspirar a su paso a las mujeres de cualquier edad y condición. Lucía una hermosa capa de brocados forrada de armiño y su caballo mostraba unas gualdrapas tan ricas que parecían ornamentos de misa. Todo el séquito semejaba el cortejo de un príncipe, los hombres vestidos de carmesí, los escabeles de damasco, los estandartes de tafetán blanco bordados con flores de oro y plata, las lanzas de los escuderos, las capas pluviales que dejaban en el aire la vibración de un millar de alas. El muchacho no había contemplado nada igual en toda su vida. La escena le produjo una sensación misteriosa, llena de suspense.

Una vez pasado el revuelo, se encaminó por un callejón estrecho y llegó a una calle con numerosas pañerías subterráneas empotradas en la antigua muralla romana y enseguida distinguió al fondo, tal como el hombre le había indicado, el palazzo della Podestà que marcaba el arranque de una calle donde según sus cálculos debía de hallarse la *bottega* del maestro, no lejos de los muros ciegos de la temida Stinche, la cárcel de Florencia.

Anduvo apenas veinte pasos y se paró ante un portón abierto en forma de arco con el techo bajo y abovedado. Aquello se parecía más a un corral que al taller de un artista, con una montonera de gallinas campando a sus anchas entre los yunques y las esculturas de mármol y terracota almacenadas de cualquier manera en un lateral de la estancia. Aquel desorden le desagradó. Entre los campesinos existía la creencia vulgar de que tanto las gallinas como los gallos eran animales malditos porque habían servido para que a Cristo lo negaran tres veces. Sin embargo, a pesar de esas supersticiones, el muchacho no ignoraba que la importancia de un taller se medía también por la cantidad de aves que tuviera, ya que el aglutinante de la pintura al temple que se utilizaba para dar mayor fijeza a los colores era invariablemente la yema de huevo fresca, y a juzgar por la cantidad de gallinas que había en aquel local no había podido caer en mejor lugar. Se aventuró a adentrarse con cautela hacia el fondo del edificio donde al parecer se hallaba la zona de trabajo, por el sonido de los martillazos que llegaban desde el patio y el resoplido de los fuelles. A su paso bajo el arco de la izquierda se percató con satisfacción de la existencia de un arcón de almacenar grano, varios haces de leña, un jarrón de aceite y tres toneles de vino.

—¡Maestro! —llamó varias veces con voz temblorosa, sin obtener respuesta. Pensó que probablemente el ruido del torno y los martillazos ocultaban su voz, pero no se atrevía a avanzar más por temor a que lo tomaran por un vulgar ladrón. Se quedó bajo aquella cubierta abovedada admirando una máscara funeraria de alabastro y así estaba embelesado en la contemplación cuando de repente se vio sacudido por un estremecimiento que lo dejó clavado en el sitio y mudo de terror.

Ante él se hallaba una escultura de tamaño humano

que de pronto parecía haber cobrado vida y movimiento. Los ojos del muchacho se desorbitaron como si acabase de ver el fantasma de los derrotados de Armagedón. Pero su impresión todavía fue mayor cuando aquel ser recubierto de yeso con los ojos vivos de un resucitado, se le acercó y a dos palmos de su cara le soltó un rugido de león. Si se le hubiese aparecido el mismo diablo no habría reaccionado con tanto pavor. Se santiguó devotamente tres veces y huyó caminando hacia atrás con tal despropósito que espantó a las gallinas que deambulaban por el taller con completa soberanía y fue a caer sentado entre un estrépito de plumas y cacareos, en medio de una rechifla de burlas, junto a un amorcillo de terracota.

Todavía se hallaba humillado en el suelo, cuando el resucitado se pasó un paño húmedo por la cara descubriendo las verdaderas facciones de su rostro en medio de las carcajadas de los demás.

—No es más que polvo de mármol, muchacho —dijo al mismo tiempo que le tendía una mano firme para librarlo del escarnio público—. Era un hombre alto y recio, de rasgos nobles a pesar de las ropas de faena.

—¡Maestro *Verrocchio*¡ —exclamó el muchacho, respirando aliviado y haciendo una reverencia con la cabeza—. A fe que vuestra apariencia ha conseguido confundirme.

—Me temo que sigues confundido, muchacho. El maestro no se encuentra en la ciudad.

—¿Entonces quién sois vos? —preguntó sin disimular su desconcierto.

Al hombre le hizo gracia la espontaneidad de aquel *ragazzo* agreste con acento montañés y pelo ondulado como un querubín. Pensó que tal vez podía posar como modelo para el David que debía adornar el jardín de la villa Médici.

—Digamos que hoy soy tu ángel de la guarda. Date la vuelta —le ordenó.

El muchacho obedeció sin rechistar girando sobre sus talones con torpeza.

—Bueno, tal vez no tenga los modales de un ángel de Botticelli —comentó el hombre con sorna dirigiéndose al grupo de artistas que se había arremolinado jocosamente ante el muchacho—, pero con unas cuantas lecciones podrá servir.

—¿Servir para qué, señor? —preguntó el chico sin entender.

—Alegra esa cara, muchacho. Vas a convertirte en el rey David. Al menos durante un par de meses comerás caliente. Por cierto ¿cúal es tu nombre? Alguno tendrás.

—Me llamo Luca, señor —respondió el muchacho adelantando el pie derecho y alzando su humilde sayo de tela de saco en una graciosa reverencia que volvió a hacer reír a todos los presentes.

—Pierpaolo Masoni —se presentó a su vez el hombre con voz honda y ceremoniosa—: pintor, fresquista, herbolario y diseñador de máscaras teatrales —añadió, e imitando al chico de buen humor, improvisó con un sombrero en la mano una alta gracia de *comandadori*, como si estuviera ante un príncipe.

El muchacho entonces se llevó los dedos a la frente con ese gesto de contrariedad que asalta a muchos seres abismados cuando de pronto caen en la cuenta de algo de la máxima importancia que han olvidado por completo y con las mismas se puso a rebuscar con ahínco en el petate hasta que logró encontrar el rollo de pergamino con el lazo rojo en el que guardaba sus credenciales. A continuación se lo alargó satisfecho a su inesperado benefactor, e inclinando la cabeza, añadió con mucha solemnidad:

—Luca di Credi, señor, para servirle.

III

—

A Giulio Rossi lo había conocido casi tres años antes durante un Congreso sobre el tribunal de la Sacra Rota Romana, en la Universidad de Santiago de Compostela, donde mi padre era titular de la cátedra de Historia del Derecho. En el transcurso de aquel ciclo de conferencias el profesor Rossi presentó una ponencia titulada *Chiesa e potere nella Toscana del Quattrocento,* que no gustó nada al departamento de derecho canónigo. Tal vez precisamente debido a su manifiesto anticlericalismo, le cayó bien a mi padre y lo invitó a cenar a casa. Desde entonces ambos mantuvieron una buena amistad epistolar. De hecho fue el propio Rossi quien sugirió la posibilidad de que yo completara mis estudios de arte en la Universidad de Florencia y se ofreció a dirigir mi tesis. Aunque supongo que el hecho de haberse enterado a los pocos meses de la muerte de mi padre, también tuvo algo que ver en el trato de favor que me dispensaba. Desde luego no era muy habitual que un director de tesis invitase a comer a sus alumnos.

—¡Ana! —exclamó sonriente desde el vestíbulo del Archivo, al verme asomar por el hueco de la puerta—. Tengo buenas noticias —dijo, blandiendo en el aire un sobre blanco.

El profesor Rossi tenía la virtud de ponerme de buen humor. Poseía esa clase de jovialidad que hace parecer eternamente jóvenes a algunos hombres, aunque debía de tener aproximadamente la misma edad que mi padre si estuviese vivo. Visto de pie resultaba quizá algo desgarbado por su constitución huesuda, como les pasa siempre a los hombres muy altos, que nunca saben cómo colocar las piernas. Pero esa torpeza de movimientos, unida a una peculiar timidez, lejos de restarle encanto, predisponía a su favor. No parecía italiano. Su aspecto era más bien nórdico o anglosajón, sobre todo por el color de sus ojos y de su cabello trigueño con abundantes canas ya en las sienes, que llevaba peinado con la raya al lado. Se parecía un poco a aquel actor irlandés que interpretó a Enrique II de Inglaterra en *El León en invierno*.

—¿Y eso? —pregunté tratando de contener la curiosidad.

—Por fin nos han contestado —dijo mientras se acercaba para saludarme, sonriendo con un gesto de triunfalismo.

La verdad es que no era para menos. Llevábamos más de dos meses de gestiones para intentar ver uno de los pocos cuadros que se conservan de Pierpaolo Masoni, la *Madonna de Nievole*, que se hallaba en los talleres del Museo de los Uffizi, pendiente de restauración. El problema es que ni lo restauraban, ni al parecer tenían intención de exponerlo al público en la galería. Una de las muchas situaciones de punto muerto derivadas de la desconfianza y las rivalidades encarnizadas que dominan el ámbito crepuscular de los museos italianos.

La polémica venía de atrás, pero se había reavivado recientemente, cuando los Uffizi anunciaron su intención de iniciar los trabajos de limpieza y restauración del cuadro. Inmediatamente se levantó un coro de protestas, encabezado por el decano del Archivo Vaticano, Monseñor Domenico Gautier y seguido por el de todas las bibliotecas católicas y los archivos catedralicios europeos, un *lobby* más poderoso que el de los fabricantes de armas, según el profesor Rossi. El principal argumento esgrimido por Monseñor Gautier mantenía que la pintura era excesivamente frágil, con una trama de sombras y matices demasiado imbricada para ser tratada sin riesgos y acusaba a los defensores de la restauración de actuar movidos más por los intereses comerciales y de *marketing* de los museos que por criterios artísticos. Querer limpiar la cara a una pintura del pasado —decía— era como pretender hacerle un *lifting* a una persona de ochenta años.

El caso es que al margen de la disputa entre los partidarios y los detractores de la Restauración, el cuadro llevaba años oculto en los talleres de los Uffizi donde todavía sigue, cubierto con una sábana como un paciente moribundo.

De camino hacia el restaurante por la vía Ghibelina, el profesor Rossi me explicó de un modo un poco atropellado, que finalmente el director de la galería de los Uffizi, había accedido a concedernos un pase especial para visitar los talleres del museo. Era la mejor noticia que había recibido en mucho tiempo. Me abroché la trenca hasta el cuello y hundí las manos en los bolsillos embargada por esa sensación de euforia que siempre me invade cuando el azar me sorprende justamente con aquello que estaba deseando.

Un aroma invernal a brasero de castañas inundaba la calle casi deshabitada a aquella hora, salvo algunos ejecutivos que regresaban con retraso del trabajo y un grupo de *hare krishnas* con el cráneo pelado al aire frío de febrero que iba agitando por la acera sus campanillas de rebaño perdido. El profesor Rossi se brindó amablemente a llevar mi mochila. Poseía esa clase de caballerosidad antigua que tanto molesta a algunas feministas. No a mí, desde luego;

sin embargo rehusé su ofrecimiento. Algunos estudiantes repartían pasquines contra Berlusconi en la esquina del Bargello, llevaban las solapas de los chaquetones subidos hasta la barbilla para protegerse del viento helado que soplaba del Arno e intentaban sacudirse el frío golpeando el pavimento de la acera con los pies.

Al otro lado de la calle, los muros de los edificios ofrecían un aspecto más bien lúgubre con las paredes ennegrecidas y los portones desconchados.

—Fíjate en ese edificio —me dijo el profesor, señalando un taller de reparación de automóviles con el techo abovedado—. Es muy probable que ese fuera el local donde estaba ubicado el taller de *Verrochio* cuando Masoni empezó a trabajar en él.

Miré en la dirección que me indicaba tratando de distinguir en los muros de ladrillo la vieja entrada en forma de arco que *el Lupetto* describía en sus cuadernos. Pero me resultaba imposible relacionar aquella especie de garaje con tubos fluorescentes y operarios en mono de faena de color butano con la antigua *bottega*. Sin embargo, de lo que no tenía ninguna duda era de que por aquella misma calle había transitado cientos de veces Pierpaolo Masoni junto con otros artistas protegidos de los Médicis y también sus adversarios, los enemigos declarados o encubiertos de los mecenas, los asesinos y sus inductores, los que tiraron la piedra y escondieron la mano. Desde que había empezado a descifrar los cuadernos no podía apartar de mi imaginación los detalles más escabrosos de la matanza.

—Giulio... —dije y vacilé un momento porque no sabía cómo plantear exactamente aquella pregunta.

—¿Sí?

—¿Cree que devorar determinadas partes del cuerpo humano podría tener un significado ritual? —me atreví a preguntar al fin.

—Supongo que quieres decir satánico —precisó el profesor tomando una bocanada de aire, aunque no pareció sorprenderle demasiado la pregunta—. Es lo primero que uno piensa, sin embargo el desgarramiento del cuerpo es una práctica que entronca con la tradición cristiana que siempre ha ensalzado el martirio. Ten en cuenta que la autoflagelación estaba muy extendida en casi todas las hermandades religiosas del siglo XV. Muchos de sus miembros se reunían para azotarse públicamente y en esos rituales había siempre algunos individuos que se prestaban voluntariamente a infligir dolor a otros en memoria del sufrimiento de Cristo y de los mártires... —El profesor se detuvo un momento, mirándome con intención claramente indagatoria—. No es del todo extraño que te hayas encontrado algún episodio de ese tipo en el complot contra los Médicis. Cuando las ideas religiosas, como en este caso las relativas a la mortificación del cuerpo, se combinaban con la ferocidad de la política, la barbarie estaba garantizada.

—Pero desde el punto de vista religioso los mártires eran héroes, no criminales torturados ni parientes muertos en acto de venganza —argumenté.

—Cierto —respondió el profesor—. Y es un dato a tener en cuenta en tu investigación, sin embargo no puedes perder de vista que en aquel tiempo las ideas religiosas impregnaban toda la cultura.

Pensé que si había hombres piadosos dispuestos a provocarse castigos corporales a sí mismos y a sus hermanos, mucho más dispuestos estarían, lógicamente, a infligírselos a aquellos que consideraban enemigos. Pero lo que realmente me resultaba incomprensible de las atrocidades descritas por Masoni no era sólo el hecho espeluznante de que los conspiradores agonizaran mordiendo y desgarrando miembros humanos con los dientes, sino que lo hicieran con los muertos de su propio bando y no con los del contrario.

Tal vez los restos de carne encontrados en la boca de los conjurados tuvieran un significado simbólico que fuera más allá de su simple apariencia, como prueba de una emoción llevada hasta el paroxismo. ¿Qué significaba por ejemplo que un hombre antes de ser estrangulado se volviera de pronto hacia su compañero de patíbulo y lo mordiera con tanta pasión o con tanta fuerza o con tanta desesperación que consiguiera arrancarle de cuajo la tetilla izquierda? Estaba claro que en asuntos de aquella índole no iba a resultarme fácil establecer conclusiones.

El restaurante que el profesor Rossi había elegido se hallaba en la planta baja de un palacio del siglo xv. Su interior destilaba un ambiente cálido y acogedor con espejos nublados y cuadros de época. Nada más entrar me arrepentí de no haberme vestido de otro modo. Mi indumentaria contrastaba por completo con la elegancia florentina del profesor que bajo su abrigo oscuro, llevaba una estilosa americana de *tweed*, unos pantalones beige anchos y unos zapatos italianos que a pesar de su horma deportiva, revelaban un diseño exclusivo. A su lado, mis vaqueros y mi jersey jaspeado de lana polar desentonaban tanto en aquel local como lo haría un explorador ártico en la corte de Versalles. Temí que el profesor se sintiera incómodo, pero recompuse mi imagen como pude ante el espejo del vestíbulo, me solté el pelo que llevaba sujeto con una pinza y, apelando a toda la altivez que siempre trató de inculcarme mi madre, me dispuse a caminar bajo las lámparas de araña de aquellos salones como si no hubiera hecho otra cosa en toda mi vida.

El comedor, a pesar de los cuatro ventanales con las cortinas abiertas, estaba iluminado por pequeñas lámparas de mesa. No habría más de veinte personas, aisladas silenciosamente en cinco mesas muy distantes entre sí. Después de que uno de los camareros tomara cumplida nota de nuestras comandas, el profesor Rossi se ajustó sobre la nariz sus minúsculas gafas de montura dorada y me dirigió una mirada que podría calificarse de académica por su ponderada y neutral penetración, una cualidad que no parecía consustancial a él, sino más bien adquirida y trabajada a lo largo de muchos años de docencia. No puede decirse que fuera una mirada inquisitiva, ni había en ella rastro alguno de reprobación, sin embargo hizo que me sintiera incómoda durante unos segundos, como si me estuviera poniendo a prueba o como si intuyese que le había estado ocultando algo y estuviera esperando a que me sincerase por iniciativa propia.

Fue entonces, al quedar libres de la presencia de los camareros, el profesor Rossi en un extremo de la mesa, de espaldas a la ventana, y yo sentada enfrente de él, cuando por primera vez lo puse al corriente del cambio de rumbo que había experimentado mi trabajo desde que había conseguido consultar los cuadernos de Pierpaolo Masoni.

—No entiendo cómo una fuente de tanta importancia tiene un acceso tan restringido —dije, pensando en las innumerables gestiones que había tenido que realizar desde su cátedra con el director del patrimonio artístico para que yo pudiera consultarlos.

—Es que se trata de una colección muy valiosa —argumentó sin abandonar la distancia profesoral—. Ten en cuenta que el pergamino es de gran fragilidad, se deteriora no sólo con el tacto, sino incluso con la luz. Además fue muy difícil para el Archivo hacerse con los *quadernini*. Los doce libretos manuscritos fueron descubiertos en el palacio de Kensington por el archivero del rey Jorge III y hasta 1905 no pudieron ser recuperados por el Archivio di Stato, y eso después de resolver un contencioso con el Vaticano que también reclamaba sus derechos sobre ellos.

—¿Ha dicho doce cuadernos? —pregunté extrañada.

—Sí. ¿Por qué te sorprende?

—Porque en el lote que me mostró el señor Torriani sólo había nueve.

Los ojos de profesor ahora se habían achicado un poco, como si estuviera rastreando en su memoria y asociando, o echando cuentas. Era un gesto que hacía con frecuencia.

—Es imposible. —dijo al cabo de unos segundos con un tono que no admitía lugar a dudas—. Compruébalo. Tiene que tratarse de un error de catalogación.

Una llovizna muy fina punteaba el ventanal. Tal vez fue la lluvia lo que contribuyó a crear a nuestro alrededor una especie de burbuja, o las copas altas de cristal y el mantel de hilo de color salmón muy claro, o la amabilidad sigilosa de los camareros que aparecían y desaparecían a cada momento para cambiar un plato o un cubierto o para servirnos un poco más de vino. Aunque no debió de ser sólo la lluvia, sino también el vino, un excelente Monte Vertine del 93, lo que hizo que el profesor Giulio Rossi fuera rodeando su discurso de una vehemencia cada vez más desenvuelta, incluso su voz se había tornado más cálida.

—Poliziano fue otro de los protegidos de los Médicis —continuó diciendo después de dar un pequeño sorbo a su copa— un hombre brillante y terrible que escribió un gran poema sobre Simoneta Vespuci, titulado *Le Stanze per la Giostra*. Boticelli se inspiró en esa obra para pintar el rostro bellísimo de aquella muchacha que murió de tuberculosis a los veintitrés años. Hoy se pueden encontrar retratos de ella por toda Florencia. —Los ojos del profesor habían adquirido una expresión rememorativa o soñadora como si pensaran por sí solos sin intervención de su voluntad.

Poseía exactamente el tipo de inteligencia capaz de deslumbrar a una persona de mi estructura mental. Hablaba de los Médicis como si acabara de conversar con ellos o del color de los ojos de Simoneta Vespuci como si los hubiera tenido a menos de un palmo de distancia.

—En un mundo tan dado a la observancia religiosa —dije— tuvo que ser muy impactante la matanza en la catedral. La crónica de Pierpaolo Masoni dice que fue tanta la confusión que algunos testigos temieron que la cúpula fuera a desplomarse.

—No creas —me respondió mientras se pasaba la servilleta por la boca—. En aquella época los crímenes en territorio sagrado eran bastante frecuentes. Ten en cuenta que resultaba casi imposible tener a la víctima al alcance de la mano, si no era en el templo con ocasión de alguna solemnidad religiosa, y también era allí donde se podía encontrar reunida a toda la familia. El 1435 los fabrianeses acabaron con toda la dinastía de los Chiavelli durante la misa mayor. También en Milán el duque Giovanni Maria Visconti fue asesinado a la entrada de la iglesia.

A veces el profesor Rossi me hacía sentir como una estudiante de secundaria tratando todo el tiempo de no parecer impresionada. Sin embargo pensaba que a pesar de que la fe nunca había supuesto un impedimento para llevar a cabo las mayores atrocidades, como efectivamente había señalado el profesor Rossi, la matanza de la catedral de Florencia había superado con creces en brutalidad y ensañamiento cualquiera de los episodios referidos por él. Iba a preguntarle cómo era posible que en una época de renovación científica, de nuevo amanecer de la razón y de fe en el hombre, se pudiera llegar a tales extremos de barbarie. Pero recordé los horrores de la guerra de Irak con los que me había habituado a desayunar cada mañana mientras leía la prensa y pensé que nadie en estos tiempos de necrópolis global tenía derecho a escandalizarse por un acto de violencia cometido hacía más de cinco siglos, así que decidí cambiar de pregunta.

—¿Sabía que a Masoni le gustaban las adivinanzas?

—Sí —me contestó—, a casi todos los artistas de la época, también a Leonardo le fascinaban.

Me pareció un buen momento para pedirle su opinión sobre la frase que había leído en uno de los *quadernini* de Masoni justo después de que el señor Torriani viniera a avisarme tan bruscamente: «Aparecerán figuras colosales de aspecto humano, igual que gigantes, pero cuanto más te aproximes a ellas más menguará su estatura.»

—No sé... —respondió— Tal vez se refería a algún personaje famoso, quizá algún pintor que gozaba de gran consideración y boato, *gente gonfiata* —precisó el profesor— inflada, pero que al ser observada de cerca con sus miserias y sus debilidades, vería reducida su estatura a las dimensiones de cualquier mortal. Piensa que en aquella época se cocían los mismos rencores y rivalidades que podemos encontrar hoy entre los círculos de consagrados. —El rostro del profesor Rossi se iluminó con una sonrisa de complicidad que por un momento lo hizo parecer mucho más joven. Y a continuación, con un tono de voz algo paternalista y un punto irónico, añadió—: Los artistas del Renacimiento también andaban con el hacha afilada.

En aquel instante un camarero depositó en nuestra mesa la bandeja de los postres con dos porciones de tarta caliente de manzana con calvados que tenían un aspecto suculento.

El profesor se llevó a la boca la cucharilla con un trozo demasiado grande y mientras lo saboreaba, sus ojos parecían perdidos en algún lejano paraíso sensorial.

—¡Macanuda! —exclamó al cabo de unos segundos de deleitación con la boca aún no despejada del todo. Lo dijo en español con el mismo acento gallego-argentino de mi padre a quien sin ninguna duda le había escuchado la expresión.

—¿Macanuda? —pregunté yo sin poder apenas contener la risa.

—Sí —afirmó el profesor con algo de desconcierto y de ingenuidad— ¿No se dice así?

—Bueno, sí —respondí yo—. No es eso, es que... bueno no importa.

El profesor Rossi entonces carraspeó con cierto azoramiento y se rascó la sien izquierda con un gesto que me pareció de completo desamparo. Era un tipo curioso el profesor, en conversaciones coloquiales perdía la seguridad profesoral y revelaba una timidez desconcertante. Pero enseguida se recuperó volviendo al terreno donde se sentía seguro.

—Si te interesa documentarte más sobre la conjura de los Pazzi —dijo— tienes que leer la *Storia della Repubblica de Firenze* de Gino Caponi y también un libro de Lauro Martines sobre la conspiración contra los Médicis, que acaba de publicarse: *Sangre de Abril* se titula. Lo primero que deberías hacer es centrarte en los artífices de la conspiración, al menos los que son conocidos para la historiografía oficial, me refiero al Papa Sixto IV y al rey Ferrante de Aragón, por algún lado hay que empezar.

Repasé en un instante mis conocimientos sobre los dos personajes. El primero había sido un Pontífice terrible que había alcanzado la dignidad papal recurriendo al soborno y que nunca había mostrado el menor reparo en llevarse por delante cuantos cristianos hiciese falta para lograr sus ambiciones. En aquel momento la rivalidad entre Florencia, que fue la cuna del Renacimiento, y Roma, que lo sería del barroco, era un pulso a muerte y para dominar la Romaña, Sixto IV había contado con el inestimable apoyo de nuestro rey Ferrante de Aragón y Nápoles.

Saqué una hoja de papel cuadriculado de la mochila y anoté en ella los dos títulos que me había recomendado, como una alumna aplicada. Después doblé el papel y lo guardé en el bolsillo trasero del pantalón.

—Así no se me olvida —dije sonriendo.

El profesor Rossi también sonrió con cierta condescendencia o quizá sólo con cortesía. Después se dirigió al *maître* haciendo un gesto de escribir en el aire y permaneció en silencio con aquella peculiar forma suya de ausentarse que le daba un aire abatido o distante como si algo de lo que no pudiese hablar le preocupara íntimamente. Sus facciones se habían cerrado con dos surcos marcados a ambos lados de la boca. No era la primera vez que me fijaba en sus cambios repentinos de estado de ánimo, como si de pronto en medio de una conversación se acordara de algún infortunio o se sintiera muy fatigado y durante una décima de segundo pensara «al diablo con todo». Estuve a punto de preguntarle si le ocurría algo, pero por algún motivo no me atreví a hacerlo. Continuó con la mirada perdida en el fondo del local hasta que uno de los camareros se acercó con la cuenta y lo sacó de su ensimismamiento. Pensé que la factura debía de multiplicar por mucho las que yo solía pagar en la *trattoria* de Salvatore por sus *canelloni* caseros rellenos de espinacas.

Nos despedimos en el vestíbulo del restaurante, porque íbamos en sentido contrario. El profesor se dirigía al aparcamiento donde solía dejar el coche, para encaminarse después a su casa en las afueras de Florencia y yo quería pasar por la librería Feltrinelli antes de regresar a mi apartamento. Le di las gracias por la invitación y quedamos en vernos a la mañana siguiente a las diez, delante de los Uffizi para visitar la *Madonna de Nievole*.

Fue entonces, al ponerme de puntillas para despedirme, cuando detecté en la chaqueta del profesor un olor apenas perceptible que no pude identificar en aquel momento. Desde luego no era una fragancia de colonia masculina, ni de loción para después del afeitado, sino otra clase de olor ligeramente ahumado, como una mezcla de cuero y de madera de cedro barnizada, un aroma que durante unas décimas de segundo me hizo pensar en esos interiores confortables y cálidos de algunas universidades inglesas con sólidas estufas de hierro y con grandes estanterías de madera repletas de libros y ediciones antiguas, uno de esos lugares en los que uno se encuentra a salvo leyendo y saboreando una taza de té bien caliente mientras ve caer a gusto la lluvia a través de un ventanal de cristales emplomados.

Hay lugares en los que siempre llueve de un modo manso y civilizado, sin embargo lo que caía del cielo cuando media hora más tarde abandonaba la librería Feltrinelli con los libros en una bolsa de plástico era una tromba de agua en toda regla. En Florencia cuando llueve la atmósfera se carga de densidad, como en todas las ciudades monumentales. Como no llevaba paraguas, hice el camino hasta mi apartamento muy pegada a los edificios para protegerme bajo el saliente de los aleros, atajando por callejones transversales. En pocos minutos, varios riachuelos de agua cubrían todo el empedrado y mis pasos resonaban chapoteantes hasta tal punto que en un momento tuve la sensación de que aquel sonido no procedía del eco de mis pisadas, sino de las de alguien que caminaba a mi espalda. Era un sonido acolchado, continuo, cauteloso acompañado de un roce imperceptible, pero cada vez más cercano, como el que hace el faldón de una gabardina contra el zócalo de los edificios. Por momentos, no me parecían los pasos de una persona, sino de un animal, por la cadencia ingrávida y menuda, quizá se tratara de un ciego acompañado por su perro lazarillo, pensé, pero enseguida deseché esa idea al darme cuenta de que en ese caso tendría que haber oído el sonido de la punta metálica de un bastón golpeando contra las esquinas y los bordillos de las aceras, además un ciego no podría caminar a ese ritmo y en ningún caso lo haría por aquellos callejones poco transitados. La aprensión me impedía volver la cabeza, pero hice la prueba a detenerme un par de veces y en las dos ocasiones, los pasos se detuvieron no inmediatamente, sino unos segundos después acompañados de una respiración afanosa.

A una se le llegan a ocurrir las cosas más absurdas cuando recorre encapuchada una ciudad como Florencia, en la que por todas partes afloran los misterios del pasado, dándole una atmósfera muy gastada, a veces incluso opresiva a pesar de la belleza, o quizá precisamente por ella.

Aceleré el paso en el último tramo, por la via Panzani, normalmente bastante concurrida, pero deshabitada a aquella hora, con los comercios cerrados y bajo un aguacero inmisericorde. Antes de cruzar, me paré bajo la marquesina del escaparate de Benetton y esta vez sí, giré la cabeza de golpe y entonces vi a mi espalda dos figuras ciertamente extrañas. El perro era un terrier negro de media altura como los que se pueden ver callejeando entre los contenedores de basura en cualquier ciudad, aunque su aspecto no era demasiado descuidado y su mirada parecía inteligente y atenta a cualquier orden de su dueño. El hombre me pareció un fraile desde el primer momento, iba vestido con una gabardina oscura sobre la que asomaba un faldón largo de color marrón. Le calculé unos cincuenta años por la complexión del cuerpo algo pesado y cargado de hombros, pero no pude distinguir su rostro, oculto tras la copa negra de su paraguas. Ver un fraile en Florencia no tenía nada de raro, como tampoco lo tenía observar a un perro, aunque en este caso tuviera el lomo lleno de costurones, pero los dos juntos bajo la lluvia en medio de una calle deshabitada no eran una visión precisamente tranquilizadora. El animal aprovechó la pausa para sacudirse el agua de encima. Me quedé unos segundos mirándolos a los dos a través de la tiniebla oblicua de la lluvia. No hicieron nada por guarecerse bajo un portal ni tampoco parecían mostrar interés alguno en ocultarse. Allí estaban, impertérritos. Pensé que quizá mi trabajo estaba empezando a obsesionarme. Cuántas veces dos personas coinciden en el mismo trayecto por pura casualidad sin que exista en ello ningún motivo de prevención o alarma. Probablemente me había impacientado por nada. Continué mi camino tratando de tranquilizarme, aunque no pude evitar aguzar el oído en el último tramo junto al monasterio de las leopoldinas y aquellas pisadas continuaron en la misma dirección, resaltadas ahora por el eco de los soportales.

Apuré el paso todo lo que pude y llegué al portal de mi apartamento casi sin aliento. Metí la llave apresuradamente en la cerradura, y sólo entonces, cuando ya estuve dentro, tragué saliva, me retiré hacia atrás la capucha de la trenka y respiré aliviada.

14

El muchacho se rascaba la cabeza pensativo mientras observaba el lienzo de grandes dimensiones que tenía delante.

—¿Qué pasa, Luca, es que acaso no te gusta mi *Madonna*? —preguntó Masoni con tono de fingido reproche. Su mirada conservaba ascuas brillantes que daban a su rostro una expresión entre colérica y divertida.

—No es eso maestro —se apresuró a aclarar el muchacho—. Es sólo que la virgen está como... — se quedó un rato en blanco sin encontrar la palabra que buscaba—. No sé... No parece una Adoración —concluyó finalmente.

—¿Qué quieres decir? —preguntó el pintor repentinamente intrigado.

—Vuestra *Madonna* tiene los ojos brumosos, maestro, como una vulgar hechicera de la via de Librai.

—Así que eso es lo que crees ¿eh? —sonrió Masoni sin desmentirlo.

— ¿Entonces es verdad lo que dice meser Leonardo? —preguntó el muchacho tratando de contener a duras penas su curiosidad.

—¿Y qué es lo que dice ese grandísimo tunante, si puede saberse?

—Dice que vuestra *Madonna* guarda un secreto que serviría para condenar a la hoguera a más de cien cardenales —repitió mientras lavaba la punta del pincel con un trapo húmedo y volvía a depositarlo cuidadosamente en una caja de madera.

—Leonardo siempre exagera —masculló Masoni mientras retocaba con albayalde la copa de un árbol cuya sombra acogía a varios personajes arremolinados frente a la virgen y el niño.

El muchacho empezaba a familiarizarse con la paleta base del pintor, pero los colores que más le fascinaban no eran los que solían emplearse para las mezclas tradicionales, sino los pigmentos brillantes que se obtenían moliendo minerales como el lapislázuli de un azul intenso y lleno de misterio o el cinabrio que daba un tinte rojo como la sangre de un gusano.

La mesa de caballete se hallaba repleta de matraces, peanas y morteros donde los aprendices se bregaban en el arte de mezclar los colores. En las pocas semanas que llevaba en la bottega haciendo de modelo, ayudante y mozo para todo, el joven Luca se manejaba en el mundo de las proporciones y las hierbas como si desde siempre se las hubiera visto con el gremio de los especieros. Sabía la cantidad exacta de semillas, cortezas y minerales que debía introducir en el mortero para triturarlos y convertirlos en pigmento. En el fondo no le parecía un trabajo muy diferente al que había desempeñado desde niño moliendo olivas en la prensa de aceite de su aldea. Pero lo que el chico ansiaba de verdad era pintar sobre lienzo con aquellas mezclas de ocres, sienas y bermellón que tanto cuidado ponía en elaborar.

—¿Cuándo me dejaréis tocar los pinceles?— preguntó.

—No tengas tanta prisa —tronó Masoni con su potente vozarrón. Se hallaba de pie ante el caballete, vestido con un guardapolvo gris de lino lleno de manchones de pintura y con el cabello dividido al medio por una raya perfecta. A sus treinta y tres años el pintor conservaba el mismo genio altivo y el espíritu socarrón que tenía cuando había llegado a la ciudad y empezara a frecuentar el círculo de los Médicis. En cierto sentido el muchacho le recordaba un poco a él mismo en aquella época, aunque Luca era tal vez más candoroso y sin doblez aún para la ironía. Quizá por eso se había tomado como algo personal el empeño de instruirlo no sólo en aquel oficio de porvenir incierto, sino en el arte todavía más azaroso de la vida—. La paciencia, al igual que la venganza, es un manjar que se saborea frío —sentenció, señalando con el índice una tablilla de madera y un punzón de metal, conminándolo a que siguiese practicando con punta de plomo, que era el método más socorrido para desbravar principiantes.

—Pero maestro, así nunca conseguiré aprender —protestó el muchacho.

—Vamos, vamos —le atajó Masoni con una sonrisa condescendiente —se aprende observando. Fíjate por ejemplo en este ramaje —dijo señalando la parte superior del cuadro—: ¿Qué es lo que ves?

El muchacho centró su atención en aquellas hojas representadas con tanta fidelidad que más parecían obra de la naturaleza que de un pintor ya que difícilmente un hombre podía tener el temple necesario para reproducir semejante minuciosidad de brillos y nervaduras. Siguió bajando la vista por la corteza del tronco hasta el nacimiento.

—Veo que las raíces del árbol bajan retorcidas hasta casi tocar la cabeza del niño —dijo.

—Ya, pero ¿qué te sugiere esa imagen?

—¿A mí? —titubeó el muchacho desconcertado.

—Sí, sí, a ti —insistió el maestro mientras una sonrisa irónica iluminaba su rostro de diablo vivo.

—No lo sé, maestro...

Masoni sacudió la cabeza con resignación.

—Veo que enseñarte me llevará más tiempo del que pensaba.

El muchacho volvió a observar el lienzo con detenimiento: el rostro brumoso de la virgen como el de tantas adivinas que leen el destino en las líneas de la mano, el hombre de la izquierda, llevándose la mano a la frente en actitud de asombro, la figura pensativa a la izquierda del cuadro, el personaje que aparecía arrodillado en primer plano, ofreciéndole algo al niño... Trató de escudriñar en aquellos rostros sin llegar a ninguna conclusión y volvió la vista hacia arriba, al árbol que acogía y daba sombra a todo el grupo.

—Cada hoja parece distinta.

—¡Bien!, Luca —aplaudió Masoni secándose las manos en un trapo humedecido con trementina—. Empiezas a fijarte. Sin darte cuenta ya estás más cerca de mi secreto. No se puede pintar como hacen muchos, todos los tipos de árbol, del mismo verde, aún cuando estén a una distancia equivalente. Si tomas un poco de malaquita y lo mezclas con betún obtendrás una sombra frondosa. Si lo que deseas es un tono más claro, debes mezclar el verde con el amarillo, luego añádele una pizca de cúrcuma y para los toques de luz, usa sólo el amarillo. Así ¿ves? —dijo dando un último toque con un pincel largo de cerdas finísimas.

—Pero ¿qué árbol es éste? —insistió el muchacho-. No es una higuera, ni un arce, ni un olivo... Ningún árbol tiene esos tonos de verde.

—El pintor tiene que ser capaz de pintar no sólo las cosas que están en el mundo, sino también las que se nos ocultan. Todo en la naturaleza guarda algún misterio. Los árboles esconden su edad en los aros del tronco, el agua encierra dentro de su corriente la potencia de su energía, el sol mantiene en la oscuridad de la noche el misterio de su incandescencia, las aves enmascaran con el movimiento el enigma de su vuelo... Si aspiramos a que la pintura sea un reflejo de la naturaleza, ¿no crees que debería contener también en la misma medida esa capacidad para encubrir sus secretos más profundos?

—Sí, maestro —respondió el muchacho con un tono levemente decepcionado—. Pero no me habéis contestado. Yo no os preguntaba por el misterio inalcanzable del arte, sino por el secreto concreto que se oculta en vuestra Madonna. Todos en la *bottega* hablan de ello, y hablan también de vuestra inquina a ese monje dominico del monasterio de San Marcos, donde al parecer está destinado vuestro lienzo.

—Mi querido Luca, veo que tienes buen oído para las habladurías, pero deberías mostrar un poco más de respeto por las enseñanzas de tu maestro. Desde que has llegado al taller he intentado enseñarte las huellas por las que el mundo nos habla a través de los signos. Y si hubieras prestado un poco de atención a mis palabras, recordarías que te he dicho cientos de veces que la pintura es una representación del mundo. La misma lógica que nos permite leer en el gran libro de la vida, sirve para orientarnos dentro de un cuadro. Pero no puedes quedarte en la superficie de lienzo, tienes que penetrar en la escena, moverte entre sus elementos, descubrir los ángulos ciegos que se ocultan a la visión, husmear como has visto que hace Lupo —dijo, señalando al perro que asomaba la cabeza detrás de una pilastra-. Sólo así alcanzarás su verdadero significado. Aunque muchas veces lo que más difícil resulta de ver es precisamente lo que tenemos delante de los ojos, como ese acertijo que tanto le gusta a tu amigo Leonardo.

—¿Qué acertijo, maestro?

—Es algo muy sencillo. A ver si lo adivinas... Se trata de una cosa que cuánto más grande es, menos la ves.

El muchacho volvió a rascarse la cabeza con perplejidad.

—No os entiendo, maestro.

—Bueno, esperemos que con el tiempo la providencia ponga un poco más de sal en tu cabezota —sonrió Masoni— Pero ya está bien de parloteo. Esto no es un monasterio, no tenemos todo el día para perderlo en disputas teológicas.

Así que coge el capazo y acércate a San Giusto alle Mura. Nos hemos quedado sin *azzuro* y bermellón y los necesito para rematar el arco del pórtico. Trae una onza de cada y no permitas que esos frailes Ingesuati te escatimen el peso. Si los dejas, son capaces de arrebañar con toda la calderilla.

El muchacho guardó en la faltriquera las cinco libras que le entregó su maestro y salió al ajetreo laboral de la calle con la vaharada que al mediodía empezaban a despedir las opulentas cocinas de las mansiones ocultas en el interior de los patios y el olor a incienso de las alcobas abiertas con mantas y tapices oreándose en los balcones.

Desde el interior de los palacios llegaban a veces hasta la calle los lánguidos sonidos de un laúd con los que las damas de alcurnia desafinaban la pena de un amor contrariado. Sin embargo en los vericuetos abigarrados de los barrios populosos, el mal de amores se combatía a baldazo limpio en medio de una tormenta de carniceros que obligaba a huir hasta a los gatos, pero que servía para entretener a todo el vecindario.

Al pasar por la via Mattonaia, el chico saludó con familiaridad a Michele di Cione que se hallaba sentado a la puerta de su horno con la cara tiznada de fogonero en medio del polvo del ladrillo cocido. Los barrios artesanos como el de Sant´Ambrogio, con la maleza descolgándose por los canalones, le revolvían en el fondo del alma una idea de la vida vinculada a un panal de abejas, que le reconciliaba con su infancia campesina. Ese era el mundo que él entendía, un carbonero llevando su saco al hombro equivalía a una hormiga transportando un grano de trigo, la visión de un fraile con los faldones de su hábito aleteando al viento le evocaba la imagen de un cuervo volando hasta lo alto de un campanario con una nuez en el pico.

Con ese ánimo imbuido de proximidad física y olores corporales se sumergió en la algarabía caliente de los pregoneros del mercado de abastos que anunciaban a gritos sus mercancías. No había un lugar mejor para enterarse de lo que se cocía en la ciudad que la plaza del mercado viejo, con los capones y venados colgados de un gancho en los aleros de las barracas rodeados de moscas y las aceitunas y legumbres de la huerta toscana expuestas sobre esteras en el suelo. El chico se daba encontronazos con el gentío, tropezaba con los sacos de harina y de carbón, se enredaba con los canastos, navegaba en el desorden de los puestos como un barco a punto de naufragar. Todo era nuevo para él: los culebreros que ofrecían el jarabe para el amor eterno, aquellos mendigos tirados en los zaguanes con sus llagas en carne viva... Hizo un recorrido largo embargado por una curiosidad que le agrandaba las ansias de vivir pero al mismo tiempo lo hacía sentirse como un conejo agreste fuera de su madriguera. Lo despertó del hechizo una panadera feliz con una cofia granate en la cabeza, descarada y oronda, que entre risas y porfías le ofreció un panecillo de ajonjolí mientras le levantaba el sayo con la punta de un cuchillo de picadora. El muchacho sonrió de pavor con las orejas encendidas, pero ella lo borró de su vida con una carcajada y tuvo que huir de allí humillado, pisando las inmundicias de los mataderos con cabezas destazadas y vísceras de animales que se quedaban por las calles flotando al sol disputadas por los perros en una rebatiña perpetua.

Regresaba ya, con el capazo lleno de hortalizas y viandas para el almuerzo y con las dos onzas de *azzuro* y bermellón que le había encargado su maestro envueltas en sendos retales de lino áspero, cuando reparó en un corro de gente arremolinada.

Al principio le pareció una simple reyerta de mujeres, pero la voz que se superponía a las demás no era una voz femenina, sino que tenía un timbre metálico e investido de autoridad, tampoco sus palabras pertenecían a la lengua vulgar. El poco tiempo que llevaba en la ciudad le había bastado para darse cuenta de que Florencia era un avispero de mirones que pululaba por las calles próximas al mercado atestadas de gente siempre dispuesta a dar pábulo a los rumores políticos y a todo tipo de habladurías, desde secretos de alcoba hasta escándalos de la corte. Su maestro le había aconsejado en más de una ocasión evitar esos corrillos si no quería verse envuelto en problemas, pero su curiosidad pudo más y se acercó con cautela.

Quien hablaba debía de ser un notable a juzgar por su atuendo. Iba engalanado de terciopelo con jubón y capa larga, pero cuando el chico pudo observarlo de frente, reconoció sin lugar a dudas al principal banquero de la ciudad, Jacopo de Pazzi, por el cabello muy negro con un mechón blanco de nieve en la frente que acentuaba su dignidad. Había también en el grupo dos frailes dominicos, un consejero togado de panza innoble que lucía envuelta en un fajín escarlata, tres caballeros ataviados a la florentina con escarpines, saya corta y camisas de seda tornasolada que espejeaban en la luz del mediodía, y un hombre joven que parecía forastero, por el cinturón con escudo de armas y el gorro en forma de cuerno con dos borlas que usaban los consejeros ducales.

Hablaban apasionadamente y en tono tan ácido que el muchacho dedujo con ojo de buen cubero que aquella ira sólo podía ser debida a los avatares políticos. Ni siquiera a un recién llegado a la ciudad se le podía escapar el malestar de ciertas familias patricias por la mano de hierro con que los Médicis controlaban el gobierno de la República, en especial en lo referente a las nuevas cargas fiscales.

Pero el muchacho no alcanzó a oír nada, porque el grupo enseguida bajo el tono al percatarse de su presencia. Lo que sin embargo sí percibió con toda nitidez, fue una escena que se produjo de manera improvisada en aquel mismo instante, sin que nada la anunciase, más que un silencio tan atónito y diáfano que sobrecogió el alma del muchacho con un pálpito de emoción.

Por el fondo de la calle venía una dama muy joven y espigada vestida de azul Prusia con hermosos guantes de gacela y un aleteo de párpados de presagios inciertos. Llevaba el cabello atusado en una sola trenza gruesa de color fuego enfundada en una redecilla que le colgaba del hombro hasta la cintura. Caminaba con una altivez natural, la cabeza erguida, la vista inmóvil, con un modo de andar de cierva que la hacía parecer inmune a la gravedad. La flanqueaban tres doncellas con uniformes idénticos de batista rayada que sostenían sobre su cabeza una sombrilla de seda y se esforzaban a duras penas en seguir el paso de su señora sin dejar a su alrededor el menor resquicio para que ningún roce le mancillara la honra.

Su tránsito por la calle dejo un halo de almizcle e hizo bajar la cabeza con una inclinación a todos los caballeros que hasta ese momento peroraban acaloradamente. La burbuja de silencio se extendió por toda la calle en la que sólo sonaban las castañuelas de sus zapatos contra las losas de piedra hasta que desapareció como un arcángel detrás de un zaguán. Fue entonces cuando el muchacho alcanzó a oír el nombre de la esposa de Lorenzo de Médicis, Clarice Orsini, cuyas cinco sílabas fueron pronunciadas con menos conformidad que recelo por Jacopo de Pazzi mientras se cubría la boca a medias con la mano en actitud confidencial hacia el consejero ducal, que por ser extranjero, tal vez era el único en la ciudad, además del muchacho, que no conocía a la primera dama.

El chico se quedó aturdido durante unos segundos tratando de fijar aquel instante en su memoria seguro de haber asistido a la aparición de un ser de otro mundo y después continuó su camino hacia la *bottega*, sorteando los excrementos que dejaban por las esquinas los numerosos perros callejeros y midiendo mucho los pasos en los vericuetos de las calles de piedra que tan traicioneras habían sido en sorpresas de guerras y razias de bandoleros.

V

Mi apartamento de la via della Scala, no era precisamente el Trinity collage de Oxford, ni tenía grandes ventanales emplomados desde los que ver caer la lluvia, ni por supuesto estanterías de cedro repletas de ediciones antiguas, pero desde mi llegada había hecho todo lo posible por convertir aquellos 45 m^2 en un espacio agradable. La cocina contaba con unos electrodomésticos tan pequeños que parecían de miniatura, pero era práctica y luminosa. Se hallaba separada del resto del estudio por una barra de madera. En el lateral había un mapa de Europa clavado con chinchetas en la pared y alrededor algunas postales de mis ciudades favoritas: una vista de Lisboa desde el castillo de San Jorge; el puerto de Copenhague con la Sirenita; un tranvía cruzando el barrio de la Mission en San Francisco; el malecón de la Habana; Praga de noche cubierta de nieve desde una esquina del callejón de los alquimistas... Enfrente de la cama, que hacía también la función de sofá, con dos grandes cojines, había una cómoda sobre la que reposaba un pequeño televisor con video y la minicadena musical. Pero mi sanctasanctórum se encontraba frente a una ventana que daba a los tejados de Florencia. Un paisaje salpicado de campanarios que por la mañana se iluminaban con un intenso tono rojizo y por la tarde adquirían una coloración de barro, bajo el humo de las chimeneas. Allí había instalado una mesa de estudio con un flexo articulado y en la estantería lateral había ido colocando, junto a los libros de Historia del Arte, pequeños recuerdos que siempre llevaba conmigo en todos los viajes, porque en los peores momentos me ayudaban a amortiguar el desarraigo. Conservar ciertos objetos de culto es una forma callada de lealtad hacia uno mismo.

En los tiempos que siguieron a la muerte de mi padre, había aprendido que la capacidad de resistencia no depende tanto de propósitos abstractos o de grandes ideas, sino de pequeñas cosas materiales, a veces tan simples como una estilográfica con mis iniciales grabadas, un cubo de cristal con cuatro fotografías, una en cada cara, una pequeña locomotora de juguete con el frente un poco abollado o un cómic de Corto Maltés... Bueno en realidad no era un cómic cualquiera, se trataba de una primera edición usada pero en buen estado de *La balada del mar salado*, publicado en Venecia en 1967 al precio de 275 liras. En la cubierta de color amarillo, Hugo Pratt había escrito con rotulador negro una dedicatoria que decía: «A Ana, para que sepa que siempre habrá una isla, una aventura o un tesoro esperándola en alguna parte del mundo.» Fue el regalo que me hizo mi padre cuando cumplí 14 años y para conseguirlo, según pude saber después, tuvo que recurrir a los oficios del eminente semiólogo Umberto Eco, a través de un colega de la Universidad de Bolonia. En aquella época yo aún no había descubierto el placer adulto por las ediciones antiguas y no le di más importancia a ese álbum que a cualquier otro título de la colección de mi héroe favorito, pero más tarde aquel volumen estrecho y alto se convirtió para mí en una verdadera joya, una especie de faro luminoso que me ha ayudado a ir sobreviviendo a los naufragios y me ha acompañado por las diferentes ciudades en las que he vivido, por todas las casas hasta este apartamento de Florencia.

Lo primero que hice al llegar, fue colgar la trenca en la percha del baño, cerca del radiador para que perdiera la humedad. Cuando uno se encuentra a salvo y libre de aprensiones, a menudo se ríe de sus propios temores, igual que los niños que a la luz del día olvidan sus pesadillas nocturnas. Después de secarme el pelo con una toalla y cambiarme de ropa, todavía me acerqué a la ventana y miré hacia abajo con un rastro de recelo, pero no había nadie en la calle, ni frailes, ni perros, ni viandantes de ninguna clase bajo el silencio engrisado de la lluvia. Así que preparé una cafetera y me dispuse a afrontar una jornada casera de estudio.

Los libros que me había recomendado el profesor Rossi también se habían mojado a pesar de la bolsa de plástico que los cubría. Les pasé un paño y los coloqué en el anaquel inferior de la estantería para poder alcanzarlos con facilidad. Después encendí el flexo y traté de hacer un hueco entre el ordenador portátil, las fichas, los montones de apuntes sueltos y los lápices que se hallaban desperdigados por la superficie hasta que conseguí abrir un claro donde poder colocar la taza de café. Mientras la apuraba, miré de refilón el corcho donde solía clavar algunas notas como recordatorio. En una hoja cuadriculada estaba apuntada una lista de la compra que todavía no había tenido tiempo de hacer, además había un papelito rectangular de color rosa que era un resguardo de la lavandería. Recordé que en los *quadernini* de Masoni también había anotaciones cotidianas como el precio de una onza de malaquita, muy utilizada para pintar paisajes, que le costó cuatro liras o dos kilos de cera para velas a una lira. Los cálculos domésticos se mezclaban en sus cuadernos con apuntes científicos de perspectiva o anatomía. La gran lección de sus manuscritos era precisamente ésa, que todo estaba trabado, formando parte del mismo tejido de la vida: el espesor de una gota de sangre o las estrías del paladar de un perro.

Pensé que si el mapa de la mente de un pintor tan excelso incluía tanto las grandes tareas como las pequeñas, en mi panel de corcho muy bien podían convivir sin pugna un listado que incluía pasta de dientes o leche condensada, con una fotocopia clavada con una chincheta que mostraba un eje cronológico del siglo XV en el que aparecía marcado con un círculo en rotulador rojo el año 1478. Pero, sin duda, lo primero que debía hacer era tratar de poner un poco de orden en los acontecimientos.

Tomé un folio y tracé una diana. En el centro coloqué a Lorenzo de Médici, un joven orgulloso, demasiado joven quizá para conocer la naturaleza de su temple, un humanista amante del vértigo filosófico y de las veladas nocturnas, que al mismo tiempo era un político brillante pero implacable y también un poeta lleno de dudas.

> *Lo que más ansío es lo que deseo menos,*
> *para vivir más, mi final anhelo.*
> *Por huir de la muerte, a la muerte espero,*
> *busco la paz donde no habita el sosiego.*
> *Por aliviar las cadenas en que yo mismo me envuelvo.*
> *Hielo en el fuego busco,*
> *y tormento donde hay contento,*
> *vida donde hay muerte,*
> *guerra en el apaciguamiento...*

Sus versos rezumaban un principio de antítesis. Tal vez la única manera de afrontar el asombro para un hombre inteligente era vivir instalado en la contradicción que según los antiguos griegos es la madre de todos los conceptos. Lorenzo leía vorazmente y escribió poemas desde los doce años, pero nunca renunció a su vena política. Probablemente no hubiera podido hacerlo aunque hubiese querido y quizá se sentía protegido manteniendo sus dos naturalezas, la literaria y la de hombre de acción, en compartimentos del alma estancos, como quien se encomienda con una vela a Dios y con otra al diablo.

En literatura los contrastes agudizan el sentido del humor y la ironía, pero en la vida sin embargo no sirven para alertar a nadie contra lo imprevisible, un factor que para su desgracia estaba a la orden del día en la política florentina. ¿Quién puede reaccionar a tiempo ante la sorpresa de lo que jamás hubiera imaginado? ¿Cómo no desechar las aprensiones o el miedo en un mundo donde sólo el coraje tenía cabida? ¿Qué hombre valiente no habría renunciado a su escolta de escuderos o hubiera vivido oculto con el rostro siempre embozado dejando que el temor gobernara sus pasos? Tal vez el primogénito de los Médicis pensaba que plegarse al temor era una forma de rendirse de antemano a los enemigos y por eso decidió desechar de su mente indicios o figuraciones y olvidar los íntimos recelos que seguramente le asaltaron en más de una ocasión con la punzada de un presentimiento funesto.

De eso yo sabía algo. Era una sensación que últimamente me sorprendía con frecuencia cuando caminaba por la ciudad. A veces puede ocurrir que el pasado se quede agazapado en un cruce de calles y cualquier persona mínimamente sensitiva puede percibirlo a su espalda en forma de una presencia demorada. Son signos primarios de nuestra naturaleza animal, como el olfato del tigre, que nos alerta de lo que sucede o quizá está a punto de sucedernos, aunque a veces nuestro cerebro desoye esos indicios anteponiendo al instinto la supremacía de la razón.

Ése era precisamente el flanco más débil de los humanistas y Lorenzo, como muchos de los artistas que lo rodeaban, no pudo sustraerse a esa pequeña vanidad del intelecto.

Me preguntaba constantemente quién se hallaba en la ciudad aquella mañana de domingo. Sabía que Botticelli estaba allí y también Maquiavelo, que era un niño de apenas nueve años al que todavía no se le había retorcido el colmillo y se hallaba jugando con un aro muy cerca de la plaza de la Signoria. Otros muchos hombres ilustres fueron testigos directos de los hechos como el humanista Poliziano y los pintores Leonardo da Vinci y Pierpaolo Masoni, o el geógrafo Toscanelli pero ¿quién más estuvo en la ciudad esa mañana? ¿Cuántos de toda aquella legión de oscuros florentinos congregados en la vía Martelli a la entrada de misa sabía lo que iba a ocurrir? ¿Cuántos iban secretamente armados? ¿De quién partió la última orden para derrocar el Consejo dominado por los Médici, que era la institución principal de la República?

Cuando todos en Florencia señalaban a los autores materiales del complot, Pierpaolo Masoni se preguntaba por el verdadero cerebro de la conjura. En una página de su cuaderno se refería a una misteriosa presencia que no tenía «rostro, ni voz, ni siquiera nuca o envés». En un principio pensé que aludía a una aparición de carácter inmaterial como una sombra demoníaca o algo parecido, pero más adelante añadió algo que me hizo descartar esa idea y pensar en un ser concreto, individual y perfectamente personalizado, cuando escribió: «...el inductor, el que puso el veneno en boca de tantos y de tan distintos, el que lo alentó durante largo tiempo y lo llevó a efecto furtivamente con ardides y usurpación y engaño, y también el que fue capaz de depositarlo en la boca de un amante o de un amigo...».

Desde luego de ser ciertas las intuiciones de Masoni, el

criminal pertenecía a una categoría superior de asesinos. Sobre la tercera flecha tracé un gran signo de interrogación y escribí con mayúsculas: EL TERCER HOMBRE, como el título de la película de Orson Welles.

Desde mi punto de vista la conspiración tenía que haber nacido dentro de la propia ciudad de Florencia donde los odios se fraguaban a pie de calle, porque si alguna lección se podía desprender de la Historia era precisamente que las hogueras se alimentaban siempre en el bosque más cercano aunque luego vinieran otros desde fuera a echar más leña al fuego. Pensaba que lo más probable era que el papa Sixto IV y el rey Ferrante de Aragón, se hubieran limitado a apoyar desde el exterior los rencores intestinos de una ciudad en la que el faro de los Médicis alumbraba con una luz tan potente que no dejaba brillar nada a su alrededor.

A veces tenía la sensación de que al cabo de un minuto, de medio segundo más, iba a encontrar una solución para el rompecabezas. Lo mismo me ocurría por la noche cuando estaba a punto de dormirme. Era una impresión muy fugaz que me hacía sentir por un momento como si fuera a descubrir algo decisivo aunque en ese momento no tuviera la menor idea de qué se trataba. Una sensación análoga a la que suele describirse como «tener una palabra en la punta de la lengua». Pero lo único cierto es que cada vez tenía más preguntas y menos respuestas. Hacía ya rato que había oscurecido y al otro lado de la ventana de mi apartamento la ciudad empezaba a puntearse de luces.

De niña, una tarde en Santiago, tumbada boca abajo en la cama leyendo una enciclopedia infantil, me encontré con un episodio sobre las excavaciones de Schliemann en Troya que me marcó hasta tal punto que durante muchos años sólo soñé con ser arqueóloga. Al parecer cuando Heinrich Schliemann contaba siete años, es decir la misma edad más o menos que tenía yo en aquel momento, su padre le regaló la *Ilíada* y desde ese instante aquel niño visionario tuvo perfectamente claro que su destino en este mundo no iba a ser otro que el de encontrar las ruinas de Troya. Tardó cuarenta años, pero lo cumplió. Durante toda su vida no hizo nada más que prepararse para el momento en el que su pico de excavador chocase con la máscara de oro de Agamenón en el palacio de Micenas en Argos. Que aquel objeto fuera o no la máscara de Agamenón, era lo de menos. Lo verdaderamente importante era que la guerra de Troya había existido, porque él había sabido a los siete años con la clarividencia del corazón que Homero no podía mentir.

Hay una edad en que las cosas son así. La inocencia se alía con los sueños. Luego viene la vida y sus rebajas, pero hay cosas que nunca se olvidan. Aquella fue la época en que me aficioné definitivamente a los atlas y a los libros. Me tumbaba en la cama boca abajo durante horas, con las rodillas flexionadas y leía la historia de aquel muchacho ensimismado y huraño, con escasos modales, pero que a los quince años ya hablaba perfectamente la variante ática del griego clásico como un príncipe.

Quizá la lección de Schliemann es que sólo se puede encontrar lo que se busca. O dicho de otro modo: para encontrar algo hay que haberlo soñado antes con la voluntad. Pero lo que yo debía encontrar en Florencia no era la máscara dorada de ningún rey, sino el retrato robot de un asesino que había logrado pasar desapercibido durante 527 años.

Mi padre pertenecía a la escuela de Schliemann, tenía toda una teoría prusiana en cuanto al método de trabajo y una concepción romántica respecto a los fines. Lo había visto cientos de veces encerrado en su despacho hasta las tantas de la madrugada con el gesto pertinaz y disciplinado, la mirada encendida, el cigarrillo humeando sobre su mesa llena de papeles. A veces me recriminaba esa falta de convicción en los trabajos que emprendía en relación con mis estudios, quizá me veía dispersa entre demasiados estímulos. Con veinte años no es fácil concentrar toda la energía en una sola dirección. Es mucho después cuando una aprende a distinguir las cosas a las que verdaderamente vale la pena dedicar el esfuerzo de una vida.

Tal vez fuera esa en el fondo la verdadera razón de que llevara más de tres meses en Florencia, encerrada entre legajos y documentos antiguos. Llega una edad en la que una persona como yo no tiene más remedio que enfrentarse al síndrome de Schliemann.

De pronto el destello de un relámpago barrió la habitación de un extremo a otro, como los faros de un coche. Oía los chasquidos de la lluvia en el cristal igual que un sonido de botones en una cajita descascarillada. Después, se hizo la oscuridad. Me quedé quieta, sentada frente a la ventana y dejé vagar mis pensamientos: un libro, un árbol genealógico, el nombre de un pintor, una habitación iluminada sólo por velas y de cuando en cuando otra vez el destello de los relámpagos seguido del eco retardado de un trueno. Contaba los segundos transcurridos entre el rayo y el sonido de la detonación que retumbaba como un traqueteo de carreta perdido en las montañas. A lo lejos, el río, las colinas y Florencia a ciegas, sin electricidad.

VI

El portón verde flanqueado por dos antorchas ensartadas en argollas de hierro estaba abierto, al igual que las dos ventanas de cuerpo entero, siempre rebosantes de risas y música de tamboriles y panderetas. La posada de La Campana se hallaba en un callejón desguarnecido de Dios a donde iban a parar toda clase de trasnochados, prestos a desahogar en compañía femenina los rigores de la jornada. Los salones y alcobas en penumbra eran el único antro de Florencia, donde no regían las distinciones de clase y bajo sus techos de vigas encofradas uno podía encontrarse desde contramaestres de paso o pintores bohemios hasta hombres de letras, banqueros, procuradores y chambelanes vestidos de etiqueta, que se fugaban de los salones señoriales para comer *torronis* de hojaldre con higos secos y beber a su antojo.

No era la primera vez que el muchacho recibía el encargo de ir a buscar a su maestro a aquel tugurio de perdición. Luca caminaba entre el escándalo de la parranda pública con el pulso acelerado y una vaga sensación de peligro cuando pensaba que se estaba adentrando en un mundo de misteriosas posibilidades que le aterraba y le atraía al mismo tiempo. Entre las burlonas porfías que desde los balcones le dirigían las mujeres y la consumación del acto con el que tantas veces había fantaseado, mediaba una distancia que sólo su imaginación adolescente podía medir. Ya no era el *ragazzo* de piernas flacas y hombros esmirriados que había llegado a la *bottega* huyendo del hambre. En apenas dos meses el aire de la ciudad le había ensanchado los pulmones con ansias nuevas y hacía ya varios días que se rasuraba el bozo adolescente con una navaja barbera.

Continuó caminando por el callejón como por una cuerda floja temeroso de caer al menor descuido en la tentación. Muchos de los borrachos desperdigados y de las parejas que se palpaban y se apretaban desaforadamente en las esquinas llevaban el rostro cubierto por máscaras decoradas, que brillaban a la luz de las antorchas, y que les permitía diluirse en el anonimato durante los tres días de locura en que la ciudad parecía a punto de sucumbir en el caos del carnaval. El muchacho atravesó aquel revoltijo de músicas, serpentinas y polvos de arroz apretando el paso y tratando de no tropezar. Lo embargaba un vago sentimiento de culpa que abarcaba también las debilidades de su maestro. En el tiempo que llevaba a su lado había aprendido a aceptar las incógnitas de su carácter, pero le disgustaba que frecuentara aquel atracadero de gente sin ley.

Pierpaolo Masoni era un pintor de genio vivo pero, como muchos hombres lúcidos, a veces se veía atacado por los demonios de la depresión. La causa que lo arrastraba por esa deriva era un misterio que muy pocos conocían. En la *bottega* nadie hablaba de su pasado, pero en Florencia algunas lenguas le atribuían un historial secreto de cautivo condenado a perpetuidad por un crimen atroz en las mazmorras de la Finché, donde había permanecido con grillos de cinco libras hasta que la intervención del propio Lorenzo de Médicis lo había rescatado. Otros lo tildaban de prófugo y desertor e incluso había quien aseguraba que pertenecía a una comunidad herética de hermanos del Libre Espíritu que también contaba entre sus miembros con el geógrafo Toscanelli, el filósofo Marsilio Ficino, poetas como Poliziano o Cristoforo Landino y numerosos eruditos llegados desde Bizancio huyendo del temible sultán Mehmet II. Al parecer esta comunidad de refugiados habían traído consigo cientos de fajos de manuscritos en los que se contenía toda la ciencia y la filosofía griega, desde Tales de Mileto hasta Aristóteles, y todos ellos profesaban una fe sospechosa en el nuevo arte de la geometría. Muchos cristianos viejos que apacentaban sus rencores al amparo de las cofradías no podían soportar que los recién llegados contaran con el respaldo del mayor mecenas de la República y eran frecuentes las denuncias anónimas acusándolos de idolatría, sodomía y crímenes sacrílegos.

Por toda la ciudad se desplegaban los temibles *buchi de la verita,* una especie de buzones de piedra con la boca de cobre, donde eran depositadas estas acusaciones y recogidas cada día por los Custodios de los monasterios, encargados de tramitar las denuncias ante los oficiales de la Signoria. A oídos del muchacho había llegado el rumor de que hacía algunos años Masoni había recibido una amenaza de interdicto papal y sufrido tortura y cautiverio, cuyo rastro conservaba grabado en el torso con una marca de hierro candente. A pesar de que él nunca había osado preguntar directamente a su maestro sobre ese asunto, algunas conversaciones pilladas al vuelo le hacían pensar que aquellos rumores no debían de hallarse muy lejos de la verdad

—Claro que hay tinieblas en el dolor —le había oído clamar ante un cuadro del juicio final de su discípulo Pietro Vanucci, al que llamaban *el Perugino*—. El dolor hace arder algo dentro, igual que el placer, pero en sentido inverso. Es la negación de todo. Un éxtasis distinto, como el que ilumina los ojos de los condenados ya sean santos o herejes. Cuando te torturan sientes lo mismo que cuando estás bajo los efectos de las hierbas maléficas. Todo lo que has leído, todo lo que has oído contar, llena tu cabeza. En ese estado no sólo confiesas lo que desea el inquisidor, sino también todo aquello que imaginas que puede agradarle oír. Es el vínculo más terrible —había dicho—. Son cosas que conozco bien...

No era una afirmación gratuita, el terror acostumbra a filtrarse por los resquicios más protegidos de la imaginación como un viento loco que acaba provocando trastornos de humor, fisuras en la memoria y oscureciendo el sentido de la realidad.

Fuera lo que fuese, lo cierto era que algunas mañanas de brumas tristes su maestro entraba en un extravío incomprensible que le desbarataba las ganas de vivir. Su afilado sentido del humor naufragaba entonces en un mutismo de eremita como si un escalofrío de las vísceras lo hubiera dejado sin luz y pasaban días, incluso semanas, hasta que recuperaba el habla. En los momentos más arduos de sus crisis, parecía que estuviera prendido al mundo por unas hilaturas tan tenues que pudieran romperse con un simple cambio de posición durante el sueño, como si mientras dormía se hubiera internado en otro mundo de presagios siniestros del que salía con la respiración muy tenue y los ojos apagados. En aquel estado lo único que le aplacaba el espíritu era desaparecer tres días en la posada de La Campana donde alguna hembra compasiva lo ponía a salvo de los tormentos de la memoria con un sahumerio de laurel y hierbas orientales.

Entre las mujeres que allí vendían un amor de emergencia por cuatro liras las había de todas partes: sicilianas de caderas arremolinadas que se mostraban de grupa a quien las seguía, germanas corpulentas, borgoñonas de escotes generosos y hasta eslavas escurridas que parecían quedarse en nada cuando se quitaban la ropa, pero que podían dejar listo para el arrastre a cualquier bebedor ingenuo que pretendiera saciar su fiebre en un solo asalto. Los crujidos de los resortes de los lechos y sus alaridos de degolladas enardecían el ánimo de los clientes con tal arte que no había hombre sobrio o borracho que tuviera corazón para abandonar el local sin probar sus encantos.

Los aposentos se hallaban separados por celosías de madera cuyo tamaño permitía contemplar lo que ocurría en la alcoba sin ser visto, como correspondía al refinamiento de los príncipes de Europa. Se hablaba de mirones a quienes se le habían helado los atributos al reconocer a la propia esposa en la mujer que estaban espiando y de fornidos mercenarios con envergadura de galeotes que entraban disfrazados con tules de bailarinas para desfogarse con los contramaestres de obra, y de tantas escabrosas andanzas que al joven Luca la sola idea de aventurarse en busca de su maestro por el pasillo de las alcobas le resultaba pavorosa. Pero el pintor llevaba más de tres días sin aparecer por la *bottega* cuando más encargos apremiaban y las órdenes de *Verrocchio* no admitían vacilaciones:

—Tráelo aunque tengas que arrastrarlo con una soga de condenado.

Pierpaolo Masoni se había ganado en la posada un trato de privilegio porque trataba a aquellas mujeres sin nombre ni fortuna como princesas cautivas y entre ellas hacían rifas para disputarse el favor de devolverle el gusto por la vida sin hacer preguntas ni pedir nada a cambio. Él sin embargo les devolvía el privilegio tomándolas como modelos para sus pinturas. Las hacía posar para él con la cabellera extendida a sus pies, con una exquisita dignidad de vírgenes.

Después del amor, a Masoni le gustaba permanecer desnudo por varias horas en un reposo lento, encerrado dentro de sí mismo, consagrando las fatigas del amor al culto de pensamiento y así permanecía hasta el amanecer cubierto con un lienzo de lino sin que nadie osara interrumpir su inspiración sacramental.

En la pausa de la madrugada, cuando bajaba el calibre de la pasión, era imposible no escuchar las conversaciones de los clientes que necesitaban vaciar también su alma con una confesión sin compromiso. Allí uno podía enterarse de muchas infidencias y aún de algunos secretos de estado que los caballeros de alcurnia e incluso las autoridades locales confiaban a sus amantes efímeras sin cuidarse de que no lo oyeran en los cuartos vecinos. Fue también así como Pierpaolo Masoni se enteró de que el papa Sixto había adquirido finalmente la ciudad de Imola por 40.000 ducados que le habían prestado los banqueros Pazzi. A poca distancia de la iglesia de la Badia, un capitán de la guardia apostólica pontificia y el arzobispo de Pisa, Francesco Salviatti, habían sido avistados entrando en la mansión que poseían los Pazzi en la via dei Balestrieri. La visión de un importante soldado papal llegando a la casa del principal banquero pontificio, no parecía en ningún caso una buena señal. Pero Masoni no volvió a pensar en ello hasta unas semanas después, durante la celebración de una misa solemne, cuando los dedos suaves de un hombre le rozaron la nuca en la penumbra de una nave de la catedral. Al darse la vuelta y ver de frente el rostro del hombre que lo enfilaba con una daga de doble filo tuvo miedo de verdad, no a morir, sino a que algo dañara sus ojos más irreparablemente que una luz súbita. Pero entonces ya era demasiado tarde.

Nunca es fácil establecer qué parte de la verdad ha podido sobrevivir al cabo del tiempo. Sin embargo para comprender lo que permaneció inexplicado durante tantos años no conviene alterar el orden oculto de los hechos que nada parecía anunciar aquel martes de carnaval. Luca se internó por el estrecho corredor que conducía a las alcobas iluminadas con la luz de una palmatoria en busca de su maestro. No tuvo que esforzarse mucho para dar con él. Lo encontró recostado en un jergón de paja con una sonrisa de ángel descuartizado. Cuando se percató de la presencia del muchacho que apenas podía respirar de terror entre tanto desafuero, le preguntó en broma si iba para un entierro y el muchacho respiró aliviado porque supo que aquella llamita de humor significaba que el pintor había encontrado el atajo de vuelta hacia sí mismo.

Masoni acabó de vestirse en la penumbra y enrolló unos cuantos bocetos a carboncillo, dentro de un canuto de estaño. Mientras lo hacía, Luca tuvo el tiempo justo de distinguir al fondo de la alcoba el rostro fugaz de una joven de ojos borrosos, como si una mancha de humedad le hubiese nublado la mirada, pero fue suficiente para reconocerla. La miró de frente con los cinco sentidos para fijarla en su memoria tal como era en aquel instante: parecía un ídolo funerario, impávida vestida de negro absoluto, con la boca embadurnada de zumo de moras y un clavel rojo en la oreja.

Una vez fuera de la posada, el muchacho se echó la capucha de lana sobre la cabeza y maestro y discípulo emprendieron el camino de regreso a la *bottega* sin hablar apenas, mientras el alba tintaba de añil el perfil de las murallas con los primeros carros de leña transitando por los puentes envueltos en la neblina que emanaba del río y cubría de plata las piedras grises de los palacios y las chimeneas y las calles sumidas en el olor a resina y a leña mojada de olivo en aquel amanecer de ascuas, enmarcado a lo lejos por el azul oscuro de las lomas de Fiésole.

VII

Los talleres de los Uffizi se encuentran justo enfrente del museo, en la segunda planta de un edificio anodino de oficinas. Mientras subía de dos en dos las escaleras, notaba un ligero hormigueo en el estómago. Había pasado la noche en una especie de agitado duermevela sin poder conciliar el sueño, con la emoción de contemplar al fin el cuadro de la *Madonna de Nievole*. A la derecha del rellano estaba la sala de restauración y a la izquierda la puerta de los servicios administrativos donde suponía que me estaría esperando el profesor Rossi. Antes de entrar al vestíbulo, pasé bajo el arco detector de metales. Después le entregué el carné de identidad y una tarjeta plastificada con mi acreditación a una secretaria de mediana edad y aspecto amable que tenía un vaso con una camelia blanca al lado del ordenador.

—¿Ana Sotomayor? —preguntó mientras verificaba la fotografía.

Asentí con una ligera sensación de inquietud. Llevaba tanto tiempo aguardando aquel momento que temía que en el último instante surgiera alguna dificultad.

—He quedado de encontrarme aquí con una persona —le expliqué un poco atropelladamente—. Tenemos una autorización de Patrimonio para visitar los talleres...

—Sí, sí, lo sé —respondió ella poniéndose de pie mientras se quitaba las gafas y las dejaba apoyadas encima del mostrador—. El profesor Rossi la espera en esa salita. Si es tan amable de pasar, en un momento les acompañaré al taller.

Cuando entré en el vestíbulo, el profesor Giulio Rossi se levantó tan deprisa del sofá de cuero en el que estaba sentado que tropezó con las rodillas en el borde de la mesita, provocando un pequeño cataclismo en el que un montón de revistas y catálogos de exposiciones fueron a parar al suelo. Me agaché para ayudarlo a recoger. A apenas dos palmos de distancia sus ojos eran en exceso diáfanos, pero no grises como me habían parecido en otras ocasiones, sino de un color leonado. Cuando todas las revistas volvieron a estar apiladas en su sitio, el profesor esbozó una leve sonrisa exculpatoria y, alzando las cejas, hizo ese gesto con las palmas de las manos hacia arriba que sirve a algunos actores para indicar que van desarmados. Fue un gesto franco de captación de benevolencia que le aclaraba el rostro dándole un aire casi adolescente de chico patoso y divertido al que sientes deseos de acercarte intuyendo que puede ser un buen compañero de aventuras. No sabía exactamente qué, pero había algo en el profesor Rossi que me enternecía por dentro como si a través de la ventana de aquella sonrisa pudiese alcanzar a verlo tal y como había sido de niño, un muchacho flaco de hombros frágiles y huesudos yendo en bicicleta con pantalón corto por un camino de olivos en la aldea toscana donde se crió. En mi elucubración, incluso me parecía posible adivinar algo de su pasado que desconocía por completo, de sus gustos musicales por ejemplo o su lecturas y eso tal vez tuviera un poco que ver con él, con aquella espontánea timidez que parecía su modo natural de relacionarse con los demás, pero sobre todo tenía mucho que ver conmigo, con un instinto kamikaze que algunas veces en la vida me ha llevado ingenuamente a creerme capaz de inventar el mundo cada

71

mañana. Iba vestido de una manera más informal que el día anterior con una camisa abierta en el cuello, un jersey deportivo de pico y un tabardo marinero. Se quedó allí de pie, como si temiera volver a sentarse, contándome las últimas noticias sobre la controversia de la restauración, en un tono tranquilo, de nuevo dueño de sí, con las manos hundidas en el bolsillo del pantalón, balanceándose ligeramente hacia adelante y hacia atrás, hasta que la secretaria, flanqueada por dos guardias de seguridad, nos avisó para que la siguiéramos hacia las dependencias de los talleres.

La sala de restauraciones se hallaba vigilada por un circuito cerrado de televisión. Era una estancia rectangular con azulejos blancos que olía a productos químicos como un laboratorio. Los cristales de las ventanas habían sido recubiertos con un papel vegetal de color crema que dejaba pasar la luz velada para no dañar las pinturas. El espacio central estaba ocupado por cuatro grandes mesas de caballete sobre las que descansaban varias pinturas en posición horizontal a la espera para ser intervenidas. De no ser por las cámaras instaladas en el techo, la habitación recordaba bastante a cualquier cuarto trastero de bricolaje con varias taquillas metálicas, un gancho en la pared del que colgaba una loneta con cepillos y pinceles de distintos tamaños y una pila de baldosines al fondo con una repisa del mismo material en la que había un plumero y varias bolsas grandes de supermercado.

Un tipo robusto de bata blanca y con el pelo níveo y escarpado como el cuarzo vino a nuestro encuentro sonriendo.

—¡Giulio! —dijo saludando al profesor Rossi con una palmada campechana en el hombro.

El profesor le correspondió poniéndole también la mano sobre el hombro, pero no por la espalda, sino de frente con un gesto que me recordó un poco a la ceremonia medieval con la que se armaba antiguamente a los caballeros. La diferencia de estatura que había entre ambos contribuía a remarcar ese efecto vasallático. Sin embargo a pesar de ello, el profesor parecía sentirse muy cómodo con la situación, porque por primera vez desde que nos conocimos se atrevió a tomarme del brazo. Me había quedado rezagada unos cuantos pasos y vino hacia mí, sujetándome por el codo con naturalidad y obligándome a acercarme a ellos.

—Ana, te presento al famoso restaurador Francesco Ferrer, el mejor cirujano de cuadros de toda Italia y un buen amigo. Él es el principal responsable de la polémica con el decano del Archivo Vaticano por el asunto de la *Madonna de Nievole.* —El hombre me sonrió con simpatía pero sin dejar de observarme de arriba a abajo con la asentada penetración de quien está habituado por su oficio a comparar y a sopesar continuamente, para detectar cualquier anomalía al primer golpe de vista, evaluando y formulando juicios. Afortunadamente no lo hizo en este caso. No al menos de palabra-. Ella es Ana Sotomayor —continuó el profesor sin soltarme del codo—: la alumna de la que te he hablado. Está haciendo la tesis sobre Pierpaolo Masoni.

—Ah, un pintor muy interesante —dijo, tendiéndome la mano. Se la estreché sin demasiada convicción, pero él me la apretó con firmeza. Tenía unos dedos ásperos y grandes, de alfarero, en los que se podía percibir la fuerza del nervio y la concentración. Era un tipo de constitución robusta, ancho, de más de sesenta años, oriundo de Pistoia, según había dicho el profesor, con la tez sanguínea y un aspecto de artesano que parecía cultivar deliberadamente como contrapunto quizá a su *curriculum* académico. Sus ojos eran pequeños, pero montaraces y centelleantes, con una cualidad expresiva que halagaba lo que contemplaban y al mismo tiempo trasmitían sagacidad y precisión, como si estuviera capacitado para reproducir cualquier detalle observado al instante.

—Supongo que trabajando con cuadros tan antiguos no será fácil para usted decidir si una pintura va a poder soportar el paso por el quirófano —dije, continuando con la metáfora sanitaria que había utilizado el profesor Rossi.

—No crea, señorita —me contestó en italiano—. Como en cualquier otro asunto, pueden aplicarse distintos niveles de intervención y con las técnicas no abrasivas de que disponemos hoy en día, cualquier pintura puede ser tratada sin mayor riesgo. En el fondo —añadió mientras avanzábamos hacia el fondo de la sala—, se trata de una cuestión de filosofía, *si capisce*. Están los que mantienen el criterio ocultista, con Monseñor Gautier a la cabeza, y los que defendemos la legibilidad del cuadro. Si estuviésemos hablando de un pergamino de Dante que tuviera algunas palabras enmascaradas por las manchas de humedad ¿no opinaría usted que habría que limpiarlo para que pudiese ser leído y comprendido por entero?... —Hizo una pausa, esperando mi asentimiento y a continuación prosiguió—: pues con la pintura sucede lo mismo. —Después inclinó un poco hacia la izquierda su gran cabeza de cuarzo y me observó en silencio con una mezcla de consideración y curiosidad, como si le recordase a alguien.

Aquella imagen del cuadro como un poema enterrado me pareció muy sugerente, pero tal vez inexacta. Francesco Ferrer poseía en alto grado la cualidad de la elocuencia que infundía a todo lo que planteaba un carácter irrefutable.

—En realidad no se trata de nada nuevo —terció el profesor Rossi—. La iglesia siempre ha optado por el hermetismo, en los documentos, en el arte y hasta en la liturgia. Ya sabes cuál ha sido siempre el lema de los masones de la Curia: «Creer lo menos posible, sin llegar a ser hereje, para obedecer lo menos posible sin llegar a ser rebelde» —dijo con cierto soniquete de escarnio— El secreto resultó ser a menudo el mejor aliado del poder.— Por un momento me dio la impresión de estar escuchando a mi padre en uno de sus frecuentes alegatos anticlericales, aunque el profesor Rossi utilizaba una entonación más neutra que desafiante—. De hecho, como sabes —añadió dirigiéndose expresamente a mí—, ése fue el *quid* de la cuestión durante la Reforma protestante.

No me gustó el tonillo didáctico de la última frase. Cualquier estudiante de Secundaria sabía perfectamente que Lutero abogaba por la libre interpretación de las Sagradas escrituras frente a la iglesia católica que consideraba que cualquier participación directa de los fieles en los misterios conduciría irrevocablemente a la pérdida de su influencia. Recordarme algo tan elemental a aquellas alturas me parecía poco menos que condenarme a caer en los abismos de la obviedad y a nadie le gusta caer tan bajo.

—Sí, —respondí poniéndome de abogada del diablo con un resto de orgullo herido— pero una cosa debe ser ayudar a la *legibilidad* del cuadro —dije remarcando ostensiblemente la misma palabra que él había utilizado— y otra distinta, pretender clarificar algo que probablemente, al menos en el caso de la *Madonna de Nievole*, el pintor quiso dejar deliberadamente ambiguo. —En realidad, pensé para mí, leer un cuadro resultaba mucho más difícil que leer un libro. Para empezar, un cuadro era imposible de contemplar desde donde lo había visto su autor porque el pintor siempre está dentro. Y por otra parte, tampoco se puede ver totalmente desde fuera porque, a poco que te acerques, te absorbe, como sabe cualquiera que haya estado alguna vez a solas delante de una obra de arte. Y eso sin contar que algunos artistas se resisten a ser leídos con una eficacia diabólica y recurren a códigos secretos del simbolismo y la imaginería que sólo se hallan al alcance de una minoría de iniciados. El caso de Leonardo era tal vez el más conocido, pero el profesor Ferrer debía de saber tan bien como yo que había sido en el taller de *Verrocchio* donde el autor de la *Gioconda* se estrenó en la corriente de lo arcano y sin duda lo había hecho de la mano de Pierpaolo Masoni.

Francesco Ferrer se rió con complicidad como si me hubiera leído el pensamiento.

—Por fortuna la tenemos de nuestro lado —dijo guiñándole un ojo al profesor Rossi, sin abandonar su sonrisa intrigante—. Si la ficha el Vaticano, estamos perdidos.

—Ya te dije que era una chica lista —respondió el profesor.

—Por supuesto que no se puede mirar ningún cuadro con los mismos ojos de su autor, señorita, pero lo que pretende monseñor Gautier es que nadie pueda contemplarlo con ningunos ojos, *capito?* —El restaurador utilizaba aquella expresión constantemente como una muletilla—. De momento, la maniobra le salió bien —continuó— porque el proyecto de restauración quedó prudentemente archivado, y mientras no se resuelva el contencioso tampoco puede estar expuesto al público, con lo cual ahí sigue con su suciedad y sus misterios intactos —Había señalado con el índice una puerta metálica lateral que se abría al fondo, a la izquierda de la pileta de azulejos—. Puede dar gracias a las influencias del profesor Rossi, si no, tampoco usted podría contemplarlo con sus hermosos ojos, jovencita.

Apenas cinco minutos después teníamos ante nosotros la *Madonna de Nievole*. Francesco Ferrer hizo una señal con la mano a los guardias de seguridad y estos abrieron la puerta, insertando una tarjeta en la ranura metálica y extrajeron el lienzo. Lo colocaron, siguiendo sus indicaciones, sobre un caballete trípode de sólida estructura rectangular situada a tal efecto frente a la ventana.

De que el cuadro estaba en mal estado no cabía la menor duda. La superficie se hallaba recubierta en algunas zonas por una sucia pátina de color marrón oscuro, y una red de grietas finísimas recorría toda su extensión provocando un efecto similar al de un parabrisas estallado por una pedrada.

—El craquelado se ha producido por oxidación y afecta a todas las pinturas de la época— explicó Francesco Ferrer—, pero la capa de color pardo rojizo que se observa en algunas zonas es posterior al año 1478 de cuando data el cuadro, y en mi opinión no pertenece a Pierpaolo Masoni.

—¿Quieres decir que es un repinte? —preguntó el profesor Rossi ajustándose las gafas sobre la montura de la nariz.

—Sí, bueno, al menos eso es lo que revela el informe técnico. Después de pasarle la lámpara ultravioleta surgieron algunas dudas de atribución y como se hace siempre en estos casos, se procedió a un análisis en profundidad. Se tomaron diversas muestras transversales de pintura y al someterlas a un análisis microscópico, se detectó que la capa superior de color marrón había penetrado en el estrato monocromo anterior. Eso quiere decir que cuando se aplicó, la superficie del cuadro ya tenía que estar agrietada para que la pintura fresca se pudiera filtrar en su interior. Lo más probable es que esa última capa sea posterior a la muerte del *Lupetto*, porque las fisuras tardan bastante tiempo en producirse, por lo menos treinta o cuarenta años. Lo que no sabemos es si este retoque se realizó por motivos estéticos, para edulcorar la pintura con el criterio negligente de algún restaurador desaprensivo o por el contrario... —Francesco Ferrer hizo una pausa y su rostro resplandeció con una chispa de jactancia. Sin duda le gustaban los pequeños golpes de efecto a la hora de contar las cosas, porque sus cejas blancas se fruncieron con satisfacción, como si disfrutara enormemente atizando nuestra curiosidad. Una clase de coquetería intelectual muy similar a la que debió de desplegar Sherlock Holmes ante su fiel ayudante, Watson. Por alguna razón me pareció evidente que aquello formaba parte de una vieja complicidad entre ambos.

—O por el contrario ¿qué? —se impacientó el profesor Rossi, siguiéndole el juego en su pulla holmesiana.

—O por el contrario —sentenció contundentemente haciendo hincapié en cada palabra—: se hizo de forma intencionada y por razones ideológicas.

Mientras Francesco Ferrer y el profesor Rossi discutían sobre estas cuestiones técnicas, yo me dejé absorber por el magnetismo del cuadro.

Era un lienzo de considerables dimensiones para este tipo de obras: 1,70 metros de alto por 1,50 de ancho, aproximadamente. La madre y el niño centraban la composición, pero no dominaban el espacio, sino que parecían encerrados en él. Ambos daban una profunda impresión de vulnerabilidad como si se sintieran amenazados por la presencia del nutrido grupo de personajes que los rodeaban, ángeles o profetas que manifestaban una actitud más de asombro y sorpresa que de adoración.

La virgen no representaba más de doce o trece años y estaba muy lejos de la imagen idealizada de las madonnas de cuello largo y mirada lánguida características de Botticelli y de otros pintores renacentistas. María no sólo era evidentemente una niña, sino que ni siquiera se la podía considerar una niña hermosa. Sus rasgos eran correctos, tenía la frente alta, los ojos almendrados de mirada brumosa. El cabello trigueño le caía en suaves ondas sobre el hombro izquierdo, sin embargo había algo en su expresión que resultaba profundamente desasosegante. Podría decirse que la escena producía frío, pero no era frío exactamente, sino una premonición casi palpable, como la presencia helada de algo. Traté de individualizar cada uno de sus rasgos para adivinar dónde estaba el problema hasta que caí en su sonrisa. Efectivamente la *Madonna de Nievole* esbozaba una sonrisa negra, sin dientes, que le daba a la parte inferior del rostro un aspecto hocicudo, de lobezno. Pensé que la veladura marfileña de los dientes podía haberse perdido con el paso del tiempo, dejando sólo a la vista la imprimación negra que le sirvió de base, pero rechacé la hipótesis al comprobar que ese mismo rasgo físico se repetía en el niño como si fuera una característica genética. De no ser por esa peculiaridad, el niño parecería un bebé como todos, nacido conforme a la carne, engendrado por un carpintero de Galilea y parido por una adolescente judía que dejó de ser virgen, como muy tarde, el día que lo concibió. Aparentaba poco más de dos años y estaba desnudo en el regazo de su madre, jugando con una campanita que era mucho más pequeña que su mano. Parecía como si el sonido de la campana lo tranquilizase, pues quizá presentía la muerte y sabía que ni su madre, ni los hombres que los rodeaban, podrían salvarlo. En el cuadro podía advertirse ya claramente que moriría de un modo trágico.

Las figuras que completaban la escena no formaban una comitiva sino un grupo nebuloso y aparentemente inacabado que emergía del fondo negro humo por el efecto lumínico de unas cuantas pinceladas blancas, sabiamente distribuidas. Su actitud no era exactamente de fervor, pero tampoco parecía irreverente; fijándose mucho podía vislumbrarse en alguno de los rostros un tipo especial de entereza o de angustia.

Quería escudriñar el cuadro centímetro a centímetro porque sabía que podía proporcionarme una información valiosísima sobre Pierpaolo Masoni, no sólo en cuanto a su método de trabajo, sino también respecto a su mentalidad y a su peculiar manera de ver el mundo. Pero lo que no hubiera imaginado es que iba a decirme algo mucho más inquietante.

—Fíjate en este personaje —Francesco Ferrer no llegó a apoyar el dedo sobre el lienzo, pero por el modo resuelto y poco ceremonioso de dirigirse a la pintura, intuí que podría hacerlo. Había señalado con el índice a un joven alto, vestido elegantemente con una capa larga. Su rostro era impresionante, como esculpido a navaja, muy varonil, pero con cierta vulnerabilidad en la mirada—. No podría asegurarlo al cien por cien —continuó Ferrer—, pero estoy casi seguro de que es un autorretrato del *Lupetto*. Los artistas italianos del Quattrocento, solían incluir su propia imagen en las pinturas y lo habitual era mostrar al artista mirando al exterior del cuadro, igual que aquí, como si fuera un intermediario entre la escena de ficción que ha creado y el mundo real de espectador, *capito?*

—Lo mismo que hacía Hitchcock en sus películas —dije ingenuamente, sin pensarlo dos veces.

—Sí —respondió esta vez el profesor Rossi, sonriendo—. Aunque no creo que los pintores renacentistas lo hicieran por vanidad como el maestro del suspense, ni es de suponer que tuvieran un sentido del humor tan británico. Más bien debían de hacerlo por un concepto narrativo de la escena.

Francesco Ferrer humedeció una bola de algodón y fro-

tó el extremo inferior del cuadro. La cabeza apenas bos-
quejada de un perro lobo, que me había pasado inadverti-
da, surgió de pronto de la oscuridad. Estaba de perfil, al
pie del hombre de la capa, en actitud de descanso, pero
con las orejas erguidas y la mirada atenta al hermético
mundo de señales que se abría más allá de las órdenes de
su maestro. Recordé que en uno de los *quadernini* del Archivo había visto un dibujo a sanguina de una cabeza de
perro casi idéntica. De pronto aquel conjunto del hombre
y el perro se convirtió para mí en el núcleo del cuadro.

Me acerqué más para observarlo con detalle. El hombre representaba unos treinta y tantos años. La capa que
lucía iba adornada con un ribete bordado y parecía de tejido noble a juzgar por la caída del paño, pero el cuello de
su camisa se veía rozado y humedecido de sudor, lo que
evidenciaba, tanto como las manos o la frente, su experiencia directa con el trabajo. Ceñido a la cintura llevaba
un correaje con remaches de bronce o cobre, del que colgaba una especie de bolsa, pero fijando bien la atención se
percibía perfectamente que no se trataba de la habitual
buchaca que muchos menestrales portaban atada al cinto,
sino de un libro o un cuaderno pequeño del tamaño de
una baraja de naipes. A partir de ese momento ya no al-
bergué ninguna duda de que me hallaba ante el único retrato que se conservaba de Pierpaolo Masoni.

Por su pose podría decirse que encarnaba el tipo de actitud decidida de alguien que sabe el terreno que pisa,
pero algo en sus ojos hacía pensar que tal vez hubiera preferido no saberlo. Más que un hombre apuesto, se diría
que era de esos seres extraños que poseen un innegable
magnetismo. Imaginé su timbre de voz, inesperadamente
bajo, semejante al de Tom Waits. Y de pronto me vino a la
memoria la estrofa de una canción de su último disco que
me gustaba especialmente: «Y dime, cómo elige Dios? /

¿Qué plegarias no escucha? / ¿Quién mueve el timón? / los dados ¿quién los tira...?» Había escuchado ese tema por última vez pocos días antes de venirme a Florencia. Fue al final del verano en el Ford Fiesta de Roi, uno de los alumnos predilectos de mi padre y el que sin duda hubiera preferido como yerno. Conducía él, con el codo apoyado en la ventanilla abierta y el radiocassette encendido. El sol salpicaba de pintura el parabrisas y la melodía se expandía hacia afuera como una cometa volando muy alto. Había sido un día bonito con cerveza y salami y queso y sillas plegables y siesta bajo los pinos en una manta de cuadros. De regreso habíamos parado en una gasolinera, cerca de la playa del Santo, junto a un astillero abandonado. Se veían al fondo las barcas rotas y recuerdo que de pronto, mientras el sol se reclinaba sobre el capó caldeado del coche, miré hacia atrás y me pareció que nadie hubiera podido elegir un paisaje mejor para una despedida. La música sonaba como una canción de amor, aunque los dos sabíamos que ya no lo era.

—Toda restauración es un trabajo de interpretación —oí que decía Francesco Ferrer—. No hay reglas de aplicación universal. Lo que sirve para un cuadro de Botticelli puede no funcionar para éste. Hay que interrogar constantemente a la pintura para decidir lo que se debe hacer en cada caso.

—Si lo piensas bien —dijo el profesor Rossi mientras se rascaba la sien con un gesto característico de los jugadores de ajedrez cuando están calibrando un movimiento—, ese criterio que vale para el arte, se puede aplicar también en cualquier otro ámbito de la vida, tanto privada como social. Los hechos dependen siempre de la intención que haya detrás o de la interpretación que se le quiera dar.

—Se calló un momento y se alejó unos pasos para contemplar el cuadro a más distancia y se puso a observarlo sin moverse, con una mirada cargada, guiñando un poco el ojo izquierdo como un cazador que tuviera enfilada a su presa, pero su expresión más que concentrada o acechante, parecía repentinamente entristecida—. En aquella época apenas había diferencia entre la vida privada y la pública, al menos en lo que respecta a las grandes familias. Esta ciudad, como bien sabes —dijo mirándome por encima de las gafas de un modo que todavía remarcaba más su aire profesoral—, no sólo fue la patria de las teorías políticas, sino que aquí la pasión individual por el poder llegó a alcanzar el cenit del refinamiento. Los celos, la envidia, la venganza y el asesinato son pecados propiamente florentinos. —Por momentos detestaba con todas mis fuerzas aquel estilo didáctico que empleaba para dirigirse a mí, aunque no sabía exactamente por qué me irritaba tanto, desde luego no podía esperar que me tratase con la misma complicidad que a Francesco Ferrer, pero francamente habría preferido un tono menos profesoral—. No olvides, Ana —continuó con el mismo registro— que este cuadro, sin ir más lejos fue entregado a los Médicis en 1478, el mismo año de la conjura en la catedral. Entonces las intenciones de muchos estaban solapadas. Todo podía ser tergiversado o negado rotundamente. Cuántos de aquellos que estuvieron en Santa Maria del Fiore habrán dicho: «No te conozco, no me has visto, nunca he estado aquí...». Es lo que sucede en las persecuciones, en los complots, en las conjuras —se detuvo y miró al profesor Ferrer como si de pronto hubiera caído en la cuenta de algo—. Pero nada de esto es nuevo, hoy en día continua existiendo la misma clase de inquina y no sólo en la política. La Universidad, por ejemplo, no es un mundo tan distinto en el fondo, sigue habiendo los mismos odios bizantinos, las mismas intrigas, ¿verdad Francesco? y tú y yo sabemos bien hasta dónde son capaces de llegar.

Ahora tenía la impresión de que me había perdido algo, pero el tono hermético empleado por el profesor me disuadió de hacer preguntas. Pensé que estaban refiriéndose a asuntos suyos en los que no tenía derecho a inmiscuirme.

—*Certo* —respondió Ferrer con desgana, como si le contrariara el curso personal que había tomado la conversación—. Lo extraño es que sabiéndolo, no podamos hacer nada para evitarlo —sentenció—.No es fácil ordenar todo lo que sabemos —continuó, dándole un hábil giro al comentario del profesor Rossi—. Mira bien la pintura. Hay infinidad de matices que nos pasan desapercibidos o que sencillamente no vemos ni podemos ver, porque caen bajo un punto ciego. Fíjate en esta figura arrodillada —dijo señalando en el extremo derecho del cuadro a un personaje vestido con jubón negro, calzas de seda y capa de terciopelo carmesí adornada en el cuello con una garganta de piel de zorro—. En principio lo único destacable en él parece el tono cetrino del rostro y esa nariz aquilina, pero si lo observamos con más detalle advertimos que le está ofreciendo algo al niño, una flor, que podría ser un trébol o un jazmín. Sin embargo la mirada más especializada de un botánico nos revelaría que se trata de una rama de *Eruca sativa*, conocida vulgarmente como rúcula, que simboliza la pasión de Cristo, tanto por su forma cruciforme como por su sabor amargo. En realidad todo sería visible si nos atreviéramos a mirarlo sin tapujos, pero nos asusta la crudeza. Observa, por ejemplo, esta otra figura pensativa —dijo señalando ahora el extremo opuesto del cuadro—: parece un noble o un profeta en un escorzo un poco forzado, sobre todo por la posición del hombro derecho. ¿Qué ves ahí? ¿Un brazo amputado? Podría ser, pero no lo sabemos.

El profesor Ferrer se detuvo y su rostro resplandeció con una media sonrisa vivaz. Se notaba que le encantaba

intrigarnos. Probablemente fuese también un buen jugador de ajedrez como Giulio Rossi y le gustasen los acertijos.
No me extrañaba que fueran tan amigos. Había en los dos
una misma disposición de ánimo, una especie de vocación
detectivesca, insólita en hombres hechos y derechos, que
no dejaba de hacerme gracia. Parecían dos chiquillos que
se hubiesen conjurado a la salida de un cine de barrio para
desentrañar enigmas y descubrir misterios. Al cabo de
unos segundos de estudiado silencio, volvió a retomar el
hilo de la conversación:

—La vida también está llena de episodios invisibles —
dijo— ¿Quién sabe cuántas cosas que creemos seguras se
nos ocultan? Cada una de las personas pintadas en este
cuadro esconde un secreto. Es como si estuvieran haciendo
guardia y lo que resulta tan desconcertante de esta pintura
es precisamente eso: la larga espera de las figuras para ser
vistas. Ahí reside su desnudez. —Ahora Francesco Ferrer se
había girado y se dirigía a mí—. Aprender a interrogar un
cuadro no es una tarea fácil, señorita, ni inocente.

—Yo creo que hay que mirar la pintura con la esperanza de descubrir un secreto —terció el profesor Rossi—;
pero no un secreto sobre el arte, sino un secreto sobre la
vida. Lo dijo con una sonrisa tímida, pero esta vez sus ojos
no me esquivaron, sino que buscaron deliberadamente los
míos y permanecieron así varios segundos, pensativos, aco-
gedores pero cautelosos, como protegiendo algo dentro.

VIII

La estancia todavía se hallaba impregnada por un residuo de claridad de origen impreciso, que resaltaba como manchas los objetos, algunas herramientas, los lienzos blancos apoyados contra el muro, una palangana y el jergón de bálago. El muchacho se acercó a la ventana y se quedó allí de pie pensativo. En su cabeza todavía bullían las palabras de su maestro cuyo significado no había logrado comprender del todo. Siempre que el pintor asistía a una velada en el palacio Médici de Vía Larga, volvía a la *bottega* con un ímpetu renovado que le hacía brillar las pupilas con los aires del mundo y el muchacho aprovechaba aquella euforia momentánea para saciar su curiosidad sobre cuestiones tan intangibles como la perspectiva o los cometas. Pero a menudo las explicaciones que recibía, en lugar de remediar su ignorancia, hacían surgir en su mente dudas y preguntas nuevas que le acrecentaban el vértigo del conocimiento. Tal era su ansia por saber, que había conseguido permiso de su maestro para consultar siempre que lo deseara los libros que éste guardaba en un anaquel vidriado de su escritorio.

Allí estaban las *Epístolas* de Horacio encuadernadas en badana verde, los *Trionfi* de Petrarca, el *Arbor vitae crucifixae* que inspiró a Dante, una edición de la Biblia en lengua vulgar y otros libros manuscritos y mal enfajados, con huellas de haber sufrido los avatares de una larga deriva.

Al otro lado de los cristales emplomados, se extendía sumisa la noche de febrero en cuya quietud desolada había algo de tregua, porque había comenzado la cuaresma bajo un cielo liso y violeta en el que todavía no había oscurecido del todo aunque ya comenzaban a brillar algunas antorchas en la esquinas de la calle. El muchacho encendió la llama de una palmatoria y el círculo de luz iluminó un extremo de la mesa donde reposaba un libro de dos cuartas encuadernado en cuero negro y cerrado con tres bisagras de cobre. Lo colocó sobre el atril y fue pasando las hojas hasta encontrar el cintillo de raso granate que marcaba el capítulo en que su maestro había abandonado la lectura. La página estaba decorada en los márgenes con un grabado floral de campánulas y hojas de rúcula entrelazadas formando un tapiz muy intrincado. Pero lo que al muchacho le llamó poderosamente la atención no fue esa madeja, sino el dibujo que ilustraba el encabezamiento.

Se trataba de una miniatura de gran calidad que según le había dicho su maestro pertenecía a la escuela hispánica de Toledo. La ilustración representaba un trono colocado en el centro de un arco iris de esmeralda en el que se hallaba sentado un ser coronado por una tiara con el bastón y la serpiente enrollada. Su rostro no era majestuoso ni venerable, como suele ser el semblante del Creador en las miniaturas sacras, sino más bien terrenal. Iba ataviado con una túnica de violento carmesí ornamentada con filigranas de oro y plata, que le descendía en amplias volutas hasta las rodillas. Allí se apoyaba la mano izquierda, aguantando la empuñadura de una espada de doble filo, mientras la derecha se elevaba, sosteniendo una rama alargada de hoja cruciforme. Delante del trono, a los pies del Sentado se extendía una llanura ocupada por varios ejércitos y mezclados con ellos, enroscados en sus pies y en sus rostros se desplegaba todo un bestiario de animales de Satanás que parecían glorificar a Dios con toda su maligna belleza: cornejas, saurios de fauces abiertas, gorgonas, serpientes arrojando llamas por la boca, arpías, íncubos, águilas de plumaje erizado, hidras, cinocéfalos con morro de mamíferos, culebras, basiliscos y escorpiones.

La miniatura irradiaba tanta luz que la llama de la palmatoria resultaba casi superflua. El muchacho tembló, bañado por un sudor que le recorrió la espina dorsal como una corriente gélida, no sólo por temor, sino por el viento invernal que penetraba a través de las rendijas de los postigos y hacía parpadear la llama de tal modo que aquellas imágenes de otro mundo parecían cobrar vida y movimiento. No sabía cómo interpretar el significado de las figuras que brillaban ante sus ojos con unos colores tan violentos que parecían trazados a sangre o fuego, aunque había algo en aquella imaginería religiosa que le recordaba los sermones de un fraile dominico del convento de san Marcos que había empezado a sembrar el terror entre los feligreses con sus palabras. «La fe de los florentinos es como la cera —solía decir aquel predicador de verbo incendiario—, un poco de calor basta para fundirla.»

Su maestro le había hablado en ocasiones de las pullas constantes entre los dominicos, cuya orden había impulsado la creación del Santo Oficio, y los franciscanos, amantes de la pobreza y de las noches sagradas de cuya belleza nacieron todas las herejías. Pero lo más peligroso de los *fraticelli* como se les llamaba en toda la Toscana a la orden del hermano de Asís, no era sólo su exaltación espiritual sino los ataques directos contra el lucro de los cardenales y los pontífices. En efecto, la utopía de aquellos monjes pregonaba el advenimiento de una nueva era en la que el espíritu de Cristo —traicionado por los falsos apóstoles— volvería a realizarse en la tierra a través de los hermanos de la vida pobre que vivían sin poseer propiedad alguna. Roma los acusó de querer socavar la autoridad de la iglesia frente a los poderes terrenales y los hizo perseguir por la Inquisición. Desde entonces el sueño de los papas fue hacerse con una banca única, poderosísima, que garantizase para siempre la supremacía del Vaticano sobre los príncipes.

El muchacho sintió que se le revolvía el ánimo y se abandonó al lento flujo de las palabras escritas con letras góticas e iluminadas por la débil llama de la palmatoria. El aire de la noche agrandaba el mundo engullendo la geometría dentro de la oscuridad de los siglos, pero no así el tiempo, cuya dimensión el hombre había aprendido a subdividir en años y estaciones de secuencia ininterrumpida, y que representaba, según los filósofos, la eterna pista de Dios. Allí estaba la luna en su media cara, las guerras del papa con el emperador, las persecuciones de herejes, el misterio de los eclipses, el sueño de los Hermanos del libre Espíritu y las serpientes peludas, comadrejas, hienas y otras bestias del Averno reflejadas con todo lujo de detalles en la miniatura que tenía delante... ¿Qué representaba y qué mensaje simbólico encerraba aquella ilustración que tan intensamente había excitado su mente? No lo sabía. Todo le daba vueltas en la cabeza como una espiral que se parecía a un rosetón gótico en cuyos vidrios de colores se hallaba sobreimpresionado el rostro de una hechicera bellísima con la boca negra por los sahumerios de hierbas orientales.

Fue entonces, al descubrir el rostro de la muchacha, cuando cayó en la cuenta de que el dibujo que tenía ante sus ojos no hablaba de ningún hecho acaecido en el pasado ni relatado en ningún texto sagrado, sino de algo que todavía estaba por suceder. Y comprendió que la providencia lo había empujado hasta allí para ser testigo de una soberbia y colosal carnicería.

Afuera los cascos de un caballo sonaban sin eco muy cerca, junto a la torre del Bargello. Después sobrevino un silencio prematuro que era denso como la niebla que había empezado a manchar el aire en cuanto se puso el sol. El muchacho sintió que lo vencía el cansancio, apoyó la cabeza sobre los brazos flexionados en el filo de la mesa, pero no quería dormirse y luchaba por mantener los ojos abiertos. Cuando al fin le llegó el sueño, vino enturbiado de seres tenebrosos e hidras de tres cabezas y sierpes con las colas enroscadas, rematadas en lenguas de fuego y callejones en laberinto por los que andaba muerto de frío y de ganas de orinar.

Dentro del sueño sonaron tres golpes que volvieron a repetirse en la dudosa realidad del duermevela. Oyó abajo el chirrido del portón y después unos pasos acercándose por el corredor hasta la puerta de la alcoba que podía abrirse desde fuera con sólo levantar el picaporte. Quiso incorporarse de la silla y asegurar el cerrojo con el pasador de hierro, pero no fue capaz de moverse, como si el cuerpo no le obedeciera. Vio que alguien giraba el pomo de la puerta y cerró violentamente los ojos, temiendo que en el rectángulo de luz apareciera una sombra de otro mundo. La puerta cedió con un crujido de herrumbre y una figura alargada proyectó su sombra hasta el pie de la cama, resollando sin aire. Era un hombre tan alto que tuvo que inclinar la cabeza para no tropezar con el dintel. Una vez dentro se despojó de la capa que le embozaba el rostro y del gorro de piel de armiño que estaba cubierto de diminutas esquirlas de aguanieve y sólo entonces el muchacho pudo reconocer el semblante de su maestro, más lívido que de costumbre y con un brillo desconocido de alarma en las pupilas.

No dijo nada, pero sintió que se le paraba el pulso cuando comprobó que el pintor se dirigía a la panoplia donde guardaba algunos trofeos y su juego de armas compuesto por dos floretes cruzados y cuatro dagas de distinto tamaño enfundadas sobre paño de terciopelo. Se envainó la más larga en un costado del cinto, luego volcó el contenido de varios tarros de hierbas medicinales sobre una buchaca de fieltro que se colgó al cuello y dirigiéndose por primera vez al muchacho, que lo observaba completamente mudo como si aquella aparición formase parte de un sueño, le instó apresuradamente a que se echara una capa por encima de los hombros y lo acompañara sin más demora.

—¿A dónde nos dirigimos? —Se atrevió a preguntar, con un temblor evasivo en la voz cuando enfilaron la vía Ghibelina y torcieron por un callejón de cabras que olía a vaho reciente de animales y a estiércol.

—Al infierno —le respondió el maestro.

IX

Una vieja furgoneta roja aparcada en un extremo de la calle extendió una aleta lateral a modo de repisa, convirtiéndose en un chiringuito improvisado como los de las fiestas de los pueblos. Dos jóvenes con anoraks y zapatillas deportivas estaban acodados en el mostrador. Desde la altura de mi apartamento el barrio empezaba a bullir con la animación de las cuatro de la tarde. Un gato se había encaramado en la baranda de la terraza en el piso de abajo, el sol era suave y propiciaba una agradable pereza; las palomas picoteaban y escarbaban en el pórtico de una iglesia próxima. En la vía Pentolini empezaban a abrir las tiendas de alfarería donde todavía se podían comprar las tradicionales ollas provistas de dos asas que dieron nombre a la calle en la Edad Media. Mi cuarto dominaba todo aquel panorama: por la ventana abierta se veían campanarios, cúpulas, árboles al otro lado de la tapia de antiguos conventos, como el de Santa Verdiana, que vivió 34 años en una celda de clausura encerrada con dos serpientes como única compañía. Miraba desde lo alto los patios, los tejados, las sábanas tendidas a secar en las azoteas y los gatos trepados a las cornisas que a su vez miraban también la calle y los puestos de abajo. En 1478 se podía comprar cualquier cosa en esta ciudad, desde las lujuriosas figuritas de adorno para colocar en las alcobas matrimoniales a un milano o un halcón que acudía a golpe de silbato hasta aquellas terribles traíllas que se ajustaban al dedo meñique de las esclavas para que no se fugaran en un mercado atestado. Ahora detrás de Santa Maria Novella a la caída del sol se vendían además toda clase de paraísos al menudeo.

En la minicadena Tom Waits desgranaba con la voz rota los primeros acordes de *Somewhere* mientras yo trataba de aprender por mi cuenta cuál era el verdadero misterio de Florencia. Al principio contaba los días de mi período de becaria como una escolar que tacha en el calendario las jornadas de colegio que todavía le faltan. Creía estar atada a lo que quedaba de mis últimos años de estudiante, al olor de las panaderías de Santiago cuando volvía a casa de madrugada desde el piso de Roi y al café con nata del Derby y a la primavera en la alameda de Santa Susana. Dentro de muy poco empezarían a florecer las azaleas en los jardines y me importaba un comino. Ahora lo único que necesitaba era el olor acre de los legajos del Archivo, los grandes bloques rectangulares de piedra áspera que le daban a los palacios ese aspecto de peñasco duro, el mármol multicolor de las iglesias, el secreto de un cuadro, las palabras de un pintor... Mi verdadera ciudad no sólo se había desplazado dos mil kilómetros al Este, sino también cinco siglos atrás. Decían los humanistas que al menos tres cuartas partes de lo que vivimos ya ha sido vivido por otros antes, durante milenios. Me preguntaba quién hubiera sido yo de haber vivido en Florencia en 1478. ¿A quién habría amado? ¿Qué papel podía representar una mujer en aquel mundo de hombres? Pensé en Simoneta Vespuci, claro, joven, inteligente, hermosa y mal casada. Una magnífica poeta, igual que Ginebra de Benci, que escribió un verso inmortal: «*Chieggo merzede e sono alpestro tigre*», «Pido clemencia; soy un tigre salvaje».

Un Alfa Romeo reluciente frenó en el paso de cebra y un tipo moreno de bigote, con abrigo entallado y pelo repeinado hacia atrás con fijador, bajó del coche y se dirigió a la furgoneta. Era bajito pero se daba aires de director de orquesta como si de un momento a otro estuviese a punto de golpear con la batuta en el atril. Al cabo de unos segundos el semáforo cambió a verde y el Alfa Romeo arrancó. Entonces vi asomar por el extremo de las arcadas la cabeza del profesor Rossi. Llevaba el mismo tabardo marinero del día anterior con las solapas levantadas, las manos hundidas en los bolsillos, y aquellos andares desmañados que tenía, como de vivir a su aire y aparecer casualmente en el último momento. Lo observé hasta que se acercó un poco más para asegurarme, pero no había duda de que era él. Cerré la ventana, enchufé la cafetera y marqué tres minutos exactos en el reloj. Cuando el profesor Rossi tocó el timbre de la puerta, el agua empezó a borbotear.

Su saludo me pareció un poco envarado. Quizá le imponía la angostura del espacio o la propia intimidad de mi apartamento en donde nunca había estado antes. Se quedó paralizado en la entrada, con los hombros encogidos y una carpeta en la mano como un mensajero que sólo hubiese venido a entregarme una carta y tuviera que irse enseguida. Sin embargo en aquel exceso de formalidad creí notar, con una punta de halago, esa clase especial de inseguridad que muestran algunos hombres cuando se sienten indefensos ante sus propios deseos. Colgué su chaquetón en el perchero y le invité a que se sentara en el sofá, pero en lugar de hacerlo, se quedó de pie echando un vistazo a los libros de la estantería mientras yo preparaba una bandeja con dos tazas y un platito de pastas almendradas de Santiago que mi madre me enviaba regularmente.

Le vi pasar el índice por el lomo de los libros uno a uno: *La Cultura del Renacimiento en Italia,* de Jacob Burckhardt en una edición de los años sesenta que había pertenecido a mi padre, *Las vidas de los más excelentes arquitectos, escultores y pintores italianos...* de Vasari, el volumen referido a la Europa del siglo XV de *La Historia de la Vida Privada* de Georges Duby. Ahora parecía sentirse más cómodo como si algo repentino hubiera cambiado su estado de ánimo, la música, el olor del café... Se detuvo en las últimas adquisiciones que él mismo me había recomendado y sonrió al comprobar que el libro de Lauro Martines *Sangre de Abril*, estaba lleno ya de anotaciones a lápiz en los márgenes. También había novelas: Stendhal, Faulkner, Conrad, un libro de viajes de Josep Pla... Pero lo que más pareció llamar su atención fue el cómic de Corto Maltés.

—Es una primera edición —dije al ver que se detenía a leer la dedicatoria.

—Un gran tipo —murmuró al cabo de un instante con los ojos aún fijos en la cubierta.

—¿Quién? ¿Corto? —pregunté.

—No, bueno... —Sonreía y se acarició el mentón—. Me refería a Hugo Pratt. —Se había detenido y me miraba con expectativa.

—No sabía que le conociese.

—Me lo presentó un amigo común en ese restaurante de Venecia al que iba siempre ¿cómo se llamaba? —chasqueó la lengua como si le fastidiara enormemente el olvido— Sí, demonios... es un sitio histórico al lado del Gran canal, ... *Al Graspo de Ua* —dijo al fin—. Nunca fui lector de cómics pero recuerdo que me reí mucho con él. No es fácil esa cercanía espontánea con alguien que acabas de conocer. Y después con el tiempo me fue gustando cada vez más. —Esbozó una sonrisa pausada, meditativa, mientras lo decía, como la de quien recuerda algo con cierta vaguedad y complacencia.

Después volvió a colocar el ejemplar en el anaquel que le quedaba a la altura del pecho y entonces observé que no retiró la mano del estante, sino que la mantuvo allí, dudó unos instantes, finalmente la desvió hacia la izquierda y cogió el cubo de cristal que enmarcaba las fotografías. Después de observarlo con curiosidad por todas sus caras, lo depositó con mucha delicadeza sobre la mesita, al lado de la bandeja con la cafetera y se sentó en una esquina del sofá.

En una de las fotografías aparecía yo con mi padre en el pantalán de un muelle luciendo una medalla del concurso infantil de vela del año 1985. Tenía siete años, la nariz cubierta de pecas y los dientes de sierra a medio crecer. Es curioso, no recuerdo el momento en el que nos hicieron la foto, sin embargo cada vez que observo la imagen todavía me viene con total nitidez la sensación de llevar el traje de baño aún húmedo bajo los pantalones cortos. En la imagen mi padre me sujetaba la mano en alto con orgullo, tenía la piel muy bronceada y el cabello todavía oscuro sin una sola cana.

—Es uno de los momentos estelares de mi infancia —dije y era verdad. Hasta hoy no he conseguido encontrar una sensación comparable a la de navegar, sentir la impronta del aire buscando el mínimo ángulo contra el viento y la máxima velocidad.

—Yo me mareo con sólo subir en góndola por los canales —confesó el profesor en tono de guasa—. No quiero ni imaginarme lo que puede ser una regata.

—No es nada complicado. Se trata de ir dando bordadas en zig-zag —dije haciendo un gesto sinuoso con la mano—. A veces da la impresión de que te alejas de la meta, pero una nueva virada te vuelve a enfilar hacia el objetivo. —Yo también sabía dar lecciones cuando quería—. Más o menos lo mismo que sucede en la vida —añadí con una sonrisa llena de suficiencia.

El profesor giró la cabeza hacia mí, enarcando las cejas,

como si le hubiese sorprendido el comentario o esperase alguna aclaración.

—Bueno —traté de explicarme mientras servía el café—; a veces ocurre que cuando parece que ganamos, en realidad perdemos, y sin embargo cuando parece que hemos tocado fondo, de pronto, sin saber cómo, salimos de nuevo a flote. ¿No?

—Sí —contestó él algo desconcertado—, supongo que sí.

—Lo malo —continué— es que en tierra, al contrario que en el mar, es difícil saber cuándo dar la virada. —Iba dejando caer las palabras como quien llena un vacío que sólo es incómodo si se prolongan demasiado los silencios—. A veces tardamos años sin decidirnos y otras nos precipitamos en cuestión de segundos. —No me pregunten por qué dije semejante cosa. No tengo ni la más remota idea y sobre todo no me explico por qué utilicé un tono tan sobrado y tan enfático y tan presuntuoso. En ocasiones me pasa. Digo cosas sin saber por qué las digo, es como si hablara alguien por mí, una voz incontrolada.

—Quizá me hubiera venido bien haber practicado algún deporte aire libre. Al parecer se aprenden cosas interesantes —apuntó el profesor con cierta ironía, mientras se llevaba la taza de café a los labios. Después dejó transcurrir unos segundos sin decir nada. Tres, cuatro, cinco, seis... Sabía aguantar el silencio.

—Es que en Galicia tenemos un contacto muy especial con el mar y también con la montaña —dije tratando de quitarle importancia a mi afirmación anterior—. Bueno, en general en todo el Norte. Mi padre era un entusiasta de la naturaleza. De pequeña hacíamos muchas excursiones a la costa y a la aldea. Era algo que me encantaba —dije recostándome contra el cojín de la pared, sin dejar de sonreír—. Me cargaban de noche en el asiento de atrás del coche todavía enfundada en mi pijama de Tom y Jerry, medio dormida y cuando me despertaba ya era de día y estábamos rodeados de caballos salvajes...

El profesor Rossi me miraba pensativo. Sonreía sólo a medias, pero se le veía relajado. No sé cuánto tiempo seguí rememorando en voz alta aquellas acampadas con meriendas en los pinares, refrescos enfriados en un arroyo, y luego el camino de vuelta, con el faro de Finisterre a lo lejos y esa sensación de estar surcando la noche con la cara apoyada en el cristal frío de la ventanilla, contando estrellas... La incertidumbre del principio había desaparecido, hablaba despacio en tono tranquilo, tratando de eludir las pausas demasiado largas, pero sin darme cuenta el recuerdo estaba poniéndome un nudo en la garganta, uno de esos nudos marineros que aprendí a hacer en la escuela náutica de Lapamán. Y es que había en aquellos viajes una felicidad de isla que nunca después he sabido volver a encontrar y hacía mucho, demasiado tiempo, que no hablaba de ello con nadie. Contemplé de nuevo la foto y la medalla de oro colgando de una cinta blanca y azul con la bandera gallega. Categoría infantil. Primer premio. Lo peor de las ausencias es esa sensación de mundo perdido que se queda para siempre. Tomé un sorbo de café y miré de refilón hacia la ventana. Estaba cambiando la luz.

La intimidad se alimenta de la proteína de los detalles, sorbe los recuerdos hasta la médula de los huesos. El profesor Rossi me habló de sus padres, de una casa en el campo con una cocina grande de piedra y un camino de olivos. A veces desviaba la mirada hacia el mapa que estaba clavado con chinchetas en la pared y luego volvía la vista hacia mí. Mencionó a una tía abuela de Trieste que le contaba historias inventadas del imperio austro-húngaro y le describía grandes salones de ebanistería labrada y vestidos de terciopelo de color Burdeos, porque ella misma necesitaba creerse las fantasías que había alimentado de joven. Me habló también de alguno de los libros que le entusiasmaron entonces, *Corazón*, del garibaldino Edmundo D´Amicis.

Encendí la lamparita que había sobre la mesilla y un aura ambarina se apoderó del espacio. Ahora él estaba inclinado hacia adelante con una pierna enroscada en la otra y la barbilla apoyada en la mano. Aquella luz acentuaba su perfil anguloso y enjuto, la doble arruga vertical muy marcada a los dos lados de la boca, la mirada de águila. Recorrer el tiempo inverso para darte a conocer es una de las fronteras más difíciles de atravesar. Dentro está todo lo que aprendimos de niños: los nombres de los vientos, el movimiento de las mareas, los juegos, las lecturas como *Colmillo Blanco* de Jack London, que leí con diez años en el interior de una tienda de campaña, a la luz de una linterna...

El profesor Rossi miró hacia la ventana como si entre el sofá y las luces que empezaban a perfilarse al otro lado de la calle mediara una distancia infinita.

—Mi infancia fue un poco distinta a la tuya —dijo—. La única aventura a la que podíamos aspirar entonces era la de sobrevivir —añadió con una sonrisa al tiempo que daba otro sorbo al café—. Ten en cuenta que nací en 1948. Antes, figúrate, de la partición de Alemania tras la segunda guerra mundial. A mi edad cualquier cosa que no sean las ruinas de Micenas me parece recién llegada al mundo —bromeó—. En tantos años da tiempo a demasiadas cosas —dijo a continuación con un tono más serio—: Bueno, da tiempo a mucho y a la vez no da tiempo a nada...

—Mi padre nació también ese año, en diciembre.

El profesor Rossi se quedó mirando el poso de su taza de café que quedaba en su taza como si quisiera adivinar el futuro. Parecía esperar que le comentara algo más, pero yo no sabía qué más podía decir.

—Siempre me dio la impresión de que estabais muy unidos —dijo al cabo de un silencio. Pronunció cada palabra lentamente, como si las estuviera eligiendo con gran cuidado. Su tono de voz también era distinto—. Debes de echarlo mucho de menos ¿no? —Creí notar un poco de aprensión en sus palabras. Ahora me miraba con ojos profundos más allá de la mera audacia, especulativos más allá de la fijeza. No fue sólo lo que dijo, sino su manera de decirlo lo que me dejó un poco desconcertada, como si hubiéramos traspasado alguna frontera.

A veces, cuando una se refiere al pasado, pierde momentáneamente la noción del tiempo y el sentido de la privacidad. De pronto tenía la sensación de haber hablado más de la cuenta.

—Bueno, hacíamos lo que hacen todas las familias, supongo... —dije para rebajar un poco la intensidad confidencial, y al decirlo se me ocurrió pensar si el profesor Rossi tendría hijos, aunque no me lo parecía, siempre me había dado la impresión de ser un hombre solitario, pero aun así me atreví a preguntárselo por curiosidad y, desde luego, sin discreción.

—Los tuve —contestó escuetamente, sin que se moviera un solo músculo de su rostro, pero la mirada se le había ensombrecido como cuando el sol se mete dentro de una nube y entonces sí que me sentí incómoda. Incómoda de verdad, en realidad más que incomodidad, lo que sentía era una profundísima sensación de impudor. Me violentaba que estuviera allí contemplando tan fijamente aquella imagen mía que era la viva expresión de la felicidad, la sonrisa desdentada, chispas de luz y de sorpresa en los ojos, las puntas de las trenzas húmedas como pinceles escurriendo sobre una camiseta blanca de manga corta, los brazos flacos, las piernas de pajarito... Intenté quitarle el cubo con las fotografías de la mano y devolverlo a su sitio, para disipar la niebla que de golpe lo había envuelto, pero él con una agilidad sorprendente, me lo impidió, cambiando el portarretratos de mano, y siguió dándole vueltas como si se tratara del cubo de Kubrick.

Ahora contemplaba una fotografía en la que estaban todos mis compañeros de curso de Arte, en las escaleras de la plaza de la de la Quintana.

—¿Cuál eres tú? —preguntó.

—Ésta —dije señalando una cabecita rubia y diminuta en la segunda fila. Llevaba el pelo muy corto, a lo niña del reformatorio. Vaqueros, jersey negro, pose a lo *nouvelle vague* con cigarrillo incluido y aire de creer a destajo en la inmortalidad, como corresponde a la adolescencia enfática de cualquier generación.

—¿Y éste, quién es? —preguntó señalando otra cara del cubo en la que se veía un primer plano de Roi con una *kufiya* palestina al cuello y la expresión hosca y concentrada. Ojos tiernos e inquisidores que no se pueden rehuír.

—Roi —respondí—. Un amigo mío.

—Ah... —dijo, alzando las cejas como si estuviera calculando el alcance de mi respuesta y entonces sí, sin añadir nada más, se levantó y volvió a colocar el cubo en su estante al lado de los libros. La música se había acabado. Cuando se sentó de nuevo en el sofá había recuperado ya la distancia profesoral. Se sirvió más café, lo removió con la cucharilla, tomó un trago largo y acto seguido depositó la taza en el platillo con verdadera urgencia como si le hubiera quemado o estuviera impaciente por algo.

—He descubierto algo sobre el cuadro de la Madonna que puede interesarte —dijo de un modo en que resultó evidente su deseo de cambiar de conversación.

Mientras el profesor Rossi abría la carpeta, yo coloqué

los periódicos sobre la alfombra y aparté la bandeja hacia un lado de la mesa, abriendo un claro. Entonces pude ver las fotocopias que sacó de la carpeta. Estaban perfectamente clasificadas y algunos párrafos destacaban subrayados con rotulador fosforescente de color amarillo.

—Al parecer el cuadro fue encargado para decorar un altar del convento de los dominicos de San Marcos —comenzó diciendo. El tono de su voz había cambiado. Era neutro ahora, seguro, informativo, igual que el de un telediario—. Los Médicis tenían allí unas celdas muy bien acondicionadas a las que se retiraban para dedicarse a sus debates filosóficos y a veces también las utilizaban para alojar a sus artistas protegidos. Según las fuentes que he podido consultar hay constancia de que Pierpaolo Masoni pasó allí algunas temporadas al igual que Leonardo y el poeta Poliziano. Pero después de la Pascua de 1478, es decir en una fecha muy próxima a la conspiración de abril, el cuadro fue entregado por Lorenzo de Médicis al duque de Urbino, Federico de Montefeltro, al parecer como dádiva en pago por algún servicio. Lorenzo debía de valorar mucho esa pintura porque intentó ofrecerle en su lugar una tabla de Botticelli titulada *La Calumnia* e incluso llegó a tentarlo con un David en bronce de *Verrochio*, pero el duque de Urbino no quiso aceptar ninguna obra que no fuera la *Madonna de Nievole*.

—¿Qué interés podía tener en el cuadro?

—Bueno no olvides que él era también un gran amante del arte y uno de los mayores mecenas de la época. Pero yo que tú buscaría toda la información posible sobre sus actividades. Quizá nos aporte alguna pista. ¿Puedes consultar desde aquí las bases de datos del *Archivio di Stato?* —preguntó dirigiendo una mirada fugaz a mi ordenador portátil.

—Creo que sí —contesté mientras me disponía a levantarme para encenderlo, pero el profesor me retuvo, colocando su mano sobre mi antebrazo.

—Aguarda un momento. Aún no te he contado lo mejor. —Su voz iba adquiriendo poco a poco un matiz de emoción o ligero apasionamiento. Me dio la impresión de que sus ojos tenían ahora la tonalidad de una jarra de cerveza cuando la atraviesa un rayo de sol, con vetas jaspeadas de ámbar y malaquita y lapislázuli, sustancias que parecían encontrarse en sus iris en proporciones variables según el estado de ánimo o la incidencia de la luz, y por momentos brillaban con un pigmento de oro viejo similar al que puede verse en algunos retablos italianos—. El cuadro tiene una historia llena de vicisitudes románticas — prosiguió-, desde el momento en que pasó al duque de Urbino, se desconoce cuál fue su paradero hasta comienzos del siglo XIX, en que aparece inesperadamente en Francia. Lo más probable es que llegara hasta allí como botín napoleónico igual que otras muchas obras de arte. En 1821 emerge de pronto en España, en el palacio de una condesa viuda, llamada Teresa de Zúñiga y Castro.

—Me suena ese nombre...

—Claro —dijo el profesor—, era de ascendencia gallega, condesa de Lemos y marquesa de Sarria. El cuadro se hallaba en uno de los palacios que poseía en Madrid, en la calle del Turco, donde organizaba una tertulia en la que se discutía sobre los límites entre la fe y la razón. Debía de ser una mujer muy interesante, aunque algo mística. Al parecer mantenía correspondencia con algunos filósofos ilustrados y según las malas lenguas pertenecía a una de las logias francmasónicas que florecían por todas partes en aquellos tiempos.

—¿*L´Ami du la Fraternite*? —dije recordando una lectura reciente sobre la influencia de la revolución francesa en España.

—No —sonrió el profesor con benevolencia—. Una más antigua, casi coetánea del primer cristianismo. Bueno, en realidad todas aquellas sociedades secretas eran producto del sincretismo, acababan fundiendo las primeras creencias religiosas con términos tomados del Platonismo y la Kábala. Alquimistas, filántropos, reformadores, fraticelli.... No es fácil diferenciar completamente unas ideologías de otras. Con las ideas ocurre como con los ríos, que después de recorrer millas y millas, en cierto momento cuando ya están cerca del mar, ya no saben cuál es su cauce principal. Es como si el río desapareciera para convertirse en su propio delta. Quizá subsista un brazo principal, pero de él surgen muchos otros en todas direcciones y algunos se comunican entre sí, y ya no se sabe dónde acaba uno y dónde empieza otro. A veces incluso es imposible saber si sigue siendo un río o ya es el mar. La persona que más sabe sobre el asunto de la masonería es un jesuita español, Ferrer Benimelli, al menos es el historiador más objetivo y erudito, creo que vive en Salamanca, tal vez no estaría de más que le hicieras una visita si tienes pensado ir a casa en las vacaciones de Semana Santa —sugirió—. Estas sociedades recibían distintos nombres según los países y la época: Hermanos de Asia, Iluminados de Aviñón o Iluminati, Filadelfos, Caballeros del Águila Negra, Arrabiati, Rosacruces, Hermanos del Libre Espíritu... —El profesor se detuvo un instante como si vacilara, pero enseguida continuó—:Aunque cada una de las logias utilizaba sus propios símbolos, como campanillas o velas encendidas, círculos de tiza y humos aromáticos, en el fondo perseguían un mismo ideal de igualdad y armonía. —A continuación, con un matiz casi imperceptible de énfasis, añadió—: Sin embargo alguno de esos ritos derivaron más tarde en lo que generalmente se ha llamado Magia Negra.

—¿Entonces puede decirse que la *Madonna de Nievole*

perteneció a una secta?— dije como si estuviéramos al final de una clase, en el momento que se deja para que los alumnos planteen sus dudas. Pero más que una pregunta, era una reflexión cargada de expectativas. Me embargaba una intensa energía interior, una exaltación vital que me llenaba de optimismo, la misma emoción que cuando de niña volvía del quiosco con un álbum nuevo de mi héroe favorito, el olor de la tinta recién impresa, los trazos limpios de los dibujos, esa excitación incomparable de estar asistiendo al comienzo de una aventura.

—Bueno, no sé si se puede calificar de secta —respondió—. El deseo de cambiar el mundo siempre giró entorno a círculos clandestinos...

—¿Cree que Pierpaolo Masoni podía pertenecer a uno de ellos? —insistí yo, aunque la verdad es que hice la pregunta sin meditarla previamente, sobre la marcha, por una especie de intuición que a veces me lleva a anticipar la índole de todo lo que ignoro.

—No sé... —El profesor Rossi se rozó la sien con la yema del dedo como hacía a menudo cuando reflexionaba sin darse cuenta—. Eso creo que te va a tocar averiguarlo a ti, Ana —dijo con una mirada que era una mezcla de estímulo y autoridad aunque el tono no llegó a ser del todo imperativo, sino más bien de provocación, como si estuviera lanzándome un guante. —Luego, sin abandonar esa actitud, aunque con un deje de condescendencia añadió—: Pero no olvides que el siglo xv era un momento en que las viejas creencias se derrumbaban. Cuando Constantinopla cayó en manos de los turcos una riada de eruditos había venido a refugiarse a Italia y en sus valijas traían fajos enteros de manuscritos que contenían toda la ciencia y la filosofía griega y oriental. Las *bottegas* no sólo eran talleres de trabajo, sino centros de discusión y semilleros de ideas. Muchos artistas recelaban del poder de la iglesia y eran partidarios de volver a los postulados de las primeras comunidades cristianas de base. Si recuerdas —dijo volviendo el rostro hacia mí y ajustándose sobre la nariz la montura de las gafas-, en el cuadro, tanto la virgen como el niño parecen desprovistos de cualquier aureola o signo de divinidad, sin embargo el niño lleva una pequeña campanita atada a la muñeca. —Alzó las cejas en señal de interrogación o de puntos suspensivos, como si me estuviera dando una pista en medio de una adivinanza. Por supuesto que recordaba la campanita. Era tan visible a pesar de su diminuto tamaño que al contemplarla en el taller de los Uffizi por un instante tuve la sensación de que incluso podía adivinar su tintineo leve como de esquila o sonajero destinado a entretener al niño y a ahuyentar quizá su miedo, un sonido tranquilizador. Pero el profesor Rossi no añadió nada más sobre el asunto, sino que carraspeó y cambió de tercio, como si se hubiera dado cuenta de pronto que estaba alejándose mucho del rumbo de la conversación y volvió de nuevo a las vicisitudes del cuadro— Pero déjame que te acabe de contar —solicitó con una sonrisa persuasiva—. En la década de 1830 el cuadro es descubierto en Inglaterra. Casi seguro que llegó hasta allí durante la persecución de liberales emprendida por Fernando VII, probablemente en el equipaje de algún amigo fugitivo de la condesa y fue a parar al castillo de Sir Francis James Dalton, Barón de Bosworth y duque de Berwick. Según los archivos familiares, en ese mismo año el lienzo se trasladó a un taller de restauración.

—¿Y qué ocurrió entonces? —pregunté sin poder contener ya la curiosidad.

—Pues ocurrió que el cuadro pasó a formar parte de la colección de sir Francis aunque desgraciadamente no ha sobrevivido documentación al respecto.

—¿Entonces cómo puede saberlo?

—Porque en pleno siglo XX el lienzo figura en la dote matrimonial de una tal Katherine Dalton, decimotercera duquesa de Berwick, una muchacha al parecer muy bella, de salud delicada, que acabó casándose con un acaudalado fabricante de automóviles. Al acabar guerra, supongo que con objeto de sanear la maltrecha economía familiar, la pareja entregó el cuadro a un marchante inglés llamado Albert Grossman para que lo vendiera —continuó el profesor mientras mordisqueaba un almendrado. Se le cayeron algunas migas en el jersey y las sacudió con el canto de la mano.

—¿Y cómo llegó después hasta los Uffizi?

—Bueno, la verdad es que antes rechazaron varias ofertas y sólo a la muerte de la duquesa, que coincidió con una de las peores crisis en el mercado internacional del arte, su marido, se decidió a aceptar los dos millones de dólares que ofreció el museo de los Uffizi a través de Grossman.

—No parece una gran cantidad, tratándose de la *Madonna de Nievole*.

—Quizá no lo fuera —respondió el profesor— pero teniendo en cuenta que el hombre era un pariente florentino de los Agnelli, no es de extrañar que considerara con especial preferencia la oferta del museo de su propia ciudad. Al fin y al cabo eso le garantizaba poder ver el cuadro siempre que lo desease —dijo, expulsando a continuación todo el aire de los pulmones de golpe como si quisiera dar por terminado el asunto—. Y eso es todo lo que he podido averiguar. ¿Qué te parece? ¿eh? —lo dijo alzando un poco los hombros de un modo que resultaba a la vez tímido y enternecedor, como un muchacho que acabase de exponer su lección en voz alta y esperase impaciente algún elogio.

—No sé... —dije tratando de no parecer impresionada—. Suena demasiado novelesco.

El profesor miró hacia la ventana, la noche había entrado en el cuarto. Dame un misterio y te construiré el universo, pensé, dame un lápiz y te dibujaré una habitación en el casco viejo de Florencia con postales clavadas en las paredes. Es posible enamorarse de una voz. Sólo de una voz. No quería oír nada más. El profesor Rossi había hecho ese gesto de apartarse la manga del jersey para mirar el reloj. Debían de ser ya cerca de las siete. Hora de marcharse.

Lo acompañé hasta el rellano y luego todavía me acerqué a la ventana para verlo alejarse calle arriba con su peculiar manera de caminar. La noche tenía una ligera tonalidad gris y anaranjada como cualquier ciudad iluminada con farolas. Y fue entonces, al ir a retirarme ya hacia adentro, cuando reparé en la figura de un hombre bajo la cornisa del edificio de enfrente. Su estatura era poco mayor que la de un niño, pero el farol proyectaba su sombra, alargándola. La oscuridad y la distancia no me permitían distinguir bien sus facciones. Pero de vez en cuando el letrero parpadeante del hotel Aprile iluminaba su rostro con una fugaz ráfaga azulada. Estaba arrimado a la pared con la espalda pegada al muro del edificio y el cuello del abrigo levantado, sosteniéndole la cabeza como un collarín. Era un cuello alto forrado de piel, «garras de zorro» creo que se llamaba antiguamente ese ornamento. Y eso justamente fue lo que me hizo reparar en él, que tenía la cabeza alzada y miraba hacia arriba. Miraba exactamente —o eso me pareció— hacia la ventana de mi apartamento.

X

La niebla, más espesa en las calles que bajaban hacia el río, se desgarraba en jirones ocultando caprichosamente algunos edificios y destacando otros iluminados con antorchas que parecían surgir repentinamente de la nada: una torre, un campanario, el perfil de un puente, la cornisa de un palacio... Cualquiera que hubiera tropezado en su trayecto con el pintor y su discípulo hubiera podido tomarlos fácilmente por dos fantasmas grises emergiendo de la bruma precedidos por el relumbre de un candil de aceite.

Al subir por un pasadizo demasiado estrecho con largas bardas de corrales, la capa de Masoni rozó la piedra del zócalo y dentro del silencio enguatado de la niebla, aquel aleteo sonó como el quejido de un moribundo. El chico tenía las articulaciones entumecidas por el frío, aunque su imaginación ardía mientras iba levantando todo tipo de cábalas. Le temblaron las rodillas al llegar al zaguán que estaba pavimentado con losas desiguales, y, de no haber sido por la mano de su maestro que lo sostuvo, sujetándolo firmemente por el codo hubiera ido a dar de bruces contra las piedras. La conciencia del muchacho permanecía en ese estado de incrédula expectación que es propio de los sueños, pero su cuerpo se encogía instintivamente con el automatismo del miedo. Cuando al fin salieron a una plaza, respiró y una bocanada de aire frío con diminutas agujas de aguanieve le devolvió el sentido de la realidad. Se hallaban frente al convento de San Marcos, en una puerta lateral que daba a la cocina y al refectorio.

Les recibió un fraile robusto, de hombros montañosos caídos hacia delante, y con el rostro medio oculto por la capucha parda del hábito. Bisbiseó unas palabras al oído de Masoni y acto seguido los condujo a través de un atrio inmenso, en una de cuyas paredes se abría un horno del que salían resplandores rojizos; al otro lado, pegado al torreón meridional, había una gran chimenea con el fogón ya apagado que olía al humo frío de los pucheros. La regla prescribía cenar antes de que oscureciera del todo y debía de hacer bastante tiempo que los monjes se habían retirado a sus aposentos en la primera planta. Todo el convento se hallaba sumido en un silencio de piedra.

El monje avanzaba a grandes pasos envuelto en el vuelo oscuro del sayo. Les condujo por una escalera de caracol, abierta en un hueco abovedado poco accesible que ascendía por detrás de la chimenea y del horno de la cocina hasta el lado meridional del convento donde se hallaban las celdas que los Médicis tenían reservadas para su uso. Ascendieron sigilosamente por los peldaños de mármol que daban a sus pasos una resonancia de cripta. Luego atravesaron un corredor y después una nueva escalera, esta vez de piedra, muy estrecha. De pronto el fraile se detuvo ante una puerta y golpeó suavemente con los nudillos. Al muchacho le pareció distinguir del otro lado una respiración afanosa de animal y enseguida oyó unos pasos que se acercaban. Miró a su maestro buscando instintivamente que ahuyentara sus temores, pero el pintor no movió ni un solo músculo del rostro. El travesaño de la puerta se levantó con un crujido herrumbroso y el chico se estremeció. Entonces tuvo miedo de verdad, no a morir, sino a ver algo que le trastornara irreparablemente la razón.

Se hallaba en una celda de techo muy bajo, alumbrada

por un solo cirio, que, a juzgar por su estrechez, parecía la habitación de algún sirviente del convento. Frente a ellos se hallaba un lecho pegado a la pared, bajo cuyas sábanas se hinchaba y retorcía un amasijo de carne informe cuyos contornos precisos no alcanzaba a distinguir. Tampoco la respiración agónica y entrecortada permitía adivinar si se trataba de un ser humano o de un animal.

Cuando su maestro retiró la sábana que cubría aquellos despojos, el muchacho tuvo que apoyarse en la pilastra de la pared para no perder la entereza. Lo dominaba la misma sensación espectral que había sentido ante las miniaturas del códice y su visión se volvió borrosa, como desenfocada por efecto de la impresión. Lo que vio fueron dos manos nudosas como raíces de olivo, atadas con una soga a los barrotes del cabezal, y a continuación un vientre abombado y abierto en canal con un tajo tan certero que sólo podía haber sido obra de un porquerizo. La camisa del yacente se hallaba pegada a la carne en jirones ensangrentados que dejaban intuir el pálpito de las vísceras. Era increíble que un cuerpo que hubiera sufrido semejante agresión continuara vivo a no ser que el objetivo de aquella carnicería no fuera causar la muerte de la víctima sino hacerla llegar hasta el último umbral del dolor. Y era precisamente esa posibilidad lo que hacía castañetear los dientes de Luca mientras observaba la mordaza mojada de saliva y sangre que tapaba la boca del moribundo, y sobre todo aquellos ojos de un color gris casi transparente que parecían mirarlo a él con una fijeza de espanto, y cuya expresión desorbitada encerraba un terror más poderoso que ningún grito.

No era la primera vez que el muchacho se encontraba de frente con el tributo del dolor, pero nunca había visto una manifestación de sadismo tan extrema. En su mente empezaron a ordenarse una serie de imágenes sacadas de las procesiones de flagelantes que había observado al menos en tres ocasiones desde su llegada a Florencia. Los penitentes ocupaban un lugar importante en la vida de la ciudad y sobre ellos circulaban toda clase de rumores. A veces la población los miraba como santos; otras, en cambio, los acusaba de herejes. Sin embargo, eran siempre los mismos. Caminaban en fila, de dos en dos, por las calles, empuñando una fusta de cuero con remaches de metal que acababan en una punta viva y con ese látigo se iban azotando la espaldas hasta abrirse llagas, en medio de convulsiones obscenas y de una excitación creciente aderezada de susurros y gemidos que a veces culminaba con un grito de delirio cuando alguien, dentro de aquella letanía lastimera, lograba alcanzar el éxtasis del dolor. Solían ir precedidos por algunos sacerdotes de la cofradía portando estandartes y cirios que parpadeaban en las esquinas cuando el viento arreciaba, sin que ni ésta ni ninguna otra inclemencia interrumpiera su recorrido. A pesar de los rigores del invierno, los penitentes avanzaban semidesnudos, bajo un cielo inmisericorde y cuando llegaban a los alrededores de una iglesia, se postraban y continuaban la marcha de rodillas, arrastrándose y dejando un reguero de sangre aguada en la nieve.

Al principio el muchacho contemplaba este ritual de pecadores con un arrebato de piedad, pero su maestro le había explicado que a menudo aquellas ceremonias de inmolación continuaban en los sótanos de algunas casas convertidos en auténticas cámaras de tortura.

Dado que ningún hombre o mujer normal podía alcanzar la vida eterna por méritos propios, algunos predicadores preconizaban como instrumento para alcanzarla el culto al sufrimiento supremo y muchos fieles aceptaban probar su devoción, consintiendo en morir tras un ritual de sangre.

—La necesidad de la penitencia encierra, en casi todos los casos, la necesidad de la muerte. —Le había oído decir a Masoni en cierta ocasión. Luca recordaba la frase con nitidez, acaso precisamente porque no había alcanzado a entender bien su significado, demasiado filosófico quizá para su mente adolescente.

Perdido en estas meditaciones, el muchacho volvió los ojos hacia el lecho manchado de sangre. Había alguien más en la habitación, un fraile joven, bastante alto, de rostro lampiño y una mujer mayor. Hababan entre ellos en voz baja. Masonie ordenó a la mujer que preparase una olla de agua caliente y le entregó la bolsa con las hierbas que colgaba de su cuello, para que preparase un brebaje de ortigas, belladona y raíces de malvavisco. El pintor era gran lector de tratados de botánica y conocía las propiedades de algunas plantas que él mismo consumía con más frecuencia de lo conveniente, pero en esta ocasión su propósito era elaborar una pócima que indujera al herido a un sueño narcotizado y lo librara del sufrimiento.

—Es lo único que podemos hacer por él —dijo.

El fraile joven juntó las manos e inició una oración terrible. El muchacho ya había escuchado antes esa plegaria entre los condenados que eran conducidos al patíbulo, pero nunca hasta aquel momento había prestado verdadera atención a su contenido:

Oh Dios todopoderoso y eterno,
inúndame con el fuego de tu pasión
y ayúdame a compartir el dulce éxtasis
que conocieron los mártires y los santos
Mi alma, arrastrada hasta el confín del mundo,
implora tu divino socorro, y ruega
que le des acogida entre los tuyos.
Toma, Señor, de tu humilde siervo,

la hiel amarga, la sangre y el dolor
que tú mismo padeciste entre nosotros,
atado a los clavos de la Santa Cruz.

Muchos flagelantes florentinos pertenecían a la hermandad religiosa de Santa María de la Cruz del Templo, conocida también como la Compañía Negra. Esta sociedad de hombres encapuchados y ataviados de negro tenía la misión de acompañar a los prisioneros condenados a muerte en su camino hacia las horcas. Los *Neri*, como eran conocidos entre la población, caminaban al lado de los reos, avanzando con pasos cortos, arrastrando cadenas e instigándoles a sublimar el terror con episodios arrancados del Calvario de Cristo en su trayecto hasta el Gólgota. Pero aunque la mayoría de sus miembros eran hombres y mujeres humildes, el control de la Compañía se hallaba en manos de algunas familias principales como los Pazzi y los Salviatti.

Hacía apenas unas semanas que un comerciante de ropas usadas, llamado Ubertino da Vercelli, había sido condenado por el asesinato de un anciano y conducido desnudo en un carro a través de las calles de la ciudad, mientras se aplicaban a su cuerpo pinzas al rojo vivo antes de ser ejecutado en la plaza de la Santa Croce, donde se había levantado la horca. El muchacho había visto desfilar la procesión a lo largo del Borgo de Graci y todavía tenía en la memoria el redoble siniestro de las campanas que se reservaba para las condenas de muerte y los correazos que silbaban en el aire junto con los sonidos de otro mundo que emitía la Hermandad Negra y el silencio de la multitud enmudecida por el dolor y el asombro. Sin embargo no llegaría a comprender de verdad aquel estado de paroxismo hasta algún tiempo después, durante la Pascua de Resurrección cuando vería a hombres enloquecidos desgarrando carne humana con los dientes mientras una noche de cuchillo caía sobre la ciudad cubierta de humo.

En la mente del muchacho la sangre de los criminales se juntaba con la de los mártires, confundiéndose en un trasfondo simbólico que mezclaba las connotaciones religiosas con las penales. A su imaginación acudieron las imágenes endémicas de las guerras de religión que asolaban regiones enteras y cuya barbarie recordaba haber oído contar de niño a los campesinos de Monsummano en las noches de la recogida de la aceituna bajo una luna de plata. Todo formaba parte de un magma espeso en el que se entremezclaban los autos de fe con las nuevas leyes de la perspectiva esbozadas por el gran arquitecto León Batista Alberti; los interdictos papales y las fuerzas invisibles que regían el movimiento de los cuerpos; el misterio de los eclipses estudiados por Toscanelli y las procesiones de flagelantes... Su alma se hallaba arrobada por una discordia de voces opuestas e irreductibles que pugnaban entre sí sin que el muchacho consiguiera encontrar un nexo que le permitiera armonizar la razón y la fe, el espíritu y la materia, las leyes celestes y las mundanas. Su cabeza giraba como la rueda de un molino que soportaba más grano del que era capaz de triturar.

Miró otra vez hacia el lecho y vio que al moribundo le resbalaba un hilo muy fino de sangre o de baba por el mentón. Tenía la mandíbula inferior descolgada igual que si hubiera muerto de un síncope. Observó cómo la mujer le cerraba los párpados y se santiguaba, pero ya no tuvo tiempo de ver nada más porque un escalofrío de las vísceras lo dejó sin luz. Era la primera vez que contemplaba la muerte desde tan cerca.

Cuando volvió a abrir los ojos ya no estaba en la celda sino en el banco de la cocina y alguien le había tirado un jarro de agua fría a la cara. Intentó incorporarse de golpe, pero el pintor se lo impidió. Se hallaba frente a él y le colocó un trapo enrollado bajo la cabeza a modo de almohada.

—Despacio, muchacho —dijo mientras le acercaba una taza de vino caliente a los labios.

—¿Qué ha pasado? —preguntó el chico aturdido, con la frente bañada en un sudor gélido.

—Vamos, Luca, no hagas tantas preguntas y tómate esto. Creo que por hoy ya has visto bastante.

El sabor recio del vino hizo volver el color a las mejillas del muchacho y con la vitalidad recuperada regresaron también las preguntas a su mente. Lo que le preocupaba tenía que ver con la sed feroz de penitencia que parecía reinar a su alrededor entre demasiados florentinos y que él mismo había escuchado aterrado alguna vez de boca de su confesor como la única manera cristiana de mortificar los latidos de la carne que comenzaban a atormentarlo.

—Os he oído hablar algunas veces de ceremonias de inmolación como si las conocierais muy bien...

—El dolor es la única cosa que excita a los animales más que el placer, Luca. Cualquiera que haya sido perseguido puede confirmarlo. Hay una lujuria del dolor lo mismo que existe una lujuria del placer. Si te fijas en la expresión que tienen algunos mártires en la pintura, te darías cuenta que es bastante parecida a la que muestran algunos animales antes de aparearse y antes de morir. Eso los cardenales lo saben muy bien. Nunca como hoy se ha insistido en excitar la fe de los simples con las penas del martirio. El propio papa Sixto aconseja a sus obispos estimular la piedad por medio del terror. Sin duda es un recurso efectivo y quizá les sirva a algunos para acallar sus remordimientos. Pero no te dejes engañar por la falsa piedad. En la posada de La Campana, he visto a muchos purpurados vestidos con puntillas de damiselas, revolcándose como meretrices con el primer palomero que se encuentran a su paso.

—¿Pero de qué conocíais a ese hombre?

Masoni se quedó un momento pensativo. Después tensó las mandíbulas, encajando las muelas unas en otras.

—Lo conocí hace mucho tiempo, pero preferiría no tener que hablar de ello, Luca. —Ahora su tono era solícito como si estuviera pidiendo clemencia—. Es una historia triste. Te llenaría de confusión.

El chico notó la leve vacilación que albergaba la voz de su maestro y no insistió más en aquella cuestión, pero continuó exponiendo sus dudas sobre los enigmas que atormentaban su mente y encendían su imaginación con humo de cirios e imágenes de sótanos ensangrentados y mártires con llagas en carne viva.

—Piensas demasiado, muchacho —dijo el maestro al cabo de un rato, cuando ya abandonaban el convento por la puerta que daba a los chiqueros—. No saques conclusiones erróneas de lo que acabas de presenciar. El cuerpo que hoy has visto agonizar no pertenecía exactamente a un mártir, ni a un penitente —dijo con una convicción sombría—, sino probablemente a un hombre torturado en un acto brutal de venganza.

XI

Una claridad incipiente me despertó. Me incorporé con dificultad en la silla. Sentía tanto dolor en el cuello que apenas podía girar la cabeza. Estiré los codos hacia atrás por encima del respaldo e hice un giro completo para relajar las cervicales. La pantalla del portátil continuaba encendida emitiendo una luz muy tenue. No era la primera vez que me quedaba trabajando hasta muy tarde pero nunca hasta entonces me había dormido delante del ordenador. Estaba amaneciendo y ya no tenía mucho sentido meterme en la cama así que decidí darme una ducha y preparar un café. En la radio estaban retransmitiendo un boletín informativo que abría con la última hora sobre la periodista Giuliana Sgrena, secuestrada en Irak. La noticia llevaba varios días ocupando la primera plana de todos los periódicos.

Cuando me miré en el espejo del cuarto de baño, comprobé que tenía un aspecto lamentable. Me había quedado traspuesta con la cabeza apoyada en la manga del jersey y el dibujo del canalé de lana se me había marcado en la mejilla derecha, los ojos no sólo se hallaban hinchados, sino completamente enrojecidos como siempre que paso varias horas delante del ordenador. Intenté arreglarlo con unas gotas de colirio, pero fue inútil. La ducha tampoco mejoró mucho la situación. Me sentía cansada, con una pesadez de tormenta en la cabeza y excesivamente sensitiva.

El zumo de naranja y la taza de café con dos tostadas de pan y mantequilla paliaron un poco el desastre, pero algo me decía que aquel iba a ser un día extraño. Existen días así. Todos los tenemos. Días en los que una se queda como abstraída mirando el remolino que forma el agua en el desagüe del fregadero o se acuerda de cosas de las que no debería acordarse y deja errar sus pensamientos con vaguedad y desaliento.

Ahora la voz del locutor había dado paso a una cinta en la que se escuchaba a la periodista secuestrada, pidiendo el fin de la ocupación. El comunicado había sido difundido al parecer por la cadena árabe Al-Yazira, pero lo que realmente me produjo un escalofrío fue la petición que Giulana Sgrena hacía a su marido: «Pier, ayúdame tú. Tú que siempre has estado junto a mí en todas las batallas. Ayúdame a pedir la retirada de las tropas, difunde todas las fotos que he hecho y que muestran a los niños heridos por las bombas de racimo, a las mujeres....». «Este pueblo no quiere la ocupación. No quiere extranjeros», añadía la corresponsal de *Il Manifesto*.

Pensé en la sensación terrible de alguien que deja de ser simple testigo de un conflicto para convertirse en parte del mismo, ya sea como contendiente o, sobre todo, como víctima. Qué delgadísima línea separa lo que fuimos ayer de lo que somos hoy, la suerte de la desgracia, la vida de la muerte. Cómo puede cambiar todo a nuestro alrededor en un segundo. En Bagdad ya habría amanecido bajo las cenizas y los escombros, un cielo ahumado, de color gris-rata en el que sería difícil adivinar la hora del día y si estaba a punto de anochecer o era ya media mañana; mirar el reloj tampoco serviría de gran cosa, estando anestesiado el sentido del tiempo como está anestesiado o abolido en todas las guerras. «Miles de personas se hallan en prisión, niños, ancianos, las mujeres son violadas...», afirmaba en su llamamiento la periodista, «la gente muere porque no tiene nada que comer, ni electricidad, ni agua...». «La verdad necesita una voz para ser contada», acababa el comunicado e inmediatamente una cuña publicitaria pasaba a anunciar el nuevo perfume de *Guerlain*. Miré a mi alrededor, por encima de los enseres de mi apartamento amueblado de modo impersonal por alguna agencia inmobiliaria, pero lo hice como queriendo sentirme guarecida dentro del mundo civilizado al que me figuraba que aún pertenecía. Había un montón de papeles tirados por el suelo que se habían caído del colector de la impresora. Me armé de paciencia y comencé a ordenarlos.

Sobre mi mesa de trabajo estaba todavía la nota del profesor Rossi, escrita a bolígrafo azul con su caligrafía inclinada, indicándome la dirección informática del Archivo: http//www.archiviodistato.firenze.it.

No había tomado notas, pero recordaba perfectamente todos los pasos que había dado la noche anterior después de que el profesor abandonara mi apartamento. Desde la ventana de mi cuarto lo había visto enfilar la calle con sus andares erráticos hacia la plaza de Santa Maria Novella bajo los letreros anaranjados y grises de la noche. Había alguien fumando bajo la marquesina del hotel Aprile, un tipo bajito de aspecto estrafalario con la espalda apoyada contra el zócalo y el cuello del abrigo levantado hasta media mejilla. Espera a alguien que tarda, pensé mientras corría las cortinas dispuesta a blindarme del mundo exterior. Después me había sentado frente al ordenador dispuesta a buscar información sobre Federico de Montefeltro, tal como el profesor me había indicado.

Una vez dentro de la página web del Archivo, me había costado bastante acceder al directorio de recursos y documentos microfilmados. Cuando al fin lo logré, después de varios intentos, abrí dos ventanas simultáneas de búsqueda, una por orden alfabético y otra por orden cronológico. Mientras iba pasando el cursor por los fondos catalogados, tenía en la cabeza la voz del profesor Rossi. Podía recordar el tono de cada una de sus palabras del día anterior, las pausas que hacía, su manera de sonreír ligeramente cuando callaba un momento antes de retomar la palabra. Tenía un modo de pronunciar el español con un levísimo acento toscano que hacía que su fonética resultara muy cálida, con una cadencia envolvente y ese cuidado que pone el extranjero ante un idioma que no es el suyo. Existe un lugar íntimo del que proceden todos los sonidos que emitimos, la risa o el desconcierto, los gemidos, la manera en que hacemos una confidencia, el deseo, todo lo que va destruyendo las barreras el anonimato. Me gustaba sobre todo el timbre de su voz grave o también cuando de pronto bajaba inesperadamente el tono y entonces era como si se abriera una gruta inexplorada dentro de su pensamiento. La verdad necesita una voz para ser contada, repetí para mis adentros.

Estaba ansiosa por encontrar alguna clave que explicara el interés de Federico de Montefeltro en el cuadro de la *Madonna de Nievole* o al menos las condiciones en que se produjo la cesión del mismo por Lorenzo de Médicis. Había rastreado sin éxito durante un buen rato cientos de epígrafes hasta que encontré en una de las ventanas un directorio que me pareció que podía tener que ver con lo que buscaba. Estaba catalogado con las iniciales C. U. correspondientes a *Codex Urbinus*. Parecía tratarse de una recopilación de cartas, citas y hechos comunes, fechado entre 1460 y 1482. Hice doble clic y la pantalla tardó apenas diez segundos en iluminarse con el retrato del duque de Urbino.

Aquélla era la imagen mas conocida de Federico de Montefeltro. La había visto cientos de veces reproducida en las láminas de Arte y más recientemente en su versión original en la sala 8 de la segunda planta del Museo de los Uffizi. En ella el duque de Urbino aparecía de perfil y ataviado con túnica carmesí y bonete plano, tal como lo pintó Piero de la Francesca. Me hubiera gustado poder ver la mitad oculta de su rostro que me hurtaba el retrato y contemplarlo de frente para analizar su semblante con más detalle: la distancia entre los ojos, por ejemplo, que dice tanto sobre la disposición de ánimo o las características psicológicas, así como las coordenadas exactas de la boca de labios muy finos, casi inexistentes o el arco de la mandíbula que tensa los hilos de la voluntad. Lo único que superaba la visión de perfil con respecto a una vista frontal era el relieve de aquella nariz de caballete tan peculiar.

Su expresión revelaba cierto cansancio, como el de esos teatros vacíos cuando se han apagado todas las luces. Parecía un hombre inteligente, muy voluntarioso y algo decepcionado, pero con un semblante aquilino. Lo más llamativo de su rostro no eran sin embargo los rasgos, sino el aire o la expresión, no sabría muy bien cómo definirla, pero era una expresión que nunca se podría observar en una fotografía. En las fotos siempre hay un cierto factor de sorpresa, no se da esa espera a ser vista que es propia de la pintura. Tenía razón el profesor Francesco Ferrer, en los cuadros existe una mayor conciencia del tiempo, del papel que uno quiere desempeñar en la historia o de cómo espera que se le computen sus actos. Lo que ponía de manifiesto el retrato del duque de Urbino era precisamente eso: la espera de la pintura a ser vista. Como si de algún modo estuviera haciendo guardia o esperando un futuro que, en parte, representaba yo o cualquiera que se parara por un momento a observar su retrato. Si uno se fijaba bien, daba la impresión de que por un instante estuviera a punto de comprender algo decisivo sobre la vida o la experiencia del retratado, algo que nunca podría haberse captado de la misma manera de tratarse de una fotografía.

¿Dónde he visto yo antes esta cara? Pensé para mí, y no me refería evidentemente a la pintura de Piero de la Francesca, sino a la persona, al modelo real de carne y hueso, que respiraba debajo de las sucesivas capas de óleo con una respiración pedregosa y cansada como si estuviera agotado de posar y esperase a que se apagaran ya todas las luces del escenario. Pero antes de que me diera tiempo a averiguarlo, la imagen había sido sustituida en la pantalla por el texto, que comenzaba con un esbozo biográfico. Recuerdo que pulsé a la vez las teclas de Control y P, y la impresora empezó a crepitar, vomitando papel a toda máquina mientras yo iba tratando de leerlo a la misma velocidad que salía.

Lo que había sacado en conclusión después de una primera lectura era que el duque de Urbino tenía una sólida reputación de hombre devoto y sin vicios. Colaboraba con numerosas cofradías religiosas de su ciudad y en fechas señaladas acostumbraba también a desfilar en Florencia con una conocida hermandad de penitentes. Al parecer no se le conocían apetitos carnales de ninguna clase. Solía comer frugalmente en una sala de su corte mientras le leían pasajes de Tito Livio o de vidas de santos si era cuaresma. La visión que sus contemporáneos tenían de él era la de un benefactor. Fue patrón de pintores como Berruguete y Piero de la Francesca, que le sacó el alma en el retrato que ahora estaba en los Uffizi. En su corte el duque de Urbino sostenía a más de quinientas personas y en ella la graduación jerárquica era tan estricta como en los séquitos de los más grandes monarcas. Además poseía una de las bibliotecas más completas de su tiempo. Tanto era así que los artistas y los hombres de espíritu le llamaban «la luz de Italia». Tenía la costumbre de acudir al convento de las clarisas para dialogar con la superiora a través de la reja del locutorio, acerca de temas religiosos y a su paso la gente del pueblo se arrodillaba en la calle y exclamaba: «*Dio ti mantenga, Signore.*»

Su biografía daba la impresión de estar demasiado hecha, concebida casi como un relato, en el que no sólo hay que preocuparse de los entreactos, sino también de un buen final. Y todo parecía encaminado a ese final feliz desde el momento en que el papa elevó a Urbino a la categoría de ducado en una solemne ceremonia en la que Federico de Montefeltro le besó las manos y los pies al pontífice, jurándole fidelidad eterna. El único detalle que introducía una nota discordante en su currículo de hombre ilustre fue un rumor que se había extendido por algunos corrillos de Florencia difundido al parecer por la servidumbre de su palacio. Según estas habladurías, el duque de Urbino había condenado a un cazador furtivo que había entrado en las tierras del ducado a tragarse entera, con piel incluida, la liebre que llevaba colgada en el zurrón. El sadismo de la escena me pareció tan extremado que pensé que probablemente se trataba de un bulo alimentado por el resentimiento de algún enemigo.

De las relaciones de Federico de Montefeltro con Lorenzo de Médicis, no había encontrado demasiados datos, porque la mayor parte de la información se dedicaba a detallar la labor de mecenazgo del duque. Pero me llamó la atención uno de los apéndices del códice que hacía referencia a un manuscrito catalogado como Anónimo di Pietro titulado *Dialogui de viris et foeminis aetate nostra florentibus* (Diálogos sobre hombres y mujeres famosos de nuestro tiempo). Seleccioné el documento sin demasiadas esperanzas de que estuviera disponible en versión informática, pero para mi sorpresa, el contenido llegó con toda nitidez a la pantalla del monitor. Se trataba de un manuscrito de

28 folios en el que se relataban sabrosas anécdotas recopiladas por un cortesano florentino llamado Giusto di Pietro. Me pareció un material fascinante y lo guardé junto a otros documentos en la carpeta que había creado para mi tesis con el título *La Conjura de Abril*. De todas las anécdotas recopiladas por di Pietro me había llamado especialmente la atención un hecho ocurrido durante la celebración de las fiestas de *calendimaggio*, por afectar a los dos personajes que en aquel momento ocupaban mi interés.

Los florentinos eran grandes amantes de los espectáculos, y su calendario anual estaba repleto de festividades de todo tipo. En los festejos del mes de mayo se organizaban cabalgatas con carretas decoradas, desfiles, cacerías de leones en la Piazza Della Signoria, partidos de pelota en Piazza Santa Croce, y competiciones de todo tipo. Según el Anónimo di Pietro, durante una de esas competiciones precisamente, la llamada «el palio», que consistía en una carrera de caballos en la que se disputaban la victoria los distintos *gonfaloni* de la ciudad, la esposa de Lorenzo, la jovencísima Clarece Orsini, había sido la designada para entregar el trofeo al vencedor. Pero en medio de la competición la muchacha se sintió repentinamente indispuesta y cayó desmayada en el palco de honor con su cabellera pelirroja cubriéndole parte del rostro, *blanco como el alabastro de los sepulcros*. El incidente provocó un gran revuelo entre los asistentes al torneo y, aunque la joven enseguida volvió en sí, y el malestar se atribuyó a debilidades propiamente femeninas, Federico de Montefeltro que compartía el baldaquino en calidad de invitado, apremió epistolarmente a su médico personal, uno de los mejor considerados de toda Italia, para que se desplazase desde Urbino hasta Florencia y le hiciese un reconocimiento a fondo a la joven con el fin de descartar males mayores. Hay que tener en cuenta que el fantasma de la tuberculosis que había acaba-

125

do con la vida de la bella Simonetta Vespucci, aún estaba en la mente de todos.

Sin embargo lo que a mí me interesaba del suceso no era tanto la salud de la esposa de Lorenzo como la gentileza del Federico de Montefeltro. Aquel gesto revelaba que su relación con los Médicis era tan estrecha que no sólo le daba derecho a compartir su palco, sino probablemente también a comparecer en su palacio de la via Larga, sin necesidad de invitación o preámbulos. Por otra parte la bibliografía que me había recomendado el profesor Rossi, también recogía más de una referencia documental a la intervención mediadora del duque de Urbino en algunas crisis de estado, ejerciendo como mediador diplomático sobre todo ante el papado, con quien la República mantenía unas relaciones muy tensas.

Sin duda Lorenzo tenía motivos para estarle agradecido, lo que podía explicar su generosa donación del cuadro de la *Madonna*, ya que entre los grandes mecenas, el arte era a menudo la moneda con la que se expresaba el reconocimiento. No parecía haber en ningún caso indicios de roce o animadversión entre Lorenzo el *Magnífico* y Federico de Montefeltro, como sí había en cambio entre los Médicis y otras familias nobles florentinas como los Pazzi y los Salviatti.

Cogí dos chinchetas amarillas de una cajita de plástico y clavé la hoja impresa con el rostro del Duque de Urbino en una esquina de la pared, para tenerla siempre a mi alcance. La calidad de la impresión no era óptima, pero sí suficiente para no perder de vista la expresión de aquel rostro que parecía el mapa de una batalla perdida. Pensé en llamar inmediatamente por teléfono al profesor Rossi a su departamento de la Facultad, para comentarle el episodio del palco y tener así una excusa para volver a escuchar su voz, pero un calambrazo en las ingles me dejó clavada en la silla. La sensación de malestar y desasosiego que había sentido desde el mismo momento en que me desperté se había ido expandiendo por todo el cuerpo y ahora la molestia ocupaba por completo todo el espacio de la pelvis. Reconocía ese dolor como la puntada de un pequeñísimo planeta ardiente que iba a estallar en cualquier momento.

Desde la primera vez que descubrí una mancha minúscula de sangre en el pantalón del pijama, a los doce años, sentí que de repente se había acabado algo. Hay un momento en la infancia en el que se pierde la infancia. Aparecen miedos nuevos que se deslizan por encima de las tapias altas del colegio y más tarde salen a la luz a veces también en forma de placeres distintos a los juegos de siempre: el de saltar a la goma en los soportales de la Rua Nova, con el sol tibio del mediodía en las losas de piedra o las carreras en bici por la cuesta del Seminario Menor con guantes y jersey de rayas rosas y marrones o el volley-ball contra el equipo de Monte Pío... Un día se acabó el cambiar cromos a la entrada del cine Rex y el hacer cola en los tiovivos de las fiestas del apóstol bajo un firmamento de diamante y empezó un tiempo distinto con la nariz pegada a la ventana de la cocina mirando llover con una infinita melancolía en el corazón. Podía pasarme horas encerrada en mi cuarto escribiendo diarios en un cuaderno de hojas cuadriculadas o escuchando música, tumbada en la cama mirando al techo y deseando estar siempre en otro lugar, en alguna ciudad tan lejana como el territorio soñado de las películas y de las canciones que escuchaba, sin gustarme el mundo que me rodeaba ni yo misma tal como era entonces, demasiado flaca y torpe, con las caderas estrechas y los andares desgalichados, encerrada en mis cavilaciones, mortificada por la impaciencia de convertirme en adulta, silenciosa, con el flequillo siempre sobre los ojos que me ensombrecía la mirada cuando me quedaba quieta sentada contra la tapia del patio, con las manos en los bolsillos del anorak, mirando pasar en silencio las nubes del último otoño de la infancia bajo un cielo de color gris y morado ahondado por el sonido de las campanas de la catedral. La aparición de aquella señal roja sobre la tela blanca fue mi línea de sombra. No era muy escandalosa, ni tampoco era algo que me cogiese por sorpresa. Casi todas mis compañeras de clase ya tenían la regla, pero me hizo sentir una sensación de vulnerabilidad que todavía ahora me parte el alma en dos mitades cada mes.

Quizá fue eso también lo que le ocurrió a la joven Clarece Orsine, casada a los quince años, cuando se desvaneció en el palco ante las miradas de todos. Su larga cabellera roja que le llegaba hasta la cintura quedó desparramada como un río sobre parte del rostro tan bello que un poeta anónimo escribió acerca de ella: «*Pulchrior hac tota non cernitur urbe puella*» , «No se encontrará en toda la ciudad una muchacha más hermosa». Era espigada, de piel muy clara y según dicen, más bien reservada. Sus mejillas blancas como el alabastro de los sepulcros, tardaron en recuperar el color a pesar de que alguien se las palmeó con insistencia y le sacudió los hombros, sin que sus ojos entrecerrados reflejaran visión alguna, inertes y sin foco, como los de una muerta. «No es nada», dijo balbuceante para tranquilizar a su esposo cuando se despertó al cabo de unos minutos interminables, rodeada de rostros y avergonzada quizá por su debilidad, tratando de ocultar la sangre que empezaba a teñir el tejido inmaculado de la falda sin vuelo, muy ceñida, a la moda romana. Probablemente se sintió azorada y bajó la cabeza deseando desaparecer o pasar desapercibida, sin saber que alguien recogía fielmente aquel episodio que ella hubiese deseado borrar.

Pero nada de lo que hubo se borra ni desaparece jamás

del todo, siempre hay alguien que nos mira, aunque no nos percatemos de ello, una ventana indiscreta que capta la imagen y la congela para que no se pierda y siempre hay alguien también al otro lado de los siglos, un investigador, un estudioso que espera desde la adversa distancia como James Stewart con su lente para analizar el comportamiento que tuvimos un día, con pasión retrospectiva, buscando descubrir nuestra intención, noble o mezquina, o quizá ambas cosas a la vez porque todo se mezcla y nada es completamente puro.

Miré el amanecer perezoso de las calles todavía semioscuras, ya no era noche cerrada, pero desde luego tampoco se podía decir que despuntara el día, una frontera difusa para los noctámbulos que acaso regresaban cansados de una noche turbia tal vez de amor o de excesos y los miles que recién comenzaban su jornada laboral. Disolví en un vaso de agua un sobre de Neobrufen 600, y me tumbé en la cama de medio lado encogida sobre el estómago dejando que las imágenes se fueran deslizando suave o desmayadamente por mi mente, sin el obstáculo de la conciencia y me introdujeran en el sueño.

No sé cuánto tiempo transcurrió, pero recuerdo que caminé por una ciudad de arena o de ceniza, entre vastos patios nocturnos que el viento inventaba o deshacía, desorientándome y llenándome de temor.

Si uno prestase atención a sus sueños descubriría que tiene una historia paralela a la diurna. Hay sueños recurrentes, como el de andar buscando a alguien en un lugar desconocido, pero que es siempre el mismo cada vez que se repite el sueño. Y a veces sucede también que una recuerda una historia que reconoce perfectamente como suya, pero cuando se despierta, se da cuenta de que no es una historia real, sino la historia de otro sueño olvidado. Quizá estas sensaciones que me asaltaban con frecuencia tuvieran algo que ver con Borges, aunque no creo, porque recuerdo haberlas tenido desde niña, mucho antes de leer al ciego de los laberintos, o tal vez los sueños aparecieron después, qué sé yo... Tampoco me parece que tenga mucha importancia. El hecho es que estaba perdida en el interior de una ciudad que a su vez se hallaba en el interior de un enigma que no podía resolver.

De niña me fascinaban los acertijos y devoraba con avidez los títulos de novelas policíacas que mi padre atesoraba en su biblioteca. Pero el misterio de verdad es otra cosa que sólo se puede afrontar desde la edad adulta, porque tiene que ver con el deseo, es decir, con la inteligencia y la moral. El misterio no es algo que uno pueda resolver como cualquier vulgar enigma, sino algo en lo que uno se adentra como se adentra en una ciudad.

Arrebujada en el calor de las mantas, entreabrí los párpados y vi que ante mí se levantaba una ancha escalinata de basalto iluminada por una luz fría que no podía ser del sol. Aunque ahora que lo pienso tal vez no se trataba de escaleras si no de altas plataformas superpuestas en la noche. Yo estaba sentada con la espalda apoyada en la piedra, pero lo que me preocupaban eran los zócalos, aquellas puertas-trampa dispuestas en semicírculo por una de las cuales era evidente que iba a salir alguien en el momento menos pensado. Y efectivamente, salió, no porque yo lo esperase, si no porque las cosas sucedían naturalmente así en el sueño. La persona que salió por la puerta no fue el fantasma de Masoni, ni ningún otro ilustre pintor del Renacimiento como se podría deducir de aquel contexto, sino una niña. Una simple y larguirucha niña que me miró resoplando como si realmente estuviera harta de las complicaciones que yo le creaba. Su gesto era más bien de enfado, pero también un poco cómplice o aventurero. No sé bien. Me tomó de la mano con cara de infinita paciencia y sin ningún esfuerzo me guió a través de aquel laberinto de terrazas superpuestas hasta que el sol del mediodía barrió la habitación con un destello de luz que me despertó de golpe.

El trajín de los camiones de descarga en los restaurantes de la calle llegó hasta mis oídos como un rumor de bocinas lejanas. Tenía la sensación de haber estado inmersa en un sustrato muy profundo con esa carga de pesantez que causan los sueños que una no puede recordar. Pero de pronto, mientras me desperezaba e intentaba esquivar el rectángulo de claridad que daba ahora de lleno en la almohada, me vino a la memoria el rostro de la niña.

Era una niña con cara de lobito. Con sonrisa de lobito.

XII

El muchacho volcó de mala gana el cinabrio dentro del mortero, lo mezcló con polvo de ocre quemado, tal como le había indicado su maestro, y se dispuso a triturar la mezcla con tanta saña que más parecía que estuviese golpeando a un enemigo invisible. Después de los últimos acontecimientos, la austeridad del taller le parecía a Luca el único lugar seguro, pero en la mente de un muchacho que aspiraba a convertirse en pintor, los colores giraban como la rueda de un caleidoscopio: el cielo gris y la piedra de plata en el contraluz de las mañanas de invierno, el rojo de los tejados de las casas principales, sus cúpulas incendiadas, el brillo quebrado del río con relumbres cobrizos al atardecer que poco a poco se iba diluyendo en una niebla tenue y violeta en cuanto se ponía el sol, todas las tonalidades de aquella ciudad fascinante y envenenada que hacía unos meses ni siquiera conocía y cuya luz trataba ahora de recrear a través de los pigmentos que machacaba en el mortero.

Hacía días que Luca se mostraba esquivo y ensimismado. Ya no se entretenía como antes con las bromas solapadas de Leonardo y otros artistas mayores en la *bottega,* como si en él se hubiera producido un cambio de naturaleza. Sólo su maestro se había dado cuenta de que ya no era el chiquillo alegre y despreocupado que había aparecido en su vida envuelto en un estrépito de gallinas. A menudo la visión de la muerte se mete por los resquicios más escondidos de la imaginación, destetando el alma de los niños y obligándoles a crecer de golpe. No habían vuelto a hablar de la escena que ambos habían presenciado en una de las celdas de servicio del convento de San Marcos, pero Masoni sabía que el chico no lo había olvidado.

Desde su esquina, junto a la ventana, observaba al muchacho de refilón, mientras hacía girar la manivela de una pequeña prensa de mano que se hallaba a la izquierda del banco. La parte inferior del artilugio era una bolsa de lana muy gruesa, tejida como la cincha de las sillas de los mulos, en cuyo interior había depositado un puñado bien medido de granos de lino. El muchacho acercó el mortero a la boca de la prensa y mezcló los pigmentos con el aceite de linaza que iba destilando la prensa hasta emulsionar una pasta como tiza roja. Después, sin decir una palabra, se la acercó a su maestro que lo miraba por encima del hombro con el ceño fruncido y el ropón gris, embadurnado de pintura, remangado por encima de los codos.

Masoni humedeció apenas el pincel en la mezcla y le dio los últimos retoques de rojo bermellón a la túnica del ángel. De pronto interrumpió su trabajo para secarse el sudor con el antebrazo y miró al muchacho con una sonrisa triste.

—Si me muriese ahora —le dijo— no habrías aprendido nada de mí.

Lo dijo sin motivo aparente y el ángel de la muerte salió del lienzo, aleteó un instante en la atmósfera penetrante de trementina que inundaba el taller, se posó sobre la cabeza del chico y regresó de nuevo al cuadro dejando únicamente en el suelo un rastro de plumas en el que nadie reparó. Pierpaolo Masoni volvió a mirar la figura en escorzo sobre el plano. La segunda capa le había dado a todo el conjunto una mayor complejidad óptica.

—¿Qué te parece ahora, Luca? —preguntó tratando de sacar al chico de su mutismo.

El muchacho se separó unos pasos y miró el lienzo con severidad y concentración como nunca lo había hecho hasta ese momento. Su maestro había trabajado con ahínco durante los últimos días, pero el cuadro todavía distaba mucho de estar acabado. Vio el rostro de la virgen, aquel amago de sonrisa oscura, el gesto de tender un brazo hacia el ángel y tomarlo por el dorso de su mano del mismo modo que podría hacerlo una prostituta con un cliente ya viejo; se fijó también en el niño sentado en su regazo, tocando con una mano el corpiño ajustado de su madre, mientras agitaba una campanita con la otra. Del fondo emergía un remolino de cabezas con los rostros apenas esbozados, todavía sin la expresión definida, como el personaje que aparecía arrodillado a la derecha del cuadro ofreciéndole algo a la virgen, un objeto sin perfilar, probablemente una rama de olivo o de cualquier otra planta y al hacerlo, rozaba la parte superior del muslo muy levemente, pero con la precisión de un amante. Aún con los bordes exteriores de algunas figuras sin colorear, uno ya tenía la sensación de estar contemplando una escena prohibida. No era sólo que ningún personaje, ni siquiera el propio Jesús, luciera su halo de santidad, sino que todo el conjunto carecía del orden jerárquico habitual en cualquier representación sagrada. Había un rumor invisible en todo el cuadro, algo callado y demasiado real, que al muchacho le desagradaba y le intrigaba al mismo tiempo: el tejido ordinario del vestido de la virgen, un muslo demasiado grueso, unos pies descalzos con los talones agrietados... Eran cuerpos que contenían demasiada experiencia de la vida para ser retratados. El brillo de la frente del ángel no correspondía a la naturaleza de un ser incorpóreo, pensaba el chico, sino a la de alguien que sudaba y jadeaba y daba vueltas en el lecho por la noche, sin poder dormir.

—¿Cuándo debéis entregarlo? —preguntó al cabo de unos segundos, eludiendo la pregunta de su maestro.

Masoni sonrió para sus adentros, sin que su rostro dejara traslucir ninguna expresión.

—Sigue sin acabar de convencerte ¿verdad?

—No sé maestro... —titubeó— es que no acierto a entender a qué pasaje bíblico se refiere vuestra adoración.

—Ese es el problema, Luca. —Los ojos de Masoni brillaban ahora con una luz distinta.

—No os entiendo.

—Está muy claro, lo que tú quieres ver en el cuadro, es algo consabido, una escena mil veces descrita en los libros sagrados, pero ese no es el verdadero sentido del arte. La obra de un pintor no tiene por qué ser piadosa. Sólo tiene que ser verdad.

Luca no supo que decir. Durante unos instantes no fue capaz de apartar la vista del lienzo. Le pareció que la atmósfera del cuadro emanaba un olor a velas, a cuarto de posada, a encuentros fortuitos.

—Fíjate en las figuras. —El pintor tomó al muchacho del brazo, instándole a acercarse más al lienzo—. No tengas miedo, no van a morderte.

Luca tragó saliva con aprensión. Su rostro era más elocuente que cualquier palabra. Se hallaba tan cerca del lienzo que perdió la idea de conjunto y lo invadió una desagradable sensación de vértigo. A aquella distancia no había una sola pincelada que pudiera servirle de guía para entender toda la escena, sin embargo a medida que se iba aproximando aquellas figuras parecían cobrar movimiento y entonces, de repente, lo comprendió.

—¡Por los clavos de Cristo! Si están vivos. —En efecto,

aquellos personajes respiraban. El muchacho sintió un escalofrío de temor por su maestro. Las preguntas se le amotinaban sin orden en el pensamiento hasta el punto que lo hicieron tartamudear—. Pero ¿quiénes son? ¿De dónde los habéis sacado?

Pierpaolo Masoni sonrió misteriosamente satisfecho.

—Cada cosa a su debido tiempo, Luca —dijo dándole una palmadita afectuosa en la nuca de un modo en que era evidente su deseo de cambiar de conversación—. Respecto al contrato que he firmado con el *Magnífico,* si tanto te interesa, te diré que vence en la próxima Pascua. Pero no creo que sea un buen momento para que Lorenzo nos haga efectivo el pago, así que yo en tu lugar, no me haría demasiadas ilusiones. He oído decir que la Banca Médicis atraviesa algunas dificultades.

—Pero vos mismo me habíais dicho que Lorenzo posee la mayor fortuna de toda la ciudad —protestó el chico, impaciente por derrochar parte de la calderilla que Masoni le había prometido en la galería de arcadas del mercado viejo.

—Cierto, Luca, pero la fortuna no acostumbra a habitar mucho tiempo en la misma casa. Al parecer el Papa Sixto ha solicitado otra inspección en las cuentas del banco Médicis. Es la segunda auditoría en menos de un año y esas cosas siempre acaban dando pábulo a rumores.

No le faltaba razón. Desde que la inquina papal había caído sobre la ciudad, las noches se alargaban con el silencio de quienes no conseguían conciliar el sueño por el temor a que se cumplieran las amenazas de interdicto y excomunión proferidas por Sixto IV. Las noticias se adensaban sin tapujos en torno a las calles del mercado, donde las comadres parleras se hacían eco de todo tipo de nuevas llegadas directamente de Roma y sus habladurías acababan fundiéndose con los chismes de lacayos maledicentes y de

muchos menestrales sobrados de vino y efluvios patrióti-
cos, que lo mismo podían ensalzar la calidad de un pernil
que despacharse a gusto contra el último bando de los
Priores anunciado con trompetas de plata por los ujieres
de la Señoría.

En semejante estado de alerta, las tabernas del barrio
viejo, desperdigadas por calles tortuosas, se habían convertido en un hervidero de disputas donde se comentaban las
últimas novedades en corrillos en los que nunca faltaba el
que decía saber-de-buena-tinta, el embozado al servicio de
alguna casa principal, el forastero recién llegado con alguna nueva y hasta el espontáneo de turno que despotricaba
con elocuencia de advenedizo contra un papa que había
osado mancillar la honra del *Magnífico*. Las disputas seme-
jaban alimentarse a sí mismas en un constante barullo en
el que nadie parecía dispuesto a diferenciar la verdad de
los infundios. Nadie, claro está, salvo los temibles hombres
del *griego*, que era como se conocía en toda Florencia a Xenofón Kalamantino, el antiguo fraile dominico a quien Lorenzo de Médicis había puesto al frente de una poderosa
red de espionaje que se extendía todo a lo largo del Arno.

Los problemas habían empezado, tal como dedujo el
pintor una noche de extravío, en la posada de La Campana, cuando la banca Médicis decidió denegarle a la comitiva pontificia que había llegado a la ciudad envuelta en
grandes estandartes blancos y amarillos, los 40.000 ducados que el Santo Padre solicitara para comprar la ciudad
de Ímola.

La decisión no debió de ser fácil para Lorenzo, porque
los Médicis habían sido banqueros papales durante siglos,
pero el *Magnífico* consideró que una nueva adquisición territorial para Roma atentaba directamente contra los intereses florentinos. Por eso no sólo rechazó la petición pontificia sino que apremió a todos sus contactos para que

hiciesen lo mismo. Pero la propia existencia de la República, que el joven Lorenzo solía idealizar en sus veladas platónicas, era entonces una pura ilusión sobre la que se cernía el vuelo de cinco cuervos perfumados que la delegación papal había traído como obsequio en sendas jaulas de oro y cuyos aleteos saturaron el aire de la ciudad con un efluvio a coronas de muertos.

En efecto contra todo pronóstico, la Banca Pazzi se apresuró a girar al pontífice la cantidad solicitada, desobedeciendo la orden de Lorenzo y rompiendo así el principio de lealtad, que en Florencia era una ley que sólo osaba desafiar el acero. Aquella noche, incapaz de dormir, Lorenzo el *Magnífico* en compañía de su amigo Poliziano anduvo hasta la madrugada rumiando su desazón por barrios viejos, resudados de pátina, cuyas callejas se quebraban en inesperadas esquinas que parecían venírsele encima a los dos amigos como la proa de una nave gigantesca fletada por el peor enemigo.

A la mañana siguiente un ujier pontificio vestido de terciopelo papal, con un cequi cosido en el birrete, se encaramó en uno de los pedestales que flanqueaban el palacio de la Señoría y leyó un bando anunciando que el papa privaba a los Médicis del privilegio de ser sus banqueros principales, sustituyéndolos por la familia florentina competidora de los Pazzi. Pero Lorenzo no sólo perdía la *Depositaria Della Camera Apostolica*, sino también el monopolio sobre el alumbre papal que los Médicis habían administrado durante más de cien años.

—Y por si esto fuera poco —continuó diciendo Masoni— las cosas vinieron a complicarse todavía más cuando el papa nombró arzobispo de Pisa a Francesco Salviati, que como todo el mundo sabe es un hombre de los Pazzi.

—Hacía ya un buen rato que maestro y discípulo habían abandonado la *bottega* y se sumergían ya en la algarabía caliente del barrio de la Santa Croce, plagado de tabernas donde acostumbraban a almorzar en compañía de albañiles y fresquistas.

—Pero ¿qué puede temer Lorenzo si cuenta con el apoyo de los priores? Además todo el mundo en Florencia lo admira.

—No estés tan seguro, Luca. Una cosa son las huestes florentinas, y otra muy distinta, las de Roma. Lorenzo sabe muy bien que su carisma depende de su honor. La mínima duda en ese terreno, no sólo echaría abajo su credibilidad en los negocios, sino sobre todo su reputación al frente de la República. Y mucho me equivoco o es eso precisamente lo que sus enemigos andan buscando.

Por el patio sotechado de una taberna llegaban los efluvios de un estofado de pichones y el aroma recio del vino toscano que impregnaba el aire como un humus rico y vivificante.

—De todos modos no te preocupes —dijo Masoni dejándose llevar por la euforia que suele proporcionar la perspectiva inmediata de un buen plato y una jarra de tinto—, las aguas volverán a su cauce —afirmó dando una palmada optimista en el hombro del muchacho mientras entraban en el local abarrotado de menestrales a aquella hora—. Lorenzo tiene buenos aliados en Milán y Urbino que pueden intervenir a su favor ante el papa Sixto. En más de una ocasión Federico de Montefeltro le ha servido de enlace en esos menesteres.

El interior del local despedía alientos de bodega. De las vigas del techo colgaban varias ristras de ajos. Arrimados a la pared lateral se veían algunos sacos de alubias abiertos y dos enormes barricas que goteaban vino por todas las canillas. Maestro y discípulo avanzaron a través de un pasillo hacia la cocina que se hallaba al fondo, en una especie de trastienda abovedada envuelta en el vapor de los marmitones y presidida por un horno de pan que caldeaba el ambiente con resplandores rojizos. Allí reinaba un alboroto de conversaciones y risas donde una multitud de menestrales despechugados y sudorosos, por el acaloramiento del vino y los fogones, daban cuenta de su ración de sopa, mientras una cocinera se bandeaba entre las mesas contoneando la grupa bajo una saya de paño buriel.

Al muchacho se le fueron los ojos hacia un rincón apartado en el que dos mercaderes curtidos sellaban su trato ante una fuente de pichones al queso parmesano, pero su maestro se limitó a pedir el tradicional puchero de verduras, nabos y zanahoria.

—Cuando seas padre, comerás pichones —sentenció Masoni con una sonrisa pícara que iluminó su rostro de diablo vivo.

Al parecer los comerciantes de la mesa vecina tenían motivos fundados para darse aquel banquete ya que según pudo escuchar Masoni acababan de cerrar un negocio por valor de 2.500 florines con un pedido de telas procedente de la sedería que los Pazzi poseían en la ciudad de Barcelona. Durante el transcurso del almuerzo, en el que el pintor y el muchacho no se perdieron palabra de cuanto se decía en la mesa de al lado, pudieron oír con una punzada de alarma que el rey Ferrante de Aragón acababa de obsequiar a Jacopo de Pazzi con uno de sus principales cotos de caza en Nápoles.

El muchacho no entendía gran cosa de relaciones diplomáticas, pero tenía el suficiente sentido común para darse cuenta de que aquella donación no presagiaba precisamente buenos augurios para sus mecenas. No podía haber nada más humillante para Lorenzo que un príncipe extranjero agasajara con ostentación a quienes le habían traicionado. Un gesto así en aquel momento sólo podía interpretarse como una declaración de guerra cortésmente disimulada. Luca no dijo nada pero miró a Masoni con franca desolación, como la lechera de la fábula que ve derramarse ante sus ojos la leche del cántaro en la que había depositado sus sueños de fortuna.

Cuando salieron de la taberna, el viento había cambiado su rumbo. Un percherón fantasmal se cruzó en su camino de regreso, tirando de una carreta de leña. En la vía dei Balestrieri, varios criados cardaban con picas los sacos de cereal que dos mozos de carga habían bajado de un carromato y apilado a las puertas de la cocina del palacio Pazzi. Por esa misma entrada de servicio se adelantaron dos frailes a grandes pasos. Llevaban el rostro oculto por la capucha del hábito, pero una ráfaga de viento traicionero dejó al descubierto, durante una fracción de segundo, la tela roja de la mitra cardenalicia que asomaba bajo el humilde sayo de estameña del más alto.

—Mal asunto cuando los cardenales tienen que disfrazarse de franciscanos para entrar en una casa principal —dijo Masoni.

—¿Qué estáis pensando, maestro?

—Nada, Luca —contestó el pintor mientras veía acercarse por el oeste unas nubes muy oscuras—. Parece que tendremos tormenta —añadió echándole al muchacho la capucha de lana sobre la cabeza.

XIII

Mi madre estaba haciendo un crucigrama en el comedor con la ventana entreabierta cuando sonó el teléfono. Era el mes de mayo y del patio venía un aroma a plantas recién regadas, el olor de una alameda después de la lluvia. Yo estaba tumbada en el sofá hojeando un libro sobre la expedición de Scott al Polo Sur, lo recuerdo porque justamente cuando más embebida estaba en la descripción del glaciar Beardmore, donde el científico Edward Wilson recogió fósiles de más de tres millones de años de antigüedad, mi madre levantó el auricular. Se le cayó al suelo el bolígrafo que tenía en la mano y se agachó a recogerlo con un gesto automático sin soltar el teléfono. En mi cabeza toda su vida parecía concentrada telescópicamente en ese único momento, agachándose una y otra vez enfundada en una chaqueta beige, con un pañuelo claro alrededor del cuello. La historia es siempre un solo instante gradual.

Después se llevó la mano a la garganta, como si le faltara el aire y se dejó caer desplomada en el sillón. Hay llamadas que debe de ser muy difícil hacer. ¿Cómo se le puede decir a alguien que su marido o su padre o su hijo ha muerto? No hay palabras para dar esa clase de noticias. La guardia civil de Tráfico está acostumbrada a hacerlo, supongo. De todos modos a veces no hace falta que digan nada. Mi madre siempre dice que lo adivinó por el tono de voz.

El dolor sin embargo tarda más en aparecer, requiere tiempo. Un día notas un tacto sobre la espalda o en el pelo y te vuelves pensando que alguien está justo detrás de ti; o te quedas rezagada atándote los cordones de las zapatillas deportivas, como si alguien estuviera esperándote en la puerta de casa igual que otro día cualquiera. Mi padre siempre hacía inconscientemente ese gesto de subirse la manga y mirar el reloj cuando yo me entretenía demasiado o me quedaba atrás. Se apoyaba en el quicio de la puerta con su abrigo azul y esperaba pacientemente a que acabase de anudarme los cordones. Sentir la influencia de los muertos en el mundo no es ninguna alucinación, de igual modo que tampoco es una metáfora escuchar la respiración de los glaciares. Durante meses uní en mi mente las imágenes del accidente de mi padre con los últimos días de Scott y sus hombres muriéndose de hambre en la tienda, sobre un témpano de hielo en mitad de la oscuridad de un invierno polar. Imaginaba sus últimas horas en ese espacio apretado.

Es un error creer que son las cosas pequeñas las que dominamos y no las grandes. La vida nos demuestra que ocurre justamente al revés. Siempre existe algo insignificante, el despertador que no llegó a sonar una mañana y nos salvó la vida al impedir que nos cruzáramos en el camino de un coche que se saltó un semáforo en rojo; el momento extra en el que al llegar al portal, te das cuenta de que has olvidado algo y vuelves de nuevo sobre tus pasos para recogerlo sin saber que ése es el instante exacto que te salva de un accidente o te lo provoca.

Pensaba en todas estas cosas mientras pedaleaba por el Lungarno de la Zecca Vecchia ya muy cerca del cruce con la Viale de la Giovane Italia. Hacía una mañana espléndida y luminosa, por eso había decidido ir al Archivo en bicicleta en lugar de tomar el autobús como otras veces. Agradecía el aire frío en la cara y los sonidos vibrantes de la calle. Junto al río en los quioscos de prensa, los diarios *Il Manifesto* y el *Corriere de la Sera* exhibían en primera plana el rostro visiblemente desmejorado de la periodista Giugliana Sgrena, mientras la portada del *Cosmopolitan* ofrecía un avance de la temporada primavera-verano. A la altura de la Via Trípoli un camión de mudanzas se había atrancado en una maniobra y bloqueaba el tráfico provocando una sinfonía de bocinas e improperios lanzados por los impacientes conductores a través de las ventanillas. Me bajé de la bici e hice la última parte del trayecto por la acera, empujando el manillar, bajo los plátanos desnudos.

En el Archivo la recepcionista me observó con suspicacia a través de la cabina de cristal de la centralita. Era una mujer joven con el gesto desabrido que no recordaba haber visto antes. Quizá había sido contratada recientemente y por eso manifestaba un celo excesivo en su función de control. Me miró de arriba abajo como esos porteros de discoteca que se plantan en la puerta como colosos con los brazos cruzados y deciden a quién dejan pasar. A ti sí, a ti no. Probablemente no le inspiró confianza mi indumentaria: el *foulard* que llevaba enrollado al cuello a modo de bufanda para protegerme del viento húmedo del Arno. Lo había comprado en una feria alternativa de Santiago durante las fiestas de la Ascensión. Era de color índigo, como el de los tuaregs. Quizá tampoco le terminaron de convencer mis vaqueros, demasiado gastados, ni las zapatillas deportivas que me ponía siempre para ir en bici. Estaba claro que mi atuendo no le parecía suficientemente respetable para acceder a aquel templo del saber. Su actitud me hizo sentir tan incómoda que por un momento temí que al pasar la tarjeta identificativa por el lector electrónico, se fuera a encender la luz roja y empezaran a sonar todas las alarmas. A veces tengo obsesiones de delincuente. Pero afortunadamente no ocurrió nada de eso. Las barras de acero giraron como siempre y me dirigí hacia el ascensor, aliviada de perderla de vista.

Cuando se abrieron las puertas en la tercera planta, el señor Torriani me sonrió desde su mesa de conserje, con un destello de oro en uno de los molares superiores y la hospitalidad de siempre.

—Ya empezaba a echarla de menos, señorita Sotomayor —dijo con su habitual acento calabrés.

En realidad sólo llevaba tres días sin aparecer por el Archivo, pero también a mí me parecía que había pasado mucho más tiempo. Me sentía un poco como los durmientes de Éfeso que se despertaron una mañana creyendo que habían dormido una sola noche y su sueño duró trescientos años. Cuando una anda perdida en un marasmo de siglos, los días y las semanas adquieren otra cadencia y de pronto sucesos que acontecieron hace muchos años nos parecen muy próximos y cercanos mientras otras cosas ocurridas recientemente nos parecen tan lejanas que se acaban desvaneciendo delante de nuestros ojos como una simple hoja arrastrada por el viento.

El señor Torriani sin embargo tenía una presencia que parecía labrada a prueba de vendavales. Era de esos hombres anclados tan firmemente al presente con su bata gris, el cráneo cruzado por los cabellos largos de la crencha derecha y las manos rudas de campesino, que su conversación me producía una agradable sensación de familiaridad, igual que esas figuras secundarias que poblaron nuestra infancia, como el vendedor de tebeos o el quiosquero de un puesto de golosinas, que a pesar del paso del tiempo no son capaces de vernos nunca como los adultos extraños en que nos hemos convertido, sino que siguen mirándonos eternamente como los niños que nunca hemos dejado de ser.

—Me he tomado un pequeño descanso, pero ya estoy

de vuelta —dije sonriendo a modo de disculpa mientras rellenaba la petición con el número de referencia correspondiente a los manuscritos de Pierpaolo Masoni en la hoja de registro.

—Parece que no es usted la única que está interesada en esos documentos —me explicó mientras lo acompañaba hasta el piso de abajo donde se encontraban los legajos más antiguos bien custodiados en anaqueles de hierro con puertas correderas que se movían con manivelas redondas como el timón de un barco—. Hace dos días que llegó un profesor de Roma que solicitó consultar los mismos diarios que usted —lo dijo con un tono de complicidad como quien sabe que está aportándonos una información que puede sernos útil aunque no sepa exactamente por qué.

En el tercer cuerpo interior de la estantería metálica se hallaban los diarios clasificados con el número de referencia y con la letra M correspondiente a todo el material microfilmado, seguida de las iniciales del autor P.M. que aparecían entre paréntesis y el número del cuadernillo, en caracteres romanos, ordenados según pude constatar del uno al nueve, aunque en el catálogo figuraban un total de doce cuadernos tal como me había asegurado el profesor Rossi. Algunos aparecían subtitulados como tratados sobre una materia específica— la luz y la sombra, del vuelo de las aves, el azar, la naturaleza humana etcétera—. Pensé que quizá esos tres últimos ejemplares que faltaban estarían pendientes de clasificación o tal vez se hallasen en alguna bandeja del laboratorio de restauración por encontrarse en mal estado o hubieran sido retirados temporalmente para estudio. En cualquier caso, me dije, deben de estar disponibles en soporte de microfilm.

Me dirigí al ordenador central para comprobarlo, pero allí no había ningún rastro de la existencia de esos tres ejemplares, así que decidí continuar mi trabajo volviendo al mismo punto en que lo había dejado. Me instalé en una de las mesas que había libres al fondo de la sala, solté la presilla del cazonete de madera y abrí el cuadernillo por la página que contenía el boceto preparatorio de la cabeza de un perro lobo a sanguina.

Después de dos horas inmersa en la letra minúscula del diario sentía que me hallaba muy cerca de comprender al menos algunos aspectos de la personalidad enigmática de Pierpaolo Masoni. Su pensamiento planeaba dentro de las páginas como una sombra. No se trataba exactamente de una ilusión, pero sí de cierto punto de vista, y cuanto más me acercaba, mejor empezaba a ver, y de un modo mucho más interesante, al hombre que la proyectaba.

Sobre las doce, decidí hacer un pequeño descanso para tomarme un café en la salita de estar. No había nadie en aquel momento. Introduje una moneda de un euro en la ranura de la máquina y me senté en el sofá tapizado de beige que había en un lateral de la sala al lado de una mesita baja de metacrilato. Me dolían los ojos. Apoyé la cabeza contra el respaldo del sofá y comencé a masajearme los párpados suavemente con movimientos circulares.

—Es agotador pasarse horas desenmarañando legajos —oí que decía una voz masculina en perfecto español. Me incorporé de golpe. Era un tipo de mediana estatura, de unos cuarenta y pico años, vestido de gris con un jersey de cuello vuelto y una chaqueta algo anticuada de príncipe de Gales que le daba cierto aspecto de ex seminarista atildado—. Permítame que me presente —añadió alargando la mano—: Me llamo Bosco Castiglione.

—Ana Sotomayor —respondí yo, poniéndome de pie para estrechársela, movida por un resorte automático de cortesía.

—Sé quién es usted —comentó sonriente sin dejar de observarme con atención como si me hubiera catalogado en alguna de las especies de ratas de Archivo que conocía—. Creo que los dos estamos interesados en los mismos manuscritos.

Permanecí en silencio unos segundos, valorando el alcance del comentario, mientras escrutaba el rostro que tenía delante. Piel sonrosada, casi lampiña, gafas redondas de pasta que enmarcaban unos ojos pequeños con un ligero sesgo oriental, como cerrados dentro de la rendija de una hucha, bastante cómicos como los de los chinitos de los dibujos animados sobre todo cuando parpadeaba, con una especie de tic nervioso. Estuve tentada de preguntarle cómo sabía tanto de mí, pero continué callada, con las manos en los bolsillos, limitándome a esbozar una sonrisa prudente.

—Soy profesor de Paleografía y Archivística en la Escuela Vaticana —continuó diciendo y mientras lo escuchaba pensé que tales explicaciones le harían sentirse tal vez con derecho a preguntarme después por mi trabajo o por mi vida o cualquier otra cosa que se le ocurriese. En Italia no era infrecuente esa clase de intromisión. Cualquiera puede preguntarle a uno a qué se dedica y si está soltero o casado o si es virgen o mártir, sin que exista una confianza previa que lo justifique. Pero en nuestro país es distinto. Cada sitio tiene sus normas—. Mi especialidad es la codicología medieval —continuó—. He obtenido varios premios internacionales en esa materia. —Lo dijo con un tono de autocomplacencia un poco ingenua. Se le achinaban todavía más los ojos cuando sonreía, hasta desaparecer del todo detrás de una rendija mínima—. He dedicado varios años de mi vida a reconstruir textos perdidos o incompletos de los grandes Padres de la iglesia, san Agustín, Tertuliano, san Isidoro de Sevilla, Policarpo de Smirna... Imagínese cada día llegan cajas enteras de documentos procedentes de donaciones de monasterios o de excavaciones arqueológicas que se depositan en cámaras subterráneas esperando para ser clasificadas. Calcule —dijo enarcando las cejas hasta componer dos acentos circunflejos—: ¡Más de dos mil años de escritos! Todavía quedan kilómetros de estantes con registros y legajos sin acabar de transcribir... Una labor ingente.

Esbocé un gesto admirativo. Parecía un tipo inofensivo, cordial, algo fatuo, pero con una vanidad blanda que no molestaba sino que más bien provocaba cierta conmiseración.

—¿Y qué puede haber en Florencia que no haya en los sótanos del Vaticano? —pregunté sonriente medio en broma con la esperanza de que la ironía matizara un poco mi suspicacia. Pero a juzgar por la mirada que me lanzó, mi recelo no debió de pasarle del todo inadvertido.

—Usted debería saberlo mejor que yo. Lleva algunos meses aquí si no me han informado mal —dijo y noté en su voz esa excitación contenida del que está poniendo a prueba al otro. La seguridad con la que aparentaba saber cosas de mí y de mi trabajo, empezaba a resultarme incómoda. Se había acercado un poco más, acortando la distancia que nos separaba, probablemente con el fin de favorecer la confidencialidad.

Fue entonces, mientras removía de pie su café con una cucharita de plástico, cuando hizo referencia a los tres *quadernini* que faltaban de la colección de diarios de *Il Lupetto*. Había hablado en voz tan baja que tuve que inclinar un poco la cabeza hacia adelante para oírlo mejor. Sin duda no me creyó cuando le dije que no había visto nunca esos diarios de los que me hablaba.

—Si usted quisiera, podríamos ayudarnos mutuamente y ambos saldríamos ganando —dijo muy despacio, después de dar un trago largo a su vaso de café—. No se olvide que tengo la experiencia de la que usted carece, además de los contactos necesarios para acceder a cualquier información relacionada con la Iglesia. Eso por no hablar de otros conocimientos.

La incomodidad que había empezado a sentir dio paso de pronto a una verdadera irritación. ¿Qué le hacía suponer a aquel señor con cara de filipino que yo no tenía experiencia como investigadora?, ¿mi edad acaso?, ¿mi aspecto?, ¿mi manera de comportarme?, ¿algo...? No había nada que se pudiera considerar amenazante en el tono de voz de mi interlocutor, todo lo contrario, se podría decir que era melifluo y almibarado en exceso, sin embargo yo tenía la desagradable sensación de estar pasando una prueba a ciegas como cuando al bajar una escalera, te das cuenta de pronto de que el peldaño no está a la altura a la que debería estar. Todos mis sentidos se pusieron en guardia.

—¿Qué clase de conocimientos? —pregunté con sequedad.

Vi cómo sonreía mientras se arreglaba un poco la chaqueta tironeando hacia abajo del faldón.

—Bueno, tal vez su apreciado pintor no fuera trigo limpio —dijo.

Me quedé pensativa un momento, como si estuviera considerando la posibilidad que acababa de apuntar.

—Disculpe, pero no acabo de entenderle del todo. No sé muy bien qué quiere decir.

—Es peligroso tentar al diablo —dijo en tono apreciativo y convincente, como si ya contara con que yo iba a pedirle esas explicaciones—. Con una llama se puede uno calentar pero también se puede abrasar, y hay fuegos que, ante la duda, no deberían encenderse nunca. —Su mirada se había iluminado con el apunte de la parábola como la de cualquier predicador cuyo sermón lo va excitando por dentro

—Creo que no me ha entendido bien —le contesté, tratando de recuperar las riendas de la conversación. Me refería a lo que dijo usted de ayudarnos mutuamente. No sé de qué manera podría producirse ese intercambio de colaboración. —Me detuve unos segundos. Según hablaba iba sopesando. Quería darle la impresión de que estaba pensándome su proposición—. Además no veo cómo podría serme usted de utilidad en el trabajo que me ocupa. Aquí tengo cuanto necesito.

—Es usted demasiado jovenpara tener tanta soberbia. —Sus ojos ya no parecían los de un chinito simpático. Estaban fijos en mí y endurecidos por un velo de reproche—. Sabemos que está haciendo su tesis sobre la conspiración contra los Médicis —dijo utilizando por primera vez un plural que no me pareció precisamente mayestático, aunque no tenía la más remota idea de qué otras personas podían estar incluidas en ese «sabemos»—. Piense que hay documentos sin descodificar en el Archivo del Vaticano que podrían serle de gran provecho.

—¿Qué clase de documentos? —pregunté sin disimular ahora mi interés.

—Confesiones, por ejemplo, legajos relativos a la Historia del Papado, su diplomacia, sus actividades, tratados secretos... Piénselo.

— ¿Y usted qué pretende obtener a cambio? —dije como si hubiese aceptado ya entrar en el juego.

—Usted ha investigado mucho —prosiguió con una sonrisa beatífica—. Posee información ¿verdad? Datos valiosos, detalles que quizá podríamos contrastar. Monseñor Gautier tiene verdadero interés en los diarios de Masoni que usted conoce tan bien.

—¿Monseñor Gautier? —pregunté tratando de recordar dónde había oído antes ese nombre.

—Sí, es el decano del Archivo Vaticano y también preside la Conferencia Episcopal —contestó y entonces recordé que había escuchado su nombre en boca de Francesco Ferrer en el taller de restauración de los Uffizi hablando de la polémica en torno al cuadro de Masoni.

—Ah... —respondí alargando mucho los puntos suspensivos—. ¿Y qué puede haber en los cuadernos de un pintor que tanto interese a la Curia romana?

—Corren malos tiempos, señorita Sotomayor —dijo volviendo al tono doctrinario de antes mientras acariciaba el pequeño crucifijo de oro que colgaba sobre su pulóver gris—. Hay muchos intereses empeñados en desprestigiar la labor humanitaria de la iglesia, en ensuciar su pasado y sacar a relucir trapos sucios aprovechando que la salud del Pontífice está muy deteriorada. Hay una verdadera campaña contra la Iglesia que preocupa mucho al Santo Padre, especialmente en estos momentos en los que su precaria salud ha creado un ambiente dañino de provisionalidad y de fin de pontificado. No se puede imaginar la cantidad de intereses que están en juego. Hay gente que está dispuesta a todo con tal de colocar a su candidato en la silla de Pedro.

—Me lo imagino perfectamente —contesté muy segura de mí misma. Nunca había considerado la Curia romana como una reunión de hermanitas de la Caridad—. Pero ¿qué puede tener que ver la elección de un nuevo papa con un pintor o con unos hechos ocurridos hacía más de cinco siglos?

—Hay hilos que unen el pasado con el presente, usted es historiadora y debería saberlo, corrientes ideológicas de oposición a la iglesia, grupos muy poderosos de presión, sectas que continúan activas... —Había utilizado un tono deliberadamente críptico que sin duda debió de parecerle el más adecuado para impresionar a una joven estudiante.

—Ya... quiere decir que el vaticano necesita unos cuadernos de 1478 para continuar con su labor evangelizadora —dije sin ocultar el sarcasmo. Sentía hacia él un rencor impreciso. No me gusta que me infravaloren y he de reconocer que su explicación había herido profundamente mi amor propio. Una cosa es que yo fuera una becaria sin experiencia, pero eso no le daba derecho a pensar que iba a tragarme toda aquella historia como un ratoncito que se come el queso hasta el alambre.

—Se equivoca usted, señorita —replicó dolido y algo desconcertado—. No hace bien en ser tan desconfiada. Lo único que deseamos es custodiar esos cuadernos en un lugar seguro para que no caigan en manos de alguien que pueda hacer mal uso de ellos. El Vaticano ha intentado comprar oficialmente esos legajos al Arquivio di Stato...

—¿Igual que hizo con el cuadro de la *Madonna de Nievole*? —le interrumpí, recordando las palabras de Francesco Ferrer sobre sus maniobras para detener el proceso de restauración.

—Veo que está muy bien informada. De haber llegado a un acuerdo de compra, no estaríamos ahora teniendo esta conversación. Pero eso ya no tiene remedio. Aunque si usted quisiera colaborar quizá estuviéramos a tiempo aún de evitar males mayores.

—Le repito que no he visto esos cuadernos a los que se refiere —dije con cierta impaciencia—. El único material que he podido consultar es el que aparece catalogado y está a la disposición de cualquiera que desee estudiarlo —y mientras lo decía hice el ademán de mirar el reloj, sin llegar siquiera a descubrirlo bajo la manga del jersey—. Lo siento. Me gustaría seguir charlando con usted, pero debo seguir trabajando.

—Es una lástima que no quiera colaborar —dijo visiblemente decepcionado. Sus ojos parpadearon varias veces muy deprisa y parecía confuso, como si no supiera bien qué decir—. He tratado de ser amble con usted—. Se le iba endureciendo la expresión a medida que hablaba, intentando encontrar las palabras adecuadas. Tal vez intentaba ganar tiempo—. Confío por su bien en que cambie de opinión —añadió por fin, con una sonrisa forzada. Había alzado la mano y me apuntaba con el índice en ristre—. Ya tendrá noticias mías... —dijo mirándome muy fijamente como si quisiera grabarse mi cara en la memoria.

Vaya con la mosquita muerta, pensé. Aquella despedida había sonado como una amenaza, o eso me pareció. Aunque puede que fuesen figuraciones mías, a veces me paso de suspicaz. Antes de que cada uno nos dirigiéramos a nuestro respectivo lugar de estudio, vi que sacaba un teléfono móvil del bolsillo interior de la chaqueta mientras me daba la espalda y se acercaba a la ventana que abarcaba las ramas desnudas de los árboles extendiéndose a lo largo del paseo, hacia la piazza Cesare Beccaria. Al cabo de escasos segundos, volvió a la sala de estudio. Lo observé a hurtadillas mientras entraba en una de las cabinas laterales con proyector para microfilms. Estaba sentado de espaldas a la hilera de mesas, con una pierna cruzada sobre otra. A través del cristal de la puerta pude ver cómo balanceaba nerviosamente el pie que tenía en el aire calzado con una bota realmente curiosa. Era una de esas botas ortopédicas, con tres centímetros de tacón y un remache metálico en el talón. Había un niño en mi colegio que llevaba unas exactamente iguales, se llamaba Miguel Ángel Quesada, y había padecido poliomielitis de pequeño. Era un chico muy tímido y como no podía jugar al fútbol, se pasaba toda la hora del patio leyendo libros de los Hollister. Acabé tomándole mucho afecto. De pronto, volví a mirar hacia mi curioso interlocutor y lamenté haber sido tan hosca con él.

Pero enseguida abandoné estos pensamientos y encendí la lamparita de mesa con la intención de sumergirme por completo en el olor acre de los legajos. Ya bastante confuso era todo lo que tenía entre manos, para perder el tiempo con otras distracciones, pero no podía sacarme de la cabeza el recuerdo de mi compañero de clase ni tampoco las palabras de aquel ex seminarista vestido de príncipe de Gales y me costaba concentrarme. Durante un rato largo hice un esfuerzo por captar el sentido último de unos diarios escritos en una época en que las viejas creencias se derrumbaban, un mundo vibrante, lleno de quiebras y de posibilidades hasta entonces desconocidas, pero también entreverado de peligros. Las insinuaciones veladas que había dejado caer Bosco Castiglione no eran gratuitas. Tenía la impresión de haber empezado una competición contra reloj. Cuando dos barcos enfilan la última ceñida en busca de la meta, casi nunca pueden desplazarse en línea recta.

En las regatas se llama viento sucio al que nos llega procedente de las velas del rival. Es un viento ya usado, de segunda mano, que te va dejando atrás. Claro que existe la posibilidad de cambiar ese destino. Siempre puede uno iniciar la virada cuando el otro no lo espera y adelantarlo por la popa, pero la maniobra debe ser certera y milimétrica, como el vuelo de una flecha. Si falla, la carrera está perdida.

Por más que lo intentaba, no lograba centrar completamente la atención en mi trabajo. Tenía la cabeza muy lejos de aquellas páginas. La tenía llena de dudas y de añoranza. Hacía varios días que no hablaba con el profesor Rossi y sentía verdaderos deseos de volver a escuchar su voz. Era bueno tener alguien a quien poder confiar tus dudas. Al rato recogí mis cosas, guardé los lápices y el bloc de notas en la mochila, y devolví los diarios a la ayudante de registro.

Cuando me asomé al exterior del Archivo, una polvareda

de hojas levantadas por el viento me llevó de vuelta a otros paseos y a otras alamedas, esa sensación anhelante, emboscada en el final del invierno. Abrí el candado de la bici y miré hacia el Arno. Por encima del río se habían formado unas nubes alargadas que avanzaban rápidamente rumbo al Sur, pensé que iba a cambiar el tiempo y que tal vez llovería por la noche. Estaba parada en la acera con los pies plantados en el suelo y las manos en el manillar mientras pensaba si enfilar la via Ghibelina o torcer hacia el Lungarno y regresar por el mismo camino que había venido. La diferencia entre una u otra elección no suponía gran cosa, pero a veces son esos detalles minúsculos los que introducen una conspiración en el destino. El instante exacto que te salva de un accidente o te lo provoca. El momento gradual.

No había demasiado tráfico en la calle, y entre la hilera de plátanos una prolongada línea de semáforos iba pasando sucesivamente del ámbar al rojo. Tras reflexionar diez segundos, me decidí por la vía Ghibelina. Mientras pedaleaba con el viento de cara, iba pensando en esa trama invisible de hilos que va tejiendo el azar. El momento en el que al llegar al portal, te das cuenta de que has olvidado algo y vuelves de nuevo sobre tus pasos para recogerlo, el instante en que Lorenzo de Médicis cambió de opinión y modificó sus planes, sin saber que en esa decisión de última hora estaba contenida la sentencia que le salvaría de la muerte o se la provocaría.

El sonido del roce de las ruedas sobre el pavimento producía un chirrido muy débil. En algunos momentos tenía el presentimiento incesante de que me seguían, era algo inaprensible como una inquietud demorada a mi espalda, pero que tal vez no fuese más que el movimiento de la cadena de la bici o el roce de mis pantalones contra el guardabarros. No era raro que me sobresaltara, mientras atravesaba callejones, entre monumentos de piedra y plazas recónditas, con el insistente cantar de grillos producido por el engranaje de la bici. No era la primera vez que me dejaba ganar por la aprensión. En los cruces volvía la cabeza a un lado y a otro, pero no veía a nadie, sólo esa intuición permanente de vigilancia en la nuca.

No, no era raro. Quien se pasa los días escrutando legajos a la búsqueda de rastros ocultos, aguzando el oído, observando pinturas extrañas del pasado, tratando de interpretar las señales del azar, es lógico que acabe por percibirlo todo con una suspicacia recelosa. Pero el azar no es sólo un elemento de inquietud, me dije tratando de ahuyentar esos recelos, sino que en ocasiones introduce en nuestro camino una dosis de felicidad que, aunque momentánea y frágil, a veces puede llegar a justificar la existencia. Pensaba en el modo casual que conocí a Roi en un pub donde la única invitación del azar parecía la voz de Tom Waits y no la persona que me esperaba dentro sin que yo lo supiera ni ningún pálpito me lo anunciara. Ahora pedaleaba más deprisa, casi pegada al bordillo de la acera, con los músculos tensos y la cabeza ocupada en pensamientos esquivos, entonces fue cuando me pareció percibir de refilón una sombra oblicua desde el otro lado de la calzada y enseguida a mi izquierda el ronroneo de un motor que de pronto aceleró al pasar a mi lado, invadiendo completamente mi lado de la calle. Giré el manillar hacia la derecha, de un modo desesperado e instintivo sin reparar en la altura del bordillo y no vi nada más que la oscuridad pero comprendí en un arranque de verdadera claridad y terror que no había espacio suficiente para apartarme y que iba a quedar aplastada sin remedio bajo las ruedas del coche.

Fue apenas una fracción de segundo tan infinitesimal que no creo que ni siquiera un cronómetro la hubiera podido medir, sin embargo en ella muy bien podría radicar la diferencia entre la vida y la muerte.

Aunque el principio de incertidumbre es la ley física que rige nuestro destino, hay instantes que ya albergan dentro el impacto futuro del cuerpo contra el suelo, la forma de caer con la sien contra una arista de piedra, del mismo modo que hay momentos del pasado que incluyen también la dirección de una daga que atraviesa la piel y quema la carne de un joven florentino ataviado con una simple capa y desarmado. Oí el estrépito de los neumáticos del coche y desde el suelo me pareció ver la mancha fugaz de un alerón negro desapareciendo tras una esquina.

En el interior de una burbuja de tiempo que no llegaba a terminar comprendí que la verdadera sensación de peligro era una ráfaga tan insignificante que apenas da tiempo a que pase a la parte de la mente regida por la conciencia. Tenía el hierro del manillar incrustado en el lado izquierdo del estómago y notaba una sustancia tibia que me resbalaba por la nariz. Sin embargo mi mente continuaba en el pub Dublín, donde permanecía sentada en un taburete alto con la espalda contra la barra de madera, ocupada en el mismo pensamiento en el que estaba inmersa justo antes de producirse el impacto, como si me hallara en el interior de un sueño retrospectivo en el que Roi, con el mismo jersey irlandés que llevaba puesto el día que le conocí, alargaba la mano muy lentamente hasta la comisura de mis labios, mientras a mi alrededor oía ya, amortiguados, como si me llegaran a través de un tubo, pasos y voces mezclados con un tacto de manos que me rozaban el cuerpo y me preguntaban si estaba bien, ayudándome a ponerme en pie y agolpándose en torno a mí hasta hacerme salir del silencio y del tiempo detenido.

Los griegos pensaban que sobrevivir era escapar al destino. Pero si consigues escapar a tu propio destino ¿en la vida de quién te metes entonces?

XIV

En el desorden de la tormenta el jinete alcanzó a duras penas a llegar a las puertas de la ciudad, jadeante y sudoroso después de tres largas jornadas. Las gualdrapas de su caballo se hallaban completamente enlodadas por el barro del camino al igual que los bajos de su capa de fieltro. Llevaba las manos enfundadas en recios guantes esteparios. Iba ataviado con un jubón de rayas amarillas y blancas forrado por dentro con piel de cordero y un gorro de astracán probado en los inviernos glaciares de los Apeninos, cuyo color desvaído se confundía con el gris de la barba que le caía sobre el pecho. Por su aspecto, más parecía un capitán de bandoleros que un soldado de la Guardia Apostólica.

La cúpula de la catedral, con sus nervaduras blancas y el orgulloso orbe de cobre en la cúspide desprendía una impresión de poderío tan intensa que el enviado papal por un momento llegó a dudar de su misión. Sus ojos se detuvieron en el alto *campanille* de mármol blanco y verde cuya elegancia no podía menos que impresionar a cualquier viajero recién llegado a Florencia. La ciudad no se había paralizado con la lluvia de la noche anterior, pero algunas calles se habían convertido en lodazales donde los caballos trastabillaban asustados y algunos animales de carga se quedaban presos por las pezuñas en el barro. Delante de los arcos del mercado de abastos, uno de los mozos descargó tal latigazo sobre el mulo que tiraba de su carreta, que el animal echó a galopar de un salto, derribando una pila de sacos de carbón con la barra de tiro. El tumulto cundió entre los mercaderes que vociferaban insultos y maldiciones a punto de llegar a las manos mientras el forastero se alejaba hábilmente de la disputa. Lo último que le convenía era verse comprometido en algún altercado.

Más tranquilas parecían las calles de los orfebres y los papeleros en el cantó de Cartolai donde se vendían las resmas de papel y donde también tenían sus oficinas notarios, banqueros y registradores. Inspeccionar el terreno formaba parte de su cometido. Desde lo alto de una cuesta contempló entera la ciudad histórica, a través de la atmósfera lavada por las lluvias recientes: los palomares de las azoteas, los tejados rojos, las almenas de las murallas, una silueta dentada de agudas y recias torres de iglesias, entre las que destacaba por su altura el imponente *campanille* del palacio de gobierno con sus matacanes apuntando amenazantes al cielo... Más allá sólo se divisaban las colinas de Fiésole donde le aguardaba el cardenal de San Giorgio, con treinta ballesteros a caballo y cincuenta infantes vistosamente ataviados. Si alguien en Florencia llegó a albergar algún indicio sospechoso aquella tarde, lo cierto es que nunca lo manifestó.

Por el oeste, al otro lado de la Porta del Prato, asomaban unas nubes oscuras cuya humedad ya empezaba a notarse en el aire. Temiendo que el aguacero pudiera descargar de un momento a otro, el viajero se dio prisa por hacer un primer recorrido exploratorio desde la catedral hasta el convento de la Santa Croce, pasando adrede por delante de la mansión de los Pazzi, a cuya puerta había apilados varios sacos pesados que los mozos de carga cardaban con picas y arrastraban con dificultad hasta la puerta de servicio. Al doblar la esquina de la vía Ballestrieri, se topó con un hombre alto, de rasgos nobles que por su aspecto bohemio, identificó sin duda como un artista. Iba acompañado por un muchacho que caminaba a su lado con una gruesa capucha de lana terciada sobre la cara. Más que maestro y discípulo, parecían padre e hijo. Se dirigió a ellos para preguntarles por un lugar donde pasar la noche.

El chico lo miró con desconfianza, pero el de más edad se mostró solícito.

—Podeis elegir entre la posada de la Campana o el hotel de la Corona, detrás de la catedral, junto al mercado nuevo contestó, señalando hacia esa dirección—. En cualquiera de los dos locales os tratarán bien. Florencia tiene a gala su hospitalidad con los forasteros.

No era ninguna bravata. La ciudad avezada en las virtudes mercantiles tenía fama, a pesar de su lengua venenosa, de dar una atención esmerada al visitante. Lo cierto es que la primera impresión que causaba era la de una república floreciente y orgullosa de sí misma. Como buen observador, el soldado tomó nota de la docena de recientes palacios privados, todos ellos de sólida cantería, aunque ninguno tan imponente como el de Lorenzo de Médicis, a cuya corte se dirigía, en procura de audiencia. Por su mente volvió a cruzarse fugazmente la sombra de una duda. Florencia le parecía una ciudad excesivamente grande y colmada por un aire de libertad que la volvía demasiado compleja para manejar desde fuera. Apenas unas semanas más tarde tendría ocasión de lamentar profundamente no haber hecho más caso a su instinto. Pero para entonces la capital de la Toscana se había convertido ya en una ciénaga de muertos que rezumaba bajo las pisadas una sanguaza nauseabunda.

El palacio Médicis, en plena Vía Larga, no dejaba lugar a dudas sobre quién detentaba el poder de la República. Su armonía geométrica descansaba sobre pesados bloques de piedra rústica que le daban un aspecto de fortaleza infranqueable. Era un edificio grande y fresco, de tres plantas, con un zaguán que daba directamente sobre un patio cuadrado y claro con naranjos florecidos y un rumor invisible de agua continua. El piso estaba cubierto de baldosas ajedrezadas blancas y negras y se hallaba adornado con estatuas que emanaban una luz propia y con jaulas de pájaros raros bajo los arcos. En el centro se levantaba una gran escultura que representaba a Judith y Holofernes. El soldado pudo leer las siguientes palabras en el pedestal que le servía de base: *Regna cadunt luxu, ergunt virtutibus urbes*, los reinos caen por el lujo, las ciudades se alzan por sus virtudes. Tan extasiado estaba en la contemplación del recinto, mirando a derecha e izquierda, que tardó en reparar en la presencia del *Magnífico*, que se hallaba a su espalda, observándolo, al pie de la gran escalinata que bajaba desde los aposentos del primer piso.

Sólo al darse la vuelta, el soldado se encontró frente a frente con el hombre a quien debía matar. Entonces, se descubrió la cabeza, y adelantando el pie izquierdo, hincó la rodilla derecha en el suelo y procedió a presentarse:

—Giovanni Battista de Montesecco, capitán de la Guardia Apostólica, a las órdenes de su excelencia el cardenal Raffaele Sansoni Riario, sobrino de su santidad.

Era una verdad a medias. Forjado en el ejercicio de las armas, este *condotieri*, venía a ser el prototipo de muchos capitanes reclutados en el corazón de las montañas, cuna tradicional de mercenarios hambrientos. Era cierto que había servido en Roma en la defensa del castillo de Sant ´Angelo, pero nunca había mostrado reparos en poner su lanza al servicio del estandarte que mejor le pagara. La misión que le había traído a Florencia era del más alto rango ya que servía de enlace a diversas personalidades que deseaban mantener su identidad en el más absoluto secreto, especialmente uno de ellos a quien el capitán estaba unido por una deuda de vida. Antes de partir para Florencia, en los aposentos vaticanos se le había tomado juramento bajo pena de excomunión si llegaba a revelar los nombres de quienes estaban detrás de la conjura. Fue allí donde le informaron del plan para llevar a cabo el golpe de estado. Como soldado bregado en mil desafueros, sabía que no iba a ser fácil consumar el doble crimen. Pero sus reservas fueron aplacadas con la garantía jurada de que llegado el momento, importantes personajes de Florencia le allanarían el camino.

—¿Entonces el Santo Padre ha dado su consentimiento? —había preguntado sorprendido tanto por la magnitud de la empresa como por la crueldad de los detalles.

—Sabéis muy bien lo que su Santidad opina de Lorenzo —aseguró uno de los portavoces con verbo elocuente—. Ese canalla nunca ha mostrado el menor respeto por el Sumo Pontífice y todos los intentos de Roma por hacerle entrar en razón han sido vanos. Ha llegado el momento de hacerle probar nuestros hierros.

—¿He de entender pues que el Pontífice está al tanto de todos los pormenores? —insistió el mercenario.

—Por supuesto y velaremos porque sea él mismo quien os lo haga saber, para que no alberguéis la menor sombra de duda sobre cuál es su voluntad. —Después, el que se había erigido como portavoz de los conjurados, puso la espalda plana sobre el hombro del capitán, como quien pretende armar caballero a alguien que no lo es. Montesecco observo con aprensión aquella mano férrea, con el dedo anular sofocado por la montura de un hexágono de rubí y por su determinación no dudó que era esa mano, más que la del mismo papa o la de cualquier otro de los implicados, la que verdaderamente movía los hilos.

Giovanni Battista Montesecco recordaba ahora cada

palabra de aquella conversación mientras se hallaba postrado ante su futura víctima con un correo de alevosía. No le pareció tan fiero el león como se lo habían pintado. Vestido con una camisa de mangas afaroladas ceñida a la cintura por un grueso cinturón con hebilla de bronce macizo y el cabello dividido al medio por una raya neta, su temido adversario parecía más bien un joven poeta lírico que un poderoso hombre de estado. *El Magnífico* lo invitó a sentarse en una poltrona de cuero mientras rompía el sello de lacre con el escudo de armas de cardenal Riario, al tiempo que un chambelán del palacio le hacía los honores de hospitalidad al forastero con la cortesía de un campari rosado procedente de sus bodegas en San Miniato al Monte.

El capitán tenía por divisa de bandolero no beber nunca en casa de un enemigo, pero aceptó la copa porque la estaba necesitando con urgencia. Mientras Lorenzo de Médicis leía atentamente el contenido de la misiva, el mercenario apretó la mandíbula, aturdido por la impresión de estar viviendo de nuevo un pedazo de vida ya vivido.

En efecto, era ya la segunda vez que los conjurados se veían obligados a alterar sus planes. Al principio habían pensado llevar a cabo la acción en Roma, dando por supuesto que el mecenas haría el viaje pascual a la Ciudad Santa como todos los años, pero Lorenzo en el último momento, de un modo inesperado, cambió de idea y desbarató sus planes, obligándolos a improvisar otra estrategia.

Sintiendo que se les echaba el tiempo encima, los conjurados marcaron la fecha del 19 de abril para llevar a cabo el segundo plan. Esta vez el lugar elegido fue la villa que poseían los Médicis en las pequeñas colinas al norte de Florencia, en la diócesis de Fiésole, donde Lorenzo pensaba ofrecer un banquete a la hora del almuerzo para el joven cardenal de San Giorgo, sobrino del papa Sixto IV, con intención quizá de limar asperezas con el pontífice. Pero tampoco en está ocasión ocurrieron las cosas según lo previsto ya que Giuliano, el hermano menor de Lorenzo, se puso repentinamente enfermo con fiebre alta y se vio obligado a disculpar su ausencia del banquete. Ante el imprevisto los conspiradores tuvieron que abortar sus preparativos por segunda vez. Cualquier demora les debía de parecer eterna a quienes ansiaban quitarse el problema de en medio cuanto antes para hacerse con el poder en el Consejo republicano de Florencia, pero sabían que si uno de los dos hermanos sobrevivía al ataque, los leales a los Médicis cerrarían filas en torno a él y frustrarían la intentona golpista. La única salida posible era el doble asesinato.

El tercer intento debía ser el definitivo. De la carta que ahora tenía Lorenzo en sus manos dependía el éxito de la misión. En la misiva el cardenal de San Giorgo, Raffaele Sansoni Riario, le comunicaba su deseo de visitar el palacio de los Médicis en la Vía Larga para contemplar la colección familiar de arte. La estrategia jugaba a medias con las cartas de la vanidad y de la alta política. Todo el mundo sabía en Florencia que no había nada de lo que Lorenzo se sintiera más orgullosos que de sus *objets d´art* y puesto que la hospitalidad era casi el único instrumento con el que se ejercía la diplomacia, no era descabellado suponer que *el Magnífico* quisiera aprovechar la ocasión para acortar distancias con el Vaticano, conociendo como conocía el parentesco del joven cardenal de diecisiete años con el Pontífice.

El patriarca de los Médicis no tardó más de unos minutos en formalizar la invitación para un almuerzo en su palacio el último domingo de abril, al que además del cardenal Sansoni Riario también acudirían los embajadores de Nápoles, Milán, Ferrara y otros honorables caballeros y aliados suyos como el duque de Urbino, en cuyas dotes como mediador confiaba plenamente.

El cebo había funcionado a la perfección. Sin embargo aquel modo espontáneo y noble de aceptar la petición sin condiciones estuvo a punto de confundir al mercenario, predisponiéndolo a favor de su víctima. Fue sólo un momento, al fin y al cabo para él aquello no se trataba más que de un trabajo y su reputación de cuatrero no entendía de ideologías políticas o simpatías personales.

Todo quedaba, así, previsto para el día 26 de abril. Las partes habían acordado encontrarse en la catedral, justo antes de la misa solemne, tras la cual acudirían en grupo al palacio de los Médicis donde debía tener lugar el golpe. Sin embargo el destino todavía tenía reservada una última carta en la manga.

Tras salir del palacio con los mejores deseos de Lorenzo de Médicis, para su señor, a Montesecco lo iba envolviendo el desasosiego. Se sentía más seguro en una emboscada en plena cordillera con el aliento petrificado por el vaho de los precipicios, que en aquella ciudad de plazas abiertas de la que había oído decir demasiadas veces que no había otra igual en el mundo. No prestó atención a las súplicas de los mendigos que proliferaban en los zaguanes con sus llagas a la vista ante la exaltación de la Semana Santa, cuya celebración acostumbraba a animar la caridad de los fieles. Su desconcierto no se debía únicamente al bullicio de la gran ciudad que se propagaba desde más de un centenar de iglesias y otras tantas tabernas adonde acudían los fieles de las cofradías religiosas al acabar los oficios, sino de otra cosa menos definible y quizá más inquietante que el mercenario sentía constantemente a su espalda como un viento que no se sabía bien de dónde soplaba y que ululaba entre los callejones aboliendo las voces y amortiguándolas hasta el murmullo.

El mercenario avanzó con sigilo, al ritmo pausado de los cascos, hacia las calles que se prolongaban detrás del mercado nuevo, tal como le había indicado el hombre a quien le había preguntado por una posada a su llegada a la ciudad. Recordaba el gesto de temor en el rostro del muchacho que le acompañaba, como si supiera instintivamente que su presencia sólo podía depararle un seguro infortunio. Era la misma expresión de desconfianza que veía en el rostro de las mujeres que ahora cerraban los postigos de las ventanas a su paso. Montesecco llevaba en sus alforjas tres cartas más, selladas y lacradas, todas dirigidas a la misma persona, para instarla a sumarse a la conjura. Apenas una hora más tarde el capitán se encontraba cara a cara con Jacobo de Pazzi en una de las habitaciones privadas de la posada de la Campana. Lo reconoció por su prestancia personal y por el prodigio de su mechón blanco.

—Quiero trasmitiros los saludos de nuestro señor, el papa Sixto, el conde Girolamo Riario y su excelencia el arzobispo Francesco Salviatti —dijo el capitán mientras le hacía entrega de los tres sobres, cuyo contenido debía ser destruido inmediatamente después de haber sido leído. El gran arquitecto de la conjura había sido muy claro cuando depositó solemnemente la espada sobre su hombro, al juramentarlo: nada de cartas, ninguna prueba.

Jacobo de Pazzi permaneció unos minutos pensativo con la frente nublada y las manos a la espalda. El antiguo *confaloniero* de justicia sabía que las ganancias de tal empresa serían considerables y el apellido de su familia alcanzaría al fin el lugar que le correspondía en la historia de Florencia, pero los riesgos todavía eran mayores. Si la conjura salía mal, la venganza de los Médicis iría mucho más allá que el peor maleficio de cuantos se pudieran imaginar. A pesar de que el *colpo di stato* venía avalado por las más altas dignidades políticas y eclesiásticas, el patriarca de los Pazzi necesitaba pensar antes de dar el sí definitivo.

Lo que ni Jacobo de Pazzi ni Giovanni Battista Montesecco sabían era que los espías de Xenofón Kalamantiano los habían seguido hasta la misma esquina de la posada. Cuando el tabernero se disponía a echar el cierre, dos hombres embozados en capas negras y armados con espadas y dagas en la mano le salieron al paso.

—Acompáñanos —fue lo único que oyó el posadero de una voz que no le pareció exactamente amenazadora sino imperativa, con una clase de autoridad que ni siquiera parecía contemplar la posibilidad de la desobediencia.

El pobre hombre hubiera preferido mil veces que los asaltantes fueran vulgares ladrones como los que más de una vez le había puesto una espada al vientre con la cara pintada de negro-humo, al grito de la bolsa o la vida. Pero no era eso lo que querían los hombres del griego. Trató de mantener un residuo de entereza, pero las rodillas le temblaban y no notaba los músculos de las piernas, mientras era trasladado secretamente hasta un almacén de grano en las cercanías de la puerta della Croce. Si sus captores no lo hubieran llevado firmemente sujeto por el brazo, se habría caído al suelo desmadejado como un guiñapo.

Una vez que llegaron al lugar convenido, el jefe de los espías de Lorenzo le hizo tomar asiento sobre un taburete de madera. Entonces tuvo miedo de verdad, no a morir, sino a algo mucho peor, había oído contar tantas cosas... Se decía que a los torturados les arrancaban las uñas de cuajo y a continuación les rebanaban la lengua, antes de abandonarlos en cualquier muladar para festín de los perros. El tabernero pensaba en estas cosas con un brillo de espanto en los ojos entre los mechones negros y apelmazados por el sudor, mientras la respiración le abombaba el vientre agitado y convexo. Xenofon Kalamantiano se dirigió a él con una daga de misericordia en la mano y le preguntó una sola vez sobre el encuentro entre el capitán Montesecco y sir Jacobo de Pazzi.

El hombre balbuceó como pudo que lo único que había hecho era servir una jarra de vino y dos copas en la habitación del encuentro. Pero no había acabado todavía la frase cuando el griego, de un movimiento certero le clavó la mano a uno de los maderos, atravesándola con la daga.

El terror en el rostro de tabernero fue más intenso que cualquier alarido de dolor y antes de notar el roce suave de unos dedos rebuscando en el interior de su cavidad bucal para encontrarle la lengua, confesó que tan sólo había conseguido echar un vistazo por la rendija de la puerta, y que había podido ver como sir Jacopo de Pazzi leía tres misivas pasándole por debajo la llama de una vela antes de convertirlas en ceniza. Sólo entonces, con un movimiento rápido Xenofón Kalamatiano extrajo la daga liberando la mano de su víctima.

Cuando por fin alguien descorrió los cerrojos del portón, el hombre notó que entraba en el almacén una bocanada de viento nocturno cargado con el redoble lejano de los tambores de un paso de Semana Santa.

XV

Sabía que el profesor Rossi tenía clase los miércoles y había acudido a media tarde a la Facultad para encontrarme con él. Había corrillos de estudiantes en los soportales que separaban la verja de hierro del portón de entrada. También los bancos de la placita de San Marcos se hallaban ocupados por parejas que se arrullaban plácidamente bajo un repique de campanas. Atravesé el patio interior hacía la parte de atrás del edificio y consulté el tablón de anuncios, siguiendo con el índice la plantilla de horarios hasta que encontré la información que buscaba. Storia dell´arte Moderno, Giulio Rossi. 2º Trienio. Mercoledi 15h— 17h. Aula 3.

Pasaban cinco minutos de las cinco y casi todos los alumnos habían salido ya, pero había una estudiante que se había quedado rezagada probablemente para consultarle alguna duda. Los vi conversar animadamente a un lado de la tarima. Era una de esas mujeres escandalosamente llamativas, con una minifalda de cuadros escoceses, pantys negros y una larga melena oscura que se separaba hacia atrás a cada rato contoneando los hombros. El profesor Rossi con las manos en los bolsillos de la chaqueta, se limitaba a sonreír un poco de una manera a la vez sincera y ausente, con su habitual timidez, sin parecer percatarse de la actitud carnívora de aquella Diana cazadora que lo estaba devorando vivo con los ojos. Noté la presión de un clavo en el diafragma que por un momento intensificó el dolor que sentía en las costillas hasta hacerlo insoportable. Me hacía daño el aire al entrar y salir de los pulmones. Con la mano vendada y dos puntos de sutura en la ceja izquierda, me sentía la mujer menos glamurosa del mundo. Mientras contemplaba la escena me invadió tal sensación de inseguridad que estuve a punto de dar media vuelta e irme por donde había venido. De hecho estaba ya a punto de hacerlo, cuando el profesor levantó la vista y me vio asomada a la rendija de la puerta.

—¡Ana! ¿Pero qué te ha pasado? —preguntó después de despedir apresuradamente a la Mata Hari.

—Nada, me caí de la bici —le expliqué mientras subíamos por las escaleras de piedra del patio interior hacia el primer piso. El departamento de Arte Moderno era una dependencia espaciosa con un gran ventanal que daba al claustro renacentista con arcos de medio punto y un pequeño jardín en el centro. Nada más entrar percibí la misma fragancia a cuero y a madera que recordaba de nuestro primer encuentro, lo que no dejaba de resultar extraño porque en el interior del despacho no había muebles antiguos, sino el típico mobiliario impersonal de oficina: armarios acristalados llenos de libros y archivadores, carpetas de diferentes colores sobre la mesa de trabajo y un ordenador cuya pantalla estaba rodeada de pequeñas hojas autoadhesivas de color amarillo. Sobre la pared del fondo había un gran mural enmarcado que reproducía una vista de la Florencia del siglo xv con sus murallas, tomada desde la otra orilla del Arno. El profesor dejó el proyector y el carro de diapositivas que había utilizado en clase encima de la mesa y entonces me fijé que a un lado del ordenador, junto a la lámpara articulada, había un pequeño portarretratos de plata, el único detalle personal que se podía constatar en aquel espacio académico. La fotografía mostraba a una niña rubia muy risueña de unos cuatro años subida a un triciclo con un peto vaquero y botitas rojas. Aparté la vista de la foto con la rapidez que a veces nos provoca el descubrimiento furtivo y tal vez improcedente de la intimidad de otra persona, aunque la verdad es que no había ningún motivo para que experimentara semejante reacción. A veces nos asaltan sensaciones que no responden a una causa justificada, sino a una mezcla de desconcierto y asombro como en esas escenas que se producen en los gimnasios o en los polideportivos, cuando al abrir la puerta de un vestuario, de pronto alguien sorprende involuntariamente un cuerpo desnudo y durante unos segundos se crea una situación embarazosa en la que el desconocido intenta cubrirse con una toalla y el otro improvisa una disculpa apresurada y cierra la puerta de golpe. También yo miré hacia otro lado rápidamente, pero no tanto como para que el profesor Rossi no reparara en el movimiento de mis ojos. Era un hombre observador a pesar de su aspecto distraído.

Estaba sentado en el sillón giratorio con los brazos apoyados en el filo de la mesa y seguía mirándome reflexivo con la misma fijeza que antes, pero ahora también sonreía un poco como si quisiera llenar un vacío que podría resultar incómodo si se prolongasen demasiado los silencios.

—Pensaba haberte llamado, de verdad, pero he tenido una semana infernal —dijo señalando un montón de folios apilados en un lado de la mesa—. Aunque si hubiera sabido lo de tu accidente... ¿Cómo no me has avisado? — Su tono sonaba sincero y preocupado, incluso algo recriminatorio, pero no percibí en él rastro de su antigua predilección hacia mí, aquella manera de incluirme dentro de su mirada que había mostrado la semana anterior cuando vino a visitarme a mi apartamento—. Ha tenido que ser un buen batacazo—. Se paró un instante, como sopesando la importancia de las lesiones—. Dime, ¿cómo ocurrió?

—Bah... No ha sido nada —dije—. Ya se lo contaré en otro momento. Hay otras cuestiones que me gustaría preguntarle antes.

—Bueno —asintió mientras sacaba las gafas del bolsillo interior de la americana y se las ajustaba sobre la nariz—. Tú dirás...

—Es sobre el cuadro de la *Madonna de Nievole* —le expliqué—. He estado pensando en lo que me contó el otro día, sobre las sociedades secretas y todo eso. Me gustaría conocer algo más sobre el origen de esas sociedades y también sobre su posible pervivencia en nuestros días.

El profesor me dirigió una mirada sorprendida, como si no se esperase esa pregunta.

—¿Y qué es lo que de pronto, te ha llamado tanto la atención? Si mal no recuerdo, en el momento no demostraste demasiado interés en el asunto, al menos eso me pareció, «demasiado novelero», dijiste, no me preguntaste nada de esto entonces. —Su tono no llegaba a ser de reprobación o censura, sino que más bien parecía estar jugando a hacerse el ofendido. Había fruncido las cejas, pero sus ojos brillaban con una expresión inequívoca de guasa.

—Vamos, Giulio, se lo pregunto ahora. Le aseguro que todo lo que me explicó sobre la trayectoria del cuadro, me pareció fascinante, lo que pasa es que a veces necesito tiempo para procesar la información —alegué en mi descargo.

—Está bien —concedió sonriendo—. No hace falta que exageres. Veamos —dijo mientras se acariciaba la ceja con la yema del dedo como si retomara un hilo perdido—. Sobre el origen de los rosacruces hay varias teorías aunque casi todas coinciden en remontarse hasta el antiguo Egipto. Algunos autores señalan a Akenatón como el primer dirigente de esa sociedad, aunque lo cierto es que de ese período se sabe muy poco. —Su mirada adquiría a veces, una expresión de vidente, con una intensidad extraordinaria cuando se concentraba en algo. La frente fruncida, las mejillas un poco hundidas, las arrugas de la comisura de los labios muy marcadas—. Más tarde —continuó diciendo— el misterioso

Hermes Trimegisto recogió por escrito parte de los principios de la fraternidad, de ahí la expresión hermetismo u ocultismo. —Hablaba sosegadamente, con rigor aunque sin énfasis como quien navega un río conocido— y a partir de entonces sus postulados se fueron impregnando de la filosofía del mundo antiguo y empezaron a difundirse por el Mediterráneo oriental—. Se oyó un timbrazo estridente que me sobresaltó. El profesor Rossi descolgó el teléfono antes de que volviera a sonar—. No se preocupe por eso, señora Manfredi, puede dejarlo en mi despacho, no sé a qué hora llegaré —oí que decía, aunque enseguida retomó el hilo como si no se hubiese producido ninguna interrupción—. Pero la sociedad nunca llegó a salir a la luz públicamente —explicó— sólo tenían acceso a ella determinadas personas.

—¿Qué clase de personas? —pregunté.

—Personas especiales, sin duda, cuyos valores humanos o intelectuales atraían el interés de la fraternidad, una especie de aristocracia del espíritu: pensadores, sabios, alquimistas... —Se calló un momento y entonces volvió a mirarme muy fijo como hiciera en mi apartamento, con una especie de predisposición o cercanía que no sabía bien cómo interpretar. Me pareció que aquellos cambios de actitud sólo podían significar que aquel hombre estaba librando una batalla en su interior. Carraspeó un poco antes de continuar—. Se fundaron varias escuelas secretas a las que según algunas fuentes han pertenecido personajes como Pitágoras, Sócrates, Platón, el propio Jesucristo o Dante. En el renacimiento este tipo de sociedades proliferaron por toda Italia, especialmente en la Toscana y Urbino. No obstante nadie fue capaz de adivinar la identidad de los verdaderos rosacruces, salvo, naturalmente, aquellos que lograron entrar en contacto con ellos. —Se detuvo otra vez como si su pensamiento fuera muy por delante de su discurso—. Hoy casi nadie duda de que Leonardo perteneció a una de esas logias, aunque debido al secreto que rodeaba el código de las sociedades, es difícil establecer pruebas determinantes. Masoni es un pintor mucho menos conocido, y no hay estudios al respecto. En cierto sentido es mejor así para ti—. Su rostro resplandeció con una sonrisa de complicidad—: vas a tener la ventaja de arar en un campo virgen.

—No sé qué decirle, profesor —repliqué alzando las cejas con cara de cuestionar ese dudoso privilegio—. Lo malo es que no acabo de saber muy bien qué es lo que tengo que buscar. Me da miedo a tenerlo delante y no darme cuenta.

—Bueno, hay ciertas claves muy elementales que te pueden servir de ayuda en un primer momento.

—¿Por ejemplo?

—Por ejemplo el interés que profesaban todos ellos por el conocimiento científico, y por los valores del ser humano y su oposición al boato y las pompas del poder terrenal, especialmente el de la Iglesia. —El profesor Rossi se levantó y fue derecho a una de las estanterías, la más próxima a la ventana que daba al claustro. Pasó el índice por los lomos de los libros hasta llegar a un volumen encuadernado en piel de badana verde. Por su aspecto parecía una Biblia antigua. El título estaba escrito en letras góticas, *Confessio Fraternitatis*—. Es una traducción de una obra alemana del siglo XVII —me explicó—, una de las pocas que existen sobre la orden. Échale una ojeada si quieres aunque el lenguaje quizá te resulte bastante enrevesado. Pero mira fíjate en esto —dijo abriendo el tomo por la mitad y poniéndolo sobre la mesa, delante de mí. Estaba de pie, a mi espalda, con una mano apoyada en el respaldo de la silla, inclinado sobre mí cabeza. Notaba su aliento en la nuca y a continuación leyó un párrafo en que se calificaba al papa de «usurpador, víbora y anticristo»—. No está mal como declaración de principios —dijo.

Podía reconocer algunas de aquellas ideas en los diarios de Masoni, pero muy vagamente, como una especie de niebla que sobrevolaba las páginas, sin ninguna evidencia precisa a la que poder agarrarme. Claro que faltaban los tres últimos cuadernos. Por un momento estuve tentada de contarle al profesor Rossi mi extraña conversación con Bosco Castiglione en el Archivo, pero por algún motivo no lo hice. Probablemente tampoco se lo hubiera contado a mi padre de haber podido hacerlo, más que nada para no crearle preocupaciones anticipadas y quizá innecesarias. Los archivos del mundo están llenos de gente a la que le gusta de vez en cuando sentirse el centro del universo, como si tuviera una encomienda divina.

—Esos principios no me parecen de gran ayuda —le rebatí—. Cualquiera podía participar de ellos en aquella época. Lo que caracteriza precisamente al Renacimiento es que se estaban revisando todos los conocimientos anteriores, llegaban extrañas noticias de rincones del mundo hasta entonces desconocidos. Todo era posible.

—En eso no te falta razón —concedió el profesor, sonriente—, pero piensa que si todo era posible, nada era seguro. Lo cual lleva implícito una especie de vértigo filosófico. Y ahí es donde encontraron su espacio las sociedades secretas.

—¿Y qué época no encierra ese vértigo? ¿O es que acaso ahora no vivimos también en vilo? Quizá existan todavía hoy organizaciones herederas de aquellas, círculos secretos que siguen ejerciendo su actividad, lo que pasa es que no lo sabemos o desconocemos su alcance.

—¿Cómo que no lo sabemos? —discrepó el profesor—. Claro que lo sabemos. Hoy más que nunca el mundo está organizado en *lobbys* y grupos de presión. Del mismo modo que existe la Mafia, la CIA, el Opus Dei, la logia P2, o las grandes multinacionales, también hay sociedades que las combaten y se oponen a ellas de una forma globalizada.

Pero esto, Ana, no tiene nada que ver con todas esas supersticiones modernas o posmodernas que están tan en boga. No vayas a caer tú en ese error. *El Código da Vinci, El protocolo de los sabios de Sión* y todo el catálogo de profecías a lo *new age*, son pura superchería. El verdadero peligro está donde ha estado siempre. En el corazón del poder.

La reflexión del profesor me hizo pensar en la alusión que había hecho Bosco Castiglione a la lucha encubierta que debía de estarse librando a aquellas alturas en el Vaticano. Hacía apenas unos días había leído en el *Corrieri della Sera*, unas polémicas declaraciones de un alto representante de la Curia romana, a raíz del precario estado de salud de Juan Pablo II. El prelado afirmaba sin ningún tipo de retraimiento que si el Sumo Pontífice no se encontraba en condiciones de guiar la responsabilidad de la iglesia, sería conveniente que encontrara cuanto antes la voluntad necesaria para jubilarse. Sin duda las aguas episcopales estaban revueltas. Lo que me gustaría saber era el papel que jugaba en todo aquel asunto Monseñor Gautier, y sobre todo qué demonios podía tener que ver la situación de crisis y provisionalidad que vivía la Santa Sede con el repentino interés del Archivo Vaticano por Pierpaolo Masoni y los cuadernos desaparecidos.

Sonaron tres leves toques en la puerta del departamento y un chaval pelirrojo asomó la cabeza con timidez.

—Perdón, profesor Rossi, sólo quería preguntarle por el comentario sobre los textos de Marsilio Ficino.

—No he acabado todavía de corregir los trabajos, Bruno. Pásate el viernes por la tarde y lo comentamos si quieres.

—De acuerdo —respondió el muchacho antes de volver a cerrar la puerta con mucha suavidad.

—El mundo siempre ha estado gobernado por personajes muy distintos a los que cree la gente que no está detrás del telón —continuó diciendo el profesor— y más ahora. Desde el atentado de las Torres Gemelas vivimos instalados en la cultura de la sospecha, la política internacional está llena de episodios literalmente invisibles, buena parte de lo que nos atañe y nos afecta de un modo determinante está tapado. Las mayores evidencias son negadas, todo puede ser deformado, se inventan pruebas falsas, armas de destrucción masiva donde no las ha habido nunca... —Se detuvo como si se diera cuenta de que se alejaba ya mucho de la época que nos ocupaba. Pero no había perdido de vista a los Médicis ni la red de intrigas que tejía la vida política de la Florencia del siglo xv. Él podía permitirse derivas y desviaciones a través de los siglos para regresar al cabo adonde quería—. Sucede lo mismo en todas las conspiraciones, siempre hay uno que mueve los hilos y otros que se ponen de acuerdo, pero eso ya lo sabes, no es nada nuevo —añadió cambiando el tono de voz por otro más directo—. Basta con que la chispa prenda para que se extienda como un reguero de pólvora. Los proyectos, las ideas, las mayores lealtades, todo acaba saltando por los aires. Es algo tan antiguo como la crucifixión.

Otra vez volvieron a llamar a la puerta.

—¿Sí? —preguntó el profesor.

Una voz temblorosa pidió disculpas por la interrupción. Era una alumna muy joven con la frente cuajada de acné y aspecto de extranjera, tal vez inglesa o irlandesa. Le preguntó al profesor Rossi por la fecha de una práctica que al parecer tenían programada para ese trimestre.

—Será el martes de la semana que viene, Jane —le aclaró el profesor con una sonrisa cordial. Después dirigiéndose a mí, ladeó la cabeza y alzó los hombros como disculpándose—. Será mejor que nos vayamos, aquí no nos van a dejar hablar tranquilos.

Metí el libro sobre los rosacruces en la mochila y salimos juntos de la Facultad. La luz había declinado un poco, pero aún tenía esa tonalidad dorada de algunas pinturas renacentistas. La vía Ricasoli se hallaba muy animada a aquella hora con el rumor de las risas y las conversaciones de los distintos grupos de estudiantes. Se notaba que empezaba ya a vibrar en el aire el anhelo de la primavera. Había plantas en los balcones y algunas terrazas habían empezado a extender sus toldos. Atravesamos la plaza de San Giovanni cruzando entre la fachada del Duomo y el baptisterio. Nuestras pisadas retumbaban en el pavimento exactamente igual que hacía cinco siglos, como si el recuerdo de los sucesos que allí tuvieron lugar flotara todavía en el ambiente. Mientras conversaba con el profesor, iba pensando que cualquier ciudad que se precie debe tener al menos dos estratos de habitabilidad: uno pasado muy espeso, donde se ancla la historia, y otro actual, más liviano, como suspendido en el tiempo. Entre ambos fluyen las vidas cruzadas de la gente que transita por la ciudad. Quizá los dos espacios estuvieran comunicados por un plano de inclinación máxima y por eso debía de ser que yo algunas veces no sabía exactamente en qué punto me encontraba.

—Pero todo eso que ocurre en el ámbito político —continuó el profesor Rossi— se da también en el terreno personal, la envidia suscita muchas maquinaciones. Nadie está libre de ellas. Tú eres muy joven todavía, pero quizá alguna vez en la vida tengas que enfrentarte a eso como le ocurre a casi todo el mundo en un momento dado, en el trabajo, en la familia, en todas partes... Nadie está libre de padecer esa clase de animosidad, verse desautorizado por sus colegas, sufrir el vacío académico, eso en la Universidad está al orden del día. Yo lo he visto muchas veces, no sólo en la facultad sino también en la calle, en cualquier patio de vecinos. Todos podemos ser víctimas de murmuraciones e injurias, y no sólo eso, sino que quizá más de una vez las hayamos instigado.

—¿Las injurias? —pregunté yo con una mezcla de incredulidad y reprobación.

—Vamos, Ana —sonrió el profesor Rossi—, estoy hablando en sentido figurado. Pero no te olvides que aquí donde me ves, tengo mucha vida andada, claro que he conspirado. Mi generación ha vivido una postguerra muy dura, y ha querido cambiar las cosas y también ha soñado con bellos ideales ¿o piensas que sólo vosotros queréis transformar el mundo? En todas las revoluciones sale lo mejor y lo peor del ser humano. El ángel y el demonio.

La luz se había vuelto tan frágil que de repente sentí que se me encogía el ánimo como si una corriente fría me dejara desnuda en medio de aquellos palacios de piedra. Caminábamos al mismo paso, yo con los ojos bajos, mirando el suelo y el profesor a mi lado cargando al hombro mi mochila. ¿Estaré caminando al lado de un ángel o de un demonio?, pensé para mí.

Hay un momento exacto del atardecer en el que el cielo parece a punto de helarse y a veces se levanta un soplo de viento muy ligero como la sombra de un fantasma. Miré de refilón al profesor tan alto con sus sienes plateadas y sus andares de Peter O´Toole y decidí que quien caminaba a mi lado no era ni un ángel ni un demonio, sino un caballero, un príncipe renacentista que quizá me había amado con pasión en otra vida, de hecho no me habría extrañado lo más mínimo que en el momento menos pensado me hubiera ofrecido su brazo como sin duda habría hecho Lorenzo *el Magnífico* y hubiera pronunciado muy despacio a mi oído, con su voz grave, los primeros versos de *La divina comedia*: «*Nel mezzo del camin di nostra vida, mi ritrovai in una selva oscura...*». En eso no tengo remedio. Alguien tendría que apiadarse de los que vivimos de imaginar. Sin embargo, por increíble que parezca, aquel momento extraño de alucinación fue, de toda mi estancia en la ciudad, el instante en que más cerca estuve de comprender que todas las Florencias eran reales y todas se hallaban cruzadas entre sí.

Cuando desembocamos en la plaza de la República, un grupo de pintores callejeros, alineados frente al caballete como una orquesta, hacían retratos al minuto. Algunos establecimientos habían empezado ya a encender sus luces. El profesor Rossi señaló un local acristalado en el extremo de la plaza.

Apenas unos segundos más tarde nos hallábamos en el interior de la cafetería, saboreando una infusión de té rojo con melisa y menta. Era un salón de estilo dieciochesco con espejos nublados por el aroma de los capuchinos y un zócalo de nogal que cubría las paredes hasta media altura. No había mucha gente a aquella hora. Nos sentamos en una mesa libre junto a la ventana. La conversación había derivado hacia la importancia que puede tener el azar en cualquier existencia. Era un asunto que me preocupaba especialmente en los últimos días y supongo que por eso lo saqué a colación. Me desazonaban todas las posibilidades que a lo largo de la vida vamos descartando: las puertas que cerramos —pensé para mí—, los cuadernos perdidos de Pierpaolo Masoni, esos sueños de los que no sabemos nada al despertar, la llave de una casa de Florencia que alguien conserva a pesar de que hace más de cinco siglos que ya nadie vive allí, los proyectos que no van a ninguna parte, las cartas que decidimos no enviar, ese viaje a la Toscana que Roi y yo nunca llegamos a hacer.... Lorenzo de Médicis había conseguido escapar a su destino. Sin embargo el minúsculo detalle que introdujo un cambio en el desarrollo de los acontecimientos no había sido suficiente para salvar la vida de su hermano. Tal vez por eso durante el resto de su vida *el Magnífico* se vio condenado a recordar a su hermano repitiendo el gesto trivial de echarse una capa por los hombros, un movimiento casi alado por el vuelo ligero del paño que se perpetua incesantemente en la memoria, como yo veía a mi madre inclinándose y levantándose sin descanso, con el auricular en la mano, recogiendo un bolígrafo del suelo, o como veía a mi padre esperando eternamente en la puerta a que yo me anudara las zapatillas deportivas.

—No creo en el azar —oí que decía el profesor Rossi mientras un camarero dejaba sobre la mesa un platito con pastas—, lo que sí existe, sin ninguna duda, es la fatalidad. —Su voz sonó tan irrevocable que no me atreví a contradecirlo.

En ese momento miré por encima de su cabeza y me quedé paralizada. Una silueta menuda y vagamente familiar se recortaba bajo el arco de medio punto que dividía el salón en dos mitades aunque visto de cerca me pareció todavía más grotesco que la primera vez que me fijé en él, desde la ventana de mi apartamento, bajo el letrero luminoso del hotel Aprile. Entonces la distancia no me había permitido distinguir bien sus facciones, pero ahora lo miré con los cinco sentidos: parecía un tanguista de feria, con el cabello reluciente de brillantina ajustado igual que un casco a la forma del cráneo. Llevaba el mismo abrigo que entonces, largo y muy apretado de sisa, con un cuello de garras de zorro que acentuaba su aspecto de enano, Danny de Vito vestido por Armani. No debía de llegar al metro cincuenta, pero tenía los hombros anchos y los brazos fibrosos de estibador. Miró de refilón hacia nuestra mesa con los ojos en las orejas y continuó su camino hacia la puerta como un cantante de ópera saliendo de escena.

Es una casualidad, pensé. Tiene que ser una casualidad. Al fin y al cabo esta ciudad no es tan grande, es lógico que antes o después una acabe encontrándose con las mismas caras. Lo que tengo que hacer es no obsesionarme. Sin embargo algo en mi semblante debió de reflejar mi inquietud.

—Te ocurre algo —preguntó el profesor Rossi.

—No, nada —respondí.

—Creo que este asunto de la tesis está afectándote demasiado —añadió con paternalismo—. Será mejor que cambiemos de conversación, luego vas por ahí en la bicicleta, con la cabeza llena de crímenes y matanzas, sin fijarte por dónde andas... Prométeme que tendrás más cuidado. —Tenía razón. Es muy delgada la línea que separa los hechos de las figuraciones, los temores de las señales que nos alertan de ellos, y sobre todo los deseos de su cumplimiento.

—Lo prometo —dije mirándole a los ojos.

Entonces sorprendentemente, ocurrió algo extraño y difícil de explicar, aunque se produjo de un modo tan casual e indiferente que por un momento tuve la impresión de que aquello no estaba sucediendo más que en mi cabeza. El profesor Rossi hizo un gesto que en realidad no fue nada del otro mundo, de pronto, sin que mediara una sola palabra, acercó su dedo índice a mi rostro y se limitó a apartarme con mucha delicadeza el flequillo de la frente, pero todo estaba tan silencioso e inmóvil alrededor que en aquel escenario ese simple movimiento, me pareció un hecho desmesurado.

Realmente —pensé— los tímidos tienen reacciones inesperadas. Me quedé mirándolo, sin saber muy bien qué decir. Él me devolvió la mirada tal vez con un exceso involuntario de intensidad, pero apartó enseguida los ojos, fijos de nuevo en la taza. Hubo un súbito silencio, una especie de hueco de silencio levemente embarazoso que no parecía proceder del salón del café, sino que daba la impresión de haber entrado allí desde afuera.

No hay nada más difícil que aprender a mirar a alguien de cerca, a ser mirada por otro.

XVI

Una inmensa paloma artificial se deslizó por el cable tendido entre la catedral y el Baptisterio, sobre las cabezas del
gentío que se había congregado frente al Duomo para
contemplar el famoso *scioppio del carro*. La mañana había
amanecido nublada y fresca, pero hacia el mediodía el humor del cielo empezó a recomponerse con un sol tibio que
parecía alejar el riesgo de lluvia para mayor regocijo de los
florentinos que esperaban ansiosos poder celebrar la veni-
da del Espíritu Santo. Algunos portales estaban adornados
con ramas nuevas de olivo y en los arcos de los soportales
lucían ruedas de espigas secas para propiciar una buena
cosecha. Había guirnaldas de papel en las calles, músicas y
flores y niños vestidos como reyes que veían pasar la fiesta
desde los balcones de las casas principales. Era la primera
vez que Luca tenía ocasión de asistir a un espectáculo semejante y había salido de casa temprano, acicalado con sus
mejores galas, para conseguir un puesto en primera línea,
sin sospechar siquiera que aquel día tan señalado le tenía
reservado el trance que más temía en la vida. Tratando de
atajar, se metió por los vericuetos empedrados del casco
viejo y tuvo que detenerse muchas veces para dejar pasar
las procesiones de las cofradías y congregaciones religiosas
que regresaban de la liturgia. De modo que cuando llegó a
la piazza del Duomo, apenas cabía ya ni un alma.

Presidía los fastos el Gonfaloniere de Giustizia con la

cabeza guarnecida por un birrete de color grana, seguido por un escudero que sostenía sobre su cabeza una sombrilla bordada en oro. Lo acompañaban los ocho priores del Consejo, vestidos con togas moradas o escarlata, algunos cofrades de las principales compañías, portando sus estandartes, los canónigos de San Marcos, la Santa Croce y Santa Maria Novella cubiertos con espléndidas casullas de brocado fino, y una representación de las principales familias patricias que acudían a la plaza en sus carrozas. Las había de distinta envergadura, altas o más modestas, tiradas por alazanes dorados o por caballos negros y desde su interior las doncellas de compañía, diestras en el lenguaje secreto de los abanicos de pluma, jugaban a rifar sus encantos entre los mozos de caballerizas con mensajes incendiarios. Pero entre todos los carruajes destacaba por su distinción el de Lorenzo *el Magnífico*, con herrajes de bronce y dos corceles blancos, regalo del duque Sforza de Milán. Desde hacía ya unos meses, aconsejado por su jefe de seguridad, el patriarca de los Médicis solía ir acompañado por un séquito de caballeros armados que portaban la enseña de la familia, un estandarte de tafetán blanco con el sol y el laurel simbolizando el nombre del mecenas, que Luca conocía muy bien porque había sido diseñado en la *bottega* por el maestro *Verrochio*. No había nadie en Florencia capaz de aproximarse al enorme caudal de dedicatorias poéticas y encargos que convocaba Lorenzo Médicis.

En el tiempo que llevaba en la ciudad, Luca había comprendido, sin asomo de duda, que *el Magnífico* era el «padrino» supremo de la República, el único que podía conceder o denegar favores, el hombre más adulado, temido y reverenciado por los florentinos. Pero la admiración con que el muchacho observaba la comitiva no era sólo debido al esplendor del boato sino a los pálpitos de su corazón. A empujones se abrió paso entre la muchedumbre hasta que logró situarse a menos de dos metros del carruaje y vio al joven Giuliano de Médicis saludando a la multitud junto a su hermano y detrás, medio velado por una cortinilla de gasa, el rostro de una joven de pómulos anchos y párpados dorados que había despertado en él un sentimiento de adoración casi religioso desde que la había visto aparecer por primera vez como una epifanía desde el fondo de una calle, vestida de azul Prusia, con una trenza gruesa de color fuego terciada sobre el hombro. Clarice Orsini acariciaba en su regazo con modales palaciegos a un gato persa de ojos anaranjados. Durante un segundo, sin interrumpir sus caricias, la joven levantó la vista para contemplar la multitud que aclamaba a su esposo. A Luca le pareció que sus ojos se posaban en él y aquella mirada casual originó en su interior un tumulto de latidos que a punto estuvo de dejarlo clavado en el sitio como una estatua de bronce de no ser por los empujones y codazos de la multitud que lo obligaron a dejarse arrastrar calle abajo por aquella marea humana.

La gente del *popolo minuto* llenaba las plazas y callejuelas próximas a la catedral con su alboroto festivo en medio de una pobrería de chiquillos descalzos y niñas alborotadas. Algunas jóvenes casaderas llevaban la frente coronada por una diadema de jazmines nuevos y los hombres también iban vestidos con sus mejores prendas. Sólo los de mucho mundo como Pierpaolo Masoni llevaban sus ropas cotidianas, una camisa blanca, calzas oscuras y botines de cordobán, sin olvidar el cuaderno que siempre portaba atado al cinto para anotar en él todo cuanto llamaba su atención, sin importarle que fuese domingo o fiesta de guardar. Fue el pintor quien le hizo notar al muchacho que aquellos festejos de Pascua eran en cierto modo una celebración histórica. Allí estaban juntos en una misma ceremonia los Médicis y los Pazzi, unidos por lazos de sangre desde el matrimonio de Bianca, la hermana de Lorenzo, con uno de los jóvenes Pazzi, saludándose con cortesía medida, como si los rencores que los atenazaban por dentro se hubieran disipado con aquella primavera florida que traía ya en el aire el olor del azahar y de la pólvora.

A algunos florentinos les gustaba recalcar que los Pazzi eran lo que eran gracias a la generosidad del *Magnífico*, pero muchos pensaban que sin los Médicis, tal vez los Pazzi serían quienes gobernasen los destinos de la ciudad.

De pronto el aire se llenó de humo y una impresionante ovación recorrió la plaza cuando la paloma de madera descendió por el cable y prendió la mecha de una carreta cargada con fuegos artificiales, que era tirada por una yunta de bueyes blancos desde la Porta del Prato. La traca hizo retumbar los cimientos de la plaza al mismo tiempo que una luminaria de colores dibujaba el cielo como una tormenta de azufre.

Los festejos se prolongaron hasta última hora, con repiques de campana y cohetes mientras la banda interpretaba un *allegro* bajo la dirección del famoso músico Romano Tourledò. Muchos florentinos del extramuros abandonaban en tumulto sus casas pobres de arenisca, con sus animales domésticos y sus trastos de comer y beber, y tomaban en un asalto de júbilo las playas pedregosas de la orilla izquierda del Arno. Sacaban sus ruedas de pan anisado y los porrones de *visciolato* de guindas fermentados en los alambiques caseros, y almorzaban en grupo, bebiendo y cantando, hasta quedar derrumbados en una siesta de perro entre los matorrales de carrasca. Era la misma muchedumbre bulliciosa que a la salida de misa se había desperdigado por los soportales del mercado con sus puestos de feria y sus hatillos de cuanto fuera posible comprar o vender: panes de Pascua, capazos trenzados, abanicos de pluma de pavorreal, roscones con frutas caramelizadas envueltos en nubarrones de moscas, hierbas aromáticas... Pero de todas aquellas mercaderías pregonadas por un vocerío ensordecedor, la que cautivó de inmediato la atención del muchacho, fue el puesto silencioso de un papelero que estaba haciendo una demostración de tintas ante una clientela de notarios y escribanos. Había frascos de tinta tan roja como la sangre de un cristiano, tinta con rastro de lágrimas para las penas de amor, tinta de oro, tintas de fósforo para leer en la oscuridad, tinta invisible que se revelaba sólo ante el resplandor de la lumbre. Fue esta última precisamente la que más sedujo al muchacho por su carácter mágico, pero antes de que le diera tiempo siquiera a lamentarse por no disponer de un real para comprarla, el frasco fue adquirido por un patricio de mediana edad. El muchacho observó al comprador con envidia mientras éste depositaba las seis liras sobre el tablón del mostrador. Sus manos eran finas, sin curtir por el trabajo, con un enorme sello de rubí con forma de hexágono encarnado en el dedo anular. Desde donde se encontraba sólo alcanzaba a ver la mitad de su rostro, pero cuando se dio la vuelta, Luca no pudo reprimir un gesto de pavor como si hubiera contemplado un ser del bestiario de Satanás. El hombre tenía el puente de la nariz partido y la mitad de la cara cosida desde el borde exterior del ojo hasta la comisura de la boca por una cicatriz viscosa que le descarnaba el labio superior dejando al descubierto las encías muy rojas en un gesto de fiereza animal que contrastaba enormemente con la profunda gravedad y aflicción que traslucía la otra mitad de su cara.

A pesar de la impresión que le hizo retroceder unos pasos en el primer momento, el muchacho se dejó ganar enseguida por el mismo sentimiento de curiosidad morbosa que le llevaba a hojear a escondidas el códice de miniaturas repleto de monstruos y seres deformes que su maestro guardaba bajo llave en una vitrina. Siguió el rastro que dejaba en el aire aquella capa pluvial, hipnotizado por una fascinación malsana, avanzaba en medio del gentío, dándose encontronazos con los que venían de frente, tropezando, recibiendo codazos y empujones mientras apresuraba el paso para no perder de vista su rastro. Lo entretuvo la súplica de un mendigo tirado en un zaguán y creyó que había perdido su pista, pero volvió a encontrarlo dos calles más abajo, cerca del palacio Médicis de Via Larga, en compañía de un fraile alto y enjuto. Estaba tan cerca de ellos que casi alcanzaba a oír su respiración.

El muchacho estaba tan intrigado con aquel individuo que no reparó en que se estaban alejando por los barrizales de más allá del hospicio. El jolgorio festivo sonaba cada vez más distante y amortiguado. Luca pensó que si una cuchillada perdida lo abatía en aquellos callejones olvidados de la mano de Dios, nadie repararía en él. El pensamiento le devolvió una lucidez, obnubilada hasta entonces por un estado hipnótico que se había apoderado de su mente desde el mismo momento en que había creído reconocer el rostro mismo del diablo en el soportal de los escribanos, y de pronto, como si despertase de un mal sueño, se dio cuenta de lo absurdo de su comportamiento. No tenía ningún motivo para seguir a aquellos hombres más allá de los que pudiera inventar su propia imaginación. Y si ellos reparaban en su presencia, nadie podría culparlos por defenderse de quien parecía conducirse como un vulgar ladrón. Estaba ya a punto de dar la vuelta y regresar sobre sus pasos con el ánimo encogido por el rumbo de sus presagios, cuando oyó el crujido de un portón que se abría en el pasadizo desierto y una mano de halcón lo agarró por la manga de la camisa y tiró de él hacia el interior de un cobertizo.

Apenas sí alcanzó a sentir el cuerpo experto y entrado en carnes de una mujer desnuda en las tinieblas, que, empapada en un sudor caliente y con la respiración desaforada, lo empujó boca arriba contra unos sacos de harina, le soltó los cordones de las calzas, se acaballo encima de él y lo despojó sin tregua de la virginidad en un arrebato de extrema urgencia.

Ambos cayeron agonizando en el vacío de un abismo con olor a tahona de pan. En aquella oscuridad el muchacho no podía ver el rostro de tan brava amazona, así que la imaginó a su antojo enfundada en un traje azul Prusia y con la cabellera de fuego. Ella yació después un instante sobre él, resollando sin aire con toda su madurez espléndida de panadera feliz, y después desapareció en la oscuridad mientras sonaba a lo lejos un jolgorio de tambores como los truenos retardados de una batalla remota. Lo que nunca llegó a saber el muchacho es que aquella mano anónima le había salvado la vida.

El asalto había sido tan rápido que no podía entenderse como una locura súbita del domingo de Pascua, sino como fruto de un plan elaborado. Esa certidumbre halagadora aumentó la ansiedad del muchacho que en la cúspide del gozo había sentido una revelación que marcaría el comienzo de su vida sentimental y era la constatación insólita de que el amor platónico que sentía por una dama inalcanzable pudiera ser reemplazado por cualquier pasión terrenal.

El muchacho despertó como pudo dentro de un cuerpo que no le pareció el suyo, miró hacia el cielo del patio con una columna de humo tintado de violeta por la luz difusa del atardecer. Pero hasta la mañana siguiente no supo que mientras él sucumbía al envite de una desconocida, rebosando con el gusto cumplido del amor, apenas dos corrales más abajo tenía lugar una ceremonia de Satanás. El cuerpo desnudo de un posadero de 53 años había aparecido colgado cabeza abajo en una viga maestra con un tajo abierto en canal por un cuchillo de carnicero desde la ingle derecha hasta la axila izquierda.

En algunos círculos florentinos, se afirmaba que el cadáver tenía el sello inconfundible de los hombres del Xenofón Kalamantino, el jefe de espías de Lorenzo de Médicis, otros aseguraban que el hombre se habría metido en alguna cama que no debía, pero Luca comprendió que el muerto mostraba idénticos signos de tortura que el primer muerto que había visto agonizar en una celda menor del convento de San Marcos. Un estremecimiento de pavor se apoderó de él cuando pensó en lo cerca que había estado de aquel ritual macabro y de nuevo se vio dentro de un muladar oscuro, embadurnado de harina y sofocado por su propia fiebre, mientras resollaba sin aire, en medio de un vértigo tan intenso que durante unos segundos lo dejó sin luz, con los ojos cerrados en la más misteriosa oscuridad interior.

La experiencia del amor carnal lo había sumido en un mar de confusión. Se sentía algo perdido, algo melancólico. Presa de ese estado de ánimo, con los cordones de la camisa todavía a medio anudar, había enfilado la via Ghibelina a solas con sus pensamientos, mientras sentía petardear a su espalda los castillos de fuegos de artificio entre rachas discordantes de música contra un cielo ahumado del que muy pronto descendería en silencio la noche sobre la línea quebrada de los tejados y los campanarios.

XVII

Durante los días siguientes en el archivo me acostumbré a trabajar con una sombra a mi lado. A veces la sombra iba vestida de príncipe de Gales y otras veces llevaba un abrigo verde oscuro con fuelle de cazador en la axila, pero las botas eran siempre las mismas con remaches metálicos.

Toda Florencia estaba detenida y pálida, con el aire impregnado de lluvia. Yo la recorría de puntillas de mi apartamento al Archivo y del Archivo a mi apartamento. Volaba sobre las calles y mi mente ganaba en disciplina y eficacia conforme avanzaba en el trabajo. Dejé de preocuparme por los tres cuadernos que faltaban. Al fin y al cabo tenía a mi disposición los otros nueve y eso me parecía más que suficiente.

Cuando regresaba a casa, me instalaba en la mesita del estudio y comenzaba a escribir. Tenía ya redactados los cien primeros folios de la tesis. Una vez volví a ver a la niña con sonrisa de lobito. Fue en la piazza Della Signoria, delante de la Loggia dei Lanzi, precisamente en el mismo lugar en el que hace muchos siglos el joven poeta Dante Alighieri contemplaba cómo jugaba otra niña de no más de ocho años, llamada Beatrice. Pero mi niña no estaba jugando, sino que permanecía de pie muy quieta, con los brazos en jarras y cara de pocos amigos, resoplando, como si tuviera algo que reprocharme. La escena tenía más que ver con William Blake que con *La Divina Comedia*, como si

Beatriz se le hubiera parecido a Dante en el Paraíso vendiendo, no palomas blancas, sino gallinas o loros barranqueros. Algo extraño y poco celestial, casi cómico, cuyo significado, de tener alguno, se me escapaba por completo. Después la niña se mojó la punta de los dedos en la fuente de Neptuno antes de perderse en medio de una excursión de turistas japoneses y en realidad eso fue todo. Las pesadillas y los sueños obsesivos con escalinatas de basalto y pasadizos secretos fueron desapareciendo, en parte supongo porque otras cuestiones más prosaicas reclamaban mi atención. La beca Rucellai de menos de mil euros apenas me alcanzaba para llegar a fin de mes, y como no quería pedir más dinero a mi madre, los últimos días de febrero me impuse una dieta exclusiva de sándwiches de salami y queso y que contribuyó a fortalecer mi espíritu.

Las cañerías del apartamento retumbaban como la bocina de un barco. Sobre una esquina del techo se había formado una mancha de humedad como la geografía de África y el tendedero de ropa que había instalado encima del radiador le daba al apartamento un aire bastante curioso de campamento gitano. Pero al abrir la ventana por la mañana, todo el cielo de Florencia se metía hasta la cocina y mientras fregaba los cacharros del desayuno, veía el claustro de Santa Maria Novella, los cipreses, las golondrinas que volaban formando un arco como un puñado de semillas arrojadas al viento y más allá, los arcos del monasterio de las Leopoldinas con las copas de las higueras sobresaliendo por encima de la tapia y el gran hueso marfileño del *campanille* del Duomo custodiando desde lo alto el secreto de toda esa belleza. No había mansión en el mundo que pudiera igualar semejante lujo.

Me gustaba aquel barrio por lo que tenía de vivido. Allí no había quioscos para turistas con postales que mostrasen en primer plano los genitales del David de Miguel Ángel, ni tampoco tiendas de regalo con camisetas serigrafiadas con el rostro de Leonardo. Allí lo que había era la señora Cipriani volviendo del mercado con sus pasos contados y la cesta cargada de tomates y hortalizas, o Simonetta llamado a sus hijos por la ventana del segundo y el sonido de platos y cubiertos en la *trattoria La Pergola*, cuando Salvattore empezaba a preparar las mesas para sus clientes. A veces el olor a boloñesa subía hasta mi piso despertando rabiosamente mi apetito.

Comenzó el mes de marzo con una mancha débil de sol sobre el suelo de mi cuarto, pero poco a poco el brillo anaranjado de los listones de madera fue extendiéndose hasta alcanzar el fondo del pasillo. Con las ventanas abiertas de par en par miraba el gato del señor Vittorio encaramado en el techo de hojalata ondulada del invernadero, mientras pensaba en Lorenzo y Giuliano de Médicis compartiendo mesa y manteles con sus asesinos hasta el mismo día del crimen. Oía el cuchareteo de su nieto Tomassino de dos años en la papilla de frutas y el ronroneo de fondo de una radio permanentemente encendida. Allí se me caldearon los huesos y allí recibí la primavera con sus olores y sus flores. La hermosa primavera de Florencia.

¿Podía un hombre joven, pero inteligente y experimentado además de poderoso, compartir mesa y manteles con quienes planeaban matarlo sin percatarse de nada, sin vérselo venir? Ésta era la pregunta que me hacía una y otra vez mientras repasaba minuciosamente el orden de los acontecimientos. Pues sí, podía.

Lorenzo *el Magnífico* no tenía una naturaleza precisamente ingenua y confiada. Cierto que poseía la faceta idealista y soñadora de todos los poetas, pero también era un león capaz de actuar sin escrúpulos cuando las circunstancias lo requerían.

Desde la infancia lo habían educado no sólo para heredar el patrimonio político de la familia, sino también para ejercer el poder, apoyado siempre de cerca por su abuelo Cosme. A los cinco años ya fue enviado como embajador para presentar los respetos al príncipe francés Jean d´Anjou. A los diez encabezó las tropas florentinas a lomos de un caballo blanco con ocasión de la primera visita del príncipe Sforza a Florencia. Su estandarte bordado en seda mostraba entonces un gran halcón atrapado en una red mientras batía sus alas. Algunos quisieron ver en ese emblema una profecía. Pero se equivocaban, porque como ya he dicho, Lorenzo logró escapar a su destino. A los catorce años ya había leído a fondo a los clásicos latinos, escribía poesía y se ocupaba de algunas actividades de mecenazgo. También estaba acostumbrado a llevar las operaciones bancarias y políticas de la familia y llegó a celebrar incluso varias audiencias con el papa Pablo II. Su mente era tan poderosa y versátil que fuera lo que fuese lo que atrajese su atención, lo aprendía sin la menor dificultad: bailar, disparar con el arco, tocar un instrumento musical, cualquier cosa que hiciera, conseguía revestirla de una gran dignidad. Y eso era precisamente lo que temían algunos, su carisma. No querían a un nuevo Julio César que pudiera convertirse en el amo y señor de la República. A los 17 años tuvo que empuñar las armas en la Plaza de gobierno para defender a su padre contra una revuelta en la cúpula de la clase dominante. Poco después, cuando éste murió, Lorenzo era ya un joven muy bregado con empaque propio. Desde luego no era ningún incauto ni alguien ajeno a la violencia en la vida pública.

Cómo fue capaz de sostener relaciones cordiales y hasta afectuosas con la familia Pazzi y con el arzobispo de Pisa, Francesco Salviati, hasta el mismo domingo de la conjura, es un misterio para el que todavía no he hallado respuesta.

El hecho indudable era que cada uno de los talleres y

los palacios de Florencia, las principales arterias y plazas de la ciudad se convirtieron durante las semanas anteriores al golpe en un nido de intrigas. Cada vez estaba más convencida de que una conspiración de semejante calibre nunca se hubiera podido llevar a efecto si los conjurados no hubieran contado con un infiltrado que actuara desde dentro, alguien libre de toda sospecha. Un tipo lo suficientemente hábil para no dejar rastro de su actuación, ni testigos ni huellas.

Con respecto a la familia Lorenzo siempre hizo lo que se esperaba de él. Cierto que dio probadas muestras de que no toleraría ningún rival social ni político de envergadura, pero también sabía comportarse con generosidad. Desde los esponsales de su hermana Blanca con Gugliemo de Pazzi, trató a los Pazzi como una rama más del clan. Los había aupado con sus favores al principal órgano político de la ciudad, la institución de los Priores, y en otras destacadas magistraturas del gobierno. También los ayudó en los negocios. Sólo dos años antes de la conjura una caravana de los Pazzi que llevaba un cargamento de mulas con mercancías preciosas procedentes de Lyon con destino a Florencia, fue detenida en Chambéry. Lorenzo solicitó la rápida intervención del duque de Milán y la caravana no tardó en recibir de nuevo la autorización para continuar.

¿Qué querían entonces los Pazzi? ¿Por qué no estaban contentos? Tal vez no les gustaba deber favores. Hay personas que no toleran que se las saque de un apuro. Parece como si se sintieran humilladas por las atenciones que se les brinda o pensaran que están en deuda y no pudieran soportarlo.

Pero siempre hay indicios, signos que podían haber hecho a Lorenzo adivinar la maquinación y la impaciencia de sus rivales por suplantarlo, pensaba yo. El préstamo de 40.000 ducados que el Banco de los Pazzi le hizo al papa

Sixto IV para comprar la ciudad de Ímola, era un claro aviso de las ambiciones de esta familia. Lorenzo había apremiado a todos sus contactos para que le denegasen el préstamo a Sixto IV, porque cualquier nueva adquisición territorial por parte del Vaticano significaba nuevas fuentes de ingresos fiscales que fortalecerían a un estado rival de Florencia. ¿Cómo se atrevieron los Pazzi a desafiar a Lorenzo en una materia tan fundamental como la política exterior de la República? Pero sobre todo cómo no había visto Lorenzo en ese gesto una declaración de guerra en toda regla?

Consultaba todas estas cuestiones con el profesor Rossi en las citas que manteníamos periódicamente.

—Desechamos indicios, vemos sólo lo que queremos ver —me dijo en una ocasión—. Nos pasa a todos en mayor o menor medida. Forma parte de la condición humana y Lorenzo no era una excepción. Cuántas veces desoímos las señales que nos proporciona el sentido común y las echamos en el cajón de las figuraciones. Nadie quiere vivir obsesionado ni que lo domine el miedo o la paranoia...—. Alzó entonces los ojos, aquellos ojos de color leonado y los fijó en mí con asentada penetración como si en el fondo de sus pupilas hubiera ya aventurado algún juicio—. ¿No habrás caído en la tentación de tomar partido, verdad? —dijo señalándome acusatoriamente con el índice—. Por Dios, Ana, tú eres demasiado lista para caer en ese error de principiante. No puedes tomarte los cuadernos de Pierpaolo Masoni al pie de la letra. Ten en cuenta que él era un protegido de los Médicis, igual que Botticelli o Poliziano. Es lógico que pretendieran ensalzar la figura de su mecenas. Muchos artistas y escritores que debían ganarse la vida con el pincel o la pluma se veían obligados a traficar con halagos y elogios, siempre han existido estas servidumbres, no es una cuestión de ahora. —Su mirada parecía llena de sobreentendidos. Cuando entraba en una materia que conocía a fondo, desaparecía de golpe su timidez. Pensé que resultaría irresistible para sus alumnas con aquellas arrugas verticales a ambos lados de la boca que parecían talladas a cuchillo—. Lorenzo podía ser un gran hombre en muchos sentidos —continuó— pero desde luego no era ningún santo.

—Yo no he dicho que lo fuese —traté de defenderme, aunque íntimamente me sentí descubierta. No es que hubiera tomado partido por Lorenzo, es que lo había tomado en contra de la traición, del juego sucio, de la puñalada amiga. Eso es lo que me espantaba de todo aquello. No la lucha por el poder, o la ambición política que podía ser comprensible e incluso justificable, sino lo que el complot tenía de maniobra rastrera. Había algo en todo aquello demasiado diabólico, algo que a veces me hacía sentir un escalofrío como si percibiese a mi espalda un bisbiseo de culebras. ¿Pero cómo explicarle aquello al profesor Rossi?

—La historia —continuó diciendo—, siempre ha sido vista a la luz del esplendor de los Médicis y en contra de los Pazzi. ¿No te parece motivo suficiente para intentar restaurar un poco el equilibrio? Y más en una época como la nuestra, en la que los argumentos racionales suelen quedar sepultados por actos terroristas o asesinatos políticos de gran calado. Ahora más que nunca es necesario no renunciar a la razón.

La argumentación del profesor Rossi era impecable, pero a mí no me parecía posible llevar a cabo un trabajo como el que pretendía sacar adelante sin tomar partido. ¿Cómo se puede ser neutral sobre todo si uno hace las cosas con pasión y con convencimiento? ¿Cómo se puede contar una historia de estas características sin tomar partido? Todos mis resortes sentimentales estaban implicados en los documentos que tenía entre manos. Sabía perfectamente que ese tipo de entrega no era recomendable cuando se abordaba un estudio científico, que convenía aplicar un método riguroso y un distanciamiento racional de los hechos. Pero en el fondo dudaba de los beneficios de la objetividad de la ciencia y además pensaba que mientras la versión de los hechos fuera incompleta, la interpretación dependía exclusivamente de mí y por lo tanto me comprometía por entero.

Así que me entregué a la causa con tanta energía como si en ello me fuera la vida. Tal vez trataba de sublimar también con el trabajo otros sueños más difíciles de alcanzar. En ellos estaba el profesor Rossi caminando a mi lado con su apostura de huesos largos, el pelo cortado a navaja, las manos en los bolsillos. Sabía que me llevaba más de veinte años, que se comportaba conmigo como un padre al que sólo le faltaba regañarme por no alimentarme mejor, pero quién le pone condiciones a los sueños... Todo en él me intrigaba, sus silencios, esa manera de ausentarse a veces en medio de una conversación como si le hubiera sobrevenido un cansancio infinito o lo asaltaran pensamientos tenebrosos, su esfuerzo por salir de su ensimismamiento y cambiar de golpe la expresión y continuar hablando como si nada. Su misterio me enardecía por dentro. Para mí la curiosidad siempre ha sido la más irresistible de todas la trampas que en la vida me tendió el amor.

Cuando volvía al estudio me ponía a teclear en el ordenador con un vaso de coca-cola, un sándwich sobre la mesa y la nariz pegada a la pantalla hasta perder la noción del tiempo. Más de una vez me había sorprendido la primera claridad del alba con las puntas negras de los cipreses de Santa Maria Novella asomando por encima de los tejados y las campanas de la iglesia de Ognisanti tocando a maitines.

De vez en cuando apartaba la vista del monitor y me encontraba de frente el retrato de Federico de Montefletro clavado con chinchetas en la pared lateral. Sus ojos estaban a la misma altura de los míos. ¿Qué papel jugaba él en todo aquel entuerto? Cada vez había más hilos sueltos en mi tesis, como si todas las vías de investigación que iba abriendo en vez de conducirme en una sola dirección, se bifurcaran cada vez más. Me preguntaba si tenía en realidad algo en firme. Sí, me contesté para animarme. Tengo una conjura al más alto nivel contra la familia Medicis. Tengo los nombres de los principales implicados: los Pazzi, los Salviati, el papa Sixto IV y su aliado, el rey Ferrante de Aragón y Nápoles, aunque cada vez parecía más claro que el interés de ambos en las fronteras florentinas, podía haber servido tal vez para explicar una guerra convencional según los códigos de la época, pero en ningún caso un episodio de violencia tan personal y encarnizada como la que tuvo lugar en la catedral de Florencia. Tengo además nueve diarios donde Masoni transcribe sus impresiones sobre muchos de los personajes y de los hechos referidos, si bien es verdad que lo hace de un modo endiabladamente críptico. Tengo un cuadro ciertamente extraño que por alguna razón se trata de sustraer a la visión del público, un cuadro que fue donado por Lorenzo *el Magnífico* a Federico de Montefeltro. Y tengo el rostro de este señor que me observa desde la pared con una expresión inescrutable.

Los ojos entornados del duque de Urbino no parecían mirar a ninguna parte, reflejaban una mirada triste, desde luego, pero de una tristeza que nada tenía que ver con la melancolía, sino con un control absoluto de la amargura. Cada día descubría matices nuevos en su retrato, variaciones casi imperceptibles, pequeños cambios inexplicables en una pintura inanimada que me hacían pensar en él como un ser que cobrase vida por efecto de algún ritual de santería. El cuello era ancho y vigoroso, pero la tez presentaba un color cetrino como si el personaje padeciera alguna dolencia del hígado. Sin embargo el rasgo más definitorio de su perfil era el puente partido del tabique nasal. En cualquier caso había en todo el rostro algo profundamente flemático. Los músculos de la barbilla habían comenzado ya a aflojarse descolgando un poco la papada a pesar de que el retratado daba la impresión de estar aguantando la tensión con los dientes apretados. El ablandamiento de los tejidos se notaba también en la comisura de los labios muy finos, casi inexistentes. Era ahí precisamente donde me parecía que radicaba el enigma del personaje, no sabría explicar por qué, pero estaba segura de su indiferencia sexual. Las personas que nacen con esa característica poseen un don supremo que los sitúa por encima del resto de los mortales porque los alivia al instante de cualquier debilidad humana y por eso nadie es capaz de imaginar, sin un escalofrío de pavor, la mueca terrible que puede llegar a ser el esbozo de una sonrisa en un rostro sin labios.

Pero sobre todo lo que no podía apartar de mi mente era la imagen de una liebre con toda su piel dentro de la garganta de un campesino. ¿Qué clase de depravaciones podría esperarse de alguien capaz de hacer comerse una liebre viva a un cazador furtivo? La imagen me ponía tan nerviosa que acabé por arrancar las chinchetas de la pared y esconder la fotocopia debajo del tomo de *Las vidas de los artistas*, de Giorgio Vasari. Se acabó el maleficio.

Una mañana me enteré por la radio del señor Vitorio de que la periodista Giuliana Sgrena había sido por fin liberada por sus captores, aunque por poco no sobrevive al fuego amigo de los soldados norteamericanos que tirotearon el vehículo en el que viajaba desde un puesto de control de Bagdad. Las tropas aliadas dispararon contra ella entre 300 y 400 proyectiles en menos de treinta segundos. Con amigos como ésos ¿quién necesita enemigos? Llegó a

Roma con la clavícula rota y destrozada por la muerte de su ángel de la guarda, pero viva. Los días se empezaban a alargar descubriendo sobre los tejados y en los patios interiores del barrio una gama de colores nuevos, el anaranjado, los ocres, los sienas, el verde veronés... De vez en cuando el toque dorado del sol en una azotea de terracota me creaba la esperanza de una revelación interior. Era como cuando al final de los largos inviernos compostelanos, después de meses de lluvia, por fin empezaba a asomar el sol. Entonces se producía un estallido de vida que renovaba el mundo. Nos sentábamos en mangas de camisa en las escaleras de la plaza de la Quintana, dejándonos acariciar por el sol como lagartos, leyendo o tocando la guitarra, canciones de Leo Ferré o de Leonard Cohen que pertenecían a una generación anterior a la nuestra y por eso nos gustaban más. Eso fue Santiago para mí, el círculo secreto al que cada uno consagra su juventud, una ciudad eterna igual que Florencia o Roma, en la que una persona como yo corría el riesgo de quedarse anclada para siempre. Por eso decidí pedir la beca e irme de allí. Las ciudades sagradas hay que saber abandonarlas a tiempo si no queremos convertirnos en estatuas de sal. Ahora el mismo sol venía a rescatarme de la oscuridad en Florencia. Los brotes tiernos y rosados de una buganvilla ascendían por el balcón de la señora Cipriani, tapando los desconchados de la pared. Toda la ciudad parecía querer abrirse hacia la luz. Y de repente cuando más confiada estaba, cuando menos lo esperaba, sonó el teléfono.

—Ana, soy Francesco Ferrer, estoy en el Hospital clínico, ven enseguida si puedes.

—¿Qué ha ocurrido? —pregunté alarmada.

—Es Giulio —contestó—, no te preocupes. Está fuera de peligro, pero la policía quiere hacerte algunas preguntas.

XVIII

El pintor llevaba varias horas rumiando sus cavilaciones sin hablar, con el ceño fruncido y los brazos a la espalda, caminando de pared a pared con tal desazón que el muchacho temió que estuviera a punto de caer en una de sus crisis, sobre todo cuando, pasados unos minutos, se volvió de pronto con el rostro afantasmado por la luz vertical del quinqué que colgaba de la viga mayor y tomando al vuelo su capa salió dando un portazo sin encomendarse a dios ni al diablo.

—Esperad, maestro —exclamó el muchacho, corriendo tras él para alcanzarlo mientras se echaba sobre el hombro izquierdo un pliegue de la capa con ademán emboscado.

Hacía ya unos días que el ambiente en la ciudad se hallaba revuelto por la gran cantidad de aldeanos que acudían a la celebración de la Pascua y a las festividades agrarias que tenían lugar la semana después con gran alboroto de vino, cohetes y campanas. Había jinetes en caballos de buena sangre, músicas de tamboriles y cascabeles que convivían en buena lid con los soterrados concilios que animaban los patios de los gremios. Demasiados ojos miraban hacia afuera desde los postigos entornados de las casas en tiniebla, y aunque nadie a ciencia cierta podía decir qué estaba ocurriendo en realidad, cualquiera alcanzaba a darse cuenta de que reinaba en toda la ciudad una calma apagada que se hacía más visible entre los albergues mal ventilados donde el humo de la sopa de coles se mezclaba con el hedor que dejaban en las calles los zagales montunos que iban pregonando por los portales la leche de sus cabras pintas. Además de montañeses y peregrinos, se veían extranjeros por todas partes, hombres de Pisa y de Perugia dispersos por tabernas y albergues, durmiendo incluso en los atrios de Santa Maria Novella y en la iglesia franciscana de la Santa Croce y hasta en los graneros que servían a muchos de posada cuando ya no quedaban habitaciones libres en toda la ciudad.

Las casas principales lucían aquellos días festivos con todo su esplendor iluminadas día y noche por cientos de antorchas con los estandartes colgados de las balconadas, pero ningún palacio brillaba tanto como la mansión de los Médicis en Via Larga, donde cada año tenía lugar el banquete de rigor con el que Lorenzo *el Magnífico* acostumbraba a agasajar a sus amigos íntimos y protegidos. Apenas habían transcurrido dos días desde que Pierpaolo Masoni había coincidido allí con otros conocidos artistas como Sandro Botticelli y su fiel ayudante Cesare Galizia, uno de los mejores maestros en el arte del albayalde, el poeta Poliziano y su amigo Pico Della Mirándola, el joven Miguel Ángel, el geógrafo Toscanelli, y más de una treintena de consejeros y amigos del mecenas que disfrutaron de una cena al más puro estilo Médicis con enormes bandejas de faisanes a la crema de champiñones y los mejores vinos de la Toscana servidos en una gran mesa con mantelería de lino, armada bajo los naranjos del patio junto a una tarima montada especialmente para el cuarteto de cuerda de la escuela de Bellas Artes dirigido por el maestro Romano Tourledò.

Había sido una jornada memorable en la que el anfitrión no escatimó favores a ninguno de sus fieles y que terminó, como acostumbraban a acabar todas las veladas, en el remanso de la biblioteca que era el ámbito más sagrado de la mansión, cubierta por vitrinas de caoba con libros numerosos y en orden, donde *el Magnífico* compartía con sus amigos el deleite de las ideas puras. Sentados en poltronas de cuero capitonado alrededor del busto de Platón, disertaron hasta bien entrada la noche con la mente en vilo por el vértigo filosófico. A veces parecía que a Lorenzo le preocuparan más las nuevas ideas que sus propios enemigos.

—El gobierno universal que al comienzo del mundo estaba en Oriente, se ha desplazado a Florencia y ahora nos corresponde a nosotros llevar más lejos los límites de la razón —decía.

En los anaqueles que recubrían las paredes reposaban las traducciones de Cicerón, Euclides, Platón y Aristóteles en grandes fajos manuscritos. Allí, el geógrafo Toscanelli mostró a toda la concurrencia los nuevos mapas con las enmiendas hechas a mano a partir de las noticias de los viajes de los mercaderes y el joven Giuliano de Médicis con el cabello suelto y las pupilas afiebradas recitó un largo poema encaramado en lo alto de una baranda hasta que el alba empezó a tintar de rosa el cielo de la ciudad erizado de campanarios.

Al fondo de la biblioteca, en un espacio más reducido, había otra estancia con puertas de tabla ordinaria donde Lorenzo acostumbraba despachar con sus colaboradores directos los asuntos más delicados. Fue allí donde de madrugada, cuando ya buena parte de los invitados se habían retirado, mandó entrar a Pierpaolo Masoni y fue también allí de donde el pintor salió, al cabo de un largo parlamento, con un pasmo lúgubre del que dos días después todavía no se había repuesto.

La conseja a puerta cerrada no había significado ninguna sorpresa para el pintor. Todo el mundo sabía en Florencia que en la capital de la Toscana corrían vientos de mala mar desde que el Papa Sixto había dado su beneplácito a la candidatura de Francesco Salviati, apoyada por los Pazzi, para el arzobispado de Pisa, y Lorenzo hacía bien en suponer que las ambiciones terrenales del aspirante no acababan en el episcopado. Era bien cierto que las relaciones de Florencia con la Santa Sede no habían sido tan tensas desde los tiempos en que *el Magnífico* diera su apoyo a los rebeldes antipapales durante el conflicto por el control de Città di Castello. Pero lo que Masoni no acababa de entender era por qué tenía que ser precisamente su *Madonna* la que sirviese de pago para tender un puente con Roma a través de la cancillería amiga de Urbino.

—Puedes estar seguro de que he intentado agasajar a Federico con otras ofertas —dijo Lorenzo mirando fijamente al pintor con una mano extendida en el lugar del corazón—. Sé demasiado bien lo que ocurrió entre vosotros, recuerda que he sido yo quien te ha sacado de las celdas *della Stinche*. Pero el Duque de Urbino ha llegado a rechazar una de las mejores pinturas de Sandro —dijo para halagarlo, conociendo como conocía la rivalidad artística que le enfrentaba a Botticelli— e incluso el *David* de tu maestro Verrochio. Créeme, no he tenido otra opción.

—Pero señor, vos sabéis que... —intentó protestar el pintor.

—Sí, lo sé —atajó escuetamente *el Magnífico* sin dejarlo terminar la frase—. Pero el duque nos ha sacado de otros trances más difíciles y siempre ha sido leal con nuestra familia. Además es un gran entendido en pintura. Deberías estar orgulloso de que entre todos mis protegidos te haya elegido a ti.

Lo que le carcomía las entrañas a Masoni era aceptar que su *Madonna*, el cuadro en el que había empeñado el alma, acabara en manos del único hombre en el mundo con quien tenía un pleito de víboras que en algún momento estuvo a punto de arruinarle la vida. La sola idea de que aquel Señor del Tabernáculo pudiera adueñarse de su obra, le helaba el sudor de las manos.

Su inquina había empezado a fraguarse más de diez años atrás, cuando la pasión por la aritmética y los símbolos le hizo creerse liberado de las servidumbres de la razón. En aquellos años no había un lugar como la corte de Urbino para dejarse tentar por los arcanos del mundo. Entonces el pintor era lo suficientemente joven para creer en los lazos de la fraternidad universal sin comprender que la misma corriente que aúna voluntades puede convertirse en una atadura siniestra cuando el que tensa la cuerda transfiere contra alguien su inconcebible poder de artificio. Un día memorable el pintor fue iniciado en el vasto universo fraternal de las logias. Se había dejado llevar ciegamente, arrastrado por una voluntad superior, retrocediendo vertiginosamente en el tiempo hasta las grandes ceremonias iniciadas en Egipto sobre círculos de velas encendidas ante el Gran Maestre Arquitecto. Allí con el pecho desnudo en el lugar del corazón y con el pie izquierdo descalzo, había respondido con acierto a las tres preguntas rituales del Aprendiz.

—Yo mismo me puse la soga al cuello —le dijo al muchacho, tantaleando en el tremedal de la memoria mientras caminaban por barrios resudados de pátina al paso de almas que lleva el diablo.

En la Via dei Calzaiuoli que cruzaba el eje entre la catedral y el palacio de la *Signoria,* se tropezaron con varias peñas callejeras de *brigates* con sus cucardas e insignias y su ímpetu de juventud bronca. Lorenzo *el Magnífico* solía contratar a muchas de estas bandas en época de festejos como apoyo a las fuerzas del orden, pero lo cierto es que muchas veces en lugar de aplacar altercados, eran ellas mismas las que los provocaban, haciendo estallar sus rivalidades en un pleito de mastines.

Al entrar en una de las calles que daban al mercado viejo, el muchacho se sobrecogió de un brinco cuando un percherón fantasmal hizo tremolar los belfos al fondo de un patio donde una carreta alzaba las barras de tiro, pero no reconoció el lugar en el que se encontraban hasta que oyó el chirrido del portón claveteado que daba a la parte trasera de la posada de la Campana. La muchacha que les abrió la puerta no iba ataviada con el clavel en la oreja que el chico recordaba de la primera vez, pero tenía los mismos ojos brumosos, asombrados ahora por el apremio de un peligro inminente.

—¡Cuánto habéis tardado! —exclamó aterrada mientras buscaba refugio en el pecho de Masoni.

—Pero ¿estás segura de que son ellos? —quiso saber el pintor.

—Sin ninguna duda, si no, nunca os habría mandado llamar, pero vos mismo lo vais a comprobar.

A continuación los condujo con gran sigilo por un pasillo estrecho que comunicaba con una suerte de almacén de cordelería de donde subía una escalera de caracol hasta las alcobas principales. Allí los hizo entrar en un cuchitril con camastro y palangana, cuyas paredes, pasadas a lechada de cal, estaban cubiertas de inscripciones y gráficos más o menos obscenos. Uno de los tabiques incluía en el lateral una celosía de madera muy tupida. Muchos caballeros de alcurnia alquilaban el cuarto por el placer de contemplar sin ser vistos lo que ocurría en la alcoba contigua y se contaba que había fisgones a quienes desde el otro lado les habían vaciado el ojo a sabiendas con una aguja de tejer. Pero Masoni y Luca no se hallaban allí para esos refinamientos de la lujuria, sino para un asunto de índole muy distinta.

—Yo os avisaré —dijo la muchacha—. Cuando oigáis

tres toques leves en la puerta, será la señal de que ya podéis asomaros a la celosía.

El pintor permaneció de pie, velando la espera, pero el muchacho, agotado por el trajín de los últimos días, se dejó caer sobre un colchón relleno de paja, muy percudido por el uso. Transcurrió tanto tiempo antes de la señal convenida que lo venció el sueño. Cuando al cabo de dos largas horas volvió a abrir los ojos, su maestro se hallaba encorvado, con la nariz pegada a la celosía.

Al otro lado tenía lugar un encuentro en el que Masoni pudo reconocer, por la larga barba grisácea y la fornida estatura, al forastero que apenas dos días antes les había preguntado por una posada, aunque la indumentaria del jinete había mejorado considerablemente al sustituir sus ropas embarradas por una armadura dorada que le señalaba como capitán de la Guardia Pontificia.

—Señores, vuelvan a reconsiderar lo que planean —argumentó en tono respetuoso el soldado—. Puedo asegurarles que se trata de algo muy serio y no veo cómo podrían llevarlo a cabo, ya que Florencia es grande, y por lo que he podido constatar, Lorenzo *el Magnífico* es muy apreciado aquí.

Había otros dos hombres en el locutorio. Un individuo alto cuyo rostro se podía distinguir con claridad desde la celosía, con una palidez de mártir y el enigma de un mechón blanco que lo identificaba, sin lugar a equívocos, entre todos los caballeros de alcurnia como Jacobo de Pazzi.

El otro individuo estaba de espaldas y Masoni sólo podía distinguir el metal inconfundible de una voz, que por mucho que lo intentara jamás podría olvidar.

—Giovanni Battista, tú nunca has vivido en Florencia y no es tu cometido ocuparte de saber si los florentinos soportan bien o mal a los Médicis. Límitate a hacer tu trabajo. Has jurado sobre la hoja de Rúcula, como todos nosotros, y sabes bien que no estamos hablando de un simple *colpo di stato*, sino de la creación de una banca vaticana única que asuma el control de todas las bancas europeas. Cuando Florencia caiga en nuestro poder, dictaremos leyes para Italia entera y después para toda Europa. Todos pasarán a formar parte de nuestra sociedad. Vela porque todo esto suceda así y yo rezaré a Dios para que nos proteja en esta gran partida que en poco tiempo va a dar comienzo. Todo saldrá perfecto —dijo adoptando un tono más conciliador y poniendo su mano sobre el hombro del capitán—. No lo dudes ni un momento, fiel Montesecco.

—Que así sea —respondió el capitán y a continuación inclinó la cabeza y besó el anillo de rubí hexagonal que le tendía su señor y éste se dispuso a iniciar la ceremonia tomando el acetre de agua bendita y un estuche con los óleos sacramentales, armas primeras en las guerras de Satanás.

—*Salva me ab ore leonis* —continuó la voz de metal, mientras se disponían a comenzar la ceremonia.

Luca asistía agazapado a toda la representación con el ánimo encogido, como si en su mente de pronto hubieran cobrado sentido aquellas miniaturas del libro que su maestro guardaba en una vitrina de su cuarto, la extraña belleza de aquel nimbo cruciforme alrededor de un trono de esmeralda flanqueado de bestias, gorgonas y saurios.

A continuación los tres hombres se despojaron de sus vestimentas quedando completamente desnudos, y se arrodillaron mientras una meretriz con el rostro cubierto por un capuchón de estameña se preparaba para aplicarles la disciplina del látigo con saña de neófita una y otra vez hasta que sus carnes se abrieron con la primera sangre de lo que prometía ser una bestial carnicería.

El pintor entonces dio por terminado el espectáculo y se puso en pie tapando los ojos del muchacho, que se hallaba bañado en un sudor gélido.

—Ya has visto bastante, Luca— dijo.

—

XIX

Llegué a la Piazza de Santa Maria Nuova en menos de diez
minutos. A la entrada del hospital, junto a una pequeña
cabina acristalada, había un cartel con letras rojas. Leí la
inscripción Ufficio Polizia di Stato y pasé de largo. Las
paredes del corredor central estaban recubiertas por un
zócalo de azulejos de color blanco aséptico. Miré a un lado
y a otro sin saber muy bien hacia dónde dirigirme. Tenía el
corazón alojado en la boca del estómago, lo que me provocaba una desagradable sensación de vértigo como cuando el barco da un bandazo por un golpe inesperado de
viento y hay que agarrarse al primer asidero. Al fin decidí
enfilar por un pasillo lateral de linóleo que amortiguaba el
sonido de mis pasos. Varias personas esperaban su turno
en unas sillas de plástico de color naranja, atornilladas a la
pared. Enfrente se abría una puerta de doble hoja batiente, sobre la que había pegada una fotocopia de tamaño folio con cinta adhesiva. Me acerqué y leí la nota informativa
con el horario de visitas para los pacientes que habían sido
ingresados durante la noche y el día anterior. Firmaba el
comunicado un tal doctor A. Lagi, director del Departamento de Urgencias. Incrustado en la pared, a la derecha
de la puerta, había un pequeño interfono con un botón
rojo. Estaba a punto de pulsarlo cuando vi venir hacia mí,
por el fondo del pasillo, a Francesco Ferrer.

Traía la camisa por fuera del pantalón y el pelo blanco revuelto como cuarzo encrespado igual que la primera vez que lo vi en el taller de los Uffizi, pero su semblante parecía sereno. Caminaba con las manos en los bolsillos y un esbozo de sonrisa que hizo que mi corazón empezará a latir más sosegadamente. Me saludó con un guiño cómplice como si fuéramos viejos amigos, tuteándome desde el primer momento.

—Pero ¿qué ha pasado? —quise saber enseguida.

Me tomó del brazo, mientras cruzábamos una galería acristalada que al parecer daba a la sala de los enfermos en observación. Un celador hindú pasó a nuestro lado empujando una aspiradora.

—Es un poco largo de explicar —dijo— y supongo que primero querrás ver a Giulio.

—Claro —contesté.

El profesor Rossi se hallaba ingresado en la primera planta, en un recinto con varias camas separadas entre sí únicamente por una simple cortina corredera. Su brazo derecho permanecía unido por una ventosa a dos cables conectados a un monitor. Llevaba puesto un pijama hospitalario de color verde, y no se puede decir que tuviera buen aspecto. Estaba demacrado, con barba de dos días que le oscurecía el mentón y una considerable brecha en la sien. Se le habían acentuado las arrugas en la comisura de los ojos y en la frente ensombrecida que sólo podía admitir reposo. Más que un león en invierno, ahora parecía un anacoreta flaco del desierto, sir Lawrence de Arabia después de la batalla.

—¿Cómo se encuentra? —le pregunté.

—Bueno, digamos que he tenido días mejores —bromeó, pero su voz sonaba muy fatigada.

—Se te ha puesto cara de tártaro —apuntó Francesco Ferrer, continuando con el tono humorístico. El profesor Rossi lo miró de refilón y sonrió frunciendo al mismo tiempo las cejas, como si le doliese la sonrisa.

Esperaba que alguien me contase algo. Miraba a uno y a otro con ascuas en los ojos pero tratando de no parecer inquisitiva. Finalmente, al cabo de unas cuantas bromas circunstanciales sobre la comida hospitalaria, fue Francesco Ferrer quien me puso al corriente de lo ocurrido.

Estaba sentado en el borde de la cama y hablaba despacio, en tono tranquilo, mientras yo lo escuchaba desde la única silla que había en el cuarto, en actitud receptiva, bebiéndome sus palabras e imaginando punto por punto cómo habían sucedido los hechos desde que la señora Manfredi había empujado la verja del jardín de la casa del profesor a las nueve en punto de la mañana, como cada día, para hacer la limpieza.

Imaginé sus pasos confiados por el sendero de gravilla, amortiguados por la suela de goma, zapatos recios de mujer trabajadora que conoce el suelo que pisa. Una mujer de más de cincuenta años con abrigo de paño y un bolso pequeño y negro que abrió después de subir los tres peldaños de la entrada para sacar la llave y meterla en la cerradura sin que nada extraño llamase su atención. Y de pronto, al abrir la puerta, aquel gesto de sobresalto, una manera de reconocer el peligro y agrandar los ojos que hemos visto cientos de veces en las películas de crímenes y suspense en las que siempre hay alguien, un vecino, una criada, alguien que pasaba casualmente por allí y que se lleva invariablemente las manos a la cabeza o a la boca tratando de ahogar un grito espontáneo, como si no pudiera dar crédito a lo que está viendo. Todo aquel desorden, las sillas tiradas, papeles y libros por el suelo, la sacrosanta biblioteca del profesor, donde ni siquiera ella, que llevaba años trabajando en la casa, se atrevía a entrar sin pedir permiso, más de 3.000 volúmenes, aquello debió de parecerle a la mujer un verdadero sacrilegio, cajones volcados, libros pisoteados, el ordenador del profesor

Rossi con la caja desatornillada y todos los cables y conexiones al aire...

—¡Profesor!, ¡profesor Rossi! —llamó con una inflexión de alarma en la voz sin obtener ninguna respuesta. Y entonces debió de ser cuando se decidió a entrar en su habitación que estaba impregnada de un olor extraño como a acetona o resina, que no acababa de saber precisar, y lo vio tendido en la cama.

Seguramente trató de despertarlo, llegando incluso a zarandearlo por los hombros, quizá le palmeó las mejillas. El profesor balbuceó algo inconexo, palabras sin sentido, intentó abrir los ojos, quiso incorporarse. Llegó incluso a ponerse en pie, pero nada más hacerlo, se desplomó con toda su estatura y fue a dar con la cabeza contra el bordillo de la mesita de noche, abriéndose una brecha en la frente.

Fue entonces cuando la señora Manfredi cogió el teléfono y llamó al servicio de urgencias para que enviaran inmediatamente una ambulancia.

La unidad móvil tardó apenas siete minutos en llegar, pero entretanto el profesor Rossi fue recuperando la consciencia. No recordaba nada. Se había quedado trabajando hasta las doce y después se había acostado sin dedicar siquiera un rato a leer como solía hacer otras veces. Su último recuerdo lúcido fue el de apagar el interruptor de la lámpara de la mesilla, le había dicho a la señora Manfredi con la boca tan seca que casi no podía despegar la lengua del paladar. Sentía una fuerte rigidez en los músculos de la mandíbula. Le pareció que estaba ascendiendo dentro de una burbuja, pero enseguida volvió a perder el conocimiento.

—¡Cloroformo! —había dictaminado el inspector nada más entrar al reconocer el olor. Había otros dos policías que se movían con mucho cuidado entre los enseres revueltos de la casa, tomando muestras y huellas dactilares.

Llevaban colgado del cinturón un radiotransmisor que emitía un apagado rumor de conversaciones. Según lo que pudo oír la señora Manfredi, los ladrones no habían forzado la puerta, sino que habían entrado por una ventana del primer piso. Los agentes mencionaron una banda de rumanos o albaneses que al parecer solían actuar en aquella zona residencial. Auténticos profesionales, dijeron. No causaban destrozos inútiles, dormían a las víctimas con cloroformo o éter y se limitaban a robar lo que les interesaba, objetos que normalmente podían tener buena salida en el mercado negro. El mes pasado habían entrado también en otro chalet de los alrededores.

—Lo único extraño es que éstos no parecen haberse llevado nada de valor —continuó Francesco Ferrer—, sino sólo material de trabajo: documentos, algunos CD, el disco duro del ordenador... —Había levantado hacia el profesor Rossi una mirada cargada de asentada penetración, la mirada de alguien que se ha pasado la vida observando lo que está pintado en el fondo de los cuadros, instalado en los detalles y en la minuciosidad con perspicacia y concentración permanente. Después se rascó la cabeza y me miró a mí también con seriedad como si pensara que nos traíamos algo entre manos, pero no hizo ningún comentario—. Y eso es todo —se limitó a decir, cuando concluyó su relato.

Pero eso no era nada. Porque ¿qué clase de delincuentes entran a robar en una casa y no se llevan ni la cadena musical de alta fidelidad, ni el televisor Bang&Olufsen que había mencionado la señora Manfredi en su declaración, ni la litografía de Georges Braque que adornaba el despacho del profesor Rossi, ni la tetera de plata del siglo XVIII, ni nada más que unas cuantas carpetas con papeles? ¿Qué clase de delincuentes podían ser ésos? me preguntaría más tarde el inspector Leoni en la comisaría de Corso dei Tintori. ¿Qué clase de delincuentes eran ésos? Me preguntaba también yo después de haber oído sin pestañear a Francesco Ferrer.

Un nudo de remordimientos me apretaba el estómago. Me arrepentía de no haberle contado al profesor Rossi toda la verdad sobre el accidente que había tenido con la bicicleta, de no haberle mencionado mi conversación con Bosco Castiglione en el Archivio di Stato, ni haberle dicho una sola palabra sobre el enano del abrigo con cuello de zorro. «Desechamos indicios —recordaba que me había dicho el profesor hablando de Lorenzo de Médicis—, desoímos las señales que nos proporciona el sentido común y las echamos en el cajón de las figuraciones, porque a nadie le gusta vivir con miedo.» Pero ¿qué pretendía yo ignorando semejantes indicios? Tal vez de haberle comunicado mis temores al profesor Rossi a su debido tiempo no estaría ahora él en una cama de hospital, vencido por el agotamiento, como si lo hubieran noqueado, su agilidad mental mermada momentáneamente, su cuerpo desarticulado, levemente encogido bajo las sábanas, pese a su estatura, como si tiritara.

Los médicos le habían diagnosticado narcosis inhalatoria. Le encontraron en los alvéolos y en la sangre una alta concentración de triclorometano y cloruro de etilo, un anestésico muy potente de alta toxicidad, que según había dicho el doctor Lagi, en dosis elevadas podía provocar la muerte repentina por síncope cardíaco.

Me sentía terriblemente culpable ¿pero qué había pretendido yo ocultándole aquella información? ¿Hacerme la valiente? ¿Fingir que no pasaba nada? ¿Acaso temía que si se lo contaba el profesor me obligase a abandonar la tesis? ¿Pensaba que no hablar de ello era una forma de ahuyentar el peligro, de borrarlo o de no darle importancia, como si fuese una tontería en la que no valía la pena reparar? La verdad era que no se me ocurría ninguna justificación razonable para mi comportamiento. Pensaba simplemente que callar o hablar eran dos formas opuestas de intervenir en el destino. Siempre había sido así. Ahora y hacía cinco siglos. Hablan los inocentes y los niños y los que no temen a la verdad. Callan los escépticos, los sospechosos, los que creen que quizá alguna vez puedan tener algo que ocultar. Según esa clasificación yo no estaba en el lado bueno de la ley. No era trigo limpio, como había dicho Bosco Castiglione, refiriéndose a Pierpaolo Masoni. Otro que había tenido indicios, sospechas, premoniciones. Otro que había sufrido aprensiones y amenazas. Otro que tal.

Mientras estaba perdida en esas meditaciones una enfermera morena con zuecos y bata blanca entró en la habitación con una bolsa de plástico llena de un líquido transparente que colgó de una varilla metálica a la cabecera de la cama.

—El doctor ha dicho que tiene que quedarse un día más en observación —nos informó.

El profesor Rossi protestó con un aspaviento, sacando a relucir un genio que no le conocía. Se sentó en el borde de la cama y bajó las piernas hasta el suelo, pero la enfermera lo sujetó por los brazos y lo volvió a acostar.

—¿Quiere volver a romperse la crisma? —dijo la enfermera con hostilidad.

—Francesco, haz el favor de decirle a esta señora que me traiga inmediatamente mi ropa —insistió el profesor con expresión de perro apaleado al que todavía le quedan bastantes arrestos.

Pero Francesco Ferrer miró de refilón a aquella mujer de brazos como remos con una coleta de caballo soberano en lo alto de la cabeza y se limitó a encogerse de hombros y a alzar las cejas por toda respuesta, como diciendo, «qué quieres que haga yo».

Mientras la enfermera le retiraba la gasa de la frente al profesor y le hacía las curas, Francesco Ferrer y yo esperamos fuera de la habitación en una especie de salita con sillas de plástico.

—No sé si deberíamos avisar a su mujer —dijo.

—¿A su mujer? —pregunté yo sin salir de mi asombro—. No sabía que el profesor estuviera casado.

—Bueno en realidad no lo está. Hace muchos años que están separados. Desde que murió la niña —dijo con un mínimo deje de aprensión. Mínimo pero perceptible. Al menos yo lo percibí e inmediatamente la fotografía que había visto sobre la mesa del profesor Rossi en el Departamento de Arte, vino a mi memoria con toda nitidez: La sonrisa rubia con hoyuelos a ambos lados de la mejilla, el peto vaquero con dos cerezas bordadas en el bolsillo delantero, el triciclo, las botitas rojas...

—Ya... —dije solamente y dejé transcurrir un silencio como dándole a entender que estaba dispuesta a escuchar si él quería contar más, pero no iba a hacerle preguntas que le pudieran resultar invasivas o incómodas.

—Hace mucho tiempo de eso —prosiguió después de pensarlo algunos segundos. Sus ojos, rodeados de cientos de arrugas, se achicaron con una expresión rememorativa que dejaba traslucir un brillo de perspicacia como si estuviera observando un lienzo antiguo— aunque hay cosas que por mucho tiempo que pase, siempre están ahí. Supongo que Giulio se quedó parado en aquel día. El sufrimiento lo aisló en una burbuja a la que no podía llegar el consuelo de nadie. —Ahora el restaurador levantó las cejas escarpadas, quizá buscando mi complicidad o asentimiento antes de continuar—. Se apartó del mundo, de los colegas de la universidad y también de Eliane, su mujer, como si aquello no fuese tan doloroso para ella como para él...

—Por la forma de decirlo intuí que Ferrer debía de haber

mantenido más de una conversación con la esposa del profesor y tal vez había tomado partido a su favor—. Dentro del dolor existe una sensación ciega de agravio, una corriente de hostilidad contra el mundo difícilmente contenible. Ojalá nunca llegues a tener ocasión de comprobarlo por ti misma —dijo, mirándome con franqueza. Parecía estar hablando con verdadero conocimiento de causa, como si de algún modo estuviera también haciendo balance de su propia vida—. Bueno, quizá no siempre es así —se corrigió— sólo a veces, según qué clase de dolor, supongo. Hay personas que llegan a desear su dolor, a defenderlo con uñas y dientes, como si fuera lo más valioso que tienen. No toleran que nadie les pueda quitar el privilegio de ser los que más sufren, el palmarés de la corona de espinas —añadió con cierto sarcasmo.

—No debe de ser fácil —me atreví a interceder yo a favor del profesor Rossi.

—Desde luego que no —reconoció como si pretendiera suavizar su juicio anterior—. A veces tenemos la osadía de ponernos a opinar sobre lo que le ha sucedido a otros, cuando ni siquiera somos capaces de entender lo que nos ha ocurrido a nosotros mismos —dijo moviendo la cabeza hacia los lados, con un mínimo deje de condescendencia como si en el fondo de sus pupilas de sexagenario habitara el convencimiento de que nadie es quien para juzgar a nadie—. Hay personas que ante una desgracia tratan de seguir adelante, pero hay otras que no pueden y deciden quedarse donde otros se quedaron. O no lo deciden, pero se quedan sin haberlo elegido, porque simplemente no pueden hacer otra cosa. Giulio se comportaba de ese modo entonces, y ella no lo pudo soportar. Eliane era muy suya. Acabó hartándose de aquella tortura y se fue. Ahora vive en Milán. Por fortuna los dos consiguieron salir adelante por separado. *Il tempo e il più soave bálsamo* —dijo mesándose el cabello escarpado— aunque nadie puede volver a ser el mismo después de una cosa así. Creo que se ven de vez en cuando, mantienen cierto contacto, por eso había pensado que tal vez deberíamos avisarla. —Ahora sus ojos escudriñaban mi mirada con la asentada penetración de quien por su oficio está acostumbrado a interpretar hasta en los más mínimos detalles.

Ladeé la cabeza y alcé las cejas como diciendo «usted verá» o «yo no soy quién para tomar esa decisión», pero para mis adentros rogaba que no se le ocurriera hacer semejante cosa. Afortunadamente no insistió sobre el asunto, sino que aprovechó la impresión que me había causado la conversación, aquella atmósfera de intimidad tan inesperada, para preguntarme también a mí algo que seguramente le preocupaba o en lo que por lo menos había pensado con insistencia desde su conversación con el inspector Leoni, no porque el policía le hubiese sugerido ninguna hipótesis, sino porque él era un hombre deductivo capaz de sacar sus propias conclusiones.

—¿*Allora* cómo va el asunto de tu tesis? —preguntó sin darle importancia, como quien no quiere la cosa—. Supongo que a estas alturas el lienzo de la *Madonna de Nievole* no encerrará ya muchos secretos para ti.

—No crea, Francesco, más de los que me gustaría. El profesor Rossi me informó del recorrido del cuadro hasta que fue adquirido por el museo de los Uffizi. ¿Sabía que Lorenzo donó el óleo al duque de Urbino?

—No, no lo sabía —dijo— pero no me extraña, al fin y al cabo Federico de Montefeltro es uno de los personajes que aparece representado en él. Es lógico que quisiera tener el lienzo en su poder.

De pronto me pareció estar en presencia de un demiurgo. Observé a Francesco Ferrer con mucha atención como si hasta ese momento no lo hubiera considerado en toda su valía. De pronto sentí un chispazo interior sólo comparable a la iluminación de una ciudad entera dentro de mi cerebro. ¿Cómo no me había dado cuenta antes? El personaje que aparecía arrodillado frente a la *Madonna de Nievole*, a la derecha del cuadro, ofreciéndole una hoja de rúcula al niño, no podía ser otro que Federico de Montefeltro.

Tal vez no se me había ocurrido porque yo no tenía la mirada cargada de afilada penetración como Francesco Ferrer, ni su capacidad para los detalles, no era una restauradora de cuadros, sólo una estudiante becaria y además había visto el lienzo una sola vez en mi vida, si bien es cierto lo había contemplado con verdadera atención y minuciosidad, aunque no suficiente, al parecer. Nunca es suficiente. Traté de reproducir el lienzo en mi memoria con el mayor esfuerzo de precisión de que fui capaz. Francesco Ferrer tenía toda la razón. A pesar de la oscuridad y de la pintura rojiza que lo cubría no había ninguna duda: el mismo cuello ancho y vigoroso, los mismos ojos entornados y sobre todo aquella expresión profundamente flemática. Aparecía representado de perfil, pero sin bonete, lo que dejaba al descubierto una calva de solemnidad que fue sin duda lo que me dificultó la identificación, porque la única imagen que yo conocía del Duque de Urbino era el retrato que le hizo Piero de la Francesca, en el que aparecía con un bonete rojo que le cambiaba por completo la configuración de la cabeza y cuya copia se hallaba clavada con chinchetas al lado de la mesa de mi estudio. Bueno ahora ya no. Ahora no estaba en la pared, sino que se hallaba sepultado bajo el peso de un grueso tomo de Arte de más de cuatro kilos.

—Supongo que sabes —dijo Francesco Ferrer como si me estuviera leyendo el pensamiento— que Federico de Montefeltro tenía la mitad de la cara destrozada por una pica de torneo y sólo se dejaba retratar de perfil.

No lo sabía, pero de pronto aquel personaje secundario fue adquiriendo en mi mente una dimensión nueva. Pero ¿qué podía querer decir la actitud de Federico de Montefeltro en el cuadro? La representación de personajes reales era habitual en la pintura de Renacimiento, normalmente con sentido laudatorio, aunque también a veces como revelación de agravios. Lo hizo Leonardo en la *Adoración de los Magos* y Botticelli en la *Consagración de la Primavera*, pero la pintura del *Luppeto* era demasiado simbólica para que aquello no tuviera un significado concreto. Entonces recordé que en el taller de los Uffizi Francesco Ferrer había dicho que la rúcula simbolizaba la crucifixión de Cristo.

Miré al restaurador como si lo viese por primera vez, tratando de radiografiarle el alma, era un hombre enérgico de casi setenta años aunque su desenvoltura parecía de joven. Su formidable cabeza recordaba un cruce entre Platón y Spencer Tracy. Tenía la piel muy curtida, lo que le daba un aspecto algo rudo, de campesino, con el que debía de sentirse muy a gusto. Desde el principio me había gustado esa actitud campechana y poco ceremoniosa tan insólita en el mundo del arte. Me fijé en la expresión de sus ojos, rodeados de cientos de arrugas morenas. Era una expresión reflexiva e inteligente, a tono con su sonrisa, que matizaba a veces la excesiva contundencia de sus opiniones dándole un ligero tono de ironía. Me pareció un tipo de fiar.

Y entonces hablé. Lo hice con prevención al principio, midiendo mucho las palabras, pero sin dejarme nada en el tintero. Hablé de los cuadernos desparecidos de Masoni, y de la conversación con Bosco Castiglione en el Archivio di Stato y de su propuesta de colaboración. Hablé del accidente que había tenido con la bici en la via Ghibelina hacía apenas unas semanas. Hablé del enano de ojos tristes que espiaba la noche bajo las cornisas de los edificios y atravesaba las plazas y los cafés con un abrigo largo de cuello de zorro. Dije lo que creí que tenía que decir y luego me quedé allí, tan desahogada como si me hubiese quitado de encima la losa del mundo, con la mirada limpia, esperando que él supiera lo que debía hacer.

—¿Sabe el profesor Rossi algo de todo esto? —preguntó mirándome de frente muy fijo con una mezcla de curiosidad y leve censura, como si anticipara ya mi respuesta.

Negué con la cabeza.

El restaurador tomó aire por la nariz, ensanchando los pulmones y lo expulsó muy lentamente. Después volvió a mirarme como se mira a una persona inconsciente o irresponsable que no sabe bien lo que hace ni dónde se está metiendo, aunque me pareció notar también un ligero matiz de admiración e incipiente respeto, como si estuviera evaluándome bajo un criterio nuevo, distinto al que me había aplicado la primera vez.

—Bueno —dijo mientras se rascaba la cabeza—. Pues habrá que decírselo. —No parecía molesto, sino más bien cómplice, como si a pesar de la reprobación, en su interior predominara el sentimiento de tolerancia hacia una muchacha insensata que por alguna razón inexplicable gozaba de su simpatía. Después se paró un instante como si estuviera sopesando distintas posibilidades y añadió—: De momento será mejor que no le comentes nada al inspector Leoni cuando te interrogue. Ya habrá tiempo. Seguramente te hará preguntas sobre la naturaleza de tu trabajo. Las contestas sin mencionar estos incidentes y en paz, *capito?* —dijo con su nueva voz de mando—. En cuanto a nosotros, tan pronto como el profesor Rossi se haya recuperado ya veremos lo que podemos hacer. De momento creo que lo más urgente es poner un poco de orden en su casa, no quiero ni imaginarme la que sería capaz de montar al ver sus libros desperdigados por el suelo. —Francesco Ferrer había recuperado la sonrisa vivaz mientras lo decía. Se diría que se encontraba a gusto organizándolo todo, como si la nueva situación fuera para él un desafío que le produjese una intensa energía interior, una exaltación vital que lo estimulaba más que lo inquietaba.

—Podemos empezar esta misma tarde si quiere —respondí entusiasmada ante la posibilidad de conocer por dentro la villa de Fiésole donde vívía el profesor. Por un instante imaginé su casa como la villa Bruscoli, situada también en esa misma colina al sur de Florencia, donde los Médicis habían tenido su fascinante biblioteca: la fuente en la pared, las escalinatas de piedra, los cuatro últimos libros de Cicerón tan tenazmente buscados, mapas de Toscanelli, los dibujos de animales que enviaban los mercaderes desde otras partes del mundo, una jirafa, un rinoceronte, un dodó... el busto de Platón junto al que se sentaban y pasaban toda la noche discutiendo, la chimenea, las terrazas inferiores, el jardín con las estatuas de mármol de Carrara refulgiendo en la oscuridad, la mesa donde Poliziano escribía sus poemas a la luz de un candil y Florencia a lo lejos, envuelta en un círculo de fuego tal como la reflejó Pierpaolo Masoni en sus cuadernos. Fue un espejismo de breves segundos, pero de gran calidad de imagen: medias guateadas, dagas, túnicas de seda, capas rojas.... Los Médicis asomados a una barandilla al lado de un arquitecto invitado, el mejor del siglo XV, de quien deseaban algo especial para enmarcar aquella vista.

—De acuerdo —contestó, sacándome bruscamente de mis ensoñaciones.

La enfermera salió de la habitación con una palangana metálica llena de apósitos.

—Ya pueden pasar —dijo.

Pero antes de entrar de nuevo en la sala, todavía retuve

un momento a Francesco Ferrer, poniéndole la mano sobre el antebrazo. Fueron apenas unos segundos.

—Sólo una cosa más... —me atreví a pedir. Mi tono no sonó expectante, sino más bien tímido como el de quien solicita permiso aún sabiendo que se está extralimitando.

—Dime —dijo girándose hacia mí, ya de pie.

Y entonces intenté que me contestara él a otra pregunta que no me dejaba vivir, aunque tal vez era inoportuno hacérsela en aquel lugar y en aquel momento con enfermeras entrando y saliendo, pero bien mirado eso no debía ser un obstáculo si se decidía a responderme escuetamente.

—¿De qué murió la niña, Francesco, la hija del profesor Rossi? —dije sin poder evitar una sensación de abuso e intromisión en los labios mientras formulaba la pregunta—. Nunca he hablado de ese asunto con el profesor.

Francesco Ferrer se pasó la mano por los cabellos blancos de filósofo o ermitaño sin conseguir dominar la mata de pelo espesa y rebelde que se encrespaba en diversas direcciones. Después me miró con sorpresa y con cierta cautela y azoramiento, aunque no con fastidio. Noté que tragaba saliva.

—Eso, Ana... —dijo— será mejor que se lo preguntes a él, sino te importa. A ti te lo contará, seguro.

XX

Al asomarse a la terraza de su alcoba, Lorenzo *el Magnífico* se encontró con el azul absoluto de una mañana de abril bajo un palio de campánulas doradas. El rumor de alas de cientos de golondrinas le ensanchó el ánimo con una bocanada de optimismo primaveral. Después volvió la vista hacia el lecho revuelto donde su esposa reposaba todavía somnolienta y pensó que no había en el mundo una mujer más elegante para dormir, con una rodilla ligeramente flexionada, la mano extendida en un escorzo de danza y la mata roja de su cabello en llamas. Se acercó sigilosamente a la cama y la observó unos segundos en silencio disfrutando de la sensualidad de creerla dormida cuando ya no lo estaba.

La había visto por primera vez durante una visita a Roma, una tarde ya lejana, jugando por los jardines de Villa Borghese con su corte de primas alborotadas y se dio cuenta al instante de que algo irreparable acababa de ocurrir en su destino. Llevaba botines altos, una saya de vuelo infantil y un libro en prenda apretado con los brazos en cruz contra el pecho. Sin embargo lo más notable de su apariencia era la blancura de nácar que la hacía parecer tocada por una luz propia, distinta a la del resto de los mortales. En un mundo en que la belleza se tenía por un privilegio del alma, hasta el sultán mahometano de Turquía había quedado prendado del prodigio de su cabellera.

Antes de prometerse con el primogénito de los Médicis, Clarice Orsini había sido cortejada por más de un príncipe de Europa y por caballeros de Mantua y de Urbino cuando sólo era una niña de doce años. Entre el *popolo minuto* se contaba que el propio Federico de Montefeltro se había desfigurado el rostro durante un torneo al disputarse el honor de su admiración y que el despecho de su rechazo lo había dejado inmunizado para cualquier forma de amor. Sin embargo muchas personas, menos benévolas, albergaban sospechas peores, aunque eso nadie lo podía asegurar. Florencia era una ciudad de habladurías, donde todos los rumores cobraban vida en la calle. Aquel sólo era uno más, y a la gente del pueblo le gustaba atizar su imaginación suponiendo que el señor de Urbino, alimentaba su rencor a fuego lento a la sombra del palacio de Via Larga, donde la mujer de su desventura dormitaba todavía apoyada sobre el hombro del esposo saciado.

Lorenzo nunca había sido un hombre supersticioso, pero le inquietaba que la falsa versión de esos amores secretos indispusiera en su contra al duque de Urbino a quien había tenido siempre por un vasallo leal. Para evitar cualquier malentendido ordenó personalmente a su jefe de seguridad que acabara de una vez por todas con aquella lluvia de cartas anónimas que llenaban los buzones de la *buchia de la veritat*. Fue una decisión vana, Clarice Orsini tenía armas suficientes para defender su honra con buenas artes, pero no para librarse de las malas.

Los anónimos cesaron pero en su lugar llegó una muñeca de porcelana vestida de primoroso terciopelo a la moda de Florencia con el cabello ondulado en filamentos de cobre. A Clarice Orsini le hizo tanta gracia aquella réplica de sí misma que la sentó sobre el baúl de la alcoba principal, hasta que se dio cuenta de que por la mañana la muñeca aparecía siempre en un lugar diferente adonde ella la había dejado. De niña en Roma había tenido una doncella africana a quien había oído contar historias de maleficios, pero no creía que hubiera nadie en Florencia capaz de semejantes poderes. Empezó a asustarse de veras cuando descubrió que la muñeca no formaba parte de ningún envío de presentes de los que se recibían a diario en la mansión del mecenas, sino que había sido llevada al palacio por un vendedor de codornices ocasional del que nadie había podido dar una razón cierta.

Lorenzo quitó importancia al asunto aunque le pareció una buena ocasión para que su esposa abandonara definitivamente sus veleidades de juegos infantiles, y lo cierto era que la advertencia había surtido su efecto.

Ahora, mientras veía desperezarse a su esposa, se admiraba de que ya no fuera la niña tierna recién llegada a Florencia con su valija de temores infantiles, sino una mujer hecha y derecha con los pies bien plantados sobre la tierra y una belleza depurada a la que le resultaba cada vez más difícil resistirse.

—No os vayáis —dijo zalamera, intentando retener un poco más al esposo con una insistencia que no podía ser únicamente un apremio femenino, sino ese instinto sobrenatural que poseen algunas mujeres.

Pero no había nada que hiciera suponer que aquel mal domingo de abril iba a tener su hora de desgracia. El sol arrancaba destellos de oro limpio en las vidrieras y abría el horizonte de la villa hasta las terrazas de los huertos y las lomas quebradas de olivares y cipreses con un reguero de luz que magnificaba la extensión ilimitada del mundo.

La servidumbre llevaba ya varias horas de ajetreo doméstico, preparándolo todo para el gran banquete que tendría lugar después de la misa solemne con el que su señor pensaba agasajar al joven cardenal, Raffaele Sansón Riario, sobrino del papa, que había manifestado su deseo expreso de contemplar la colección Médicis de arte. Aunque lo hubiera elegido, Lorenzo no habría podido encontrar una mañana más hermosa para poner fin a sus pleitos con el Vaticano.

Ayudado por dos criados, se metió en la bañera de peltre con garras de león que era la última moda en las mansiones de la ciudad histórica. A continuación se vistió pieza a pieza con sus mejores galas: calzas ceñidas, un ligero jubón de amplias mangas afaroladas, casaca corta decorada con bellos brocados y un cinturón con la hebilla de bronce remachada con perlas y amatistas. Antes de ponerse la capa, se dirigió a la *cámera* de su hermano Giuliano y se lo encontró todavía en el lecho leyendo los *Trionfi* de Petrarca. El más joven de los Médicis era un muchacho de salud delicada y naturaleza melancólica que detestaba los fastos sociales. A Lorenzo no le importó demasiado que decidiera no acudir a la catedral. Giuliano, más que un hermano, era su ojo derecho, al que adoraba con devoción de padre y procuraba complacer en todo. Al fin y al cabo él se bastaba y se sobraba para representar a la familia.

Mientras se terciaba la capa sobre los hombros, le guiñó un ojo, dándole a entender que envidiaba su suerte. Después se dirigió hacia la puerta del palacio donde ya le esperaban algunos nobles y una pequeña escolta de soldados leales y amigos íntimos para acompañarle a pie hasta la catedral. Desde que el ambiente político se había enturbiado con el nombramiento del arzbispo Salviatti, jamás acudía solo o desarmado a ningún lugar por recomendación expresa de su hombre de confianza, el gigante ex dominico de rostro impenetrable, que se hallaba al frente de su red de espionaje y a quien había encomendado su propia seguridad y la de toda su familia.

Pero Xenofon Kalamatiano no se encontraba en Florencia aquella mañana. La noche anterior, mientras hacía una ronda de guardia por los alrededores de Via Larga, uno de sus hombres disfrazado de paisano se acercó a él y le dijo que en la taberna de la Campana había escuchado que un grupo de cuarenta soldados fuertemente armado tenía previsto entrar en territorio de la República desde la zona de Forli.

La estrategia urdida por los Pazzi surtió el efecto previsto. Los conjurados estaban seguros de que aquella información falsa obligaría a Kalamatiano a desplazarse varios kilómetros lejos de Florencia. Tal como esperaban, aquella misma noche el temible hombre fuerte de la casa Médicis, al frente de un numeroso grupo de hombres armados, abandonó la ciudad y a su señor a su suerte.

La cúpula diseñada por Brunelleschi y la catedral entera resplandencía imponente con todo su esplendor. El poderoso gremio de la lana se había encargado a fondo de las labores de limpieza y su símbolo, el *Agnusdéi*, cubría, con su estandarte bordado con el cordero y la cruz, los edificios más importantes de la ciudad.

Desde primeras horas de la mañana se había ido congregando gente en los alrededores de la catedral y la plaza de la Signoria. Mientras caminaba por el centro de la Vía Larga, Lorenzo iba estrechando manos de amigos y conocidos. Allí estaba su amigo Poliziano, de verbo encendido, su cartografo de corte, el sabio Marsilio Ficino y también todos sus artistas protegidos, Sandro Botticelli, el joven Leonardo Da Vinci elegantemente vestido con una capa corta de terciopelo azul, el maestro *Verrochio*, Pierpaolo Masoni acompañado por un muchacho de cabello ensortijado que le seguía a todas partes.

El *popolo minuto* se acercaba a besar la mano de Lorenzo mientras los pajes del *Magnífico* cumplían con la costumbre de caridad de repartir monedas entre los más necesitados.

Al llegar a la esquina de la calle, Lorenzo pudo divisar los grandes estandartes blancos y amarillos que portaban los ballesteros e infantes pontificios al mando del conde de Montesecco, ataviado con una armadura de oro para acompañar al sobrino del Papa Sixto en su regreso a Roma, según él mismo le había confesado.

El mercenario papal había aprovechado aquella breve entrevista para tomarle la medida al palacio convencido de que, tal cómo le habían informado, aquel sería el escenario de las operaciones, pero se equivocaba.

Uno de los vigías que los conspiradores tenían apostados en Fiésole transmitió la noticia de que una compañía de ballesteros podía estar acercándose a Florencia al galope y muchos temieron que se tratara del propio Xenofon Kalamantiano alertado de la trampa. Probablemente el destino andaba ya tejiendo sus caminos de niebla y por tercera vez los conjurados se vieron obligados a modificar su plan.

Temiendo que la trama de la conjura se acabara filtrando en la ciudad, acordaron que no había tiempo para esperar al banquete que iba a tener lugar después de la misa en el palacio. El golpe debía perpetrarse en la misma catedral.

Tal vez fue ese cambio de última hora el que introdujo un giro de consecuencias imprevistas en los acontecimientos, ya que el conde de Montesecco, que era un capitán bregado en mil desafueros, estaba dispuesto a cometer el crimen durante el banquete, pero manifestó reparos para derramar sangre en territorio sagrado.

Ese inconveniente con el que nadie había contado en un principio obligó a recurrir a dos sacerdotes avezados con el puñal y menos escrupulosos que el asesino para que lo reemplazaran en su misión de sicarios. Antonio Maffei de Volterra y Ser Stefano da Bagnone, hombres de Dios, mostraron menos respeto sacramental que aquel mercenario barbado cuya reputación sembraba chispas de terror en las aldeas montañesas durante las noches de guerras endémicas.

Junto a las puertas del Baptisterio esculpidas en bronce por Ghiberti se agrupaban ya los magistrados y toda la nobleza de la ciudad seguida de sus servidores y criados, muchos de ellos secretamente armados con dagas y espadas bajo sus ropajes. ¿Cuántos de toda aquella legión de florentinos sabían lo que iba a ocurrir?

Sin duda, bastantes más de los que devotamente aparentaban cultivar la penitencia al amparo de las cofradías. Fue Jacobo de Pazzi, mirando a un lado y a otro de la calle quien se percató con un temblor evasivo en la voz de la ausencia de Giuliano de Médicis. Una vez más el talante imprevisible de aquel joven bohemio amenazaba con echar por tierra la última oportunidad.

Mientras la comitiva encabezada por Lorenzo de Médicis y el cardenal Raffaele Sansón Riario se disponía ya a subir las escaleras principales de la catedral, uno de los hermanos Pazzi, acompañado de su hombre de confianza, Bernardo Bandini, consiguió acercarse al palacio Médicis fingiendo llevar un recado urgente de Lorenzo a su hermano para que acudiera a la misa solemne en honor del cardenal.

Lo cierto es que a Giuliano no le sorprendió aquel cambio repentino de criterio. De sobra sabía que Lorenzo era capaz de desplegar toda su cortesía diplomática a golpe de olfato y pensó que quizá el buen sentido aconsjaba su asistencia a una celebración religiosa tan señalada.

No tardó nada en cambiar sus ropas y terciarse sobre los hombros una capa de color rojo sangre en la que algunos quisieron ver una premonición de lo que estaba a punto de ocurrir.

Durante el trayecto desde la mansión hasta Santa Maria del Fiore, los falsos mensajeros palmearon y abrazaron, medio en broma, medio en serio, al más joven de los Médicis con la secreta intención de comprobar si llevaba o no una armadura escondida bajo el pecho. Pero no había peto ni espaldar, ni daga o espada, ni protección de ninguna clase bajo las ropas que Giuliano eligió para acudir a la catedral aquella mañana.

XXI

La casa del profesor Rossi no era la vieja villa de los Médicis, pero con las mallorquinas verdes y el arco medieval de piedra aflorando por encima del dintel de la puerta, no se podía decir que le faltara solera. Estaba limitada por un huerto trasero con algunos manzanos y ciruelos, y en la entrada había un pequeño jardín algo descuidado con un seto de enebro y un sendero de gravilla entre cipreses que acababa al pie de una escultura helénica sin brazos que me recordó a la Venus de Médicis. A un lado del porche había una máquina cortacésped arrumbada de cualquier modo. Junto a la puerta principal crecía un rosal espléndido, un toque carmesí en contraste con el ocre y el gris de las paredes, y una glicinia trepaba hasta la galería del primer piso dándole a la fachada cierto aire de secretismo.

Francesco Ferrer introdujo la llave que le había dado la señora Manfredi en la cerradura y empujó la pesada puerta de madera, que cedió con un chirrido de goznes envejecidos. La claridad del exterior se tamizó en el vestíbulo con una tonalidad suave, casi dorada, a la que contribuían las paredes de estuco envueltas en un silencio cerrado. Realmente parecía una casa desvalijada. No había muebles ni objetos a la entrada, a excepción de un bonito sofá blanco de loneta y una cómoda antigua. Todo lo demás era un gran espacio abierto, iluminado desde arriba por un foco de luz cenital que entraba a través de una claraboya desde lo alto de la escalera. No se veía ni una mota de polvo, la madera del suelo relucía como si estuviera recién barnizada. Me gustó aquella geometría esencial, desnuda de ornamentos, sin más lujo que el espacio y la luz.

Sin duda el lugar de la casa que más delataba la incursión de los atracadores era la biblioteca, una estancia amplia con dos ventanales al jardín. Había también allí un gran sofá blanco, igual al de la entrada, pero la señora Manfredi lo había cubierto con una sábana, seguramente para protegerlo de la gente de la brigada criminal que había estado entrando y saliendo durante toda la mañana. Lo único que parecía permanecer intacto era un ajedrez de alabastro con el alfil negro situado en cinco caballo rey y la dama blanca en cuatro torre dama. No soy ninguna experta en este juego, pero me pareció una posición demasiado interesante como para dejar la partida interrumpida. Varios cables rotos colgaban de la mesa y recorrían la alfombra mezclados con un desorden de papeles que el inspector Leoni decidió dejar tal cual estaban, después de haberles echado un vistazo. Sólo se llevó a su despacho tres carpetas azules, con la promesa de devolverlas lo antes posible. Los anaqueles de la librería estaban tan vacíos como un teatro sin actores. Los libros se hallaban desperdigados por el suelo. La señora Manfredi no se había atrevido siquiera a apilarlos sobre la mesa. Su rostro se iluminó con un gesto de alivio cuando Francesco Ferrer le dijo que no se preocupara, que nosotros nos encargaríamos de ponerlos de nuevo en su sitio. Seguramente aquel recinto le imponía demasiado respeto. La veneración de la gente humilde por la cultura.

La mayor parte de los volúmenes eran libros de Historia y de Arte incluida una colección entera de láminas en fascículos editada por los principales museos del mundo. Pero había también bastantes obras de ensayo: filosofía, política, economía, biografías de los grandes pensadores del siglo xx: Marx, Freud, Sartre, Camus... y otros más recientes como Noam Chomsky o Kapuscinsky. Sin embargo lo que más me llamó la atención fue una serie de novelitas policíacas o de misterio en edición de bolsillo. Me hizo recordar la colección que guardaba en su despacho mi padre, muy aficionado también al género negro, aunque no le gustaba reconocerlo. De niña me fascinaban aquellas portadas con chinos, vampiresas y revólveres, libros tan viejos que se me desencuadernaban entre las manos. Cuando tenía 14 años devoraba su contenido sentada en el alféizar de una de las ventanas que daba a la terraza en la casa donde pasábamos los veranos. Solía leer descalza y muy concentrada, como un centinela en su torre, atenta al menor signo que me permitiera adivinar la identidad del asesino antes del final. Aquellos títulos y las tramas se fueron mezclando en mi memoria con el color turquesa de la piscina y el calor de agosto. A esa edad todos establecemos nuestras querencias de un modo algo contradictorio. Yo amaba al mismo tiempo las novelas de Dashiell Hamett y los dibujos animados, el paquete de tabaco rubio y los caramelos Sugus, la tinta invisible de algunas novelas de Agatha Christie y el ajedrez metafísico de Borges, los acertijos, los juegos de lógica, los ambientes negros del cine americano y los polos de fresa al salir chorreando del agua para saborearlos lentamente, que es como se saborean los misterios desde la horizontalidad de una toalla o desde lo alto de una ventana vigía.

No tenía nada de extraño que el profesor Rossi, como cualquier persona amante del ajedrez y mínimamente especulativa, conservase también en secreto esa pasión adolescente. Al fin y al cabo las novelas de misterio no sólo son novelas para niños que empiezan a descubrir nuevas formas de aislamiento, sino también para hombres hechos y derechos que han elegido otra forma de soledad. Mientras Francesco Ferrer, con la camisa de color musgo remangada por encima de los codos, ordenaba los libros de los estantes inferiores siguiendo un criterio temático y alfabético, yo subida a lo alto de una escalera de madera iba colocando al albur aquellas novelitas de bolsillo.

Estaban todos los clásicos: Ellery Queen, Chesterton, James Hadley Chase, Dashiel Hammet desde *Los siameses escurridizos* hasta *Cosecha roja*, todo Chandler, la saga completa del comisario Montalbano de Andrea Camillieri. No estaba Agatha Christie, pero sí Patricia Highsmith y también James M. Cain, y Simenon, y por supuesto Conan Doyle, cuya colección empezaba con *El sabueso de los Basquerville*, que sirvió de inspiración a Umberto Eco cuando escribió *El nombre de la rosa*. Iba leyendo títulos de aquí y de allá, *Negra melodía de blues*, *La paciencia de la araña*, *Antes de que hiele...* pasaba de un volumen a otro. Lo que tenían en común todas aquellas historias era que el lector estaba siempre menos pendiente del castigo del criminal que de la astucia y el ingenio de un detective como Sam Spade o Philip Marlowe, tipos duros e irónicos y a los que jamás les faltaba una respuesta rápida e incontestable para salvar cualquier situación con un jaque mate. El ingenio es lo que más se valora cuando uno es muy joven y le sobra vulnerabilidad y le faltan palabras o se le ocurren demasiado tarde. Había una canción de Erasure que decía eso y decía también: «Me gusta leer novelas policíacas porque es bueno saber que el asesino no soy yo.»

En menos de tres horas habíamos recolocado los más de 3.000 volúmenes en las estanterías. Aquello era otra cosa, sólo quedaba por solucionar el asunto del ordenador, pero para eso haría falta un técnico. Francesco Ferrer y yo nos sentamos rendidos, él, en el sofá cubierto con la sábana y yo, directamente en el suelo a lo sioux.

—Bueno, misión cumplida —dijo con cierto orgullo, apoyando la cabeza en el respaldo del almohadón. Se le veía agotado, pero su tono era jovial—. Creo que nos hemos ganado un refrigerio.

—Desde luego, ¿qué le apetece tomar? —dije, arrogándome funciones de anfitriona—. No se levante, yo avisaré a la señora Manfredi.

—No me vendría mal un whisky —dijo.

Se había ido apagando la tarde y la luz que entraba del jardín venía tamizada de un verde rubio que daba a toda la habitación cierto aire de invernadero. La señora Manfredi encendió la lámpara de pie y dejó la bandeja con las bebidas sobre una mesita moruna.

Francesco Ferrer había sacado del bolsillo superior de su camisa un paquete de cigarrillos americanos. Encendió uno y aspiró la primera bocanada de humo con fruición, luego se quedó un segundo escudriñando la brasa y, sin mirarme de frente, aparentando indiferencia, me preguntó:

—Entonces ¿qué piensas hacer? ¿Vas a seguir adelante con la tesis? —A pesar de su aparente neutralidad había excitación en su voz, la excitación de alguien que hace una pregunta difícil y espera, con inquietud y optimismo, que el interrogado sepa dar con la respuesta correcta.

No contesté inmediatamente. Lo hice después de servirme dos dedos de ginebra con un chorro de limonada y bastante hielo.

—Pues claro que voy a seguir con la tesis —dije como si la duda me hubiera ofendido.

Francesco Ferrer movió la cabeza entre incrédulo y resignado, pero en sus ojos había una chispa de sonrisa. Me pareció que a pesar de su expresión cavilosa, aquella era la contestación que en el fondo deseaba oír.

—En realidad —proseguí— nunca he estado tan decidida a continuar como ahora que sé que encierra un misterio por el que alguien parece dispuesto a pagar cualquier precio.

Esa era exactamente la conclusión que había sacado esa mañana después de mi conversación con el inspector Leoni en la gendarmería de Corso dei Tintori. Había ido inmediatamente hacia allí al salir del hospital, no sin cierta inquietud a decir verdad, porque sólo había estado una vez en mi vida en un cuartelillo, cuando nos detuvieron en Santiago a varios estudiantes en una manifestación contra la guerra de Irak, y francamente no era una experiencia de la que conservase un grato recuerdo. La comisaría se hallaba en un edificio lóbrego de sillares almohadillados, cuya entrada olía un poco a urinario público. El interior estaba iluminado por varios tubos fluorescentes que daban a las oficinas un aire de desolación administrativa, con estanterías metálicas pintadas de gris, archivadores de cartón y legajos atados con cintas rojas. Al fondo, junto a la fotocopiadora, había colgada una bufanda de *la Fiore* junto a un póster en color con la alineación de todo el equipo. Al final del pasillo hacían guardia dos policías vestidos de uniforme y con la gorra de plato, azul y blanca, calada hasta las cejas. El inspector Leoni iba de paisano con un chaleco de lana gris y parecía deprimido o cansado, sentado en su despacho, bajo la luz melancólica de la pantalla del ordenador. Tenía sobre el escritorio un montón de papeles y un libro de Pavese abierto por la mitad, tal vez para matar el tiempo.

—Siento haberme visto obligado a requerir su presencia, señorita —había dicho en un castellano perfecto de academia de idiomas—, pero usted entenderá que debo hacerle algunas preguntas dado que el material robado en la casa del profesor Rossi parece guardar alguna relación con su trabajo.

No me aclaró qué tipo de relación ni me dio más información al respecto y yo tampoco saqué a relucir en ningún momento el accidente con la bici en la vía Ghibelina ni al tipo que se había convertido en mi sombra en las azarosas mañanas del Archivo. La verdad es que no había vuelto a cruzar una sola palabra con Bosco Castiglione, pero nuestras miradas se encontraban a menudo por encima de las respectivas mesas de trabajo, acechantes, como dardos destinados a atravesar la distancia del pensamiento. Tal vez el inspector Leoni poseyera también en alguna medida esa cualidad que lleva a adivinar en qué dirección puede funcionar un infatigable cerebro criminal. Ninguna mente se halla más próxima a la de un delincuente que la de un policía. De hecho no me pareció que le faltase intuición cuando mencionó los tres cuadernos desaparecidos del Archivo. Lo hizo como de pasada, pero sin apartar los ojos de mí, interesado en comprobar el efecto de sus palabras.

En un momento de la conversación sonaron unos golpecitos en el marco de la puerta y el comisario se disculpó, salió al pasillo y estuvo unos instantes hablando en voz baja con uno de sus ayudantes. Fue al volver, sentado de nuevo en su escritorio, con los brazos cruzados apoyados en el borde de la mesa cuando aludió a una casa de subastas en la via di Santo Spirito, cerca de la Biblioteca del Instituto Alemán donde, según dijo, más de una vez se habían encontrado incunables robados. «Siempre hay alguien interesado en ese tipo de cosas —comentó evasivo—, coleccionistas y gente así.» Luego me había preguntado por mi relación con el profesor Rossi de un modo que me hizo temer una deriva personal de la investigación, pero enseguida me di cuenta de que más bien estaba evaluando otras posibilidades, quizá algún tipo de rivalidad profesional por parte de cualquier colega de la Universidad. Un mundo que el inspector parecía conocer bien al juzgar por sus palabras. «Ríase usted de la inquina de los políticos —dijo, esta vez en italiano—, aunque le parezca mentira, es en el ámbito del saber donde la gente parece más dispuesta a vender su alma al diablo. No se puede imaginar hasta qué extremos puede llegar en ciertos casos la vanidad intelectual.» Me pareció un pensamiento demasiado elevado, demasiado construido, impropio de un comisario de policía. Tal vez era el pensamiento del hombre que leía a Pavese. De todos modos, algo en su comentario o en su actitud me hizo creer que me excluía como sospechosa de esa hipotética trama, en caso de que existiera. Quizá no me consideraba a la altura. Una simple estudiante al fin y al cabo, una becaria demasiado joven para intentar hacer sombra a su mentor.

Hablaba de todas estas cosas con Francesco Ferrer que escuchaba atentamente desde el sofá, intercalando de vez en cuando algún comentario breve o mordaz con la nariz dentro del vaso.

—Espero que no haya vuelto a molestarte aquel tipo.

—¿Quién? —pregunté—. ¿Danny de Vito?

—No— dijo recuperando la sonrisa vivaz—, bueno también, pero me refería ahora al otro individuo, el del Archivo, el seminarista que trabaja para el Vaticano.

—Ah, ese... —Durante unos segundos evoqué su presencia como si estuviera viéndolo a través del cristal de la cabina de microfilms, con un pie balanceándose en el aire, la bota ortópédica con remaches metálicos—. No, no ha vuelto a molestarme —dije, pero en mi fuero interno sabía perfectamente que su manera de hacerse ver cada día a la misma hora en el Archivio di Stato era una advertencia constante.

—Mejor así —contestó Francesco Ferrer—. Tal vez se ha dado cuenta de que no tienes nada que ver con esos cuadernos desaparecidos—. Se quedó callado un instante y me miró meditativamente, con los ojos un poco guiñados como si le molestara el humo de su propio cigarrillo—. Porque no tienes, no tendrás, nada que ver ¿verdad, Ana? —Su tono había cambiado, se había vuelto más serio, incluso levemente intimidatorio y por un momento tuve la sensación de que alguien hubiera alzado el extremo de un velo por el que asomaba un destello extraño dentro de los ojos, un brillo neto y duro en la mirada, cuya correspondencia no tenía codificada, como si no perteneciese a ningún sentimiento conocido de antemano. Fue apenas un segundo.

—Por favor, Francesco... —protesté.

Algo en mi gesto debió de convencerlo de que no estaba por la labor de escuchar despropósitos. Entonces se rascó la cabeza y sonrió con aquella vivacidad suya que le devolvía al rostro el aire franco de campesino de Pistoia que era su mejor divisa. Se llevó el cigarrillo a la boca y expulsó el humo con fuerza, como si aquel fuera su modo de dar por zanjado el asunto.

—Bueno, a ver qué dice Giulio cuando le contemos todo esto... —comentó, recuperando el tono de complicidad. Después desvió la vista hacia la ventana y miró hacia el fondo del jardín entre las ramas negras de los cipreses que flanqueaban la entrada.

— Ahí está —dijo levantándose del sofá y acercándose a la ventana.

Efectivamente un taxi de color blanco hizo crujir la gravilla de la senda, se paró delante de la casa y a los pocos segundos el profesor Rossi apareció en la puerta de la biblioteca vacilante y sin afeitar, pero con su mejor sonrisa. La barba grisácea daba a su perfil un recorte de insólita dureza, aunque eso curiosamente no disminuía su atractivo. Ni siquiera recién salido del hospital, con un pantalón de loneta y un jersey ancho de andar por casa perdía su elegancia italiana, una manera propia de quedarse allí plantado en el umbral de la puerta, con las manos en los bolsillos, sonriendo un poco y con aquella mirada entre tímida y burlona, ladeando un poco la cabeza.

De haber dado rienda suelta a mis impulsos, me habría levantado del suelo en aquel mismo instante para abrazarlo y, acercando los labios a su oído, le habría dado las gracias en voz baja, por su colección de novela negra, por su manera de sonreír de aquel modo que era a la vez sincero y ausente, por ser un hombre distinto a todos cuantos había conocido, por tener secretos y un pasado, por su conversación que me cautivaba y me instruía y me hacía crecer por dentro, por no ser en absoluto consciente de su poder de seducción, por ese gesto de tocarse la sien con el dedo índice, por su voz que me llenaba la imaginación de ideas, por doblarme la edad y tener la sangre fría de seguir estando allí de pie, junto a la puerta, con la mayor sencillez como si de un momento a otro no fuera a acabarse el mundo.

Eso es lo que me hubiera gustado hacer, pero por supuesto no lo hice, sino que me limité a contar mentalmente hasta diez sin moverme de donde estaba, aguantando la opresión interior que sentía en el pecho, tratando de serenarme y de ponerme a salvo detrás de un trago de *gin-fish* como hacen las heroínas de tres al cuarto cuando no se les ocurre nada mejor.

Todo se fue normalizando, como era de suponer, durante los minutos siguientes. La señora Manfredi improvisó una cena fría en la cocina, con ensalada de berros y queso fresco, que acompañamos con pan de sésamo recién horneado y vino de Chianti. Francesco Ferrer habló de Bosco Castiglione y de coches con aletas negras de tiburón que empujan a las jóvenes ciclistas y de cuadernos que no existen y de enanos vestidos con abrigos de Giorgio Armani, y yo no dije ni media palabra, ni la más mínima aclaración, ni una pequeña puntualización de matiz, ni un juicio, nada. Silencio de esfinge. El profesor Rossi se desenvolvía por la cocina con movimientos eficientes, de quien está acostumbrado a apañárselas solo, sin recurrir a la señora Manfredi más que lo estrictamente necesario. Guardaba el aguacate en el frigorífico, sacaba un tarro de pimienta negra del especiero, aderezaba la ensalada, intercalaba algún comentario, todo eso sin perder una palabra del relato de Francesco Ferrer y sobre todo sin mirarme a mí, sin dignarse a mirarme directamente a los ojos ni una sola vez por misericordia. Digo yo que no podía ser algo tan terrible lo que había hecho, al fin y al cabo callar no era ningún delito, y además había que considerar que yo entonces no tenía ninguna constatación evidente de que todas aquellas cosas de las que ahora hablaba Francesco Ferrer, no fueran simples figuraciones mías, producto de mi imaginación calenturienta, como sin duda habría dicho Roi, que me conocía lo suficiente para no fiarse de mis elucubraciones noveleras.

La ventana de la cocina daba al huerto de la parte de atrás de la casa que ahora estaba envuelta en sombras.

—Adele —dijo el profesor dirigiéndose a la señora Manfredi—. Será mejor que esta noche deje encendidas las luces de afuera.

—¿Seguro que no quiere que me quede? —dijo ella desde la puerta, con el abrigo en la mano, sosteniendo en el brazo su pequeño bolso negro.

—Claro que no. Gracias de todos modos y no se preocupe. Si necesitara cualquier cosa, la llamaría.

Antes de irse, la señora Manfredi todavía le recordó al profesor que había dos tarros de mermelada de naranja en el estante superior de la despensa. No era una mujer mayor, debía de andar por los cincuenta años, pero, con la piel olivácea y vestida de oscuro, parecía que tuviera la edad eterna de todas las madres italianas.

Francesco Ferrer miró también el reloj y entonces yo sentí una opresión en el pecho como si me pesara el aire cuando le oí decir que era hora de marcharse.

En realidad hacía ya un rato que estaba pensando que me gustaría quedarme en aquella casa toda la noche. Veía la mano del profesor Rossi sobre el mantel, los nudillos huesudos, los dedos largos, rozando nerviosamente las migas diminutas de pan, muy cerca de mi muñeca, a apenas dos centímetros, y me parecía ver en ese gesto un secreto ofrecimiento que sólo yo podía percibir. Pero por más vueltas que le daba no se me ocurría ninguna posibilidad para que surgiera de una forma espontánea la alternativa de quedarme y yo desde luego me dejaría morir antes de insinuarla.

—Voy a pasar por Pistoia, hace tiempo que no veo a la familia —explicó Francesco Ferrer mientras se levantaba del banco corrido que rodeaba la mesa de la cocina— pero no me cuesta nada acercarte a casa, si quieres —añadió a continuación, dirigiéndose a mí.

Sentí que el mundo se desmoronaba sin remisión. Me levanté de la mesa odiándome a mí misma por no haber sabido encontrar una maldita manera que me permitiera prolongar la velada, pero diciendo que sí, Francesco, que muchas gracias, que era muy amable, mientras sonreía con total naturalidad desde las ruinas de mi castillo de naipes.

Recogí todo lo que había llevado conmigo, el anorak, dos libros, una mochila, las llaves de mi apartamento, un arsenal completo. Se me olvidaba la carpeta donde llevaba algunos capítulos de la tesis para enseñárselos al profesor, y al volver a por ella se me cayeron al suelo las fotocopias. El profesor Rossi me ayudó a recogerlas, cada uno con un puñado de folios en la mano como dos idiotas. Después se pasó la mano por el pelo y se tocó lo nariz y sonrió y se acercó para despedirse con un beso de anfitrión que me obligó a alzarme de puntillas para llegar a su altura. Ya en el exterior, mientras Francesco Ferrer esperaba con la puerta del coche abierta, me miró, y entonces, de una forma sorprendente y completamente inexplicable, dijo:

—¿Por qué no te quedas, Ana? —lo dijo sin premeditación ni esperanza, en un tono absolutamente natural, sonriendo con su habitual timidez y luego se quedó donde estaba, balanceándose ligeramente, sin esquivarme con la mirada, con una sencillez desconcertante, aguardando lo que yo pudiera decir.

No podía creerlo, por un momento pensé que aquello sólo estaba sucediendo en mi imaginación. Me quedé paralizada sin saber qué hacer. Estuve a punto de echarme a reír en voz alta de pura incredulidad.

—Ya sé que es un poco tarde —añadió el profesor— pero creo que hay unas cuantas cosas de las que deberíamos hablar. —Lo dijo como si necesitara convencerme o tal vez convencerse a sí mismo—. Podrías instalarte en la habitación de invitados en el piso de arriba y mañana yo mismo te acercaría a Florencia.

—Bien, vale —dije incapaz de hilvanar una frase más coherente mientras trataba sobre la marcha de tomar conciencia de la situación. La opresión que sentía en el pecho se había hecho ahora más fuerte, igual que la ingravidez en el estómago—. ¿Por qué no? —añadí como si hablara para mí misma. Pero lo cierto es que me sentía verdaderamente abrumada, no sólo por la incertidumbre, sino porque me parecía del todo inconcebible que en la vida real pudieran ocurrir las cosas que más desesperadamente deseaba.

El profesor Rossi se había echado hacia un lado para sostener la puerta. Entonces yo subí los tres peldaños de la escalera del porche mientras el coche de Francesco Ferrer se alejaba hacia los cipreses y entré en casa encogiéndome de hombros, sin mirar atrás. Como hacen los valientes.

XXII

Una multitud expectante se arremolinaba junto a las escaleras de la puerta principal de Santa Maria del Fiore, con el fin de admirar la belleza del séquito de las autoridades eclesiásticas formado por más de treinta ballesteros a caballo y cincuenta infantes que esperaban junto al baptisterio el final de la misa, todos tan vistosamente ataviados como no se había visto jamás en formación alguna.

En el interior de la catedral abarrotada reinaba la media penumbra y el sigilo de las grandes solemnidades litúrgicas. En aquel escenario de mármoles y estatuas se respiraba un aire fenecido en el que relumbraban las togas escarlatas y añiles de los altos magistrados, los fajines dorados de los senadores y el brillo oleoso de las capas de terciopelo que ondeaban bajo las bóvedas de crucería con un bisbiseo emboscado. Una vez que Lorenzo *el Magnífico* y el nuncio papal ocuparon sus reclinatorios frente al altar mayor, seguidos por los miembros de las familias principales, la gente del común fue acomodándose en los bancos del fondo y apretujándose en las naves laterales donde, a pesar de la amplitud del recinto, ya no cabía un alma.

Giuliano de Médicis, flanqueado por sus dos acompañantes de última hora, tuvo que entrar por una puerta secundaria que daba a la via de Servi con el tiempo justo para santiguarse. La misa había comenzado con retraso por cortesía con el cardenal Raffaele Sansoni Riario que demoró su presencia algunos minutos y gracias a ello el joven pudo hacerse un hueco en el recinto reservado para las congregaciones religiosas y hermandades de penitentes ya que hubiera sido poco cortés atravesar el crucero en plena celebración.

Al contrario de lo que le ocurría a su hermano, el más joven de los Médicis detestaba las multitudes y al entrar en el templo sintió una opresión en el pecho provocada por el encierro, pero a medida que avanzaba la liturgia fue habituándose a aquella densidad de aire muy respirado y acabó por rendirse al hechizo del coro, cuyos rezos y cánticos se elevaban hacia la gran cúpula diseñada por Brunelleschi, envueltos en el estribillo de veinte niños cantores.

El *Sederunt principes* sonó lento y solemne, seguido de un júbilo de aleluyas que alcanzó su nota más honda durante la Eucaristía.

En el mismo momento en que el sacerdote pronunciaba las palabras *hic est enim Calix sanguinis meis...* y levantaba el cáliz con el vino consagrado, uno de los mensajeros de la muerte empujó su capa hacia atrás con un movimiento de halcón y asestó al joven Giuliano una puñalada certera por la espalda.

—¡Tu hora! —exclamó Bernardo Bandini mientras hundía el filo de la daga hasta la empuñadura en el costado de la víctima.

A Giuliano de Médicis apenas le dio tiempo a girarse y retroceder tambalante sin entender aún qué estaba pasando. Mientras se encogía sobre la herida, intentando buscar la protección de Francesco de Pazzi, sus ojos volvieron a abrirse con mayor sorpresa todavía al ver cómo, lejos de socorrerle, el banquero blandía su espada y le atravesaba de una estocada el otro costado.

El muchacho intentó defenderse agarrando instintivamente el filo de la espada con las manos sin conseguir otra cosa que seccionarse de un tajo todos los dedos mientras el lugarteniente de los Pazzi volvía a apuñalarlo en medio de un gran charco de sangre que empapaba el bello suelo de la catedral, diseñado por un artesano del mármol que le dedicó media vida por el derecho de ser sepultado en la capilla de hombres ilustres.

De rodillas ante sus asesinos y doblado sobre su propio dolor, Giuliano intentaba con su último aliento advertir del peligro a su hermano, situado a más de veinte metros, en el altar mayor. Pero el círculo de sicarios que lo rodeaba lo mantenía aislado de cualquier ángulo de visión. Hubo murmullos aislados y giros de cabeza entre algunos fieles que notaron una agitación extraña en aquella parte del templo, pero era tal el gentío que nadie llegó a percatarse de lo sucedido. Sin embargo transcurridos unos minutos, el revuelo fue *in crescendo,* algunos hombres más se habían unido a la carnicería, siguiendo la consigna de que muere más quien muere a varias manos. De repente un último estertor hizo que Giuliano de Médicis vomitara la sangre que no le dejaba respirar y emitiera un gemido desgarrado, que removió los cimientos de la catedral con un estremecimiento de ultratumba y esta vez sí todas las cabezas se volvieron hacia la nave lateral.

Bernardo Bandini desenvainó entonces su daga de misericordia y atravesó la nuca del moribundo hasta que la punta de acero asomó al otro lado de la garganta. El olor de la sangre excitó los ánimos de los asesinos hasta tal punto de fervor que algunos empezaron a destripar el cadáver con uñas y dientes, buscándole el corazón.

Para entonces toda la catedral era ya un infierno. Se oyeron gritos, ruido de espadas cruzándose, carreras en desbandada, taconeos despavoridos... Todos huían: senadores, magistrados, canónigos catedralicios recogiéndose las togas por encima de la cintura, embajadores, feligreses, hombres, mujeres y niños dominados por el pánico. Era tal la confusión que muchos temieron que la cúpula de Brunelleschi fuera a desplomarse sobre sus cabezas. En el fragor del desconcierto, los niños cantores subidos a la barandilla del coro gritaban como posesos con sus ropones de encaje blanco, imitando voces de ultratumba, voces de degollados, voces de engendros satánicos... Había gente que deambulaba sonámbula entre las naves con la mirada desorbitada por el espanto y otros, armados de trancas y candelabros candentes, se preparaban para la guerra aunque nadie sabía aún a ciencia cierta quién era el enemigo.

El joven cardenal Raffaele Sansón Riario miraba a su alrededor, con el rostro demudado como si todo aquello fuera fruto de un terrible equívoco y a su lado Gugliemo de Pazzi, casado con Bianca de Médici, gritaba espantado entre sollozos, tapándose la cara con las manos ante el cuerpo sin vida de su cuñado Giuliano, proclamando desesperado que él nada tenía que ver con aquel ataque a traición. Al parecer alguien había jugado a varias bandas y entre los gritos a favor y en contra de los Médicis resultaba imposible desenmarañar la verdad en medio de aquel matadero de todos contra todos.

Sin embargo alguien había planificado aquella partida macabra al milímetro, con caballos, torres y alfiles y también con simples peones que apenas tenían otra función que la de servir de cebo. Y lo había hecho sin arriesgar, manteniendo siempre segura su posición, de modo que nadie pudiese adivinarle en el rostro la maquinación o el engaño. Simulando actuar al servicio de otros poderes terrenales y espirituales, cuando en el fondo era él quien los había utilizado a todos. En la penumbra de cuarterones oscuros de los confesionarios se deslizó una sombra alargada precedida por un cirio.

La incertidumbre de no saber lo que podía estar sucediendo fuera de la catedral aumentaba la tensión en el interior. Pero el acto principal de la conjura se libraba junto al altar mayor, donde los sacerdotes Antonio Maffei y sir Stefano de Bagnone se disponían ya a dar el jaque definitivo al patriarca mayor de los Médicis.

El poeta Poliziano trepó hasta la nave del órgano por la escalera de caracol, para tener una perspectiva de conjunto, pero en su lugar se encontró con una visión que le perturbaría el alma para siempre: el cuerpo de Giuliano, su discípulo más querido, yacía en medio de un charco de sangre, con las vísceras al aire, masacrado por diecinueve puñaladas mortales, dos de las cuales le habían partido el corazón, otra le había cortado la yugular y dos más le habían seccionado la femoral por tres puntos diferentes. Pero entonces aún no se sabía qué suerte había corrido Lorenzo.

Las horas se prometían largas en el transcurso del tiempo dilatado por la inquietud. Las naves de la catedral se hallaban repletas de heridos gimientes, demasiado destrozados para levantarse, que a veces eran ultimados por una daga de misericordia. Grupos de hombres armados recorrían las capillas y recovecos del templo contando los estragos de la masacre y otros deambulaban entre las pilastras con un candil solitario en la imposible tarea de dar con el rostro de un muerto conocido entre demasiados muertos anónimos.

Pierpaolo Masoni llevaba ya un rato buscando al muchacho a quien había perdido de vista en la confusión de los primeros momentos. Caminaba desorientado, chocando con cuerpos que avanzaban en sentido contrario. Percibía las cosas tan fragmentariamente, como si las viese a través de las esquirlas de un espejo roto, la luz blanca de los cirios, dos manos largas y pálidas asiéndose al cuello, como si le faltase el aire, unas piernas con las medias caídas hasta los tobillos que pataleaban en el suelo, cerca de la barandilla octogonal que daba acceso al coro, unos ojos oscuros con un brillo de espanto, entre mechones negros apelmazados por el sudor. Pero nada fue comparable a la visión espectral que le cortó el aliento al descorrer el cortinaje granate de un confesonario, y contemplar de cerca el semblante conocido de una cara sin labios con la piel atravesada de parte a parte por una cicatriz antigua cosida con nudos de enfardelar.

El pintor tragó saliva y respiró hondo. Le temblaba todo el cuerpo de un modo incontrolado, pero no por el miedo a la muerte. El miedo estaba dentro de él desde hacía muchos años, convivía con él, era otra sombra de su sombra desde la noche ya lejana en que conoció de primera mano la esencia del mal en una ceremonia negra. Entonces era tan joven que ignoraba la naturaleza de su temple. Las órdenes secretas florecían por todas partes y cualquier joven artista que se preciara debía aspirar, con el auxilio de la hermandad, a un ideal de perfeccionamiento que lo hiciera ascender a esa zona del conocimiento donde el ser humano se vería al fin liberado de temores y dudas. Sin darse cuenta se había dejado envolver por el primer círculo de humo, había trasnochado en oscuras cantinas, escuchando herméticas soflamas, había acudido a sótanos con altares de Siete Peldaños adornados con la hoja de Rúcula entre dos columnas de Salomón, había asistido a reuniones secretas de donde había que salir luego de uno en uno, mirando por encima del hombro, sin apurar mucho el paso. Pero a aquel tiempo de esperanza le sucedió el tiempo del terror. Hubo un momento impreciso, indeterminable, pero terrible en que la venda cayó de sus ojos y descubrió la silueta del Gran Maestre alzando en alto un cuchillo de obsidiana. Su recuerdo aún le trastornaba el sentido de la realidad.

Sin embargo lo que estaba viendo ahora en la catedral con sus propios ojos no era ninguna pesadilla de su imaginación, sino la presencia física de algo que siempre había estado ahí. Fue entonces cuando escuchó decir a su espalda que un hombre justo debería arrancarse los ojos antes de ver ciertas cosas. Pero antes de tener tiempo a volverse, un escalofrío le abrasó la retina con polvo de azufre y la opresión de la noche pasó a ocupar el mundo. Sólo en ese momento tuvo la certidumbre absoluta de que era ya demasiado tarde para todo.

XXIII

Hay aromas que encierran en sí mismos una idea del mundo. Son olores que adormecen nuestras defensas y nos adentran por oscuros laberintos de la memoria y nos sitúan frente al primer mapamundi que alimentó nuestros sueños cuando la idea que nos forjábamos de la aventura tenía que ver con las travesías ultramarinas y con barcos cargados de especias que venían de continentes lejanos. La fragancia del cacao y del café torrefacto, de la madera y de las hojas de tabaco puestas a secar en los vastos tostaderos de las plantaciones. Ese era el olor que envolvía ahora la atmósfera de la biblioteca, el mismo aroma vagamente colonial que había percibido en la ropa del pofesor Rossi desde el primer día sin conseguir identificarlo. Un olor esencialmente masculino, sólido, como tostado a fuego. Le vi llenar la pipa de hebras oscuras y doradas, finísimas, que iba extrayendo con parsimonia de una lata de tabaco Cornell & Diehl. Aspiró profundamente una bocanada con la cabeza apoyada contra el respaldo del sofá y a través de aquella nube de humo aromático que fue envolviendo todo mi universo sensorial, se me reveló de pronto una placa profundísima de la memoria y descubrí a una niña casi olvidada que jugaba con mapas en la mesa de la cocina de una casa de piedra en el casco viejo de Santiago.

Los olores que nos han construido el alma por dentro son también vías de conocimiento y de fascinación y por eso no resulta nada extraño que cualquiera pueda romperse por un olor, por el gesto de llevarse una pipa de marino a la boca y después extender el brazo y mirar por la ventana hacia el jardín iluminado con farolitos blancos, por el hueso descarnado de la muñeca sobresaliendo al final de la manga del jersey como una isla pequeña, por el amor que nos cierra la boca antes de pronunciar su nombre. Pero cómo se puede nombrar a la persona de la que uno se ha enamorado, me preguntaba yo, cuando es alguien a quien siempre has tratado de usted, alguien que te dobla la edad, que te dirige una tesis y que además ha sido amigo de tu padre. Imposible. No se puede. Hay distancias insalvables.

La voz de Melina Mercuri se oía muy lejana a poco volumen desde los altavoces situados en la repisa superior de la estantería. Era una melodía que yo nunca había oído, sonaba un poco a francés e italiano a pesar de que cantaba en griego, una música triste como cuando llueve en el mar. Estaba sentada en la alfombra sobre una especie de cojín oriental abrazada a mis rodillas, siguiendo el estribillo con los pies que llevaba enfundados en calcetines cortos de algodón con rayas de muchos colores. Mis zapatillas deportivas estaban alineadas debajo la mesa del estudio. Tengo esa costumbre desde niña, no me siento cómoda hasta que no me quito los zapatos, pero ahora me preguntaba si no sería incorrecto estar allí descalza.

El profesor Rossi me sirvió un poco más de té mientras me contaba tranquilamente no sé qué historia sobre la ferocidad de la política florentina del siglo xv que a mí en aquel momento me sonaba al Paleolítico inferior. Parecía haberse olvidado por completo de lo que había ocurrido en su vida durante las últimas horas. Desde luego no daba la impresión de ser un hombre que acababa de salir del hospital, ni a quien le hubieran desvalijado la casa. Nadie a quien le hayan dado un aviso de ese calibre puede seguir fumando en pipa y hablando del honor de los Médicis como si aquí no hubiera pasado nada. Una de dos, pensé, o está loco o realmente no le importa gran cosa lo que le pueda pasar. También cabría pensar que quisiera hacerse el héroe delante de mí si fuera otra clase de persona, pero conociéndolo, ni siquiera me atreví a considerar semejante posibilidad. Así que procuré concentrarme en lo que decía.

—Cuando la necesidad de venganza se infiltraba en la política, no había limitación alguna. Cualquier atrocidad estaba permitida —concluyó. Mi carpeta llena de folios, cuidadosamente redactados e impresos, estaba sobre la mesa, al lado de la lata de tabaco de Virginia. Se habían caído algunas hebras doradas encima y el profesor las apartó con el canto de la mano. Después soltó las gomas de la carpeta, sujetó los folios con la mano izquierda y pasó el pulgar de la derecha por el canto de las hojas como si estuviera contándolas—. Veo que has estado trabajado a fondo. Con provecho, espero.

—Yo también lo espero —dije sonriendo, dándole a entender que aguardaba impaciente su veredicto.

—Lo que no acabo de comprender, Ana, es por qué no me has contado nada de tus conversaciones en el Archivo con ese tipo ¿cómo decías que se llamaba?

—Bosco Castiglione —repondí.

—Pues eso, que no lo entiendo, Ana. No sé... Parece que no tuvieras confianza conmigo.— Había dejado la pipa apoyada en un platillo rectangular y me pareció que su voz sonaba con un mínimo deje de decepción. Estaba visto que lo mío era defraudar a la gente. Había decepcionado a mí padre sin duda cientos de veces por mi falta de constancia en los estudios, le había fallado a Roi que no sé qué demonios esperaba de mí y ahora defraudaba también al profesor Rossi. Hubiera dado cualquier cosa por una frase que me permitiera recuperar su aprecio, una de esas frases redondas de detective americano a quien en el peor momento nunca le falta una palabra rápida e ingeniosa para volver cualquier situación adversa a su favor. Pero lamentablemente yo no era Philipe Marlowe ni Sam Spade, yo sólo era la reina de las desilusiones. Levanté la mirada hacia la esquina del sofá donde se hallaba el profesor como quien alza una bandera blanca. Estaba inclinado hacia adelante con los codos apoyados en las rodillas y la cabeza un poco ladeada hacia la izquierda. Su mentón oscurecido por la sombra de una barba incipiente se hallaba de pronto demasiado cerca de mí. Imaginé que me cogía en brazos y me llevaba hasta el sofá mientras yo le susurraba al oído una frase rotunda e incontestable capaz de derribar todos los muros habidos y por haber, y al mismo tiempo iba contando sus costillas, una a una, con los dedos por debajo de su jersey, y después ascendía con la mano por el cuello hasta llegar a la clavícula y a las aristas de la mandíbula y allí me detenía para besarlo muy despacio, con la paciencia con que el mar erosiona las rocas, hasta hacer desaparecer aquellas dos arrugas verticales de dureza que tenía en la comisura de los labios y que tan inaccesible le hacían parecer a veces. Imaginé todo eso y mucho más en una secuencia imparable que aceleró hasta la taquicardia el ritmo de mis latidos, mientras él seguía allí sentado, tan tranquilo, con la camiseta gris y un jersey ancho de color hueso y los ojos atravesados por filamentos de oro con ascuas azules de enfado que parecían brillar en el fondo de sus iris como las luces de un barco—. Nos pasamos horas hablando de tu trabajo —continuó diciendo con el mismo tono desilusionado—, me has ido contando todos los cambios de orientación, las informaciones nuevas, las dificultades que te has ido encontrando y sin embargo cuando aparece un problema de verdad, no teórico ni abstracto, sino real, entonces no dices nada, te callas. Francamente, no lo entiendo. Es como si consideraras que nuestro ámbito de comunicación se limita únicamente a una realidad que ocurrió hace más de cinco siglos y lo que pueda suceder ayer o ahora mismo está fuera de nuestra circunscripción. Por Dios, Ana ¿a qué vienen tantos secretos? A Francesco, sin embargo, sí que le has contado. Con él no has tenido ninguna prevención. De verdad ¿tan poca confianza te inspiro? —Seguía inmóvil, observándome de un modo que parecía reclamar una respuesta inmediata, con aquellas lucecitas bailando en el fondo de sus ojos.

—Vamos, Giulio, sabe perfectamente que no es eso. La verdad es que pensaba decírselo, pero tampoco tenía muy claro que fuera importante. Hay muchos fantasmones sueltos por los archivos, gente *gonfiata*, como dice usted, que le gusta ir por ahí hinchando el pecho y diciendo «usted no sabe con quien está hablando», pero después no tienen idea de nada, y se escabullen como conejos asustados. Bosco Castiglione me pareció uno de esos. Me contó una sarta de mentiras sobre la labor humanitaria de la iglesia en peligro que no se creería ni un aprendiz de misionero. No sé... Su argumentación resultaba casi infantil. Me pareció un tipo inofensivo.

—¿Y el otro, el de la bicicleta, también te pareció inofensivo? —contraatacó implacable el caballero ofendido.

—Ese, menos —contesté y me quedé callada un instante meditando la respuesta para no darla inexacta— Pero a veces, Giulio —pronunciaba las palabras lentamente, eligiendo cada una con sumo cuidado, como si supiera que en ellas estaba mi salvación o mi condena— a veces, sólo después de que las cosas suceden, nos damos cuenta de que en realidad teníamos indicios suficientes para saber que podían suceder —dije sin tener la seguridad de estar explicándome bien, pero aquello en el fondo era lo que más se aproximaba a la verdad.

El profesor Rossi me miró otra vez con fijeza y con expectativa y por la expresión de sus ojos entendí que de algún modo había dado por válida mi explicación, al menos de momento. Seguía inclinado hacia delante con la barbilla apoyada en la mano, muy cerca de mí, la lámpara iluminaba de lleno su perfil confiriéndole un atractivo elemental, acusadamente físico, hecho de piel y de carne vivida y de orgullo masculino y de timidez también, de miedo a la proximidad y al tacto, de conciencia excesiva de cada una de sus arrugas y sus canas.

—Esta bien, cuéntame entonces qué tenemos de nuevo. ¿Qué novedades has descubierto? —dijo con una sonrisa vaga de cambio de tercio mientras señalaba con un gesto los folios que estaban sobre la mesa.

Cogió la pipa de la paz del cenicero y la encendió de nuevo, protegiendo la llama de la cerilla con el cuenco de la mano hasta que la atmósfera se fue llenando otra vez de aquellas fragancias ultramarinas que impregnaban las sentinas de los barcos cargados de especias y galpones de hojas de tabaco, hace mucho tiempo, cuando cualquier aventura comenzaba con un relato. Y entonces yo conté la confesión del soldado.

Después de haber repasado los cuadernos de Masoni de arriba abajo, había llegado a la conclusión de que para desentrañar a fondo el complot contra los Médicis debía desviar la vista del foco principal, es decir del Papa Sixto IV y del rey Ferrante de Aragón, para prestar más atención a algunos personajes secundarios.

El conde de Montesecco, era uno de ellos. Un noble de segunda, el prototipo de muchos soldados reclutados en la región de la costa adriática, que desde siempre fue cuna tradicional de mercenarios hambrientos. Un soldado profesional, una lanza a sueldo.

El profesor Rossi me escuchaba atentamente, estaba recostado en el sofá con la mirada emboscada, sus ojos parecían estar opinando en silencio, pensando por sí solos, atando cabos. Su atención me hacía crecer por dentro.

—Al parecer —le expliqué al profesor—, para vencer sus reticencias, los conjurados concertaron una entrevista entre Montesecco y el propio Sixto IV en el Vaticano. Y fue allí donde, supuestamente, las palabras del Pontífice acabaron de convencer al mercenario.

—Según esa versión —intervino el profesor— parece que Sixto IV se une a la conjura una vez que está en marcha, pero no la promueve.

—Eso es exactamente lo que yo he pensado —respondí— y además hay otra cosa. Cuando Montesecco pregunta cómo piensan llevar a cabo el plan y con qué fuerzas cuentan, sus interlocutores aluden en términos generales al poder de las familias Salviati y Pazzi. Pero justo en ese pasaje hay unas hojas que parecen haber sido cortadas a cuchilla, suprimidas de la confesión original.

—Probablemente aparecieran ahí nombres de algunos de los implicados que había que hacer desaparecer como fuera de la conjura —apuntó el profesor— Quizá se mencionaba en esos párrafos al verdadero artífice del plan o alguien de las más altas esferas.

—¿Pero quién podía haber más alto que el papa o que Ferrante de Aragón, rey además de Sicilia, Cerdeña y Nápoles? Y ellos sí que aparecen mencionados en el sumario. No, no creo que se trate de alguien superior —dije convencida—, sino de alguien muy próximo al círculo de los Médicis, como por ejemplo Federico de Montefeltro. Piénselo. Es la única explicación. Los vínculos del Montefeltro con el Vaticano están claros desde que Sixto IV le concede a Urbino la categoría de ducado, además está el asunto de la boda de un sobrino carnal del papa con la hija de Montefeltro, una joven al parecer tan poco agraciada como su padre. Pero eso tampoco lo explica todo. El deseo de elevar a Urbino al nivel de los grandes poderes peninsulares no me parece suficiente para explicar una ambición que conllevaba demasiados riesgos no sólo para sí mismo, sino también para su familia y para todos los que habían confiado en él. Tenía que haber algo más, una razón de índole personal tal vez, algo inconfesable. Aunque no tengo ni idea de qué podría tratarse.

El profesor Rossi me miró de refilón con cierto orgullo, o al menos eso me pareció.

—Anticipas muchas cosas, Ana —dijo— y tus anticipaciones son verosímiles porque eres inteligente, pero ten cuidado con tus vaticinios. No puedes moverte sólo por corazonadas. Tienes que someter tus hipótesis a la lógica. Comprueba todos los datos, y si no encuentras un móvil, búscalo, contrasta las diferentes versiones y no las des por válidas hasta que tengas todos los cabos bien atados.

—Es lo que intento —dije con humildad.

El profesor Rossi estiró los codos hacia atrás y movió la cabeza hacia los lados como si le dolieran las cervicales. Está cansado, pensé, son casi las once y media, tiene que haber sido un día agotador para él, en realidad dos días, no uno, contando desde la mañana anterior que había ingresado en urgencias. Me reproché a mí misma la falta de consideración. Cuando algo me absorbe, me olvido de todo.

—Perdone, Giulio, es tarde ya y estoy un poco cansada —dije, para evitarle a él el trago de acortar la velada. Pensé que tal vez se le haría violento ya que era el anfitrión, teniendo en cuenta las estrictas normas de cortesía florentinas—. Podemos continuar mañana, si no le importa.

—Claro —respondió en voz muy baja, casi inaudible. Se levantó moviendo la cabeza afirmativamente como si considerase adecuada la sugerencia y volvió al cabo de unos minutos trayendo un juego de toallas limpias. Su mirada me pareció de pronto un poco desvalida, como si se hubiera olvidado de algo que estuviera esforzándose por recordar. Después me acompañó hasta la habitación de invitados en el piso de arriba y me indicó dónde estaba el cuarto de baño. Al atravesar el pasillo me fijé en el balcón iluminado con las glicinias y una galería en arco en la que todavía se veía uno de los cristales rotos por donde habían entrado los atracadores. Un estremecimiento me recorrió la espalda como si por allí se hubiera colado una corriente de aire frío. Los cristaleros son hombres ocupados, siempre tardan en hacer sus reparaciones. Vi cómo el profesor me observaba de refilón y traté de parecer segura de mí misma. No me hacía ninguna gracia aquel boquete tan cerca del cuarto en el que iba a dormir, pero crucé por delante con paso firme, sin descomponer la figura. Ya sería mala suerte que entrasen en la misma casa dos días seguidos, además si se habían llevado lo que querían ¿para qué iban a volver a entrar?

—Buenas noches —dijo el profesor ya en el umbral de la puerta y me removió el pelo con ese gesto que se le hace a los niños antes de mandarlos a dormir. Me ve como a una cría, pensé. Le inspiro ternura y quizá algunas veces admiración, me dije, recordando la forma en la que me miraba mientras le hablaba de mi tesis. Tal vez le parezco inteligente, pero no me ve como a una mujer. No me ve como a aquella alumna que se le acercó al final de la clase, por ejemplo, como a la Mata Hari de minifalda escocesa y pantys negros. Si yo me pusiera unos tacones como los que ella llevaba, me desnucaría antes de conseguir dar dos pasos. En el fondo, pensaba para mí, tiene razón mi madre cuando dice que siempre voy vestida como un chico, que tengo una manera de andar desaliñada y que estoy demasiado flaca. La sensualidad debe de ser otra cosa. Completamente otra cosa.

—Buenas noches —respondí con un hilo voz apretando muy fuerte las toallas contra el pecho antes de cerrar la puerta.

La habitación no era grande, pero tenía una bonita cama alta de barco con un edredón mullido de color beige, un tono o dos más claro que el estuco de las paredes. Había algunos libros de fotografía en el mueble que flanqueaba la mesita de noche. Era una habitación discreta como de un hotelito rural. Me pareció que estaba decorada con gusto, pero de un modo impersonal. Sin embargo cuando me fijé un poco mejor, me di cuenta de que todo el perímetro del cuarto estaba recorrido a media altura por una cenefa de patitos amarillos y fue entonces cuando me acordé de la niña del triciclo.

Apagué la luz y estuve mirando un rato por el ventanal. Afuera las puntas de los cipreses se balanceaban ligeramente con el viento nocturno y los farolitos que había por las esquinas le daban al jardín un aire de ruinas románticas con la Venus de Médicis refulgiendo al final del paseo. No tenía sueño. Siempre me ocurre lo mismo. Justo antes de dormirme es cuando más viva me siento. Paso de un momento de la jornada a otro.

Me llevo a la cama cada uno de los instantes del día, como cuando de niña me llevaba un cuaderno de hojas cuadriculadas y lápices de colores. Las cosas que me habían sucedido no parecían cobrar sentido hasta aquel momento en que dejaba errar mis pensamientos, soñando despierta. Si hubiera sido escritora habría elegido ese instante para escribir, en la cama, aislada de todo, protegida, con el ordenador portátil sobre las rodillas. Los extraños y los amantes no traspasarían nunca una puerta cerrada. Pero ahora no pensaba en escribir un libro, ni un diario, ni en conspiraciones de ninguna clase, ahora me interesaba únicamente un hombre del que ignoraba demasiadas cosas, un tipo alto y serio, de voz ronca, que algunas veces parecía haber llegado al último abismo de desolación personal y sin embargo otras veces era capaz de inventar el mundo sólo con media sonrisa. Alguien singular, probablemente lleno de dudas, quizá desesperado, un hombre que seguramente estaría ya dormido con todo su misterio al otro lado del pasillo.

Miré el reloj, con los números fosforescentes de color verde pálido brillando en la mesita de noche. Todavía faltaban diez minutos para la media noche. En el exterior los reflejos de la luna saltaban sobre las hojas de la enredadera que cubría la fachada igual que pececitos plateados en un estanque. Tenía la boca seca como si hubiera estado hablando todo el día sin parar. Volví a enfundarme el pantalón y me eché por los hombros la camisa blanca que había dejado a los pies de la cama. Después abrí con sigilo la puerta de la habitación y bajé de puntillas a la cocina para beber un vaso de agua. La serenidad de la noche, el esplendor del silencio me hacían concebir ideas extrañas.

Entré descalza en la cocina. Los faroles exteriores cubrían con una piel blanca los azulejos y las puertas de las alacenas como si reverberaran. Cuando abrí la nevera, su luz se derramó en diagonal sobre el suelo con un zumbido muy tenue. Bebí todo el contenido del vaso bajo esa vibración. Fue después, al volver sobre mis pasos, ya en el vestíbulo, cuando vi una línea débil de luz bajo la puerta entreabierta de la biblioteca y al acercarme descubrí al profesor Rossi sentado en aquella penumbra. Estaba de espaldas, inclinado hacia delante con los codos apoyados en las rodillas. No podía verle la cara, solo el torso y los brazos desnudos. Se había quitado el jersey y llevaba puesta una camiseta de manga corta. Tenía la cabeza entre las manos, los dedos escondidos entre el cabello. No estaba dormido ni inmóvil. Me pareció que su respiración era demasiado forzada, como cuando uno respira con el diafragma para aguantar el dolor o recuperar el temple.

—¿Giulio, estás bien? —Podía haber respetado su soledad de hombre al otro lado de un puente roto, pero no lo hice.

Se volvió hacia mí algo sobresaltado al principio, aunque luego sonrió.

—No podía dormir —dijo.

Nadie puede vaticinar la manera que eligen los sueños para materializarse. Son los propios sueños los que inventan la realidad. De pronto me di cuenta de que él se había levantado del sofá y estaba de pie frente a mí, mirándome de un modo extraño. Me pareció que un ligero estremecimiento recorría sus hombros. Vi todo eso de pronto y un par de segundos más tarde supe que él abriría los brazos exactamente como lo hizo para acogerme en ellos, y también supe que yo iría a refugiarme allí, sin reflexionar apenas. Mantuvo los brazos extendidos durante más tiempo del necesario, sin atreverse a estrecharme todavía, más sorprendido que indeciso, pero enseguida los cerró, apretándome dentro y entonces pude sentir el galope de su corazón a través de la tela fina de la camiseta, el flujo de la sangre en los músculos largos de los brazos, los huesos de la clavícula y de las costillas muy marcados cuando me estrechó más fuerte y hundió la cara en mi cuello como si de pronto adquiriera conciencia de su edad, o del desgaste de su cuerpo y quisiera ocultarse. Jugaba a no querer ver. Fui yo entonces quien alcé las dos manos hasta su nuca y le obligué a levantar la cabeza. Me miraba sin sonreír con una seriedad desarmada. Le cambiaban los rasgos a aquella distancia. Las cejas parecían ahora mucho más perfiladas, el mentón más afilado y voluntarioso, las arrugas que orillaban sus ojos, más profundas. Tuve la sensación de estar descubriendo las facciones de otro hombre, menos joven, pero mucho más deseable, con una expresión de avidez y fatalidad en el rostro que me trastornaba. Me parecía que sus ojos me miraban tan adentro que si quisieran, podrían llegar a borrarme el pasado. Me sentía como una Venus, llenando la escena. La Venus de Médicis. Me preguntaba cuántas veces habría pasado él su dedo índice por el mármol tibio de la estatua del jardín: la curva de la cadera, el vientre ligeramente combado, los senos, de la medida exacta de su mano, los hombros en un levísimo contraposto, deteniéndose también en el cuello y en la frente alta... exactamente del mismo modo hacía ahora conmigo sin atreverse a más, como si sólo aspirara a esculpirme. Una perspectiva inquietante para un hombre de cincuenta y tantos años porque el cuerpo de cualquier mujer visto así se magnifica igual que ocurre con las estatuas. Con el agravante, claro, de que una mujer no es una estatua. Pero no, pensé, esto no puede ser sólo una pulsión estética. Es posible que tenga miedo, pero está vivo. Podía percibir perfectamente sus latidos en las sienes, su excitación era una realidad que se manifestaba de forma ostensible a través de la tela de su pantalón. Quizá se sentía avergonzado por esa erección, tal vez pensaba que no le correspondía a su edad y menos con una mujer tan joven que podría ser su hija, una alumna además. No, él no era de ésos, él nunca había ido por ahí persiguiendo jovencitas. Lo veía pensar todas estas cosas atropelladamente y lo notaba incómodo, desconcertado, tratando de encontrar un orden en su pensamiento, o más probablemente tratando de encontrar una ecuación difícil entre su pensamiento y su deseo. Probó a besarme con cautela, como un adolescente, delicado y hosco. Y yo no hice nada más que recibirlo con los labios entreabiertos y adelantar un poco las caderas para adherir mi vientre al suyo, estrechándolo contra mis senos, acomodándome a él, conduciéndolo... y entonces se transfiguró por completo. De repente me estaba mirando con un brillo de enajenación en los ojos. Su boca entreabierta ya no rozaba suavemente la mía, sino que la buscaba con una urgencia de salvamento como si el aire le quemara los labios, apretándome casi con brusquedad, jadeante, notaba en la cara el calor de su respiración, la aspereza de la barba que no había tenido tiempo de afeitarse, los dientes entrechocando de pura impaciencia, mi lengua lamiendo su barbilla, su nariz y sus párpados, los dedos de él luchando tenazmente por desabrocharme los botones de la camisa, mientras subíamos abrazados a tientas en la penumbra hacia su habitación, sus manos en mi cintura, apretándonos otra vez en el rellano de la escalera, contra el panel de madera de la pared, desfallecidos, despojándonos el uno al otro de la ropa, su camiseta gris en uno de los peldaños, mi cinturón cayendo al suelo, los tejanos abiertos en las caderas. Ya no hablábamos, ya no confiábamos en la intercesión de las palabras, arrastrados por un ansia en la que no cabía la dilación ni la ternura, el pelo sobre la frente, la boca mojada, buscándonos a ciegas, retadoramente. Aquello no era propiamente un asalto ni un acto de barbarie, pero tampoco una entrega festiva con aceptación plena por ambas partes, sino una manera de jugar a ser yo la luna y él el sol, como en las antiguas leyendas en las que la luna nunca se ofrece de frente, toda la vieja historia de mitos y ceremonias, encuentros y desencuentros en un laberinto en el que él entraba violentamente atravesando ese límite difícil entre el placer y el dolor, y yo decía que no, mientras arqueaba el cuerpo hacia delante y lo obligaba a entrar otra vez hasta hacerlo sentir que me lastimaba y entonces decía que sí, por favor, pero era él entonces quien se retiraba de mí como si se ahogara. Ya no teníamos nombre, ni edad, ni pudor. No estábamos en Florencia ni en ninguna otra ciudad del mundo, sino en la pura convulsión de los cuerpos entre las sábanas, enlodados de sudor, mis piernas rodeando sus caderas, apretando con fuerza los talones contra su espalda, su cuerpo tensado como un arco, los tendones del cuello sobresaliendo descarnadamente, los dientes apretados mientras respiraba fuerte por la nariz. Se contenía con un dominio que le daba a aquella entrega un carácter de ofrenda, como si estuviera al límite de sus fuerzas y lo arrastrara el ímpetu de la culminación, pero no quisiera rendirse. Tampoco yo quería que el deseo acabara, pero no era tan voluntariosa como él, ni tan experta y me quejaba como si de un momento a otro fuese a morirme de verdad, hasta que noté que me abría por dentro, que me partía en dos como un río que se bifurca y ya no pude más. Ahora, dije, dejándome desvanecer. Ahora, gritó él avariciosamente, hundiendo sus dedos en mi espalda, domándome a su ritmo, el rostro contraído en un gesto de expectación. Ahora, ahora, ahora... repetía jadeante, mientras se movía a un ritmo cada vez más rápido y pronunciaba mi nombre al oído varias veces como si me invocase. Fue entonces cuando yo dije el suyo, una sola vez, Giulio, en alto con una entonación quebrada que no tenía nada que ver con mi voz, sino con una queja rota por el placer, mientras notaba que me traspasaba una sustancia densa y líquida y entonces hundí la cara en su cuello para no ver todo el sufrimiento de una vida de la que no sabía nada y de la que tal vez fuera mejor no saber.

No nos movimos al final. Él siguió tendido sobre mí, desfallecido, recuperando la respiración poco a poco, todavía dentro de mi cuerpo, sin querer desprenderse, volviendo en sí poco a poco como quien no tiene prisa en regresar a la realidad y prefiere demorarse unos minutos más en la inconsciencia, sintiendo las contracciones fugaces e involuntarias de mi cuerpo, sus latidos aún me estremecían por dentro.

—¡Cuánto has tardado en aparecer...! —dijo mientras me dibujaba el rostro con los dedos y luego se quedó en silencio mirándome con una expresión extraña como si sintiera un leve desconcierto de sí mismo por haber pronunciado aquellas palabras, como si hubiera escuchado su propia voz antes de tener siquiera el pensamiento de decirlas, como si las palabras tuvieran vida propia y existieran por su cuenta en algún lugar. Quizá le resultó más fácil hacerlo en aquella penumbra.

Las palabras que cuentan, las palabras que corresponde decir y que serán recordadas, nunca son más que unas cuantas. No había dicho «te quiero», ni «mi amor», ni ninguna de las frases comunes que un hombre y una mujer se dicen habitualmente en la cama. Había dicho solamente «cuánto has tardado» y eso podía significar muchas cosas, pero sonaba bien. Había en la frase una conciencia de belleza o de verdad, no sabría cómo explicarlo, una intuición de que se está diciendo algo que encierra una dificultad porque no es fácil de decir, y eso me gustó. Me gustó mucho.

Me gustaban también los surcos que había en su rostro, porque eran misteriosos como los aros en el tronco de un árbol. Todo lo que en él era reflejo del tiempo me lo hacía mas atractivo, la voz algo enronquecida, gastada, los hombros menos fuertes sin duda de lo que habían sido hacía apenas unos años aunque aún mantenían su vigor, el pelo espeso, cortado a navaja, plateado en las sienes, y su mirada, sobre todo su mirada que era cualquier cosa menos la mirada de un hombre joven. La forma de mirar es también la forma de pensar y de enfrentarse al mundo. La manera que él tenía de hacerlo encerraba para mí el riesgo mortal de convertirlo en una persona absolutamente imprescindible.

Estábamos por fin acostados en la oscuridad, mirando por la ventana la noche del jardín, con algo que podía reemplazar más o menos bien a la ternura. Las lunas cuadrangulares enmarcadas por los racimos de las glicinias me parecieron el marco perfecto para la noche más hermosa. Entonces, de repente, mientras bajaba la mano hacia su cadera, un haz de luz blanca iluminó violentamente, por sorpresa, nuestros cuerpos desnudos. Al principio pensé que había sido un reflector, pero enseguida me di cuenta que eran los faros de un coche que salían como dos chorros de agua lanzados por una manguera. Se iluminaron las sábanas blanquísimas y el cabezal de la cama y un sofá reclinable que había junto a la ventana. Los focos barrieron todos los ángulos de la habitación, antes de desaparecer. Fueron apenas unos segundos, los suficientes para dejar constancia de su presencia. Nada más. Después, la oscuridad. Quise incorporarme inmediatamente, pero él me retuvo con el brazo, tenía el rostro alerta y el dedo índice cruzado sobre los labios, como reclamando silencio. Después oímos girar las ruedas del coche sobre la gravilla y el ronroneo de un motor alejándose colina abajo.

No tuve tiempo de sentir miedo hasta que dejó de oírse aquel sonido.

—Tranquila —dijo Giulio entonces—, ya se han ido.

XXIV

Más que un sonido fue una trepidación lo que alertó a Lorenzo de Médicis, una vibración extraña de la luz que se filtraba a través de las vidrieras con un gorgojeo de palomas asustadas. El instinto lo hizo volverse y en ese mismo momento el sacerdote Antonio Maffei lo agarró fuertemente por el hombro derecho para darle la primera puñalada en el estómago con una daga de estradiote. Por el otro lado Ser Stefano de Bagnone intentaba alcanzarlo en la nuca, pero el *Magnífico* cobró impulso hacia adelante y manteó la capa sobre su hombro antes de volverse hacia sus agresores empuñando la espada. La rapidez de su movimiento no consiguió evitar el filo del acero que le abrió un tajo profundo bajo la oreja derecha. Pero a pesar de que la puñalada le hacía sangrar abundantemente, logró rechazar todavía dos acometidas de los religiosos antes de que sus hombres le cubrieran la retirada. Después consiguió pasar al coro, saltando por encima de la barandilla de madera, pero al cruzar frente a la nave lateral los asesinos de Giuliano le salieron al encuentro, guiados por el banquero Pazzi y escoltados por varios mercenarios de Perugia armados de espadas y yelmos protectores. En la refriega un amigo de Lorenzo, Francesco Nori, resultó alcanzado mortalmente en el estómago y un joven de la familia Cavalcanti, aliada de los Médicis, recibió una embestida tan brutal que le arrancó el brazo de cuajo. Alguien dijo entonces que la sangre de los florentinos no era roja, sino negra.

La catedral entera se había convertido en un trasiego de sombras. Recostado contra una recia pilastra, Pierpaolo Masoni permanecía todavía unido a la vida por un tenue hilo de consciencia que podía romperse en cualquier momento, y si hacía lo imposible por mantener la lucidez, era únicamente por el terror de morir sin tiempo para cerrar sus asuntos en este mundo. Tenía el rostro desencajado, las sienes azules y una respiración afanosa de animal moribundo. Así fue como lo encontró Luca, después de una atribulada búsqueda, cuando estaba ya a punto de darse por vencido.

—¡Maestro! —exclamó al verlo tirado sobre el suelo de la nave, sin acabar de reconocerlo. Con un pañuelo humedecido trató de aliviarle el ardor que le quemaba los ojos. Pero el pintor sabía de sobra que la sustancia que había utilizado su agresor no tenía antídoto. Se trataba de una mezcla corrosiva de azufre y *maltha*, que antes de ser descubierta por las sociedades secretas ya había sido usada por las tropas de Mitrídates, rey de Ponto, contra las legiones romanas. Sin embargo el muchacho, aturdido por la oscuridad, tardó en comprender que su maestro estaba completamente ciego. No lo hizo en realidad hasta que escuchó su voz distorsionada por un eco de ultratumba, como si saliera de la más profunda de las oscuridades.

—Acércate —dijo Masoni haciendo un gran esfuerzo por conseguir que sus palabras fueran audibles.

El muchacho se arrodilló a su vera como un hijo solícito aguzando el oído. Pero lo que escuchó de boca de su maestro no fue el gran secreto que aguardaba hacía meses, sino una orden tan estricta como enigmática.

A aquellas alturas el chico no ignoraba que el cuadro de la *Madonna* debía de encerrar un misterio de índole confesional, que probablemente tenía que ver con los libros que el pintor guardaba bajo llave en la vitrina de su alcoba, pero nunca hubiera imaginado que pudiera mantener alguna relación con el crimen de lesa majestad que acababa de perpetrarse bajo la mayor cúpula sagrada de toda la cristiandad.

Como un rapto del pasado le vino a la memoria una de las primeras conversaciones que había mantenido con el pintor al poco tiempo de su llegada Florencia. La recordaba bien porque había sido la primera vez que le había oído mencionar el libro de Aristóteles *De causis*, traducido por el fraile dominico Agustino da Perusa, cuyas miniaturas habrían de atormentar sus sueños en no pocas ocasiones. Según la máxima aristotélica que rezaba el texto, cuando se comunican demasiados arcanos sobre la naturaleza y el arte, se rompe un sello celeste, y ello puede ser causa de grandes catástrofes.

—¿Entonces no sois partidario de que la belleza y la sabiduría estén al alcance de todos?— le había preguntado en aquella ocasión a su maestro, con la malicia de ponerlo en un aprieto.

—No me interpretes mal, Luca. Sabes perfectamente que no he querido decir eso. Lo único que digo es que tratándose de arcanos capaces de engendrar tanto el bien como el mal, el artista tiene el derecho y el deber de recurrir a un lenguaje oscuro, sólo comprensible para sus pares. Y sobre todo debe proteger su obra de aquellos capaces de utilizar esas armas del espíritu para extender su poder terrenal y saciar sus ansias de dominio.

Luca recordó fugazmente la conversación mientras trataba de asimilar el alcance de la orden que acababa de recibir. Hubiera entendido que Masoni le mandara quemar el lienzo de la *Madonna de Nievole* o que encomendara su custodia al maestro *Verrochio*, quien por su edad y sus influencias dentro y fuera de la Toscana, podía preservarlo en un lugar seguro. Pero ¿qué sentido podía tener entregar el cuadro a Leonardo, un muchacho alocado y bromista, que acostumbraba a perder el tiempo en artilugios descabellados en lugar de sacar adelante sus encargos, y con quien además, no le unía ningún vínculo personal? Desde su llegada al taller, el muchacho había considerado a Leonardo da Vinci, como un dandi, vanidoso y presumido que se aderezaba cuidadosamente el cabello, usaba túnicas cortas de color rosa, anillos de jaspe y botas de cordobán. Pero, en el fondo, admiraba más de lo que estaba dispuesto a admitir el dominio de su pulso con el pincel y quizá por ello su contrariedad era mayor.

El ánimo de Luca se encogió con una punzada de despecho al comprobar que su maestro depositaba su confianza en el joven aprendiz Da Vinci antes que en él, pero bajó la cabeza y se tragó el orgullo.

—¿Estáis seguro de que no queréis que yo haga nada? —Fue lo único que se atrevió a preguntar

—No, Luca, no quiero mezclarte en esto. Son asuntos privados, viejas cuentas pendientes que debo saldar. —Su voz ahora parecía más clara, como si la presencia del chico le reportara algún alivio.

—Se trata del duque de Urbino ¿no es cierto? —dijo el muchacho como si acabara de descubrir el teorema de Pitágoras—. Todo el mundo sabe que habéis trabajado en su corte.

—¿De veras? —Masoni se dirigió al muchacho esbozando una mueca burlona, como si se apiadara de su candidez, pero su rostro no reflejaba rastro alguna de ironía, sino que más bien parecía un poco extraviado entre sus recuerdos, como si se acordara de que en algún momento también él había poseído la ingenuidad de la juventud y lamentase de algún modo, no tanto haberla tenido, como no haber sido capaz de conservarla—. Verás, Luca —prosiguió en tono condescendiente—: Tengo razones fundadas para pensar que ha sido él quien planificó esta carnicería. Y estoy seguro de que no fueron sólo sus ambiciones políticas las que lo motivaron. Por eso es esencial que mi *Madonna* no llegue jamás a sus manos. ¿Lo entiendes?

—No, no os entiendo —respondió Luca con el ceño fruncido—, pero haré lo que me ordenáis, no es momento para litigar con vos.

—Buen muchacho —respondió Masoni con un amago de sonrisa que acabó convertida en un quiebro de dolor—. Y ahora, date prisa.

—Alguien debería comunicarle vuestras sospechas al *Magnífico* —insistió todavía el chico, sin renunciar a desempeñar alguna tarea en aquella empresa.

—Por Dios, Luca, ni siquiera sabemos si está vivo. Y en caso de que lo esté y salga bien de ésta, Lorenzo jamás actuaría contra un aliado sin tener pruebas.

—Pero si las cosas son como decís, ha de haber algún testimonio que lo comprometa...

Una sonrisa ambigua volvió a iluminar el rostro del pintor. No parecía haber ya dolor en su rostro, sino un cansancio infinito.

—Federico de Montefeltro es probablemente el hombre más astuto e instruído de cuantos conozco. —Masoni permaneció pensativo un instante, evocando el hermético recinto de la biblioteca de Urbino y el mesón rústico de trabajo con varios atriles, cortaplumas de diferentes grosores y más de veinte recipientes con todas las calidades de tinta imaginables. El duque de Urbino poseía sin duda la biblioteca más importante del renacimiento italiano, mayor incluso que la biblioteca Médicis, con extraños manuscritos descubiertos en su viajes por la Cólquida, la región a donde llegó Jasón y sus argonautas en busca del Vellocino de oro. Contaba además con uno de los mayores archivos de epístolas políticas y diplomáticas de la época. Aunque nadie hubiera adivinado que precisamente iba a ser esa biblioteca la que acabaría delatándolo al cabo de los siglos.

La conciencia de Masoni parecía hallarse postrada en un estado de duermevela: pronunciaba palabras inconexas que Luca no alcanzaba a comprender. Pero al instante el automatismo reflejo provocado por el dolor le devolvió a la realidad y temeroso de no aguantar mucho más tiempo, apremió al muchacho para que se aprestara a cumplir su cometido sin más demora.

—He prometido hacer lo que me ordenais, pero antes voy a sacaros de aquí —replicó éste con una determinación certera que no había tenido en nueve meses a su servicio.

Con gran esfuerzo logró incorporar a su maestro, cargándolo sobre el hombro como quien arrastra un saco de peso muerto. Avanzaron pegados a la pared de la nave lateral, buscando el apoyo de la piedra de trecho en trecho, evitando los cuerpos que transitaban en sentido contrario, tratando de pasar desapercibidos en medio de la refriega, pero todo el mundo estaba demasiado ocupado en salvar el pellejo para repararar en ellos. Un fraile vociferante con el cráneo desnudo que andaba a la cabeza de un grupo con una daga en la mano y el hábito embadurnado de sangre, se volvía hacia sus acólitos para gritar: «Muerte al tirano de Florencia.»

Eran horas decisivas para los conjurados porque si fracasaba el golpe y no conseguían matar al *Magnífico*, aquello significaría la horca para todos. La presión de los atacantes empezaba a ser demasiado fuerte. «Abajo las *palle*», clamaban, aludiendo a las seis bolas que adornaban el escudo de armas de los Médicis. «Muerte a los traidores», le respondían del otro lado los partidarios de Lorenzo, asableados en los brazos y en el pecho, sin que las heridas minaran su arrojo, pero mostrando ya los primeros signos de agotamiento.

Fue en ese momento cuando uno de los leales, espada

en ristre, decidió guiar a los suyos hacia la sacristía norte, también llamada *delle Messe*. Allí, bajo un techo alto con nervaduras de comején en el artesonado, consiguieron ir trasladando a los heridos en medio del fragor del acero y una confusión de consignas que hacía cada vez más difícil distinguir a los fieles de los traidores. Una vez dentro, atrancaron el batiente con un travesaño de hierro y procedieron a evaluar las bajas. El joven Francesco Nori acabó de agonizar en el suelo bajo un crucifijo solitario clavado en la pared. Lorenzo de Médicis, sangrando abundantemente por el cuello, había sido arrastrado en alzas por dos de sus hombres que, temiendo que la daga que lo había herido estuviera envenenada, acercaron los labios a la nuca de su señor y comenzaron a succionar la herida para extraer el posible veneno. A pesar de la debilidad Lorenzo no llegó a perder de todo la consciencia y no hacía más que preguntar una y otra vez por su hermano Giuliano, pero nadie tuvo corazón para contarle la verdad.

En el interior de la sacristía, la confusión era completa porque nadie sabía lo que estaba sucediendo en las calles de Florencia. La incertidumbre aumentaba la tensión en un silencio denso que quedó roto al cabo de pocas horas cuando empezaron a oirse golpes del otro lado de la gran puerta de bronce, donde florentinos de todas las edades y condiciones se agolpaban para ofrecer su apoyo al *Magnífico*.

Lo mismo haría también el duque de Urbino, abandonando el confesionario desde el que había observado hasta entonces el devenir de los acontecimientos. Federico de Montefeltro tuvo la sangre fría de presentarse ante la víctima con la máscara de la inocencia y brindarle su apoyo aviesamente, como si fuese el más ferviente y leal de sus seguidores.

Pero entonces aún no había perdido la esperanza de ver consumados sus planes.

XXV

Ahora viene lo peor, pensé. Lo verdaderamente difícil del amor es la mañana siguiente. Muchas veces la luz del día se parece a un jarro de agua fría que alguien tirase sobre el entusiasmo pasajero de la noche. Abrí los ojos y contemplé aquella claridad que se transparentaba a través de las cortinas, como quien reconoce una amenaza. Sentía un cierto extrañamiento, esa sensación de despertar sin saber muy bien dónde te encuentras ni qué terreno pisas. Noté a mi lado un hueco todavía tibio entre las sábanas. Había oído a Giulio levantarse a cerrar las cortinas y después me parecía haberlo visto moverse con sigilo por la habitación y entrar en el baño, pero debí de dormirme otra vez porque no lo oí salir. Miré alrededor con un vago desconcierto. La habitación me pareció distinta, más grande e inexplorada. En la pared había un cartel enmarcado de una exposición de arte contemporáneo en el *palazzo* Grassi de Venecia, la mesilla de noche estaba llena de libros en los que no había reparado la noche anterior, el espejo del armario modificaba la disposición que recordaba de los muebles. ¿Y si a él tampoco lo reconozco? pensé con terror, ¿y si no me gusta cómo me mira? Hay hombres que después del amor te ven como si fueras su coto privado. Por la mañana es cuando una se instala en la realidad sin veladuras ni ambages y se acaban muchos cuentos de hadas.

En la forma de decir buenos días uno ya sabe lo que

puede esperar y lo que no, del mismo modo que al abrir el periódico sabemos cómo ha amanecido el mundo. Bajé las escaleras con el alma en vilo, cruzando los dedos. Ojalá que no me mire con las mieles del triunfo, que no pronuncie ninguna palabra que lo eche todo a perder, por favor que no me empalague con diminutos cariñosos, que no me llame Anita por lo que más quiera. Pero no, pensé, él no era de esos y recordé la forma serena en que había reaccionado la noche anterior cuando los faros del coche barrieron la alcoba de un extremo a otro. «Seguramente es un coche de la policía —había dicho al notar mi sobresalto—, el inspector Leoni dijo que mandaría una unidad para vigilar la casa.» Dudé si aquello sería cierto o se trataría sólo de una excusa para tranquilizarme, pero en cualquier caso sus palabras surtieron efecto y gracias a ellas pude dormir.

Asomé la cabeza por la puerta de la cocina, pero no había nadie allí. La luz roja de la cafetera estaba encendida y la bandeja del desayuno se hallaba perfectamente colocada sobre la mesa, con el vaso de zumo y los cuencos de mermelada y las tostadas tapadas con un paño blanco de lino, pero había sólo un servicio. Definitivamente estaba visto que yo no tenía ni idea de qué clase de hombre era.

¡Giulio! —llamé varias veces sin obtener respuesta. Miré en la biblioteca, en el patio exterior y entré otra vez en la cocina. Fue entonces cuando reparé en la nota que había sobre el banco de la alacena. Era una hoja pequeña de bloc, y se notaba que estaba escrita deprisa con bolígrafo azul. En ella el profesor Rossi decía que había tenido que salir urgentemente por una llamada del inspector Leoni. También me dejaba el número de teléfono de la parada de taxis de Fiésole, para regresar a Florencia y me citaba a las cinco de la tarde, en un café de la Plaza de San Marcos, muy cerca de la Facultad.

El príncipe se había esfumado al amanecer. ¡Vaya! Con

aquello sí que no había contado. Esbocé una media sonrisa de burla hacia mí misma no exenta de despecho. Me está bien empleado, pensé, esto me pasa por ir adelantando acontecimientos, y dejé de nuevo el papel sobre la mesa. Era una nota neutra, puramente informativa, sin ningún matiz personal, ni siquiera en la despedida. Pero al lado, en un vaso alto de cristal, lucía espléndida y recién cortada, la primera rosa del jardín.

Siempre me despierto con un hambre canina. La mermelada de naranja que había preparado la señora Manfredi estaba exquisita. Desayuné demorándome en los sabores, reconstruyendo en mi memoria, minuto a minuto, la noche anterior, cada gesto, cada mirada, sintiendo al mismo tiempo un vago desaliento impreciso... En eso tampoco tengo remedio. Después me di una ducha rápida, me vestí, cogí mis cosas y salí de la casa dando un portazo para buscar la parada del autobús. Mi economía no estaba precisamente para volver a casa en taxi. De camino compré el periódico en un quiosco de la plaza. La delicada salud de Juan Pablo II ocupaba toda la primera página con una foto en la que se le veía muy desmejorado detrás de un cristal de la clínica Gemelli. Un sol tibio iluminaba las nubes más bajas con reflejos rosados que se proyectaban oblicuamente sobre la colina, descubriendo una sucesión de claro-oscuros, de ocres, verdes y grises que yo contemplaba con la cabeza apoyada en la ventanilla del autobús que hacía la línea Florencia-Fiésole, sintiendo el temblor reconcentrado del motor, como si estuviese ante el vivo paisaje de la desolación.

En la vía della Scala todo seguía igual, como si en las últimas horas el mundo no hubiese cambiado su eje de rotación. El olor a pizza recién horneada me reconfortó el alma al pasar por delante de la *trattoria* de Salvattore. Uno de los hijos pequeños de Simonetta estaba sentado en un peldaño del portal con un gato entre los brazos. Había un triángulo rojo de avería colgando de la puerta del ascensor y la radio del señor Vittorio atronaba por el hueco de la escalera. Ese era mi barrio, sí señor.

Recogí el correo del buzón: un sobre alargado con el logotipo de la Fundación Rucellai y otro más pequeño sellado en España, y con ellos en la mano subí las escaleras hasta mi apartamento. Lo primero que hice fue coger ropa interior limpia en el cajón y sacar del armario un jersey rojo y unos vaqueros. Después metí la ropa sucia en el tambor de la lavadora y me dispuse a leer la correspondencia. La Fundación Rucellai me avisaba de la finalización del período de la beca el día 12 de abril y de los trámites que debía realizar para la presentación del trabajo en el rectorado universitario. Tenía apenas un mes por delante. El sobre pequeño contenía una postal de las Islas Cíes vistas desde el puerto de Vigo. Reconocí la letra minúscula de Roi. Era la primera vez que me escribía desde que estaba en Florencia. Su primera carta en cinco meses. Caligrafía inclinada. Tinta negra. Fui al frigorífico y me serví dos dedos de ginebra con soda y mucho hielo. Necesitaba una copa antes de leerla. No había fecha ni encabezamiento. Decía así:

¿Y cómo se escribe una postal? Te juro, Ana, que se me vienen a la cabeza todos los turistas que hemos visto cientos de veces en Santiago, sentados en la plaza de la Quintana, escribiéndole una postal a la vecina de al lado. Pero aquí me tienes con el bolígrafo entre los dientes. Pasados los enfados conmigo mismo y contigo, queda la sólida sensación de estar solo... noches enteras recordándote en el pub Dublín y en el Cinzano, poemas peores que la canción desesperada, camareros filósofos, vínculos que se rompen, equívocos... No sé muy bien de qué te estoy hablando, Ana. De perdón, supongo y de distancia, de kilómetros y kilómetros de distancia, como tú querías. Estoy hablando de ti y de mí, de lo absurdo de lanzarnos dardos y de seguir maltratándonos, te estoy hablando de heridas mor-

tales que son la soledad, la lluvia y los caminos... Y de una cosa esencial esta mañana: echo de menos tu cuerpo y tu risa.

ROI

Pensé en lo extraña que es la vida, claro que lo pensé. Durante meses había deseado ardientemente escuchar algo parecido y hubiera dado cualquier cosa por leer esas palabras exactas que hacía apenas diez días podían haberme llenado de emoción y sin embargo ahora eran como un salvoconducto caducado. Demasiado tarde. El perdón siempre llega demasiado tarde. Miraba la mancha de humedad del techo tumbada boca arriba en la cama, mientras Tom Waits apuraba los últimos acordes de *In Between Love*, el cuarto tema de *Early Years*, pero esa fue la última concesión a la nostalgia que me permití. Me levanté, fui al lavabo, abrí el grifo del agua fría, la dejé correr un rato y después me la eché a manos llenas sobre la cara y el cuello. No hay nada como el agua helada para recobrarse.

No me costó nada después sentarme en la mesa, encender el portátil y empezar a teclear como una posesa. Treinta y tres días ni uno más, era lo que me quedaba para concluir la tesis y no tenía tiempo que perder. Antes de centrarme en el estudio, marqué el número del taller de los Uffizi para hablar con Francesco Ferrer. Había un asunto relacionado con la *Madonna de Nievole* al que no dejaba de darle vueltas. Era algo que mencionó de pasada en la conversación que habíamos mantenido en el Hospital, un pequeño detalle sobre la composición del cuadro que no acababa de entender. Pero su secretaria me informó de que no había acudido al trabajo por la mañana. Tal vez decidió prolongar por un día su estancia en Pistoia, pensé sin darle más importancia.

Me pasé el resto de la mañana trabajando. Ni siquiera hice una pausa para comer, sino que devoré un sándwich vegetal pegada a la pantalla. Por otra parte mantenerme ocupada era la mejor manera de no pensar en otras cosas y de evitar la ansiedad que me provocaba la cita que tenía a las cinco con el profesor Rossi.

Transcribí palabra por palabra el *Coniurationis commentarium* de Poliziano, su versión de los hechos hasta el momento en que el grupo leal a los Médicis abandonó con Lorenzo la sacristía de la catedral donde se habían refugiado para intentar ponerse a salvo en el palacio de Vía Larga. Aquel día toda Florencia se hallaba sumida en ese silencio de susurros que precede a los grandes estallidos colectivos y de pronto cundió el tumulto. Grupos de hombres armados aparecieron por todas las esquinas. Sonaron las alarmas y se cerraron todas las puertas de la ciudad. Parte de los conjurados había caído en su propia trampa al quedarse dentro del palacio de gobierno, en la cámara de la Cancillería. Se les impidió salir con trancas y cerrojos, mientras numerosos ciudadanos marchaban hacia la galería fortificada de la torre más alta para defender el gobierno de Florencia. De repente una ciudad pacífica se había levantado en armas. Todas las campanas de la sede de gobierno tocaron a rebato, la noticia de que habían intentado asesinar a los Médicis se extendió por toda la Toscana.

También las campanas de la iglesia de Ognisanti estaban repicando y su sonido me hizo recordar la hora que era con una punzada de vértigo en el estómago. Me cepillé el pelo, me puse un poco de brillo en los labios y con el lápiz de ojos tracé con mucho cuidado una línea muy fina remarcando su contorno bajo las pestañas. Después me até las zapatillas rojas de básquet, me eché por los hombros una sahariana de color arena con muchos bolsillos y me miré en el espejo del cuarto de baño como si evaluara mis posibilidades. La boca más sonriente de toda Florencia, demasiado grande, vale, pero también tiene la boca grande Julia Roberts y nadie le pone pegas, el pelo más rubio, los ojos más soñadores, el cuerpo más feliz, porque son los cuerpos y los rostros los que reflejan la felicidad. No las palabras que una pronuncia, ni siquiera las que se calla, ni los estados de ánimo. Uno puede sentirse afortunado, creer que la vida le sonríe, que tiene una reputación y un BMW, una casa en la playa, tarjetas de crédito... pero al mirarse en el espejo cada mañana es posible que repare de pronto en que su cara es triste y resignada, el rostro de la rutina. Y sin embargo una puede estar muriéndose de desolación junto a un teléfono que no ha sonado en todo el día en un apartamento de estudiantes en la via della Scala de Florencia y entrar entonces en el cuarto de baño y descubrir que en su cara hay un empeño tenaz de felicidad, o por lo menos de ironía, de guasa hacia sí misma, hacia esa situación como de novela negra en la que se halla metida, quizá de terror aunque todavía no lo sabe, una historia de dagas y crímenes que palpita en la pantalla del ordenador, mientras al otro lado de la ventana, cuatro pisos más abajo, transcurre la vida entre el bullicio del tráfico, las paredes desconchadas con capillitas de vírgenes de escayola, hoteles que fueron antiguos conventos, gatos entrando y saliendo de un taller de reparación de motocicletas, un locutorio de Internet repleto de muchachos magrebíes, jardines traseros y corralones llenos de llantas y neumáticos y el viento de primavera confundiéndose en la distancia con la superficie ondulada de un río verde oscuro con vetas grises y terrosas casi rojizas, como la sangre que inundó el Arno un día de abril de 1478.

Llegué a la plaza de San Marcos unos minutos antes de las cinco. Numerosas parejas llenaban los cafés y un grupo de adolescentes con sudaderas de capucha y pantalones caídos charlaban en corro entre los bancos, pasándose un cigarrillo y riendo alto. La Taberna de Tonino estaba situada justo enfrente del convento con un toldo verde extendido y sillas metálicas. En el Renacimiento los edificios de esta zona constituían los límites de la ciudad y servían de cuarteles y establos. Aquí era donde los Médicis tenían su colección de leones, elefantes y jirafas. Me gustaba aquella perspectiva de luces y sombras. Pedí un café largo americano y me quedé allí respirando los minutos hasta que a las cinco en punto vi aparecer al profesor Rossi con sus andares desgalichados por la vía Ricasoli, en la esquina de la Academia de Bellas Artes. Camisa blanca y corbata, pantalón de pliegues algo raído en las rodillas, chaqueta de pana gris humo. Bufanda de color azul pálido con un matiz especialmente bonito. A ver cómo me saluda, pensé cuando lo tuve al lado, junto a la mesa, bien afeitado con el rostro como recién tallado. Se movía siempre en relación con las cosas, junto a las paredes, detrás del arco de una iglesia, o frente al frontispicio de un palacio, veía un fragmento de su mandíbula en relación con el fondo arquitectónico que había detrás. Me pareció distinto, más joven que el día anterior con una incertidumbre nueva en los ojos, como violento por una desnudez no revelada antes, aunque no, no era cierto, me dije mientras observaba como hundía las manos en los bolsillos y trataba de dominar el desasosiego que tal vez lo amenazaba por dentro igual que a mí. Pasaron dos, posiblemente tres minutos interminables, en los que no dijo nada, pero su mirada me trasladó un veredicto de absoluta predilección. Después sonrió de aquella manera tímida que le aclaraba el semblante, encogiendo los hombros con naturalidad, dejando la carpeta con los folios y los libros encima de la mesa, apartando la silla y quitándose la bufanda con gestos comedidos sin distancias forzadas pero tampoco con excesiva familiaridad, como en las primeras ocasiones en que nos habíamos visto.

La situación se fue normalizando, afortunadamente, en los minutos siguientes. El profesor Rossi, hablaba desde hacía un rato sin apenas interrupción. Me contaba los pormenores de su conversación con el inspector Leoni.

—Me preguntó por ti —dijo mientras daba el primer sorbo a su taza de café.

—¿Y qué le has dicho?

Me miró con actitud curiosa y divertida, los ojos cariñosamente burlones, ladeando un poco la cabeza.

—¿Tú qué crees? —Estaba sentado en oblicuo como era su costumbre y me di cuenta de que su rostro me impresionaba tanto de perfil como de frente con las mejillas hundidas y surcadas por dos arrugas profundas, la nariz grande y recta, la mirada escudriñadora, de águila, con una energía interior que yo percibí desde el principio como algo excepcional y variable según el día y las nubes, según la hora de la tarde y la estación del año. Ahora tenía una intensidad verdaderamente extraordinaria mientras me miraba de medio lado con una pierna enroscada sobre la otra, la espalda inclinada, la barbilla apoyada en una mano.

Por lo que me contó de su conversación con el inspector, no cabía duda de que la policía estaba pensando en una trama relacionada con el mercado ilegal de objetos de arte. El inspector no había sido demasiado explícito, como correspondía a un buen lector de Pavese, pero era obvio que para él aquel asunto tenía mucho que ver con los tres cuadernillos desaparecidos de Masoni, aunque ni el profesor Rossi ni yo acertábamos a explicarnos el interés que podían tener unos simples cuadernos de notas cuyo precio máximo en el mercado negro sería apenas de cien mil euros, un valor insignificante teniendo en cuenta las cantidades astronómicas que suele mover ese comercio.

Mientras escuchaba al profesor, me vino a la cabeza el

establecimiento de antigüedades que le había oído mencionar al inspector Leoni cuando me entrevisté con él en la comisaria de Corso dei Tintori, un lugar, según dijo, muy frecuentado por coleccionistas y agentes de casas de subastas.

—¿Recuerdas el nombre de la tienda? —preguntó el profesor.

—No —respondí— pero me acuerdo de la dirección. Creo que está cerca del Instituto Alemán, en la Vía di Santo Spirito.

La mirada que me lanzó el profesor Rossi no necesitaba palabras.

—¿Estás pensando lo mismo que yo? —dijo.

Media hora más tarde habíamos cruzado el río por el puente de la Trinidad y caminábamos a buen paso por la via di Santo Spirito. Apenas había tráfico y un tramo de la calle estaba cortado por obras. Dos obreros de piel curtida que trajinaban junto a un tanque de alquitrán se nos quedaron mirando con insistencia, primero a mí con desparpajo y después a él, inquisitivamente, con curiosidad excesiva como evaluando si me merecía. No nos resultó nada fácil dar con el lugar. De hecho lo encontramos de casualidad. El portón estaba abierto y desde la entrada se veían unas formas picasianas de hierro viejo a la luz de un tubo fluorescente: vigas de madera repujada, herramientas antiguas, palas de fogón, fajas de tela de colores gastados. Intentamos abrirnos paso entre todos aquellos trastos. El profesor Rossi se adelantó unos pasos.

—*Buona sera*! —dijo, pero no obtuvo respuesta.

En el otro extremo había una escalera que subía. Al parecer habíamos entrado por la puerta trasera. Hasta en los peldaños había cajas y fardos arrumbados.

Una mujer mayor con chal de lana gris que calcetaba en una mecedora, en el rellano, nos indicó que debíamos dar la vuelta y entrar por la puerta principal, en la vía Maffia. ¡Vaya nombre!, pensé, para ubicar un negocio no del todo limpio.

Visto por aquel lado, el local parecía otra cosa. Muchos objetos se hallaban perfectamente ordenados en el interior de las vitrinas: camafeos, estilográficas antiguas, monedas, relicarios de plata, medallones y juegos de té de porcelana. Al fondo se veían cajas de cuero cerradas con correas y valijas metálicas, pero desde luego no había allí cuadros a la vista, ni retablos antiguos, ni códices o pinturas de ninguna clase. El encargado nos dejó curiosear por la tienda a nuestro aire, pero sin perdernos de vista. Era un hombre de unos sesenta años con las cejas muy pobladas, vestido con un guardapolvo gris, que nos observaba ojo avizor, detrás del mostrador.

—Nos gustaría saber por curiosidad el valor de venta que podría alcanzar un códice del siglo xv —preguntó el profesor Rossi acercándose un poco, en tono confidencial.

—Eso depende —respondió el hombre—; habría que hacer un peritaje. Pero en cualquier caso aquí no trabajamos esa clase de mercancías. Como puede ver —dijo haciendo un gesto con la mano que abarcaba toda la tienda— sólo tenemos antigüedades decorativas.

—Ya... —respondí yo, con voz desencantada—. ¿Y no sabe a dónde podríamos dirigirnos para hacer esa gestión?

—Tendría que saber antes de qué clase de códice se trata —respondió.

—Bueno, en realidad son sólo unos bocetos pertenecientes a un colección privada, están agrupados en tres cuadernos —me aventuré a decir mientras el profesor Rossi me fulminaba con la mirada, como si le pareciese inconveniente y arriesgada aquella estrategia.

Sin embargo, funcionó. El anticuario me observó con sorpresa como si comenzara a considerarme desde otro punto de vista.

—¡Hummm! —Ese era exactamente el sonido que hizo mientras se pinzaba los labios entre el índice y el pulgar—. No sé... había un monje dominico que se encargaba del patronato de San Marcos, quizá podría echarles una mano.

—Se refiere al museo que está en la parte más antigua del convento, la que mandó construir Cosme de Médicis —me aclaró el profesor Rossi, aunque no era necesaria la aclaración, sabía perfectamente que el abuelo de Lorenzo el *Magnífico* había encargado la obra para alojar a los dominicos de Fiesole.

—Tullio, creo que se llama, Tullio Rolania —continuó diciendo el anticuario—. Tenía buen ojo, un sexto sentido, que es muy útil en esta profesión. Muchos coleccionistas recurrían a sus servicios para labores de peritaje, pero hace tiempo que dejó esos trabajos. Ahora se ha retirado a una pequeña parroquia rural, cerca de Artimino. Todavía hay gente que acude a él a título individual. Aunque trabaja cada vez menos —dijo levantando las cejas con gesto resignado—, los años no pasan en balde

El profesor Rossi echó otro vistazo por la tienda, entre las vitrinas iluminadas. Las manos en el bolsillo de la chaqueta, la mirada ceñuda de jugador de ajedrez concentrado en el próximo movimiento. Lo mismo podía estar ganando tiempo que reflexionando y ordenando la información. Yo entretanto procuraba charlar con el anticuario. Su conversación se había vuelto elíptica, llena de pequeños anzuelos invisibles.

—Vuelvan cuando quieran —dijo al despedirnos con una sonrisa cordial, los dientes delanteros muy separados uno del otro.

La puerta se cerró suavemente a nuestras espaldas con un tintineo de campanillas navideñas, como si acabáramos de salir de la tienda de Papá Noel.

XXVI

Fuera de la catedral, las tabernas habían atrancado sus puertas y toda la ciudad parecía cerrada a cal y canto. Pero había un temblor en el aire, un sonido emergente, como el susurro de un millar de alas.

Los conjurados no tenían limitados sus planes al interior del templo. Una veintena de mercenarios que se había mantenido fuera, avanzaba ahora por la vía dei Calzaioulo con la intención de acceder a la sede del gobierno de la República, en el palacio de la Signoria. A la cabeza del grupo se hallaba el arzobispo de Pisa, Francesco Salviatti, ataviado de púrpura con un manto de brocado forrado de armiño y la mitra arzobispal. Aquella indumentaria resultó providencial para sus propósitos porque le abrió las puertas de la guardia del palacio con el pretexto de ser recibido por el *Gonfaloniere de Giustizia* para entregarle un mensaje urgente del Papa Sixto. Mientras eran examinadas sus credenciales, sus hombres fueron tomando posiciones en el gran patio central entre los canteros de jazmines que perfumaban el aire de presagios inciertos.

Pero cuando el *Gonfaloniere*, Cesare Petrucci, con la mano extendida, exigió la entrega de la misiva, el arzobispo trastabilló nervioso sobre sus pasos, mirando hacia los ventanales del gran salón palaciego, sin saber qué decir, ya que lo único que había pretendido con aquella estratagema era ganar tiempo para saber si los conjurados de la catedral habían cumplido su cometido. Pero para su desesperación la noticia del asesinato de los Médicis tardaba demasiado en llegar.

Fue aquella mirada de ave de presa con los párpados agazapados la que le delató. Cesare Petrucci, presintiendo que se trataba de una celada, desenvainó su espada *cinquedea* y obligó al religioso a retroceder hasta la puerta. Ninguno de los soldados del séquito del arzobispo acudió a su grito de ayuda, ya que todos ellos habían caído en su propia trampa al quedarse encerrados en el ala norte del palacio, dentro de la sala de la cancillería, defendida por un laberíntico sistema de pasadizos y puertas con cerrojo que los arquitectos habían diseñado precisamente para resistir cualquier asedio.

Aunque nada anormal parecía suceder en la plaza, desde las ventanas del primer piso podía apreciarse que empezaban a congregarse algunos hombres bajo los arcos de la logia dei Lanzi y al otro lado, las casas aledañas parecían envueltas en un sigilo extraño que de súbito desembocó entre las calles y fue saltando de balcón en balcón con un griterío de voces que indicaban que algo muy grave había ocurrido en la ciudad. Fue entonces cuando el *Gonfalonieri*, seguido por el resto de los priores, dio la orden de tocar a rebato la gran campana que coronaba la torre de la Signoria. Con aquel tañido de otro mundo, la ciudad se preparó para la guerra. Entonces fue el furor y el estruendo, la turbamulta y el caos. Hubo carreras y batir de acero en el laberinto de los callejones pero los gritos de pánico se vían sobre todo en la plaza de gobierno y en los lugares adyacentes. Centenares de hombres, seguidos de mujeres y niños, aparecieron por las esquinas dando mueras a los mercenarios perugianos. De las casas salían gentes armadas de enseres de cocina, cuchillos, machetes de destazar gallinas, tizones, agujas de tejer y todo cuanto pudiese cor tar o herir. La ciudad entera de Florencia se había arrojado a la calle y marchaban ya hacia las galerías fortificadas de la torre para defender el gobierno de la República.

De súbito la marejada humana pareció detenerse, como confundida en sus propios remolinos entre rumores contradictorios. Al parecer un centenar de hombres fuertemente armados y encabezados por meser Jacobo de Pazzi, había sido interceptado en la vía del Procónsolo, cuando se dirigían hacia el palacio de Gobierno. Desde las ventanas de las casas llovían leños encendidos y cazuelas hirviendo sobre los atacantes. Cuando los primeros mercenarios empezaron a llegar a la Plaza, las mujeres les salieron al encuentro, arrimándose a los caballos para cortarles los ijares a navajazos.

El error de los conjurados fue creer erróneamente que el palacio ya había sido tomado por los hombres del arzobispo Salviatti. Ninguno de ellos había contado con semejante resistencia. Desde los matacanes de la Signoria, los priores ayudados por soldados y cocineros arrojaban barricas de aceite hirviendo que dejaron las losas de la plaza cubiertas de cuerpos escaldados y de heridos gimientes. Jacobo de Pazzi se acordó de las palabras premonitorias del capitán Montesecco, cuando en medio de la batalla, alguien le informó de que Lorenzo el *Magnífico* acababa de ser visto saliendo de la catedral, escoltado por sus fieles a su palacio de Via Larga. Desde allí el patriarca de los Médicis iba a dirigir una de las operaciones más sangrientas de toda la historia.

La única esperanza para el banquero Pazzi se hallaba al otro lado de las murallas grises y hacia ellas dirigía su mirada ansiosa en busca de alguna señal que le indicase la llegada de las tropas de refuerzo que habían dejado apostadas en las colinas de Fiésole. Lo que no podía saber era que la noticia del atentado contra los Médicis se había extendido de campanario en campanario por toda la campiña toscana y los capitanes, alertados, habían ordenado el repliegue inmediato al interpretar aquel repique inesperado como una señal de que la conjura había fracasado.

La venganza empezó a últimas horas de la noche. Muchos conjurados fueron defenestrados desde las mismas ventanas de la sala de la Cancillería, estrellándose contra el enlosado de la gran plaza y sus cuerpos acabaron desmembrados por la multitud. El arzobispo de Pisa fue ahorcado en el palacio de la Signoria y su cuerpo se vio sometido a una brutal ceremonia de degradación. El corazón de la ciudad se convirtió en lugar oficial de ejecución, pero además estaban las horcas levantadas en las afueras junto a la puerta de Justicia. Algunos cuerpos fueron desgarrados a dentelladas por la turba, que llegó a pasear cabezas y miembros amputados en los extremos de las picas sin que nada ni nadie consiguiera aplacar los ánimos y detener los desmanes, como si el hedor de la sangre excitara todavía más el ansia de venganza en un inmenso clamor de *Dies Irae...*

La luz del día no trajo la paz, sino un amanecer con cuerpos empalados en los parteluces de las ventanas notariales de la Podestá y así lo escribió el muchacho de su puño y letra en el diario de su maestro, mientras lo velaba al pie de un camastro en el cuarto del hostal de la Campana, donde yacía el pintor con una venda de lino alrededor de los ojos. Desde allí, como haría un lazarillo con su amo, el chico le iba describiendo las imágenes de las calles de Florencia sumidas en un paisaje sin ley ni dios, donde un gentío enceguecido llevaba cabezas, corazones y testículos clavados en lo alto de las picas como trofeos de caza.

Durante tres largos días con sus noches el muchacho no hizo otra cosa que escribir, anotando en los cuadernos, todos y cada uno de los episodios sobre la constitución de la sociedad *Eruca Sativa*, que su maestro le iba dictando en los escasos momentos de lucidez que tenía, cuando no se hallaba bajo los efectos de los sahumerios orientales. Salió de aquella labor de notario con los nudillos agarrotados y la inocencia perdida. Pero al menos le consolaba el hecho de que al igual que Leonardo, también él iba a desempeñar un papel en aquella tragedia.

Hubo momentos en los que llegó a dudar de la razón de su maestro, y él mismo hubiera perdido no sólo el sentido de la justicia, sino también la noción del tiempo, de no ser por el tañido de las campanas de Santa Maria Novella tocando a vísperas con un sonido lejano como enguatado en la niebla. Se acercó a la ventana para oírlo mejor y desde allí vio entera la ciudad histórica en medio de un resplandor de hogueras, los tejados rotos, los muros carcomidos, los cuerpos desnudos encajados en las contraventanas, los cadáveres colgando de las horcas, el reguero de muertos insepultos, la sangre tiñendo las aguas del Arno en un atardecer inmenso con alaridos de aquelarre.

Cuando parecía que el horror no podría ser superado, siempre ocurría algo que trastornaba todavía más los espíritus y fueron muchos los que cayeron presos de la locura y otras formas de delirio que algunos confundieron con la posesión demoníaca. En un callejón próximo a la Santa Croce se encontró el cuerpo de un novicio de diecisiete años apuñalado en el corazón y en los testículos y varias calles más allá, cerca de la puerta de Justicia, un miembro de la hermandad negra apareció colgado cabeza abajo con el cilicio enrollado al cuello. Alguien había abierto su cuerpo en canal desde la ingle derecha a la axila izquierda con un cuchillo de descuartizar reses.

El soldado Giovanni Battista de Montesecco fue escoltado a pie hasta la fortaleza del Bargello donde escribió a la luz de una palmatoria una confesión completa y una carta personal a Lorenzo de Médicis solicitando clemencia. Pero al amanecer fue llevado esposado hasta el patíbulo, donde un verdugo armado, con una espada de doble filo, le separó la cabeza del tronco de un solo tajo sin darle tiempo a comprender lo que estaba a punto de sucederle. Su rostro, una vez desgajado del cuerpo, continuó manteniendo la expresión de incredulidad desde el cesto que se encontraba en la parte baja del mojón de madera al pie del cadalso.

Los dos sacerdotes, Antonio Maffei y Stefano Bagnone, que acedieron a asesinar a Giuliano de Médicis, consiguieron escapar, encontrando cobijo entre los monjes benedictinos, pero fueron descubiertos y llevados al palacio de gobierno. En el camino fueron golpeados y mutilados, de modo que cuando los entregaron a la justicia para ser ahorcados ya les habían arrancado el apéndice nasal y rebanado las orejas.

Pero nada de lo acontecido impresionaría tanto a los florentinos como la muerte del arzobispo Salviatti, que fue colgado y defenestrado junto a Francesco de Pazzi desde el tercer piso del Palacio de la Signoria. Los cuerpos cayeron sobre el enlosado de la Plaza uno junto al otro y fue entonces cuando el horror alcanzó un punto tal de paroxismo que enloqueció a todos cuantos presenciaron la escena y se transmitió de boca en boca con un repeluzno de escalofrío que espantaría durante largas noches de insomnio la memoria de los florentinos. Aún después de haber sido estrangulados los dos conspiradores, desde el abismo de su agonía, ya fuera por rabia o en un acto ritual de comunión, el arzobispo de Pisa hincó sus dientes en el cuerpo de Francesco de Pazzi con tanta vehemencia que logró arrancarle a mordiscos trozos enteros del pecho, que fue engullendo hasta morir atragantado con hambre de lobo.

Con el hedor de la sangre los animales se encabritaron

y derribaron las talanqueras de los establos, llegando a irrumpir en los atrios de las iglesias y corrió el rumor de que las aguas del Arno bajaban envenenadas y causaban visiones premonitorias. Algunos frailes aprovecharon el terror de la población para anunciar el Apocalipsis de un reino amenazado por la sodomía, la idolatría y la antropofagia. Y la condena se hizo efectiva cuando el encolerizado papa Sixto IV, declaró la *Cessatio a Divinis* dentro de las murallas, prohibiendo en el interior de Florencia el consuelo de los sacramentos y la celebración de cualquier oficio religioso.

Mientras una fría llovizna caía sobre la ciudad el principal causante de tanta destrucción se limitaba a lavar su conciencia. Nadie puede saber en qué pensaba entonces Federico de Montefeltro, pero su expresión quedó presa de un pasmo trágico tal como lo retrató Piero de la Francesca en el *Díptico triunfal de los señores de Urbino.* Al fondo del cuadro se intuye un río de plata que parece envuelto en silencio, como si el secreto del duque de Urbino se deslizara también por las aguas de la historia, corriente abajo hasta convertirse en un hilo y su rumor se fuera volviendo lánguido y amortiguado, pero inacallable como todas las cuentas que quedan pendientes entre los vivos y los muertos.

XXVII

El último sol se reclinaba como los árboles sobre el capó caldeado del coche. La mano derecha del profesor Rossi rozó ligeramente mi rodilla huesuda junto al cambio de marchas. Me gustaba esa cercanía. La proximidad de dos cuerpos en el interior de un coche por carreteras secundarias, con baches y curvas, recorriendo el interior pedregoso de la Toscana. Nos faltó contarnos la historia de nuestras vidas. En cambio hablamos de esos viejos monasterios rodeados de árboles frutales que veíamos a ambos lados del camino, encaramados en las colinas, como centinelas. Muchos de ellos habían sido utilizados como cuarteles por el ejército alemán durante la ocupación. Cuando Giulio era un niño jugaba por aquellos barrancos secos de zarzas y alacranes, buscando los restos de metralla que crecían en medio del tomillo y la bergamota. Cuando decía esas cosas yo lo imaginaba recorriendo en bicicleta aquella tierra quemada con un macuto caqui que había pertenecido a un soldado muerto y pensaba que habíamos nacido en siglos distintos. Al cabo de tres cuartos de hora aproximadamente vimos a un lado de la carretera el letrero de Artimino.

En la plaza del pueblo preguntamos por Tullio Rolania. Al parecer todos lo conocían en el lugar. No sabíamos exactamente qué era lo que estábamos buscando, pero por alguna razón habíamos ido a dar allí, a una especie de capilla junto a las ruinas de un monasterio situado en la ladera de una colina. Era un edificio de piedra con un pequeño campanario de gran belleza a pesar de la austeridad decorativa. Bajo el alero del tejado a dos aguas asomaba un pespunte de pequeños arcos lombardos típicos del románico italiano. Aparcamos a un lado del campanario donde dormitaba un viejo vendedor sentado en una hamaca de plástico naranja que brillaba como caramelo. Delante tenía un tenderete con medallas, crucifijos, estampitas de santa Anunziata y postales con vistas del monasterio.

Hay lugares que te convocan y lugares que te advierten que debes alejarte. Al bajar del coche se abrió dentro de mí una punzada de olores con el aguijón excitante del recuerdo. Olía como en algunas islas mediterráneas a mulas y a polvo, a limón y a retama, a piedras calientes lavadas con agua salada.

—Buscamos al párroco —dijo el profesor Rossi acercándose al puesto de souvenirs.

—¿Son ustedes los del Vaticano? —preguntó el vendedor levantándose de la hamaca. Al parecer esperaba a otras personas.

—No —respondí yo adelantándome unos pasos—. Nos envía el anticuario de Santo Spírito.

El vendedor era un hombre grueso con una mancha rosácea en la frente como la de Gorbachov. Nos observó con atención minuciosa y luego nos invitó amablemente a visitar la capilla de la que alabó sobre todo los frescos de la cripta.

—Fray Tullio no tardará mucho en llegar —dijo mientras se sacaba del bolsillo una gran llave de hierro con la que abrió el portón verde de madera.

Dentro olía a cirios y a piedra húmeda. Nuestros pasos retumbaron en el interior del recinto con un silencio de oquedad. El suelo de la nave estaba cubierto de losas rectangulares que justo enfrente del altar se hallaban decoradas con siete inscripciones de animales y signos del zodíaco. El ábside central incluía una hornacina de pan de oro con la imagen de santa Anunziata y un altar de mármol con columnas que parecían rescatadas de antiguas balaustradas romanas.

—No es hora de visita —comentó el vendedor—, pero ya que están aquí, pueden bajar a la cripta, si lo desean—. Imaginé que su ofrecimiento se debía probablemente a que el hombre vivía de las propinas de los visitantes—. Ya verán cómo merece la pena —Iinsistió.

—Estupendo —aceptó el profesor Rossi— nos encantará ver esos frescos.

El hombre se detuvo junto a una pequeña puerta lateral y accionó varios interruptores en el panel de la entrada.

—Ya tienen luz —dijo— pero de todos modos llévense esta vela por si quieren encender las antorchas para verlas mejor. Me gustaría acompañarles, pero tengo que atender el puesto —se excusó esbozando una sonrisa de circunstancias.

Pensé que por abandonar unos minutos su tenderete de baratijas en aquel paraje deshabitado no iba a perder la oportunidad de hacerse rico, pero no dije nada.

Cuando llegamos al fondo de la escalera sentimos que el aire era allí más fosco, como el que emana del caño de hierro de una fuente. La profundidad de un pozo. Debíamos de estar varios metros por debajo del nivel de la nave principal.

—¡Es fantástico! —exclamó entusiasmado el profesor Rossi y realmente lo era.

El voltaje de la luz eléctrica era realmente muy pobre, así que decidimos seguir el consejo que nos había dado el encargado y con ayuda del porta —cirios fuimos encendiendo las cuatro antorchas que estaban fijadas a los muros con engarces de hierro. La luz se esparcía desde lo alto de los pilares centrales, resaltando el azul de la bóveda celeste decorada con estrellas y ángeles de alas doradas. Mirábamos hacia el techo, extasiados, con la cabeza echada hacia atrás, contemplando aquellos rostros de color ocre como si estuviésemos buscando a alguien entre la multitud. Las túnicas de colores se hallaban oscurecidas por la acción de los humos del aceite y las velas durante centenares de años.

—Conocía la capilla y las ruinas del monasterio —dijo el profesor Rossi— pero no tenía ni idea de la existencia de esta cripta.

Parecía una antigua catacumba con ramificaciones laterales muy estrechas en forma de tunel, completamente oscuras. El profesor encendió un fósforo protegiendo la llama con la mano y se internó por uno de aquellos ramales. No me atreví a seguirlo porque desde niña me angustian los espacios cerrados. Así que decidí esperarlo en el ramal principal con la sahariana abrochada hasta el último botón porque me estaba quedando helada. Esperé cinco minutos, seis, siete, ocho...

—¡Giulio! —llamé varias veces sin obtener respuesta. Di unos pasos en la misma dirección que él había tomado, pero la oscuridad era absoluta y no me atreví a seguir—. ¡Giulio! —volví a llamar, ahora ya verdaderamente alarmada. Desde el mismo momento en que había puesto un pie en aquel sótano, percibí una sensación extraña de incomodidad y recelo como si nuestros pasos hubieran sido demasiado previsibles, o como si alguien a nuestras espaldas hubiera previsto que íbamos a hacer exactamente lo que hicimos. Uno intuye esas cosas, las presiente. Existe una parte de la conciencia que percibe el peligro antes de que nosotros nos demos cuenta, aunque esté sumergida en el último sustrato de nuestro cerebro animal. No es el miedo el que nos hace imaginar cosas que no son ciertas, sino que es la razón, nuestra débil razón humana, la que nos obliga a rechazar esas premoniciones que en muchos casos hubieran podido salvarnos la vida.

Volví sobre mis pasos y subí de dos en dos las escaleras de caracol hasta la puerta de acceso a la cripta. Pero efectivamente como debí suponer el cerrojo estaba echado. Aún así golpeé varias veces la puerta, primero con los nudillos, después a patadas. Me harté de gritar sin obtener respuesta. A los pocos minutos oí el eco de unos pasos en las losas de piedra que me hizo concebir esperanzas. Después escuché un chasquido seco como el sonido de un interruptor. La única luz que quedó entonces en la cripta fue la de las antorchas. Su aureola iluminaba el techo, pero dejaba el resto del espacio en una penumbra cerrada.

Bajé de nuevo las escaleras. El frío y el olor a moho me resultaban cada vez más insoportables. Estaba aterida. Contemplé otra vez con el corazón encogido los rostros apiñados en el techo, segura de que no iba a poder soportar aquello mucho más tiempo.

—¡Giulio! —volví a llamar desde la boca de uno de los túneles. Los muros laterales rezumaban humedad, mi mano resbalaba por la superficie de los sillares como si estuvieran engrasados. En un momento me pareció que el ramal se bifurcaba. No veía nada. Di unos cuantos pasos. Me detuve. Si solamente tuviera una linterna. Me decidí por uno de los ramales que me pareció algo más ancho. De todos modos era imposible que aquello estuviera pensado para que caminase por allí ningún ser humano. Conforme avanzaba, noté que el túnel iba adquiriendo una ligera inclinación hacia abajo. Caminaba con menos dificultad. No sé qué distancia pude recorrer en esas condiciones, puede que veinte o treinta metros, pero me parecieron los más largos de toda mi vida. Tiritaba. Tenía los pies helados, casi no los sentía a través de la delgada loneta de mis zapatillas de básquet. De pronto noté un ligero cosquilleo en los tobillos. Me pareció que mis pisadas eran más blandas, como si atravesara un lecho de agua... Me agaché y toqué el fondo con la palma de la mano. Fue entonces cuando percibí en la yema de los dedos una sustancia no líquida, sino blanda y gelatinosa, como una medusa. Palpaba aquello con una náusea oprimiéndome la garganta. El suelo se hallaba infestado de pequeños animales de tacto frío y rugoso con una piel adherente como recorrida por cientos de ventosas diminutas. No me dio tiempo a perfilar en mi imaginación el tipo de invertebrado repugnante que notaba subiéndome por las pantorrillas porque la sensación de asco y de terror y angustia fue tan intensa que grité con todas mis fuerzas. Fue un alarido geológico, que retumbó como una detonación en los cimientos más profundos de lo que quiera que fuese aquella caverna.

—¡Ana! —oí que me llamaba entonces una voz débil.

No podía respirar, me faltaba el aire. Tenía la sensación de estar adentrándome cada vez más en un nicho para muertos del que no podría escapar jamás.

—¡Giulio! ¿Estás ahí?

—Sí, Ana, te oigo muy cerca.

Me pareció que su voz sonaba hacia la derecha. Avancé aguantando las palpitaciones y las ganas de vomitar y entonces me pareció ver en un lateral de la gruta la pálida aureola de un fósforo. Era una especie de oratorio cóncavo. El profesor Rossi estaba apoyado en la pared con la cara sucia de barro, sosteniendo una cerilla en la mano. Su rostro con aquella llamita mínima parecía el de un minero resucitado.

—¿Pero qué te ha pasado?

—No sé... He debido de golpearme con algo en la cabeza —dijo.

De pronto supe con una certidumbre aterradora que no íbamos a salir vivos de allí. Sentí que me ahogaba, que el espacio se achicaba por momentos. Si al menos consiguiéramos volver a la gruta principal, pensé, añorando el azul celeste de la bóveda de cañón, el rostro de los ángeles, sus alas de oro flotando en el aire. Pero la angostura del espacio me hacía recordar lo lejos que nos encontrábamos del aire libre. Mi corazón latía con una rapidez inusitada. No podía dominar la claustrofobia.

—Necesito vomitar.

—Tranquila, respira hondo —dijo Giulio llenando los pulmones de aire, mostrándome cómo debía hacerlo—. Otra vez... Olvídate de dónde estamos. —Encendió otro fósforo. Inhalé el olor del azufre. Su aroma me pareció el más delicado del mundo. Hubiera querido inhalar también la luz—. Mírame —notaba la firmeza de su mano derecha sujetándome fuertemente la barbilla, sus ojos fijos en los míos—. Vamos a salir de aquí, ¿de acuerdo?

Una vez de pequeña, jugando al escondite durante un cumpleaños en casa de una amiga, me había quedado encerrada en un cuarto muy estrecho cuyo picaporte estaba roto por dentro. Había infinidad de trastos allí dentro: una tabla de planchar plegada verticalmente, una escalera metálica, un black & decker, cuerdas y herramientas de hierro con bordes cortantes, seguramente había también un interruptor de la luz, aunque yo no pude encontrarlo. En aquella ocasión no había pedido ayuda, ni tampoco había gritado ni golpeado la puerta a patadas, sino que me limité a quedarme allí, agachada, con la espalda pegada a la pared, sin moverme, respirando bajito. Estaba tan aterrorizada que no era capaz de articular ningún sonido. Oía las voces que me llamaban, pero no podía responder. No sé cuánto tiempo permanecí allí, pero ya debía de ser de noche, porque alguien abrió la puerta del trastero para buscar una linterna y continuar la búsqueda por los campos anochecidos. Fue un milagro después la sensación de salir al exterior alzada en los brazos de mi padre, las ramas altas de los árboles, el hueco que había entre las estrellas... igual que sacar la cabeza de debajo del agua y salir nadando hacia la superficie.

También ahora debía de ser noche cerrada, aunque la percepción del tiempo allí abajo puede que no fuera muy precisa. Miré los dedos largos de Giulio enlazados con los míos, la delgadez de su muñeca sobresaliendo como un farallón de piel, el meñique delgado y huesudo. Hansel y Gretel encerrados en la cueva de la bruja.

Era evidente que alguien había contado con nuestra presencia en aquel lugar. Pero el único que podía saber que nos dirigíamos a la capilla era el anticuario de Santo Spirito. Puede que él hubiera avisado al párroco de nuestra visita y éste diera instrucciones al guardián que vendía medallitas en la puerta. De lo que no cabía duda es de que alguien se estaba tomando demasiadas molestias por unos cuadernos que aparentemente no alcanzarían grandes sumas de dinero en ninguna subasta. Cabía la posibilidad de que algún coleccionista se hubiese encaprichado con ellos, teniendo en cuenta que el mercado de documentos y códices antiguos es muy sensible a las extravagancias, pero la hipótesis de que alguien pudiera considerar ese material como una reliquia, no acababa de convencerme. El *Lupetto* no era un artista que gozara de gran reputación en su época y aún ahora seguía siendo bastante desconocido fuera de un reducido círculo de estudiosos. A lo mejor tenía razón el profesor Rossi y había una secta detrás de todo. No parecía una idea descabellada teniendo en cuenta que el pintor había tenido más de un tropiezo con la jerarquía eclesiástica y de no haber sido por el apoyo que le brindaron siempre los Médicis, se las habría tenido que ver con la

Hermandad Negra. Aunque también podría tratarse de otra clase de sociedad, como había insinuado Francesco Ferrer al descubrir que el material había estado sujeto al Secreto Pontificio, una cláusula que se aplicaba a documentos reservados por el carácter licencioso de su contenido. Él debía de saber de lo que hablaba, a fin de cuentas había trabajado hacía tiempo para el Vaticano en labores de restauración, pero yo no acababa de entender de qué modo los apuntes de un pintor como Masoni podían rozar ni por asomo el ámbito del corpus teologal. Sobre todo considerando que el contenido de los otros nueve manuscritos, que sí había podido consultar en el Archivo, eran simples cuadernos de notas y de dibujos, reflexiones sobre la luz y la sombra, cuentas domésticas, descripciones sobre el estornudo, el bostezo o la anatomía de una hormiga... Todos los asuntos sobre los que Masoni fijaba su atención eran cuestiones muy pegadas a la realidad y sus cuadernos se parecían más al diario de un fotógrafo dispuesto a capturar el vuelo bajo de la vida que a un tratado teológico. A mi lado el profesor Rossi también intentaba atar cabos sueltos por su cuenta. Veía su rostro de perfil con las arrugas de la frente muy marcadas, como siempre que hacía un esfuerzo de concentración.

La gran cuestión práctica en aquel momento era que si nosotros no teníamos los cuadernos y quienes los buscaban con tanto ahínco, tampoco ¿quién los tenía entonces? No habían podido desaparecer por arte de magia. Cada vez entendía menos, cualquier explicación me parecía demasiado rebuscada, pero no podía dejar de pensar en Bosco Castiglione, ni en el enano del abrigo de garras de zorro, ni en el Alfa Romeo de alerones negros. Los recuerdos acudían fragmentariamente a mi memoria, desenfocados por el miedo: mis manos pesionando con fuerza los frenos de la bicicleta en la vía Ghibelina, la biblioteca desvalijada del profesor, los faros de un coche barriendo la habitación de un extremo a otro, su rastro de luz prendido en la enredadera de las glicinias, la mirada de Giulio surgiendo de la oscuridad con el dedo cruzado sobre los labios, un simple gesto en el morse del entendimiento.

Intenté reproducir en mi mente la manera de razonar del adversario, tal como me había enseñado el profesor Rossi, pero en aquellas circunstancias no me resultaba nada fácil hacer deducciones. Mi imaginación estaba llena de paredes con nichos repletos de huesos y calaveras, de ritos nefandos y hojas de rúcula. Pensé en todas las historias de interrogatorios y torturas de las que tenía conocimiento, claro que lo pensé. La de un militante comunista al que le arrancaron las uñas de las manos con unos alicates en un sótano de la Dirección General de Seguridad en Madrid, o la de Moncho Piñeiro, un pescador anarquista de Porto do Son a quien le quemaron los dedos con un soplete de herrero, y a otros a quienes desollaron vivos. Pensaba en la tortura de la cuerda utilizada por la Inquisición, que consistía en atar las manos del presunto hereje a la espalda y por medio de una polea sujeta al techo se levantaba al prisionero hasta dejarlo suspendido en el aire. Después se le soltaba para que cayese por su propio peso hasta que su cuerpo quedaba a medio metro del suelo con todos los huesos dislocados por la violencia de la sacudida. Pensaba también en emparedamientos y toda clase de reclusiones y horrores remotos. Pensaba en una mujer muy joven vestida de dama antigua con un traje de terciopelo que había aparecido en la galería de un caserón cerca de Santiago, con las uñas gastadas y las falanges rotas en su desesperación, todo su cuerpo mostraba la torsión antinatural de los miembros que presentan los enterrados vivos: los ojos desorbitados, la mandíbula abierta, desencajada por los gritos de terror. Pensaba en los nichos de las necrópolis paleocristianas. Pensaba en el cadáver de un albañil que había aparecido en el tambor de una hormigonera. Pensaba también en santa Verdiana, que vivió 34 años en una celda de clausura encerrada con dos serpientes como única compañía.

Ningún horror es tan terrorífico como aquel que no vemos, pero somos capaces de imaginar. Oí un sonido hosco, como un chirrido, algo así como la contorsión de unas viejas cuerdas de esparto que me hizo pensar en un caldero bajando a un pozo. Notaba los latidos acelerados de mi pulso. El miedo creciendo como un animal alojado en el fondo del pasillo. Oí unos pasos blandos de suela de goma que se acercaban. La escalera se iluminó con el foco de una linterna muy potente y en lo alto se recortó una silueta alargada y vagamente familiar.

Tragué saliva tratando de contener el vértigo. Aquella sombra se proyectaba hasta la mitad de la cripta y por un momento me hizo recordar la profecía de Masoni: «Aparecerán figuras gigantescas de forma humana, pero cuanto más te aproximes a ellas, más disminuirá su estatura.» Al instante noté en el rostro una corriente ciega de aire que tenía el olor del oxígeno ya respirado, devastado y descompuesto como si alguien que tuviera telarañas en los bronquios me estuviera lanzando a la cara su aliento pedregoso. Y ese gemido trágico y anhelante fue realmente lo último que escuché, porque algo, no sé exactamente qué, tal vez un golpe certero o quizá mi propio terror incontrolable, me hizo perder el conocimiento. Fue un desvanecimiento instantáneo como si de repente faltase un peldaño en una escalera y me precipitase sin remedio al interior de un pozo.

Debajo de la tierra, a mucha profundidad, deben de existir ciudades enteras que refulgen como el fósforo de los huesos, túneles de pantanosa inmovilidad, pasadizos secretos que unen el mundo de los muertos con el de los vivos, un espacio y un tiempo donde no hay nadie más que nosotros y en el que fluyen sin embargo mezcladas todas las imágenes y todas las voces que hemos escuchado en nuestra vida.

No sé cuánto tiempo transcurrió. Percibí luces muy tenues dentro de mi cabeza, antes de recuperar completamente la consciencia. Notaba golpes de sangre en las sienes y una punzada intensa de dolor, como cuando una parte del cuerpo se queda totalmente paralizada y luego la sangre vuelve a fluir, burbujeante, con pinchazos espasmódicos, el cosquilleo de millares de agujas diminutas. Estaba en la parte de atrás de un coche de policía envuelta en una manta de color anaranjado con un revestimiento de aluminio por el revés, como las que se usan para proteger de la hipotermia a los náufragos. No sabía nada del profesor Rossi. Una mujer desconocida me tomaba el pulso, que debía de latir muy lentamente y yo me dejaba hacer aturdida y dócil como una criatura sin voluntad, tiritando, sin entender lo que había pasado.

El centelleo azul de una sirena iluminaba de modo intermitente el asfalto. Atravesábamos una llanura de autopista que partía en dos los campos anochecidos, gasolineras, naves industriales... Luego entramos en una carretera de la red nacional con camiones que venían de frente y crecían por momentos hasta ocupar el espacio entero del parabrisas, deslumbrándome con sus faros y poco después, al volver a abrir los ojos, el perfil familiar de las calles de Florencia con sus edificios de sillares almohadillados, el frontispicio de un palacio iluminado, la persiana metálica de una pizzería, oscuros jardines, todo envuelto en un silencio cerrado, plazas deshabitadas, violentamente azules al otro lado de los cristales de la ventanilla, cuando de pronto giramos a la derecha, por la via Corso dei Tintori y el coche pasó bajo el arco que comunica con uno de los pasajes que llevan al río y se detuvo ante la verja de hierro del viejo edificio de la Gendarmería.

XXVIII

Entrar en la mente de un pintor es como entrar en un palacio. El pintor se mueve a través de los pigmentos del color con la fluidez de un espíritu. Se encarga él mismo de machacar las cortezas, el cinabrio, la malaquita, la tierra, las semillas para obtener el tono exacto que desea: el ocre amarillo, el negro vegetal, el blanco de plomo... como haría un molinero. Conoce los mejores aceites, el de linaza y el de nogal, sabe qué madera debee utilizar para las tablas según el tipo de imprimación. Embadurna la superficie con almáciga y trementina blanca, añade dos o tres capas de aguardiente en la que previamente ha disuelto un poco de arsénico, después le aplica aceite de linaza hirviendo, de modo que impregne toda la tabla. Una vez que esté seca, le da por encima un barniz blanco con un estique y luego la lava con orina. El pintor puede dedicar horas a este trabajo de artesano, pero al mismo tiempo es un mago que capta la trayectoria del movimiento fijándose sólo en la inclinación de la luz sobre el lienzo. El pintor es capaz de observar a un hombre cualquiera de paso en la ciudad y saber repentinamente cómo caería al suelo si resultase herido por una daga, del mismo modo que sabe exactamente cómo se agacharía una mujer después del baño retorciendo su larga cabellera pelirroja en un turbante mojado.

El manuscrito de un pintor es el mapa de ese palacio.

También tenemos los cuadros que son asimismo documentos. Una pintura no es una declaración de tipo personal como puede serlo un testamento o una carta firmada, pero puede decirnos cosas acerca del artista y de las circunstancias en las que se desarrolla su trabajo. La superficie de un cuadro nos cuenta la historia de esa pintura del mismo modo que los estratos de una roca nos hablan de su edad geológica. A veces una micra de grosor de apenas 0,001mm. descubre más cosas de ese cuadro que muchos estudios monográficos. La pintura también puede encerrar mensajes cifrados.

Pierpaolo Masoni temía, como cualquier verdadero artista, que le robaran sus ideas, trabajaba a escondidas, igual que hacían también otros pintores del Renacimiento, Botticelli o el mismo Leonardo. Protegían sus bocetos. A veces este recelo respondía a un impulso creativo fácil de entender, el orgullo del genio, su sentimiento de vulnerabilidad. Pero otras veces podía deberse a motivos de otra índole, teniendo cuenta la precaria situación del artista en aquella época, sometida a las arbitrarias leyes del mecenazgo. Eso sin contar que en determinadas circunstancias políticas o personales la seguridad del propio artista podía verse en peligro.

En el cuadro de la *Madonna de Nievole* se observaba un adiestramiento del dibujo a punta de metal que era una técnica típica del taller del *Verrochio* en la que destacaban tanto Masoni como Leonardo Da Vinci cuando empezó a trabajar en la *bottega*, siendo todavía un adolescente. Al parecer el siluetado inicial se hallaba retocado a pluma aquí y allá con pequeños realces blancos. La retícula de líneas era prácticamente imperceptible, realmente se necesitaba ser un genio de la restauración como era sin duda Francesco Ferrer para adivinar que bajo el cuadro de Masoni palpitaba otro cuadro hecho a varias manos, probablemente por encargo, pero que por algún motivo se apartó de las instrucciones dadas por el cliente. Al parecer, según las fuentes más fiables, incluido el posible contrato, el lienzo debía representar a la virgen y al Niño rodeados de varios arcángeles tocando instrumentos musicales. Nada de esto aparece en la *Madonna de Nievole*. Sin embargo sí hay otras presencias que no se habían estipulado y diversos signos de difícil codificación, ya que ninguno de los estudios realizados hasta el momento ha conseguido descifrar su posible significado.

La hipótesis de Ferrer era que el cuadro representaba el momento fundacional de la sociedad secreta *Eruca Sativa*, en una ceremonia de postración como la que se realizaba para jurar voto de fidelidad al papado, besando las manos y los pies del pontífice. El objetivo último de esta organización, simbolizada por una hoja de rúcula, consistiría en la creación de una poderosa banca vaticana que tuviera el control de todas las bancas de Europa y consolidara así, con su dominio económico, el poder absoluto de Roma. Pero para ello era necesario deshacerse de los Médicis. Por eso se tramó una conjura al más alto nivel con el fin de arrebatarles el gobierno de Florencia, mediante un golpe de estado.

El restaurador de los Uffizzi había llegado a esta conclusión a partir de la propia observación del cuadro, sobre todo cuando se percató de un nombre garrapateado en el margen izquierdo del lienzo, oculto bajo una pincelada rojiza posterior. Las palabras *Eruca Sativa* estaban escritas a punta de metal, de izquierda a derecha con la característica caligrafía especular de Leonardo. No eran un aforismo ni una adivinanza como las que tanto le gustaría practicar después al autor de la *Gioconda*, pero su significado apuntaba ya a una pasión por el misterio que luego arraigaría en el alma del artista adulto. Quizá fue este detalle también el que alertó al equipo del Vaticano, que meses después había llegado a la misma deducción y de ahí su interés por hacerse con los cuadernos de Masoni, porque sabían que el *Luppetto* lo registraba absolutamente todo en ellos, hasta el detalle más insignificante, igual que un notario. Si el cuadro podía levantar sospechas, los cuadernos resultaban todavía más peligrosos porque las confirmaban. Que alguien pudiera estudiar a fondo el contenido de esos manuscritos, suponía un riesgo de gran alcance porque sacaría a la luz, no la operación financiera que hacía cinco siglos hubiera consolidado al papado por encima de todos los estados europeos, sino algo tal vez mucho más inadmisible y cuyas consecuencias irreparables podrían llegar hasta hoy. Algo que al parecer los servicios secretos del Vaticano estaban dispuestos a evitar a toda costa.

—Pero ¿qué? —pregunté yo al profesor Rossi, sin ser capaz de entender de qué manera unos hechos ocurridos hacía tanto tiempo podían comprometer a la curia romana en pleno siglo XXI.

—No lo sé, Ana, todavía no estoy seguro. Pero si la hipótesis de Ferrer es cierta, no sería descabellado pensar que el intento del Vaticano, o al menos de algunos sectores de la curia, por ocultar la existencia de una sociedad como la *Eruca Sativa*, sólo podría explicarse por las excesivas semejanzas entre esta sociedad y una organización actual de características similares. Quizá la logia Propaganda Due o P2, que protagonizó hace algunos años uno de los mayores escándalos financieros de la historia. —El profesor Rossi sacó un paquete de cigarrillos del bolsillo de su americana y encendió uno protegiendo la llama en el cuenco de las manos con poca maña. Hasta entonces sólo lo había visto fumar en pipa, sosegadamente, saboreando el aroma del tabaco con la clase de deleitación que se dedica a los placeres tranquilos. Pero a decir verdad, las últimas horas no habían sido demasiado apacibles y el cigarrillo, digan lo que digan los médicos, aplaca la ansiedad. Dio una calada y enseguida continuó hablando más sereno— Tú no te acordarás, todo esto fue hace años, pero las repercusiones de aquel escándalo salpicaron a banqueros, militares, magistrados, profesores de universidad, directores de periódicos... no se salvó nadie que tuviera algún reducto de poder y mucho menos el Vaticano, que estaba implicado a través del Istituto per le Opere di Religione (IOR) del cardenal Marcinckus y operaba por medio del blanqueo de dinero en paraísos fiscales.

Recordaba haber oído hablar a mi padre de aquel asunto. La muerte del papa Juan Pablo I se me había quedado grabada porque fue el 29 de septiembre, el mismo día de mi cumpleaños, y a pesar de que entonces no era más que una niña, me había impresionado ya el halo de misterio que rodeó su fallecimiento repentino a los 33 días de pontificado sin que ningún médico quisiera firmar el acta de defunción y sin autopsia. Pasó bastante tiempo hasta que me enteré de otros pormenores relacionados con esa muerte. Ya estaba en la universidad cuando supe que la persona encargada de informar al papa muerto sobre las actividades del Instituto para Obras de la Religión apareció ahorcado en un parque de Roma muy concurrido por travestis. Fue una más de una cadena de muertes que, según me fui enterando más tarde, también se llevó por delante a un periodista del *Oservatore Politico*, a un fiscal encargado de escándalos financieros, a un teniente coronel de los servicios de seguridad del estado, a un juez, a varios cardenales, al policía siciliano Boris Giuliano hasta llegar al presidente del Banco ambrosiano, Roberto Calvi, cuyo cadáver apareció una mañana de 1982 con los bolsillos llenos de piedras colgado del puente londinense de Blackfriars, que curiosamente significa frailes negros.

—¿Quieres decir que las operaciones financieras realizadas por el Banco Ambrosiano y por el IOR fueron una versión contemporánea de lo que pretendía la logia *Eruca Sativa*?

—Bueno si no un calco exacto, sí una reproducción bastante aproximada. Ten en cuenta que la ambición de crear una gran banca vaticana no se pudo concretar en el siglo XV por el fracaso de la conjura de abril. Al no conseguir deshacerse de Lorenzo, se frustró el proyecto y por eso trataron de paliarlo luego con los genoveses que fueron llevados a España y a otros países para reemplazar a los judíos tras los decretos de expulsión sólo unos años después de la conjura. —La mirada de Giulio se había adensado mientras hablaba como si la índole de aquellas reflexiones lo encendiera por dentro— Desde entonces hasta hoy la Banca Vaticana se ha visto envuelta en todo tipo de actividades delictivas, desde quiebras fraudulentas hasta financiación de golpes de estado y venta de armas sin que hasta el momento ninguno de sus dirigentes haya sido juzgado nunca por un tribunal terrenal. Si eso no es la reencarnación del viejo sueño de la *Eruca Sativa*, desde luego se le parece bastante.

—Pero esas cosas se saben ya, hay listas de los miembros de la masonería que formaban parte de la Curia, las actividades del IOR son del dominio público, al menos de un público informado, igual que la mayor parte de las actividades del Banco Ambrosiano. Existen libros, un dossier, la prensa lo ha publicado ¿qué sentido puede tener a estas alturas, después de haber cometido delitos tan graves, querer ocultar unos cuadernos que en el mejor de los casos tendrían sólo un valor histórico?

—No te fíes, Ana, a veces las cosas aparentemente más insignificantes, son las que a fin de cuentas pueden llevarte a la cárcel. Recuerda que a Al Capone no lo encarcelaron por asesinato, robo o extorsión, sino sólo por evasión de impuestos. Además es muy posible que todo esto se deba a una lucha de poder entre distintas facciones dentro del propio Vaticano. Una guerra interna —dijo alzando las cejas y en su forma de mirarme con la barbilla apoyada en una mano creí ver una chispa especial en sus ojos—. Como sabes, existen en la Curia grupos perfectamente diferenciados —continuó—. Por una parte está el Opus Dei, cada vez más poderoso y por otra podría estar un grupo vinculado a la masonería y a la Sociedad *Eruca Sativa* a través de Propaganda 2, eso sin contar con otras opciones.

—O sea que habría sido alguien dentro de la propia Iglesia quien levantó la liebre sobre el cuadro de la *Madonna*...

—Es lo más probable —contestó Giulio—. Eso explicaría el conocimiento del inspector Leoni sobre la existencia de los cuadernos del *Lupetto*. Tuvo que ser un miembro, tal vez anónimo, de la propia Curia quien le puso sobre la pista, bien fuera por arrepentimiento o por venganza personal.

—Una garganta profunda ...

—Exacto —sonrió el profesor— La gran pregunta que quedó sin responder durante el proceso de investigación del Banco Ambrosiano es si las relaciones del Vaticano con la P2 se limitaron a asuntos financieros o, como en aquel momento pensamos muchos, existía una gran logia masónica en la misma cúpula del Vaticano. —El profesor Rossi se hallaba tan concentrado en la disertación que no se dio cuenta de que estaba a punto de caerle la ceniza en la solapa de la chaqueta, le acerqué el cenicero justo a tiempo— Esa constatación es en el fondo lo que la Iglesia quiere evitar a toda costa —dijo mientras apagaba el cigarrillo. Sus observaciones destilaban no sólo una memoria perspicaz, sino una arquitectura compleja, pero no apabullante.

Quizá había un rastro de vanidad en el deseo de exponer brillantemente sus observaciones como en cualquier persona dedicada a la docencia, pero su estilo de argumentación no era retórico, sino especulativo, formulaba hipótesis y planteaba interrogantes pero no adelantaba juicios, del mismo modo que hacía en clase para que sus alumnos desarrollaran por sí mismos una teoría interpretativa propia. Pero yo no era una alumna o no era únicamente una alumna y no me gustaba que me tratara como tal. Aunque la verdad es que no tenía ni idea de lo que realmente representaba en el fondo para él, ¿una discípula predilecta? ¿una compañera de aventuras? ¿una hija adoptiva? ¿una amante? Su concentración, su sorprendente timidez, la densidad de sus silencios me desconcertaba. A veces me daba la impresión de que después de aquella noche en su casa, cada uno se hubiera retirado tras los muros de su intimidad a su posición anterior, a una inocencia aparente. Mientras yo me atormentaba con estas cuestiones, él continuó hablando en tono neutro y profesoral—: Después de que saltaran a la prensa las relaciones del Vaticano con el banquero de la Mafia, el propio Juan Pablo II, que siempre fue el principal valedor de Marcinkus, se convenció de la necesidad de apartarlo un poco de escena. Lo enviaron a Estados Unidos, a un pueblo perdido de Arizona, Sun City, me parece recordar. Fue entonces cuando algunos sectores influyentes de la Curia decidieron abandonar las actividades de riesgo y echar tierra sobre todo aquello que pudiera implicar al Sumo Pontífice.

La idea de una iglesia acosada internamente y dividida en distintos grupos de presión coincidía en parte con el argumento esgrimido por Bosco Castiglione en nuestro primer encuentro y tenía sentido que esa tensión se acentuara ante el deterioro de la salud del papa Wojtyla como ha ocurrido siempre en los momentos en que se avecinaba una lucha por la investidura. Dentro de esa interpretación la hipótesis conspirativa de una logia que continuara activa desde el siglo xv resultaba bastante plausible. Además en un momento de mi vida en el que dudaba seriamente de que el mundo tuviera algún orden, me satisfacía descubrir, si no un orden, al menos una serie de relaciones en pequeñas parcelas del conjunto de los hechos que suceden en el mundo.

—Eso explicaría las cosas sólo en parte —dije. En el fondo estaba convencida de que había una dosis importante de verdad en todo aquello, pero desde luego no toda la verdad, sino sólo quizá aquella parte de la verdad que se podía contar.

—Para entender por completo los motivos de la Iglesia —sentenció Giulio—, habría que interiorizar la propia lógica del Vaticano como estado, y me temo que ni tú ni yo llegaremos nunca a ese grado de perversión. —Me gustó ese «ni tú ni yo», al menos compartíamos algo—. Al parecer la primera intención de Monseñor Gautier fue negociar un ventajoso acuerdo de compra del cuadro con el museo de los Uffizi —dijo— pero la estrategia se complicó con la polémica de la restauración en la que se vio implicado Francesco, y en la que finalmente salieron a relucir los cuadernos de Masoni. Debió de ser entonces cuando se dieron cuenta del verdadero peligro que representaban los manuscritos y decidieron recurrir a otros procedimientos.

Hablábamos de todas estas cosas en una terraza de la plaza del Mercado Central, mientras saboreábamos, ya completamente recuperados, una ensalada de albahaca, queso mozzarella y aceitunas negras bajo un toldo de lona. El sol de marzo arrancaba tenues destellos de azafrán al edificio de cristal y hierro fundido del Mercado que aquella hora del mediodía se hallaba en su momento de máxima animación, con el vocerío de los vendedores y gente entrando y saliendo en las pollerías, aderezadas con animales de crestas coloradas abiertos en canal, conejos desollados y puestos de verduras que exponían sus mercancías frescas en grandes capazos llenos de setas, tomates, alcachofas y habas de primavera.

Sobre la mesa, al lado de las jarras espumosas de cerveza, estaba el ejemplar del *Corriere della Sera*, plegado por la página de Nacional que acabábamos de leer:

DESARTICULADA EN FLORENCIA UNA RED DE TRAFICANTES
DE ARTE Y OTROS OBJETOS DEL PATRIMONIO CULTURAL.

Varias unidades de la La Gendarmería han recuperado en la denominada operación Maquiavelo, desarrollada en numerosas ciudades italianas, un total 236 libros pertenecientes a los siglos XV y XVI

El robo ha sido sistemático. Durante los últimos años se han estado hurtando códices y manuscritos de valor incalculable de archivos, bibliotecas y otras Fundaciones públicas italianas. Los objetos eran depositados en una conocida sala de subastas de Florencia, para ser vendidos despuésn valores que oscilarían entre los 200.000 y los 500.000 euros.

El rastro de los libros robados fue localizado en una inspección rutinaria en tiendas de antigüedades y salas de subastas. El inspector Marco Leoni, responsable de la operación, en colaboración con varios agentes de Patrimonio Histórico comprobó que los libros eran depositados allí por un fraile dominico que estuvo durante años a cargo del patronato de San Marcos. A algunos de los manuscritos se les había borrado el sello de procedencia por medios químicos, pero a otros simplemente se les había recortado.

Los encargados de la operación utilizaron como gancho tres manuscritos del pintor renacentista Pierpaolo Masoni, muy codiciados en el mercado negro del arte por contener información de primera mano sobre algunos cuadros de la época todavía pendientes de establecer su atribución.

La estrategia policial facilitó la detención la semana pasada de varios implicados en la capilla de Santa Anuziata en Artimino y destapó una operación de mucha mayor envergadura relacionada con una sociedad de origen medieval a la que podrían pertenecer importantes dirigentes de la Democracia Cristiana y algunos miembros de la comisión cardenalicia encargada de custodiar los fondos y el Archivo Secreto del Vaticano.

Las personas que hasta el momento pasaron a disposición judicial fueron el fraile dominico Tullio Rolania, que estuvo durante años al frente de la biblioteca del Convento de San Marcos de Florencia, de donde procedían buena parte de los incunables, el prestigioso restaurador del Museo de los Uffizi, Francesco Ferrer, el director de la Banca Privata Finanziara, Giacomo Colombo y el profesor de Paleografía y Archivística de la Escuela Vaticana, Bosco Castiglione, con diversos antecedentes penales, entre los que se encuentra el robo de un códice medieval en la Biblioteca Nacional de Palermo, hecho por el que fue detenido en 1993.

La operación Maquiavelo contra el tráfico ilícito de bienes culturales podría aportar datos para otras investigaciones en curso sobre las que se ha declarado el secreto del sumario.

—Así que el inspector Leoni nos utilizó —dije yo, no sabía si más indignada o sorprendida—. Los cuadernos de Masoni estuvieron todo el tiempo bajo su control y puso nuestras vidas y nuestra seguridad en peligro sencillamente por colgarse una medalla...

—Bueno, supongo que había tomado sus precauciones. Había agentes suyos por todas partes, además es probable que al principio no tuviera una idea clara del alcance de la investigación y cuando comprendió que la historia iba más allá del robo de incunables, ya era demasiado tarde para apartarnos del caso.

—¿Quieres decir que no conocía desde el principio el verdadero valor de los manuscritos de Masoni y actuó un poco a ciegas?

—Decir que actuó a ciegas no sería justo para referirse

a un hombre que lee a Pavese —dijo Giulio con una sonrisa de complicidad—. Acuérdate de lo que escribió el poeta: «La sorpresa es el móvil de todo descubrimiento.» Quizá resultaría más exacto decir que actuó por intuición. Siempre me pareció de esa *rara avis* de policías más interesados en desenredar una madeja bien intrincada que en castigar a los culpables. Pero hasta las mentes más deductivas aciertan a veces por equivocación.

No entendí exactamente adónde quería llegar el profesor Rossi con aquella afirmación, pero no pude menos que darle la razón. El orden que creemos que gobierna el mundo, en el caso de que realmente exista, no responde la mayoría de las veces a un plan diseñado de antemano sino una red de causas concatenadas y derivaciones que se van apartando del planteamiento inicial. Era muy posible que el inspector Leoni hubiera llegado hasta la *Madonna de Nievole* inducido por alguien que lo puso sobre la pista, pero pensando que se las estaba viendo sólo con una red local de traficantes de arte. Yo misma había empezado aquella aventura florentina solicitando una beca para hacer una simple tesis doctoral sobre Pier Paolo Masoni y había acabado metida en una trama que al parecer se extendía hasta los sótanos del Vaticano.

—Al menos el inspector Leoni ha encontrado algo mejor o más elevado que lo que buscaba —dije— como el cazador que va tras un conejo y acaba capturando a un jabalí.

—Sí, es más de lo que pueden afirmar otros —sentenció Giulio. Por el tono bajo y meditativo que empleó supe que estaba pensando en Francesco Ferrer y entonces caí en la cuenta de que lo que probablemente le afectaba más de todo aquel asunto era la implicación de una persona a quien conocía desde hacía años y con la que sin duda había compartido bromas y momentos difíciles a partes iguales, como es de ley en cualquier amistad sincera.

A las personas que conocemos desde hace tiempo tendemos a verlas con los ojos del pasado que son unos ojos pacientes y comprensivos y quizá en alguna medida cómplices. También a mí me había impactado la detención de Francesco. Había llegado a familiarizarme con su sentido del humor pistoiano y con su voz irónica que usaba siempre para decir cosas inteligentes o divertidas, aunque en mi caso no había el afecto sedimentado por los años como le ocurría al profesor Rossi.

—¿Por qué crees tú que lo hizo? —le pregunté, pensando que quizá le aliviaría hablar del tema. A veces es bueno deshogarse, soltar lo que a uno le carcome por dentro.

El profesor Rossi movió la cabeza hacia los lados, sin pronunciar ninguna palabra. Se le habían aflojado los músculos y su rostro ofrecía de pronto el aspecto de una playa muy batida.

—No lo sé, probablemente se obsesionó con el cuadro. Francesco es uno de los mayores expertos de Italia en simbología. Cree en el orden de los signos y quizá no le falta razón. Los signos son lo único que tiene el hombre para orientarse en el mundo. El oficio de restaurador tiene sus escuelas y en cierto sentido funciona también como una red, igual que los antiguos gremios con sus compromisos y sus lealtades. El maestro de Francesco y quien lo introdujo a fondo en los secretos de la imaginería renacentista fue un jesuita que conoció en la etapa en la que estuvo trabajando para el Archivo Vaticano. No creo que compartiera con él muchas cuestiones teológicas, pero lo admiraba profundamente y le debía algunos favores. No sé si éste fue la causa de su implicación o simplemente una circunstancia añadida. Lo único que sé es que Francesco llevaba años estudiando el cuadro y quizá cuando finalmente fue comprendiendo la relación que existía entre los signos que aparecen en él, se dio cuenta de que la historia era más compleja de lo que había calculado, pero ya estaba envuelto en la trama y no había vuelta atrás. Una vez que llegó hasta la *Eruca Sativa*, no era fácil que lo dejaran irse sin más. No olvides que esta es una tierra de conjuras, donde se envenena a los papas.

—¿Crees entonces que llegó a involucrarse con alguna de las facciones en pugna?

—No, no me imagino a Francesco con esta tropa. Puede que llegara a alguna clase de trato con ellos, pero estoy seguro de que iba por libre. La mayoría de la gente se corrompe por ambición de poder o lucro, por codicia, pero algunos, muy pocos, lo hacen por orgullo, como Francesco. Estoy convencido de que este no es el primer delito que su soberbia intelectual le induce a cometer. El deseo de saber es para algunas personas una pasión más fuerte que cualquier placer terrenal. —Giulio se quedó callado un instante, pero no como quien otorga, sino como quien medita para sus adentros o se retrotrae a un pasado muy lejano—. Tal vez te resulte extraño, Ana, y hasta te escandalice, pero hay personas a las que, hagan lo que hagan, uno es incapaz de juzgar, como si estuvieran destinadas a ser siempre lo que fueron, al menos lo que fueron para nosotros —dijo y sus ojos se ausentaron como si hubieran perdido el foco, con esa clase de mirada excluyente que lo situaba a veces al otro lado de un puente roto.

—¿Pero tú nunca intuiste nada? —insistí.

El profesor Rossi se quedó callado de nuevo.

—No —contestó y siguió pensativo—. Una vez me habló de la hoja de rúcula, pero de eso hace mucho tiempo. Me explicó que era un signo utilizado por la Inquisición en Roma para señalar las casas de aquellos que debían ser detenidos y torturados por el Santo Oficio. No le di demasiada importancia al dato, lo consideré una más de las muchas curiosidades con las que amenizaba su conversación.

Ya sabes cómo es, siempre le ha gustado intrigar al auditorio, supongo que lo hacía con todo el mundo, iba soltando sus observaciones como pequeñas píldoras, a modo de jeroglíficos, pero una vez que llegaba a un determinado punto, entonces se callaba y ya no seguía contando, se limitaba a esbozar una sonrisa de deleite como un ajedrecista que acabara de vislumbrar una jugada maestra. Ése es su estilo. Hubiera sido un magnífico espía, quizá lo ha sido sin quererlo. No volví a pensar en aquello hasta que leí en la prensa la noticia del asesinato en Palermo del policía Boris Giuliano, relacionado con el escándalo de la Banca Ambrosiana. ¿Sabes cómo lo mataron?

—No —negué con la cabeza.

—Pues el hombre entró como cada mañana en el bar en el que solía tomar café. Cuando se dirigía a la caja para pagar la consumición, un tipo se le acercó por la espalda y le disparó en la nuca. Hasta ahí, nada extraño, todo entra en los modos en los que la mafia suele resolver sus asuntos. Pero antes de salir del local, el asesino depositó sobre el cadáver una hoja de rúcula. Sólo entonces me acordé de lo que me había contado Francesco y me sorprendió que el periodista que redactaba la crónica conociera ese signo utilizado por la Inquisición en los tiempos en los que el papa Pío V imponía el terror en la Ciudad Eterna. Es posible que Francesco quisiera decirme algo a su manera, contar sin contar, o más bien insinuar, como acostumbra a hacer también en muchos de los textos que ha publicado sobre semiótica y criptología en los que a menudo hay que leerlo entre líneas. Pero si lo que quieres saber es si en algún momento tuve algún atisbo de la tela de araña en la que se estaba dejando envolver, la respuesta es no. Jamás hubiera imaginado algo así. Es lo último que me habría esperado. Y fíjate que lo que más me duele no son las posibles implicaciones morales de los hechos, que me traen sin cuidado. Al fin y al cabo el espionaje artístico es una de las pocas profesiones románticas que quedan. Lo que verdaderamente me abruma desde el punto de vista personal es que ningún momento de nuestra ya larga amistad confiara en mí, ni me contara sus anhelos o me transmitiera alguna de sus preocupaciones, o me dijese algo. Eso es lo verdaderamente decepcionante e incomprensible para mí —dijo sin darse cuenta que un buen espía nunca hace excepciones con los amigos. Después bajó los ojos y esbozó una sonrisa forzada, desprovista completamente de humor. En su rostro se podía leer la decepción y la melancolía. Eso era lo que más me impresionaba de él, la intensidad con la que a través de un simple gesto hacía existir lo invisible.

Sentí una punzada de aprensión en mi interior, pero pensé que era cierto lo que decía. Nadie había escrutado cada milímetro de aquel lienzo como Francesco lo había hecho, cada pincelada, cada grieta debían de tener para él un significado propio, intransferible y probablemente obsesivo. Una clase de obsesión romántica que en cierto sentido lo engrandecía ante mis ojos. Para los demás la *Madonna de Nievole* era el símbolo inaugural de una logia y por la misma razón una prueba inculpatoria que había que ocultar, pero para él era probablemente la razón de su vida y bajo esa óptica a nadie, desde luego, podía pertenecerle el lienzo con más derecho.

El profesor Rossi miraba ahora hacia la plaza sin punto fijo, perdido en sus propios recuerdos. Ante nosotros fluía el río de la vida con su trasiego diario de sonidos y espesura imponiendo su inmediatez sobre la arquitectura del pasado como si las criaturas de Leonardo y Botticelli o Masoni hubieran bajado de su pedestal y se estuvieran mezclando a pie de calle con el gentío para tomarse una ensalada de búfala o vociferar por la ventanilla del coche y perderse entre el jolgorio de los grupos de turistas que cruzaban la plaza cada uno con su estandarte identificativo, en medio de esa sensualidad densa y pastosa que rezuman en Italia todos los barrios populares. El arte subsumido en el gran fregado de la existencia. Las campanas de San Lorenzo levantaron de pronto un estruendo de pájaros y Giulio miró hacia el cielo. En ese momento coloqué mi mano sobre la suya, despacio, no acariciadoramente, sino defendiendo o queriendo proteger aquella incertidumbre de sus ojos que le infundía tanto encanto.

—Vámonos —dije tratando de disipar de algún modo la bruma que se había instalado de pronto en su mirada—. Hemos quedado con el inspector Leoni ¿te acuerdas?

—Sí —sonrió saliendo de su ensimismamiento.

Caminamos por la vía dell´Ariento hacia la placita de San Lorenzo, donde los Médicis encargaron sus mausoleos a Miguel Ángel y allí estaban sus esculturas sepulcrales desde hace siglos, en la penumbra de caverna de una iglesia florentina, cerca de las escalinatas manieristas de la biblioteca mediceo-laurenciana que albergaba todos los manuscritos de la familia. Éstos al menos se hallaban intactos. No habían sufrido expolio, ni saqueo, ni usurpación. Caminábamos con paso lento, distraídos, muy cerca uno del otro, su brazo a veces encima de mi hombro, como casual, un gesto de camaradería. Yo, sin embargo, sólo me atreví en una ocasión a rozar su cintura, rodeándola con un esbozo fugaz, algo parecido a una caricia pasajera a través del tejido de pana de la chaqueta. Dejamos atrás el claustro oloroso de San Lorenzo con granados y naranjos recién florecidos. El olor inconfundible del azahar a punto de corromperse. Después continuamos hacia la comisaría de Corso dei Tintori en el barrio de la Santa Croce, por callejas estrechas con coladas tendidas y calzoncillos colgados en los frontispicios de los palacios, y persianas verdes y macetas de albahaca y ancianas enlutadas que nos miraban pasar por su puerta con curiosidad. Quizá hacíamos una pareja extraña, un señor de chaqueta y corbata con andares de lord inglés, un poco *old fashion* y una muchacha rubia en tejanos y zapatillas de básquet.

En la calle Corso dei Tintori el contraste de luz era muy fuerte entre la zona de sol y la de sombra. La estampida de una motocicleta espantó a las palomas que andaban picoteando migas alrededor de las terrazas entre los pies de los escasos clientes que a aquella hora aprovechaban el rectángulo de sol de la calle. El edificio de la comisaría estaba en el lado umbrío y seguía oliendo un poco a amoníaco, igual que recordaba de mi primera visita. Tal vez el tufo no saliera de los urinarios sino del líquido de la fotocopiadora. Una secretaria joven hacía copias de un informe e iba metiendo las hojas ordenadamente en una carpetilla roja. Nos sugirió que esperáramos en el vestíbulo a que el inspector saliera de la rueda de prensa.

—Estarán ustedes más cómodos —dijo.

A los pocos minutos vimos aparecer al inspector Leoni por el corredor principal, entre un nutrido grupo de periodistas y fotógrafos. Nos hizo una seña con la mano, indicándonos que pasáramos a su despacho.

—Veo que tiene usted mucho mejor aspecto que la última vez que le vi —dijo dirigéndose a Giulio mientras se sentaba al otro lado de la mesa en su sillón giratorio. El libro de Pavese seguía abierto boca abajo sobre la mesa. No debía de haber tenido mucho tiempo para leer durante los últimos días.

Parecía de buen humor. Se le veía satisfecho de su trabajo y con ganas de bromear. No creo que estuviese muy arrepentido de habernos utilizado como rehenes. Dejamos nuestros datos en un impreso de papel reciclado y hablamos de todo un poco: la operación Maquiavelo, el último partido de la Fiore, la salud del papa...

—¿Y cómo va su tesis, señorita Sotomayor? —se interesó con amabilidad. Quizá se sentía un poco culpable.

—Bien —contesté—. Ya casi estoy acabando.

—Lo único que le falta —intervino el profesor Rossi tomando la ocasión al vuelo—, es echarle un vistazo a «los cuadernos del delito».

El inspector sonrió. Ambos se entendían en su registro de ironía florentina.

—Bueno, tardarán todavía un poco en estar disponibles en el Archivo. Tengan en cuenta que forman parte del sumario.

—Confiaba en que después de todo, me permitiría verlos —dije yo con una llamita de esperanza en la voz—. Creo que he hecho algunos méritos.

—Puede consultar la copia en microfilm. Esa sí que está ya a disposición del público.

—Pero no es lo mismo inspector, lo sabe perfectamente. —Cualquiera que haya trabajado alguna vez con documentos antiguos conoce la fascinación que puede llegar a desprenderse del contacto directo con los legajos, su olor acre, la porosidad del pergamino, esa pátina de ruina secular que es el primer aroma del conocimiento—. Además sería sólo echarles un vistazo —insistí seductora.

El inspector Leoni me miró de través, no con sus ojos de policía, sino con sus ojos de hombre que leía a Pavese. Sonrió de medio lado.

—Supongo que no puedo negarme.

—No. No puede —le atajé yo con un entusiasmo triunfal.

—De acuerdo —accedió— pero antes de las ocho quiero los manuscritos encima de mi mesa. Son las doce y veinte. Tiene usted exactamente siete horas. —Y luego dirigiéndose al profesor, con el índice alzado, añadió— lo hago a usted responsable, profesor Rossi.

—Gracias —dije poniéndome de pie a punto de dar saltos de euforia.

Cuando salimos del edificio había un furgón azul oscuro de la *Polizía Penitenziaria* con ventanas de rejilla en la rampa del garaje, entre el edificio de la comisaría y un solar en construcción con pilares de hormigón y vigas metálicas. Entonces durante unas décimas de segundos, antes de que uno de los policías consiguiera poner en marcha el motor después de varios intentos, vi o creí ver a través de los cristales blindados y ligeramente ahumados a un hombre esposado que estaba sentado en el asiento de atrás. Llevaba una camisa de color musgo remangada por encima de los codos y el pelo blanco muy erizado. Me pareció que durante un instante brevísimo alzó las cejas y esbozó un gesto de perdedor que declina sus armas a lo Spencer Tracy. Pero tal vez lo soñé, puede que me figurase la escena al pasar delante del furgón, que según nos informó el policía de la puerta iba camino del taller de reparaciones y por lo tanto no podía transportar a nadie en su interior. A veces confundo la realidad con mis fantasías y tiendo a ir por la vida como si llevara una entrada para el cine. Por eso me quedé allí quieta, de pie, con la mano en alto, igual que Katherine Hepburn. Hubiera dado cualquier cosa por rebobinar esa película hasta el punto exacto en el que las cosas pudieran haber sucedido de otro modo. Ojalá, pensé para mí, salgas bien de ésta. Ojalá, volvamos a vernos pronto.

Media hora después parecía la eternidad. Caminábamos ya por la explanada de Santa Maria Novella, cerca del parking donde Giulio solía dejar su coche. Allí era donde nos separábamos. Ya había perdido casi una hora del plazo que me había concedido el inspector y estaba muy cerca de mi calle así que le dije adiós al profesor Rossi alzándome de puntillas con un beso fugaz y me alejé hacia la esquina del monasterio de las leopoldinas.

—Ana —le oí llamar cuando apenas había tenido tiempo de dar cinco pasos.

Me volví, con los cuadernos de Masoni dentro de un sobre con el emblema de la gendarmería florentina bien apretado bajo el brazo.

—¿Qué?

Se quedó callado. Miró primero a la izquierda y después a la derecha, como si fuera a cruzar una calle. Luego miró hacia el suelo, levantó de nuevo los ojos y volvió a bajarlos.

—Nada —dijo al fin. Fuera lo que fuese, se lo había pensado mejor.

XXIX

Para alguien como yo, que creció entre las copas de champán envenenadas y las rubias asesinas que ilustraban las portadas de las novelas policíacas de la colección El Búho, Florencia representaba la cumbre del misterio porque ningún enigma del género negro ha tardado tanto tiempo en desvelarse, 527 años exactamente.

De niños a todos nos fascinan los acertijos. Con trece o catorce años, llegué a adquirir cierta destreza con una modalidad de tinta invisible hecha a base de agua salada y limón que descubrí en un viejo manual inglés de detectives. La fórmula consistía en mezclar dos cucharadas de sal y dos de agua con unas gotas de limón hasta que la solución se disolvía por completo. Después se mojaba un pincel en la mezcla y se escribía sobre cualquier superficie. Cuando la escritura se secaba, desaparecía y para hacerla visible de nuevo debía frotarse el texto con un buril de punta blanda o bien aplicar alguna fuente de calor al papel. Yo lo hacía pasando varias veces la plancha de la ropa sobre el papel y una vez que el agua se evaporaba, la escritura reaparecía debido al relieve de la sal.

Pues bien un sistema muy parecido, aunque algo más sofisticado, con goma arábiga y cloruro de cobalto, fue el empleado por el profesor Marcello Simonetta, de la Universidad de Connecticut. Su hallazgo fue publicado por el *Bulletin nº 15 of the Wesleyan University Library of Connecticut* cuyo ejemplar había llegado al departamento de Arte de la Universidad de Florencia apenas una semana después de la operación policial. Todo había empezado con el descubrimiento de un pequeño compendio editado en el siglo XV que enseñaba a los diplomáticos a interpretar algunos códigos utilizados por las cancillerías en los mensajes internacionales secretos. Con estas claves el profesor Simonetta consiguió descifrar una carta encontrada en el archivo privado Ubaldini. La misiva era un mensaje enviado por el duque de Urbino a sus embajadores en Roma dos meses antes de la conjura contra los Médicis. A nadie se le había ocurrido antes pensar en este refinado estadista, y probablemente sin el hallazgo del profesor Simonetta jamás hubiéramos sabido que Federico de Montefeltro fue quien decidió de una manera fría y premeditada acabar con los Médicis y que fue él quien atrajo hacia la conjura al papa Sixto IV y al rey Ferrante de Aragón. También partió de él la idea de crear la sociedad secreta de la hoja de rúcula vinculando al papado a unos derroteros que en el futuro lo enlazarían directamente con la mafia.

Los cuadernos de Masoni incluían algunos párrafos que abundaban también en la misma tesis, por ejemplo uno de los postulados de la citada sociedad que defendía que el poder político y el poder sobrenatural debían formar un corpus único o la descripción de la vestimenta del maestre máximo de la logia: «jubón de sarga negro, bata forrada, ropón forrado de piel de zorro (literalmente *gargantas de zorro*), el cuello de la capa cubierto de terciopelo carmesí y calzas rojas de seda». Exactamente la misma indumentaria que lucía Federico de Montefeltro en el cuadro de la *Madonna de Nievole* y también, curiosamente, la que aparece en un rápido boceto realizado por Leonardo da Vinci a carboncillo que representa el ahorcamiento de Bernardo Bandini, el hombre que había ido a buscar a

Giuliano de Médicis, convaleciente en su alcoba del palacio, para que no faltase a su cita con la muerte. Nadie que contemplase las dos imágenes podía albergar ninguna duda de que pertenecían a la misma mano, todavía incipiente en el trazo pero ya con el sello inconfundible de quien sería el más grande de todos los pintores del Renacimiento. El rostro del duque de Urbino aparecía en el cuadro, sin labios o con los labios muy finos, curvados hacia abajo en una mueca que le confería un aire vagamente melancólico como si pudiese contemplarse a sí mismo desde un mirador extremo. El lienzo fue retocado sin la menor duda después de la conjura. El aforismo escrito en el ángulo superior izquierdo del cuadro con una letra minúscula y especular, casi ilegible, registra el estado de ánimo del joven aprendiz da Vinci impresionado por lo ocurrido.

Il sangue e denso
Ogni denso e grave
Come sta la morte.

(La sangre es densa/ todo lo denso es pesado / ¿cuál es la naturaleza de la muerte?)

La reflexión que completaba el dibujo demostraba no sólo la conciencia del pintor de estar presenciando un acontecimiento histórico de primera magnitud, si no también su voluntad de trasladar a un lienzo ese trabajo, como efectivamente hizo al abordar inmediatamente el acabado de la *Madonna de Nievole* siguiendo las directrices de su mentor Pierpaolo Masoni. También los cuadernos del *Lupetto* recogían el testimonio de aquel día 26 de abril de 1478 con notas apresuradas pero precisas que, aunque escritas con una caligrafía diferente, mantenían un rigor documental que le confería el interés de un reportaje periodístico. Contrasté su contenido con el relato de la conjura escrito por el poeta Poliziano y los dos coincidían en el dato macabro de que muchos de los conspiradores ajusticiados antes de morir se hincaban los dientes a sí mismos y se mordían unos a otros, ya fuera por desesperación, o, como han señalado algunos expertos en logias medievales, por un acto pactado y simbólico de comunión final entre miembros de la misma sociedad que remitía al canibalismo, y de ese modo se transmitiría, con una onda de escalofrío, a la memoria popular.

Mientras iba pasando las páginas en la mesa de mi estudio, pensaba que en Florencia el crimen, más que un pasatiempo o una pasión privada, había sido una pieza esencial de la vida. La ciudad desarrolló en grado máximo esa fuerza capaz de convertir una urbe en estado. No sólo fue la patria de doctrinas y de teorías políticas sino que en ella la pasión por el poder llegó a alcanzar el cenit del refinamiento, como cualquiera podría deducir leyendo *El Príncipe*. No me refiero a la crueldad como patología de la personalidad, ligada a estados graves de ensañamiento o demencia, sino a una clase de maldad que tiene que ver con la inteligencia y la moral, es decir, el mal racional en estado puro, unido indisolublemente a la idea de poder, que es el germen del crimen de estado.

A esa categoría superior de asesinos era a la que pertenecía el principal artífice de la conspiración, quien la alentó durante largo tiempo y la llevó a efecto con ardides y usurpación y engaño. Nadie se explica cómo el Duque de Urbino pudo pasar desapercibido tantos años. Pero lo cierto es que se las ingenió para no dejar rastro de su actuación ni huellas escritas y misteriosamente tampoco nadie lo delató de modo que hasta el último momento contó con la confianza de los Médicis y durante 527 años su memoria permaneció impoluta.

No sé qué pensamientos se cruzarían por la mente del Duque de Urbino mientras veía que el apoyo a Lorenzo iba creciendo, pero no serían muy distintos de los que en algún momento debieron de pasar también por la mente del cardenal Paul Marcinckus, el llamado banquero de Dios. Probablemente sus cavilaciones irían encaminadas al modo de ocultar su naturaleza, cómo hacer para que nadie le adivinase en el rostro la maquinación de la trama, ni captara su acecho ni su decepción y la impaciencia que había tenido que contener durante tantos años hasta la consumación del crimen que ahora había fracasado. Para un hombre como él, forjado en la mentalidad de los *condotieri* tuvo que ser duro afrontar la derrota. Tal vez fue entonces cuando se le ensombreció la mirada y su tez adquirió ese tono hepático que muestran todos sus retratos. Lo que es seguro es que varias veces a lo largo de aquella noche tuvo que morderse la lengua hasta hacerse sangre y debió de tragar abundante saliva con sabor a ceniza que según dicen es el sabor amargo de la traición. El deseo de elevar a Urbino al nivel de los grandes poderes peninsulares no era en ningún caso suficiente para explicar una ambición que le llevó a correr riesgos mortales y a arrastrar a la muerte a hombres que ni siquiera conocía y a enviar a la horca a otros que habían creído en él. No. Sin duda había algo más, una razón de otra índole que todavía hoy permanece oculta y bien custodiada en el edificio que alberga el Instituto para las Obras de Religión, cuyas puertas de bronce sólo algunos miembros escogidos de la Curia pueden traspasar. Algo tan inconfensable que ni siquiera el paso del tiempo podía atemperar.

Esa impresión era exactamente la que me había transmitido su retrato cuando lo contemplé por primera vez en la galería de los Uffizi y después durante todo el tiempo que la reproducción estuvo clavada con chinchetas en la pared de mi apartamento junto a mi mesa de estudio. Hay gente capaz de indagar en los rostros de las personas y adivinar su comportamiento futuro, una facultad que permitiría por ejemplo pronosticar una traición aún no fraguada. Quizá Pierpaolo Masoni fuera uno de los que poseía ese don, al igual que su discípulo Leonardo, y ambos tuvieran una perspicacia especial para saber cuándo algo se ha torcido o se ha echado a perder, cuándo por ejemplo, un amigo descubre su propia envidia y empieza a mirar a su antiguo aliado de otro modo, con ojos turbios, como miró Federico de Motefeltro a Lorenzo de Médicis un día desde el baldaquino de un palco durante la celebración de las fiestas del *calendimaggio* como si estuviera dispuesto a pasar por encima de su cadáver.

Pero nada de lo que hubo desaparece jamás del todo, porque siempre hay alguien que mira no sólo entonces en el momento en que suceden los hechos, sino también después, al cabo de los siglos: un pintor acompañado de su discípulo, un profesor americano de una perdida universidad de Connecticut, una estudiante becaria, un catedrático de Arte alto y con aspecto tímido, un restaurador de cuadros con pinta de artesano y un don singular en la mirada, un inspector de policía que lee a Pavese, un tipo con un pierna escayolada apostado en una ventana con su teleobjetivo de gran alcance como James Stewart en la ventana indiscreta. Siempre hay alguien al acecho desde el otro lado de la verdad y por eso el olvido siempre es vano.

Me di cuenta de que llevaba más de cinco minutos con la mirada fija en la última página del cuaderno de Masoni, mirando la porosidad del papel, la calidad de la tinta, la textura descolorida en algunas partes. Después de seis meses de trabajo no me resultaba fácil aceptar el punto y final. Apoyé las manos en la nuca y giré el cuello hacia la izquierda y hacia la derecha varias veces. Estaba agotada, llevaba casi seis horas frente al ordenador, sin moverme. Miré hacia el exterior por la ventana abierta y dejé entrar en la habitación la vida de la calle con sus sonidos amortiguados: el ronroneo de una motocicleta, la voz de la señora Cipriani tarareando una canción de la radio, el llanto estridente de Tomassino en el tercero. Tenía la sensación de haber estado demasiado tiempo inmersa en las vidas de otros, en una trama que se remontaba más de cinco siglos atrás, con la mente confusa como si me hubiera despertado con un desasosiego causado por sueños que no pudiese recordar.

Todavía no eran las seis de la tarde. Tenía tiempo de acercarme a la gendarmería e incluso de pasar por el rectorado para registrar la tesis. Así que me puse a hacer el equipaje con calma: un par de pantalones, el jersey rojo, varias camisas de algodón, ropa interior. Metí unas zapatillas de básquet de recambio en una bolsa de plástico, cogí el neceser con las cosas de aseo y lo coloqué todo en la bolsa de lona que tenía en el armario. Se me olvidaba la barra de labios que estaba en la repisa del baño, con su estuche plateado, mi arma secreta. De pronto pensé que aquello se parecía más al equipaje de una aventurera que al de una estudiante que ha acabado su periodo de becaria. Pero qué estaba haciendo, me pregunté, si ni siquiera sabía si el profesor Rossi se hallaría en casa, ni si estaría solo o en compañía de otras personas, ni si en cualquiera de los dos casos le apetecería verme... Hice una pausa para separarme el flequillo de los ojos, pero continué metiendo cosas en la bolsa: un par de libros, el CD de Tom Waits, calcetines. No se puede amar sin audacia.

Iba repitiéndome esa frase como un conjuro mientras subía el autobús en la parada de Santa Maria Novella y durante todo el trayecto hasta Fiésole. Claro que no sabía si a Giulio le gustaría la audacia. No tenía ni idea de cómo iba a reaccionar ante mi visita. Antes de llegar a la mitad del camino ya estaba empezando a volverme atrás. Pero ¿qué demonios hacía metida en un autobús con una bolsa de lona colgada al hombro y 125 euros en el bolsillo, que era todo el capital que me quedaba de la beca Rucellai? ¿Qué hacía presentándome de aquella manera en la casa de un hombre del que ignoraba muchas más cosas de las que sabía? Todo porque se me había metido en la cabeza que yo tenía algo que enseñarle a ese hombre que me doblaba la edad y me daba cien vueltas en todo, algo que ni siquiera yo sabía lo que era, pero algo era, sin duda. La sensación me ensanchaba los pulmones por dentro y me aceleraba los latidos y me hacía tartamudear con el pensamiento. Sí, ya estaba. Iba a enseñarle a aquel hombre que parecía estar de vuelta de todo, una cosa que él creía que sabía, pero de la que no tenía ni la más remota idea. Por una vez en la vida, aunque fuera por una sola y única vez, me sentía capaz de hacer algo irremediable, algo absolutamente sincero y honrado e irremediable. Ese convencimiento me daba seguridad en mí misma mientras me agarraba a la barra metálica del autobús como a un clavo ardiendo. Y si no eres bien recibida, pensaba poniéndome en lo peor, das media vuelta y ya está. Asunto arreglado. Pero por favor que esté en casa, pensaba a continuación mientras subía ya por el camino de tierra que unía la carretera con su casa, porque si no hago esto ahora, no voy a tener valor para hacerlo nunca y podría arrepentirme toda la vida. Por eso no me importó atravesar aquel purgatorio de dudas bajo un cielo violeta en el que empezaban a parpadear las primeras luces del atardecer, ni empujar la verja ni avanzar por el camino de gravilla entre los cipreses ni subir los tres escalones del porche ni tocar el timbre ni quedarme después allí de pie, inmóvil, con una bolsa de lona colgada al hombro y el pelo suelto sobre los hombros y las manos en los bolsillos, aguantando la respiración. No se puede amar sin audacia.

Hay un momento en el que ya no importa lo que pueda pasar porque sólo cuenta la mirada inmediata, el olor de los grumos de tierra húmeda del jardín, la música que llega lejana desde una habitación iluminada con una lámpara de pie, la quietud del hombre que me mira desde el umbral de la puerta, inmovilizado por la sorpresa, con una sonrisa lenta en la que caben todas las cosas que todavía podrían suceder y que de hecho ya están a punto de suceder, prendidas del aire en cada gesto de aproximación que vibra en la yema de sus dedos cuando extiende un brazo e introduce su mano derecha entre mi cuello y la tela de la camisa verde olivo y dice mi nombre con una voz oscura y delicada y hosca, mientras toma mi bolsa y me hace traspasar el umbral como si cada gesto contuviera ya una duración, no de urgencia súbita como la primera vez, sino de detenimiento y de recreación en esa lentitud suave en la que uno se demora para alargar los minutos, destilando las palabras y las caricias hasta arrancarles destellos, con paciencia de orfebres de alta joyería, sin sensación del paso del tiempo, ni de premura por llegar a ninguna parte, como si adivináramos que hay mundos que nunca pueden acabar de ser explorados: la superficie entregada de la piel a medias despojada de la ropa, que esconde pliegues y hendiduras secretas, la caricia que se detiene en el límite último de los muslos como en el borde de un precipicio en el que el deseo se contrae y se dilata igual que un un corazón. Lo veo incorporarse arrodillado sobre mí y le tomo la cara entre las manos para no olvidarme nunca de esos ojos cuyo color nunca supe y que de pronto descubro con un brillo nuevo cuando me desabrocha los botones de la camisa, inclinado sobre mí con el pelo sobre la frente y la respiración jadeante, buscándome a ciegas con los músculos de la mandíbula contraídos, y le acaricio las sienes y miro hacia abajo, hacia el vello empapado en el espacio entre los dos cuerpos cuando entrechocan entre sí a un ritmo cada vez más sofocado y presiento ya la primera ondulación del orgasmo al que todavía no quiero abandonarme, porque ahora más que el asombro del placer necesito reconocer a este hombre que ha llegado hasta mí a través de los siglos como si fuera el único superviviente de una matanza que tuvo lugar un día de abril de 1478, ante los ojos conmovidos de una ciudad asediada y se prolonga como las antiguas leyendas hasta este día de marzo del año 2005 en una pequeña villa de Fiesole con mallorquinas verdes y una glicinia trepadora que cubre parte de la fachada dándole a la casa cierto aire de templo sagrado, con una habitación en penumbra que es en verdad como el interior de un milagro porque, pensándolo bien, parece casi imposible que dos personas tan esquivas y diferentes hayamos podido encontrarnos en esta distancia de siglos en el instante preciso, ni antes ni después, en esta casa cercana a la antigua villa Bruscoli de los Médicis, y hayamos podido reconocernos el uno en el otro sin perdernos entre los miles de desviaciones y vías muertas y carreteras secundarias y callejones sin salida que existen en la vida.

Por esa conciencia absoluta de privilegio es por lo que se rompe el orden habitual de las horas cuya cuenta hemos perdido hace tiempo y su duración se convierte en la crecida de un presente continuo, filtrado a través de la luz listada de las persianas que va declinando conforme avanza el día, dejando entrever las ramas cada vez más oscuras de los árboles al otro lado del jardín, sin que entendamos cómo ha podido hacerse tan tarde, pero sin renunciar a continuar sumergidos un poco más en ese estado sensorial que no admite límites para el ejercicio del placer. Mojados, doloridos, exhaustos, concediéndonos treguas que se van dilatando en la inconsciencia de un deseo apaciguado, pero no extinguido, porque de pronto se reaviva de nuevo ante el roce casual de un pezón o el paso leve de la yema de los dedos por la espalda, como si nos conociéramos desde siempre y cada gesto contuviera la sabiduría compartida de la experiencia, la manera de dejar sitio al otro en la cama o de buscar a tientas su mano, una ebriedad de palabras pronunciadas en voz baja, rozándonos la nuca con los labios para compartir confidencias y recuerdos cuando él se incorpora a buscar una fotografía antigua de cuando era niño en el cajón de la mesita de noche o me trae un vaso de agua y me susurra algo al oído mientras sube el embozo de la sábana hasta los hombros, sin dejar de hablarme, con la luz apagada, casi dormidos, como si me arrullara, eligiendo las palabras que poco a poco se van haciendo más lentas ya de madrugada, con esa fatiga gozosa del sueño cuando viene colmado por el gusto cumplido del amor y yo aprendo a acoplarme a su costado, flexionando un poco las rodillas, con una pierna cobijada entre sus muslos y una mano por encima de su cintura, en esa placidez tranquila y perezosa que nos hace dormir profundamente hasta bien entrada la mañana.

Me despertó la claridad del día y el olor del café que subía por el hueco de la escalera. No tenía ni idea de dónde había dejado la ropa. Encontré mis vaqueros cuidadosamente plegados sobre el sofá, al lado de la ventana, pero mi camiseta no aparecía por ningún lado, así que cogí del armario lo primero que encontré, un suéter grueso de lana que me llegaba hasta las rodillas. Pulgarcito con el jersey de Gulliver.

Asomé la cabeza por la puerta de la cocina y lo ví allí de pie, recién afeitado, con una camisa blanca, abriendo y cerrando las puertas de las alacenas, preparando el cesto con pan tostado, los vasos de zumo y los cuencos de mermelada con movimientos precisos. Me pareció más alto que el día anterior, con una vulnerabilidad nueva a la altura de los ojos, como si cada uno de aquellos movimientos estuviera destinado en realidad a controlar sus emociones, la cucharilla dentro del azucarero, los cubiertos, las servilletas, todo en su sitio...

Alzó los ojos, echando un vistazo alrededor de la cocina con la bandeja en la mano para ver si faltaba algo y de pronto reparó en mí, que estaba apoyada en el quicio de la puerta, observándolo en silencio desde hacía unos minutos con los brazos cruzados, despeinada, con el jersey de Gulliver Swift y el flequillo delante de los ojos. No dijo nada pero su mirada me trasladó esa sensación única de deslumbramiento que puede hacer que una mujer insegura como yo, bastante enclenque y con pinta de haber salido de una *road movie* de serie B, se sienta de pronto tocada por la gracia como un arcángel. Después me guiñó un ojo y sonrió de aquella manera tímida y delicada que era su forma peculiar de estar en el mundo, sosteniendo la bandeja en las manos mientras empujaba con el pie la puerta que daba al patio trasero de la casa.

Nunca antes había contemplado una vista tan hermosa de Florencia como desde aquel huerto ligeramente salvaje con árboles frutales y con una mesita destartalada de madera y sillas de mimbre. Lo ayudé a extender el mantel de color azul, muy vivo, como si estuviese lavado en el agua del mar.

Era un día claro con ráfagas de viento luminoso que hacían volar las esquinas del mantel y refrescaban el cuerpo. Giulio entró en casa a por un suéter.

El valle del Arno, tan melancólico en invierno, brillaba ahora con el toque dorado del sol en los troncos de las hayas y los abedules. Las villas repentinamente majestuosas con sus arcos y sus tejados de terracota me hicieron pensar en un mundo extinguido. A lo lejos se adivinaban las ruinas de una abadía, campanarios, un camino de cipreses, el pliegue gris de la carretera al insertarse en el paisaje. En algunas zonas el barro de la tierra adquiría un color granate por la corona de salicornia, en otras, se volvía terrizo como el caparazón de una tortuga y luego iba reverdeciendo con el color tierno de los pastos. Parecía como si el río fuera drenando hacia la ciudad toda la sustancia cromática del valle, infiltrando en ella los anaranjados, los ocres, el amarillo veneciano, los sienas, el verde veronés...

Contemplaba aquella vista extasiada y sentía como si alguien hubiera levantado el telón ante un escenario único y un maestro de ceremonias me estuviese mostrando el mundo por primera vez: las nubes, el aire, los árboles, y el tenue pero poderoso vínculo que unía todos esos elementos. Escuchaba al profesor Rossi igual que si asistiera a una de sus clases sobre la fragmentación de la luz y supe que aquella forma de conocimiento también formaba parte de un alto y misterioso erotismo mental que había sido desde el principio el territorio incógnito de nuestro juego. De pronto el acto de ver había adquirido para mí una brillantez y un sentido distinto. Aquella tonalidad rosada que fileteaba las nubes era la misma luz de los primeros cuadros de Masoni, una pintura radiante, todavía llena de posibilidades, como en el momento inaugural de la creación, cuando todo estaba por delante y no existía aún el emboscamiento, ni la envidia, ni las hojas de rúcula, ni las dagas asesinas en los jubones de terciopelo, ni los mercenarios y el mundo era aún un espacio sin estrenar, un lugar limpio como la brisa de marzo que nos removía el pelo y levantaba las esquinas del mantel.

Era cierto que todavía me faltaban muchas cosas por saber. ¿Cómo acabaría la batalla que se estaba librando alrededor de la capilla Sixtina por el control de la Iglesia Católica? ¿Cuál de todos los grupos del Vaticano acabaría haciéndose con el poder? ¿A qué bando se adscribiría el nuevo papa que sucediese a Juan Pablo II? ¿Tendría la justicia terrenal el poder suficiente para deshacer una red de espionaje pontificio como la *Eruca Sativa* que había sido capaz de mantener su actividad a lo largo de más de cinco siglos? Intentamos comprender y a veces como en las novelas policíacas lo único que nos queda es el placer de imaginar qué pieza o movimiento ha faltado para que el criminal alcanzara la perfección y sus actos quedasen impunes.

Respecto a mí misma tampoco contaba con muchas más certezas. No tenía ni idea de lo que iba a ser de mi vida de ahora en adelante, no sabía tampoco qué había pasado con la niña del triciclo y las botitas rojas, ni qué clase de pensamientos podían cruzar la mente de un hombre para que a veces se quedara callado al otro lado de un puente roto como si estuviera en otro país en el que yo jamás podría entrar. Supongo que hay preguntas que no tienen respuesta, derrumbaderos de la memoria para los que nunca existió un nombre, como esas ciudades de sangre con todos sus campanarios ardiendo. Pero ahora, en aquel preciso instante, la luz era una forma de esperanza ingrávida, astral y quizá del todo inconsistente, pero capaz por sí sola de hacerle sentir a cualquiera que, al menos aquella mañana y en aquel jardín con manzanos y ciruelos y una mesita de madera, la vida merecía la pena. Quizá todo consistiera en eso, en saber conservar la mínima joya luminosa de esa belleza momentánea.

Podía oler la lana de la manga del jersey de Giulio sobre mi hombro como si estuviéramos juntos en la cubierta de un barco, en silencio. Al fondo, las colinas de Fiésole y Florencia refulgiendo sobre el horizonte, con destellos de cobre viejo. Purificándose.

APÉNDICE

—

Lorenzo de Médicis (1469-1492): apodado el *Mágnífico*. Era sin duda el «padrino» supremo de Florencia. Su influencia se extendía desde los altos cargos de la República hasta los barrios más humildes de criados y campesinos. Hombre idealista y refinado, poeta, lector irredento, discípulo de los filosófos neoplatónicos, urbanista y soñador. Su labor de mecenazgo convirtió a Florencia en la ciudad más fascinante de Europa. Protegió a pintores como Leonardo da Vinci, Miguel Ángel y Botticelli. Pero más allá de su amor al arte, fue por encima de todo un político carismático, orgulloso e implacable. Se dice que Maquiavelo se inspiró en él cuando escribió *El príncipe*.

Giuliano de Médicis (1453-1478): hermano pequeño de Lorenzo. Jóven sensible y alejado de los entresijos políticos. Mantuvo un intenso romance con Simonetta Vespuci, la joven inmortalizada por Botticelli en sus cuadros *La Primavera* y *El Nacimiento de Venus*.

Clarice Orsini: (1453-1487) esposa de Lorenzo.

Messer Jacobo de Pazzi (muerto en 1478): banquero y patriarca de la familia Pazzi, y tío de **Francesco, Giovanni** y **Guglielmo de Pazzi** (casado éste con Blanca de Médicis, hermana de Lorenzo y Giuliano).

Papa Sixto IV (1414-1484): no sólo era el vicario de Cristo en la tierra, sino el supremo representante de un estado seglar que se extendía desde Roma hasta el Adriático. Durante su pontificado se entregó en cuerpo y alma al saqueo de la fortuna y prebendas de la Iglesia en provecho de su familia. Posible padre secreto de uno de sus sobrinos. Nada le estimulaba más que la ambición de extender por toda Europa el control del Estado pontificio.

Rey Ferrante de Aragón y Nápoles (1458-1494): hijo natural de Alfonso V el *Magnánimo*, príncipe renacentista con numerosos intereses territoriales en el Mediterráneo. Jugó con notable astucia la carta de sus alianzas en la región.

Federico de Montefeltro, duque de Urbino (1422-1482): ejemplo de diplomático y estadista de la época cuyo empeño era elevar a Urbino a la altura de los grandes estados italianos. Ejerció una importante labor de mecenazgo y poseía una de las bibliotecas más completas de su tiempo.

Francesco Salviati: nombrado por el papa Sixto arzobispo de Pisa.

Conde Girolamo Riario: señor de Ímola y Forlì, sobrino de Sixto IV.

Cardenal Raffaele Sansón Riario: cardenal de San Giorgio y sobrino del Papa, contaba sólo 17 años en el momento de la conjura.

Bernardo Bandini Baroncelli: banquero florentino aliado de los Pazzi.

Poliziano: poeta y humanista protegido de los Médicis, autor de una pequeña obra sobre la conjura.

Antonio Maffei de Volterra y Ser Stefano de Bagnone: sacerdotes, el primero destinado en la administración de la Santa Sede y el segundo, al servicio de la familia Pazzi.

Giovan Battista, conde de Montesecco: capitán de la Guardia Apostólica y mercenario al servicio del mejor postor, una lanza a sueldo. Su confesión de los hechos ha sido una de las fuentes principales para el estudio de la conjura.

Xenofón Kalamantino: antiguo fraile dominico, hombre de confianza del *Magnífico* y jefe de espías de la casa Médicis.

Florencia era en esta época una floreciente República cuyos orígenes se remontaban al siglo XIII. Tenía unos 40.000 habitantes y era la ciudad más vibrante de Europa y la cuna del Renacimiento. Estaba partida en dos por el río Arno, rodeada de inmensas murallas y custodiada por doce puertas. Contaba con veintitrés grandes palacios, más de treinta bancos, centenares de talleres y decenas de iglesias parroquiales, abadías y monasterios sobre los que desatacaba el impresionante **campanille** del palacio de gobierno.

EDIFICIOS EMBLEMÁTICOS

Catedral de Santa Maria del Fiore: lugar en el que se producen los hechos.

Palacio Vecchio: en la piazza della Signoria, sede del gobierno de la República.

Bargello: fortaleza y antigua cárcel de Florencia. Desde sus ventanas fueron ahorcados muchos de los implicados en la conjura de abril.

Convento de San Marcos: convento dominico donde los Médicis tenían alquiladas varias celdas. En el siglo XV su emplazamiento se hallaba en los límites de la ciudad. Allí predicó sus sermones apocalípticos el fraile Girolamo Savonarola.

Palacio Médicis (en la via Larga): residencia habitual de la familia Médicis.

Villa Bruscoli: residencia de los Médicis en Fiésole.

Palacio Pazzi: (en la via Balestrieri): residencia habitual de Jacopo de Pazzi y su familia.

Via Ghibelina: calle donde se encontraban los principales talleres de los artistas, entre ellos el del escultor Andrea *Ve-rrochio*.

Plaza del mercado: auténtico hervidero de la vida florentina. No había lugar mejor para enterarse de lo que se cocía en la ciudad que este lugar donde se daban cita toda clase de noticias y rumores. En las calles próximas se hallaban el **Mesón de la Corona** y la **Posada de la Campana**.

AGRADECIMIENTOS

—

La idea de esta novela empezó con una noticia de prensa: El 20 de febrero de 2004 el diario *el País* publicaba en su contraportada la primicia de un asesino que había permanecido oculto durante 500 años. La información se refería a las pesquisas históricas del profesor de la Universidad de Connecticut, Marcello Simonetta, para descubrir, gracias a un códice cifrado del siglo XV, al máximo responsable de la Conjura contra los Médicis. Me pareció que el asunto merecía una novela, pero me resistía a escribirla precisamente por la fiebre de novela histórica que arrasa en las librerías desde hace algún tiempo, en algunos casos con más sensacionalismo que rigor. Así que ahí quedó la cosa. Pero en el invierno de 2005 el periodista del *País*, Andrés Fernández Rubio, me encargó un reportaje sobre Florencia para el suplemento El Viajero y aproveché la ocasión para husmear en el Archivo y en el Museo de los Uffizi movida por la morbosa curiosidad que me provocaba el asunto de la Conjura y los detalles escabrosos que la rodearon, pero aún así seguí resistiéndome a escribir la novela. Sin embargo ese verano el mismo periodista, viajero incombustible y reincidente, me encargó un relato sobre los hechos para la serie «Los Malos de la Historia», que publicaba el *Dominical* del periódico. Fue entonces, mientras lo escribía ya completamente obsesionada por el tema, cuando supe con absoluta certeza que no tenía más remedio que meterme de cabeza en esta novela. Vaya pues mi primer agradecimiento para Andrés.

Además de las obras clásicas sobre el Renacimiento, algunos libros de reciente publicación han sido de gran ayuda para mí en la fase de documentación previa a la escritura. El primero de ellos es el apasionante ensayo de Lauro Martines, titulado *Sangre de Abril, Florencia y la conspiración contra los Médicis*. También han sido decisivos dos ensayos del periodista Eric Frattini: *La Conjura, matar a Lorenzo de Médicis* y *La Santa Alianza, cinco siglos de espionaje Vaticano*, ambos publicados por Espasa. Para recrear la vida cotidiana de los pintores renacentistas me ha servido de referente la extraordinaria biografía sobre Leonardo da Vinci, de Charles Nicoll, titulada *Leonardo, el vuelo de la mente*. Durante el período de investigación, para bucear en los fondos del Archivio di Stato de Florencia, he contado con la paciencia y la colaboración de Concetta Giamblanco, directora y coordinadora del archivo y de Luisa Paolucci, que me ha ayudado a resolver los obstáculos del idioma. Pero nada de esto hubiera sido posible sin la complicidad de Carles Revés, mi editor, a quien doy las gracias por entusiasmarse con la historia que le conté una mañana en su despacho y haberme puesto en las manos un billete de avión para Florencia.

Toda la Historia de la literatura se halla recorrida de homenajes, parodias, venganzas y complicidades secretas que, como decía Borges, hacen que uno se sienta más agradecido y orgulloso de los libros que ha leído que de los que ha escrito. En este sentido tengo que decir que en el sustrato emocional que precede a la escritura de *Quattrocento* hay algunas novelas que despertaron en mí una clase especial de fascinación y por eso considero obligado citar, *El nombre de la Rosa*, de Umberto Eco, que consiguió aunar en un solo libro las dos pasiones de mi vida: la novela negra y la investigación histórica y *Tu rostro mañana*, de Javier Marías, cuyas reflexiones sobre el don que tienen algunas personas de ver en los demás lo que todavía no ha sucedido llegaron a sugestionarme poderosamente. La lectura de este libro me acompañó por las calles de Florencia mientras buscaba desesperadamente también yo el rostro de un asesino.

Quiero dar las gracias además a las siguientes personas: a mis padres, que tienen el dudoso privilegio de leer mis primeros manuscritos, por haberme transmitido de niña la tozudez y el empecinamiento del arqueólogo Schielmann que algo tienen que ver con toda esta historia. A ellos y a mi hermano Xavier y a María por las veladas florentinas en la taberna d'Ángelo. A mi hija Carlota por llevar con sorna y paciencia el incordio de tener una madre que vive con un pie en la salita de casa y otro en los peores tugurios de la Florencia del Quattrocento; a Emilio Garrido por las clases de vela que me han sido de gran ayuda para navegar esta novela y llevarla a buen puerto; a Fernando Marías por aquella cena en El Ángel Azul; a la logia encantadora de mis alumnos del Instituto Sorolla, auténticos heraldos de las tramas de detectives. Y al escritor Manuel Vicent que me descubrió la ensalada Caprese y el silencio del siglo xv.

Finalmente quiero decir que, aunque he tratado de reconstruír el escenario histórico de la novela —la ciudad de Florencia en el año 1478— con la mayor fidelidad posible, al igual que he hecho con los acontecimientos documentados y los rasgos e indumentaria de los personajes históricos, es importante subrayar que éste no es un libro de Historia, sino una novela, y que por lo tanto los sentimientos, intenciones, y desvelos de los protagonistas corren por cuenta y riesgo de la autora. La diferencia entre un historiador y un novelista es que el primero debe permanecer neutral, pero el segundo puede tomar partido. Lorenzo de Médicis no fue ningún santo, sino un hombre de su tiempo, un tiempo violento de sangre y venganza. La venganza llevada a cabo para saldar los hechos que aquí se narran fue una de las más brutales e implacables de todos los tiempos que se recuerdan, pero esa es otra historia. Que sean otros pues quienes le juzguen, a mí me ha bastado su pasión por el pensamiento, su amor por la belleza, la inteligencia y el genio, para que haya merecido la pena desenterrar a sus muertos.